El goce del paraíso

John Ralston Saul

El goce del paraíso

Círculo de Lectores

A John McBeth,
descubridor de la historia de Lao;
Sulak Sivaraksa, monárquico radical;
padre Joe Maier, del suburbio de Klong Toey

Describe tres círculos a su alrededor
y cierra los ojos con temor de Dios
porque se ha alimentado del néctar de la miel
y ha bebido la leche del Paraíso.

COLERIDGE

CAPÍTULO UNO

–La esquizofrenia no es más que un estado de la mente –dijo el doctor Michael Woodward, sobreponiendo la voz al ruido de las ráfagas intermitentes del acondicionador de aire a su espalda–. Por lo general de base química, aunque no en mi caso.

Conocido entre los tailandeses como doctor Meechai Wuthiwat, es improbable que el médico hubiera bromeado sobre su propio carácter de no haber estado con un extranjero –un *farang*–, John Field, quien además era amigo suyo. El denso olor de Oriente, que se infiltraba por las paredes y penetraba por el acondicionador mecánico de aire, se insinuaba como recuerdo de que, fuera de su despacho en el Bangkok Nursing Home de Convent Road, Woodward habría estado todavía menos dispuesto a hablar del tema.

El Home había sido el primer hospital occidental de Bangkok. Se extendía por una hectárea de jardín, con unos tejados bajos, largos e inclinados, cubiertos de tejas rojas, con un aire colonial del siglo XIX. La fachada, estucada en blanco, se elevaba hasta un primer piso, de salas con ventiladores en el techo, que daban a espaciosas terrazas. Las estancias estaban amuebladas con sofás de mimbre y escritorios. Los pacientes, a no ser que estuvieran conectados a tubos y aparatos, pasaban poco tiempo en sus habitaciones y mucho en las terrazas, contemplando con mayor o menor dolor la colección casi botánica de árboles y flores tropicales, permanentemente podados para controlar su forma con sumo rigor. La naturaleza en Bangkok era todavía algo dominado o dominador.

Incluso desde la cama, a través de la baranda de la terraza, los pacientes podían ver los coches que transportaban a otros pacientes, tal vez amigos o conocidos, cruzando la arboleda en dirección a una enorme marquesina, diseñada como protección durante la época de las lluvias. La posibilidad de identificar a los que acababan de enfermar constituía una de las preocupaciones fundamentales de las habladurías de Bangkok. Entre la marquesina y el vestíbulo no había puertas ni paredes. El Nursing Home había sido construido antes de que existieran los ventiladores, por cuya razón dejaron el mayor número de aperturas posible, con la esperanza de que el aire se animara a circular.

A lo largo de la calle, inmediatamente después del jardín, se encontraba la Christ's Church, iglesia anglicana y de estilo normando. En dirección contraria, lo primero que se hallaba era St Joseph's, escuela de monjas para los ricos fundada por los franceses, y la Casa Suiza de Huéspedes, frecuentada primordialmente por misiones anabaptistas cuando bajaban de la montaña o venían de los arrozales. Las Carmelitas se ocultaban al otro lado de la calle, tras un muro de piedra, recientemente elevado con plástico ondulado, para proteger el aislamiento de las monjas de la ciudad que crecía a su alrededor. Convent Road era por consiguiente una isla de una manzana, consagrada a Dios y a la salud. A ambos lados, un océano de iniquidad hormigonada rompía en sus orillas.

Desde el otro lado de Sathorn –la ancha avenida adjunta a Christ's Church– un centro de masajes de cinco plantas, con la anchura y profundidad de unos grandes almacenes y la fachada decorada con luces de colores como un árbol de Navidad, dominaba el conjunto de Convent Road. En el otro extremo, más allá de la Casa Suiza y de Silom Road, había un centenar de bares y centros de masajes acurrucados a lo largo de Patpong, Patpong 2 y un sinfín de callejuelas.

El Bangkok Nursing Home había dejado de ser el único centro médico moderno de la ciudad desde hacía varias décadas. Los tailandeses tenían mejores hospitales e incluso mejores médicos que la mayoría de los inmigrados. No obstante, la comunidad europea otorgaba una enorme importancia a la familiaridad, aunque ello significara poner en riesgo su vida. La familiaridad era una especie de religión, la fe de los inmigrados. El doctor Woodward era un buen médico, tanto en su encarnación inglesa como en la tailandesa, pero era su mitad inglesa la que, gracias a dicha creencia, le permitía ganarse la vida.

—Deja de charlar, amigo mío —agregó, dando por terminada la conversación—, y bájate los pantalones.

Field miró atentamente al esbelto personaje que tenía delante, cuya extraordinaria elegancia sólo podía ser tailandesa, y por consiguiente heredada de su madre. Sin embargo, gracias al traje oscuro y muy inglés que llevaba, la mitad siamesa de Woodward se extraviaba hacia la invisibilidad.

—A estas alturas ya deberías saber lo que me ocurre —protestó Field.

—No tengo ningún interés especial en ver tus órganos sexuales notablemente ordinarios y enfermizos, amigo mío. Me has dicho que la supuración no ha cesado, en cuyo caso necesito una muestra, para lo cual debo examinarlos. El tesoro, amigo mío. En realidad, aunque me resulte sumamente desagradable, no tengo más remedio que manosearlo.

Field había dejado de prestarle atención y había desviado la mirada. No quería obedecerlo; las necesidades del médico eran lo último que le preocupaba. Paseó la mirada por el techo, las suaves paredes húmedas de un azul indiferente, con excesivas capas de pintura, y a la izquierda de la silueta del doctor, donde colgaba un grupo de fotografías. Ahí estaba el padre de Woodward vistiendo el uniforme de capitán de la Armada siamesa. La foto estaba fechada en 1914. Había abandonado Inglaterra en 1912, después de darse cuenta gradualmente de que su sangre judía, aunque no aparente en su nombre ni en su físico, suponía un inconveniente para su carrera en la Royal Navy. Un inconveniente discreto. Jamás le habían dicho nada a la cara, ni siquiera en la escuela. Nunca le habían llamado judío, ni le habían hecho sentirse perceptiblemente marginado. Sin embargo, ése era justamente su sentimiento. Por extraordinario que pareciera, en la fotografía tenía un aire tailandés, puede que debido al estilo del fotógrafo, ya que si alguien había simbolizado la más pura tradición del almirante Beatty, éste era Woodward. En agosto de 1914, inmediatamente después de que estallara la guerra, había renunciado a su nacionalidad, dejando de ser súbdito del rey Jorge V; había cambiado su apellido por el de Wuthiwat, traducción literal de Woodward, y había contraído matrimonio con una tailandesa de buena familia. La chica quedó inmediatamente embarazada y el nacimiento de su primera hija supuso su auténtica declaración de independencia. No volvería a Inglaterra para tomar parte en la guerra. No le habían querido cuando no le necesitaban y ahora no estaba disponible.

Field se llevó la mano a la bragueta. El metal de la cremallera estaba frío; era como si el hielo perforara su cálida piel. El acondicionador de aire sólo servía para aumentar el calor. Las ráfagas procedentes de aquel antiguo y rudimentario aparato que ocupaba media ventana producían un efecto semejante al del desodorante en un sobaco sudoroso. Bajó la mirada para observar su mano. Sus uñas estaban impecablemente recortadas. Sumamente limpio en todo momento, su nivel de higiene aumentaba cuando tenía una infección.

—Válgame Dios, John, date prisa.

Field emitió un gruñido, que era una especie de risa que indicaba asentimiento, y se bajó el pantalón y los calzoncillos de un solo tirón. El aire en los genitales le calmó momentáneamente el dolor. Era un alivio más bien ilusorio. Observó a Woodward mientras éste preparaba un palillo y un algodón y se le acercaba. Volvió a centrar su atención en la pared.

Había una segunda fotografía en un marco tan barroco como el de la anterior. Era del padre de Woodward con uniforme de almirante, en 1942. Su primera esposa había fallecido y, con la entrada de Tailandia en la segunda guerra del lado del Eje, se había vuelto a casar, de nuevo con una tailandesa, a la que fecundó inmediatamente con la semilla de Michael, el último de sus nueve retoños y único varón. El almirante todavía seguía vivo, a sus noventa y cinco años, y con la fuerza suficiente para aterrorizar a sus hijas casadas y a sus esposos.

Había otras dos fotografías, en una de las cuales aparecía Michael adolescente con atuendo de monje budista durante su estancia en un monasterio, y en la otra, el mismo Meechai con un traje oscuro a rayas en la facultad de medicina de la Universidad de Edimburgo. Tanto Michael como Meechai significaban fuerza.

Field percibió que le agarraba firmemente el pene, tiraba del mismo e introducía el palillo en su interior.

–¿Cuál crees que sería el valor de este placer en una escala de medición? –logró preguntarle.

–¡Qué idea tan católica! –se limitó a decir Woodward, sin dejar de retorcer el palillo–. Ya tuve bastantes problemas para curarte la última vez, caramba. Ahora quiero una buena muestra.

–Ya nadie dice caramba, ¡coño! Ya te lo he dicho, Michael. ¡Nadie! Ni siquiera los ingleses.

Siguió charlando para no pensar en el intensísimo dolor que la raspadura interna le producía. La expresión del médico era semejante a la de un pescador ensartando el cebo en un anzuelo. Hacía treinta años que Field no iba de pesca; desde la infancia. Y ciertamente no lo había hecho después de abandonar Montreal para instalarse en Bangkok, hacía ya veinte años. Uno no va de pesca en el Extremo Oriente, pensó, hay quien lo hace por ti. Lo hacen todo para uno. Coger una enfermedad venérea es una de las pocas cosas que uno puede hacer por sí mismo; eso y elegir a la chica que le ayuda a cogerla.

–¿Vas alguna vez de pesca, Michael?

–¿Para qué? –preguntó Woodward con la inocencia propia de un tailandés erudito, mientras le daba un último retortijón al palillo, lo extraía y frotaba el algodón sobre una placa circular de cristal, de quince centímetros de diámetro.

Field bajó la mirada y observó su musculoso estómago, pero reflexionó para sí que la robustez no compensaba ni ayudaba a prevenir su problema. El pene parecía perfectamente normal, quizá algo más rojo que de costumbre. Volvió a colocar el pañuelo manchado en sus calzoncillos y pensó en las tres chicas con las que se había acostado la semana anterior; es decir, la semana antes de que comenzaran la habitual supuración y el punzante dolor. Puede que las tres chicas hubieran aportado su contribución. Tal vez era la combinación milagrosa de microbios destinados a no encontrarse lo que había hecho que la infección se resistiera al primer ataque de antibióticos. Estuvo a punto de mencionárselo a Woodward, pero cambió de opinión.

–¿Qué me diste la semana pasada?

–Cristalomicina –respondió Woodward, levantando la mirada–. Dos gramos el miércoles, si mal no recuerdo, y un gramo por día el jueves, viernes y sábado. No te preocupes, John –agregó en un tono ligeramente reconfortante–. He visto bastantes casos que se resisten. No te quepa duda de que el tuyo no es un caso aislado. Del lado positivo, sobre esta placa hay veinticuatro antibióticos; uno de ellos actuará. No, no te subas los pantalones. Aprovechemos que tienes las nalgas al descubierto para lanzar un ataque con Trobicín; digamos que así no perderemos el tiempo mientras los demás luchan sobre la placa. ¿Por qué no? Piensa en ello como en una especie de ruleta rusa.

–¿Cómo?

–Sólo que quien aprieta el gatillo soy yo y el microbio

el que cae muerto —dijo, cubriendo la placa y guardándola en un armario refrigerado, antes de dirigirse a otro armario donde se encontraban las medicinas—. Dos inyecciones de dos gramos, una en cada nalga, inmediatamente. Un gramo por día los próximos tres días, nalga derecha o izquierda, tú eliges. Magnífico. Te veré a menudo. Me refiero a ti y no especialmente a tus genitales —agregó mientras se dirigía al escritorio, levantando cuidadosamente sus zapatos negros muy lustrados al caminar, y abría la ficha de Field—. Ésta es tu segunda gonorrea en lo que va de año.

—La otra fue el año pasado.

—Me temo que no. Viniste a verme el diez de enero. Teniendo en cuenta que el período de incubación, excepto en casos muy raros, es inferior a dos semanas, no cabe duda de que la cogiste este año. El año pasado fue otra historia. La clamiditis fue la que se llevó la palma. Tuviste cuatro infecciones.

—Sólo una, Michael. Era siempre la misma y no lograba desprenderme de ella, tú lo sabes. Maldita sea, ponme de una vez esas inyecciones para que pueda subirme los pantalones. Aquí hace viento. ¿Por qué no te deshaces de esa antigualla? —dijo, refiriéndose al acondicionador de aire—. Sólo con lo que yo te pago podrías comprarte un nuevo aparato.

—No —replicó Woodward, sin moverse—. No es así según mis cálculos. Se considera que una infección es independiente de la anterior cuando ha transcurrido más de un mes. También hubo una uretritis no específica.

—Aquello no fue nada.

—Casi nada. Además de una gonorrea que venía del año anterior.

—No puedes contarla dos veces.

—Claro que no. Dios mío, ni soñarlo. Veamos..., hace veinte años que resides en Bangkok. Sin embargo, te vi por primera vez el diecisiete de mayo de mil novecientos sesenta y nueve, cuando viniste con un caso urgente de gonorrea descontrolada. Habías pasado dos semanas en las montañas sin medicinas. Pero las chicas no te faltaron.

—Las chicas nunca faltan.

—Tengo entendido que habías perdido tu informe médico anterior, con lo que me dejaste en la ignorancia en cuanto a los cuatro primeros años. Sin embargo, hasta la fecha llevas ocho gonorreas, una sífilis...

—Tuve mala suerte.

—Estoy totalmente de acuerdo. Debiste cogerla de una europea. Seis clamiditis. Una selección de cinco uretritis no específicas. Y eso es todo. Hay por lo menos ocho infecciones que todavía no has probado. La enfermedad de Peyronie, por ejemplo. Me gustaría ver un caso.

—¿Te gustaría?

—Endurecimiento del tejido genital, eso es lo que ocurre. Produce una hinchazón lateral del pene. Éste puede llegar a adquirir grandes dimensiones y a estar muy distorsionado..., toda una epopeya, por lo que tengo entendido. O el síndrome de Reiter...

—Anda, pínchame.

—En realidad es incurable, hay que dejar que se consuma. Algo parecido a la clamiditis, sólo que la hinchazón se produce en la superficie del hueso. Como unas espoletas. Puede también afectar esos ojos azules que tienes.

De frustración, Field frotó su cabellera espesa y rubia. A Woodward no le pasó inadvertido el gesto.

—No te ocurrirá nada en el cráneo, no afecta al cuero cabelludo, aunque comprendo que te preocupe. Lo tratamos con esteroides, que acaban por dar al rostro un aspecto de luna llena. Para que te hagas una idea, algo parecido a un eunuco oriental.

Field se dio la vuelta y le mostró el trasero, con la esperanza de que el médico cambiara de tema. Woodward dejó de concentrarse en la ficha.

—¡Ah, bien, estás listo! —exclamó, levantándose para preparar las jeringuillas—. Todavía no eres el campeón, tengo un par de pacientes que te llevan ventaja, pero les estás alcanzando a pasos agigantados.

—Crappe y Sweetpie.

—No, te has equivocado. Henry Crappe es sorprendentemente cuidadoso y Sweetpie, como tú le llamas, tiene mucha suerte. Al ataque —dijo, clavándole la primera aguja—. Claro que tú sólo tienes cuarenta y cuatro años; te queda mucho tiempo para alcanzarlos, cuando superes esta infección.

—Debería escribir a Wojtila.

—¿Wojtila?

—El Papa. Escúchame, cuando no estoy enfermo, ¿qué es lo que más me apetece? Sexo. No de un modo voraz, ni en mayor cantidad que la mayoría, pero me apetece cuándo, cómo y en la forma que se me antoje. Ese deseo debe de ser lo más natural, irresistible y permanente en el mundo. Pero cuando cojo una de esas porquerías, el sexo deja de interesarme, desaparece el deseo. Independientemente de los sermones. El dolor elimina el deseo. Esto es incluso un concepto cristiano. Por consiguiente, hay que considerar a las enfermedades venéreas como aliadas de la castidad; dominan las tentaciones que la dificultan. Infecta a los curas con unas purgaciones y desaparecerá su debilidad por los pecados de la carne. Como irlandés de un suburbio obrero de Montreal, estoy convencido de ello. Mi barrio es una cantera de seminaristas.

Field nunca pensaba en que sólo su madre era católica e irlandesa, mientras que su padre había sido protestante anglicano.

—Excepto que el dolor no es duradero, John. Recuperarás el apetito antes de haberte curado. Y ahora lárgate. Habla con la clueca de la recepción para que te dé unas pastillas que te reconstituyan de la debilidad que te producirán las inyecciones.

—Te invito a almorzar.

—No puedo, me esperan en Klong Toey.

—Iré contigo.

—Prefiero que no lo hagas. Mi consulta dura toda la tarde y es ya bastante agotadora sin tu compañía.

—San Miguel entre los pobres, ¿eh? Te llevaré hasta allí.

—No. ¿No tienes nada que hacer?

—Cuando me siento tan mal como ahora, no. Pagaré el taxi.

—No. Tengo que cambiarme de ropa.

—Por supuesto. Savile Row en el suburbio; haría mal efecto.

—¡Lárgate, John! —exclamó, empujando hacia la puerta a aquel rubio tan elegantemente vestido.

La clueca, que tenía apenas treinta años y una larga cabellera negra, le dio a Field unas pastillas y le despidió. Al bajar la escalera caminaba con las piernas ligeramente más abiertas que de costumbre, procurando hacer caso omiso del dolor de sus genitales, y se detuvo en el vestíbulo para examinar los nombres de los pacientes en el tablón de anuncios. Eran todos *farangs*; en su mayoría anglosajones. El tablón, barnizado en blanco, tenía treinta y cinco ventanillas de brillante latón, formando cuatro hileras, en cada una de las cuales había una tarjeta blanca con el nombre del paciente escrito en una elegante caligrafía negra. Era todo reminiscente de un banquete de gala en la embajada. No, no vio a nadie a quien deseara visitar.

Puesto que no había ninguna pared que separara el vestíbulo del jardín, el potente aroma del césped y de las flores se entremezclaba curiosamente con el de las medicinas entre las columnas de la sala. Una mujer se apeaba del asiento posterior de un BMW, seguida de un criado con un niño enfermo en los brazos. El último en bajar fue el conductor, con una pequeña maleta. Field no la conocía. La humedad y el calor llegaban hasta donde él estaba. Percibía que los elementos avanzaban inexorablemente con el transcurso del día hacia la lluvia vespertina. Salió al sol. Era curioso. Después de tantos años en Bangkok, sentía todavía un enorme placer cuando el sol, el calor y la humedad le azotaban simultáneamente con violencia. Su placer no estaba desprovisto de masoquismo. Percibía el flujo de la sangre hacia la superficie para protegerle, los ojos que se encogían para eludir el resplandor y los pulmones que medían cuidadosamente su expansión, con el fin de evitar el agotamiento. Sí, era placer lo que sentía. El placer de hallarse bajo un cielo claro y cálido. La venganza de una infancia de inviernos y pobreza marginal. Si el sol decidiera arrebatarle la vida, se sometería felizmente a su destino. Siempre había pensado que algún día le ocurriría.

Field avanzaba cautelosamente por el camino, concentrándose en un pequeño espacio abierto que tenía delante, cuando a su espalda oyó una voz procedente de una terraza.

–¡John! ¡Hola, John!

La reconoció como la de una mujer que se instalaba en el hospital dos veces por año, para descansar un par de semanas, ya que el Home era el mejor hotel y, por extensión, el mejor centro social de Bangkok, a condición de que uno se hiciera traer la comida del exterior. Field la saludó con la mano, sin volver la cabeza ni perder un solo paso.

Al llegar a Convent Road, dejó de observar el tráfico para concentrarse en la calzada, o, mejor dicho, en los montones de baldosas rotas, alcantarillas abiertas y montones de basura. Giró a la derecha y avanzó sorteando obstáculos por el lado soleado de la calle. Era un paseo de trescientos metros hasta Patpong, donde se encontraba Napoleon's. Allí encontraría indudablemente a alguien que le animara mientras comía un bistec. Al otro lado de la calle, un Chevrolet Impala de 1959 comenzó a seguirle, sin entorpecer el paso de los taxis y los *tucs-tucs*. Era de color verde claro y blanco, enorme, resplandeciente y adornado con abundante cromo que reflejaba la luz solar con la fuerza de un generador térmico.

–John, John, acércate –le llamó una voz femenina, cálida y ronca, después de bajar la ventanilla trasera del vehículo.

Field siguió caminando como si no la hubiera oído.

–¡John, espera! –exclamó la mujer, que dio instrucciones al conductor para que detuviera el coche.

El vehículo se detuvo cual majestuoso galeón junto a la acera; un viejo tailandés, sólo piel y hueso, se apeó del asiento del conductor para abrir la puerta trasera. La señora Norman A. Laker bajó tan ceremoniosamente como si estuviera en Park Avenue. Estaba a la sombra del muro de las Carmelitas, con su elevación de plástico ondulado, que se levantaba a su espalda. Llevaba el pelo encrespado, formando una montaña blanca y sólida, pero perfecta. Un experto maquillaje ponía de relieve su estructura ósea y una línea negra alrededor de los labios acentuaba su voluptuosidad. La cirugía estética se intuía, sin ser concretamente detectable. Con su traje de lino pálido, caminó decididamente hacia el sol sin aminorar la marcha. Ni siquiera sus pupilas, que apenas se contrajeron, parecían susceptibles al resplandor. En su conjunto, configuraba una representación sumamente personal de la belleza. Un *tuc-tuc* de tres ruedas tuvo que frenar bruscamente para no atropellarla e hizo sonar la bocina mientras daba un rodeo.

—¡John!

—Buenos días, Catherine —dijo Field al tiempo que se detenía para volver sobre sus pasos, entornando los ojos para protegerlos del sol.

—¿Qué te ocurre? ¿Estás enfermo?

—Nada grave.

—Entonces no te acerques a ese lugar, podrías coger algo. Has tardado una eternidad.

—De haber sabido que me esperabas... —comenzó a decir, pero al darse cuenta de que era insensible a la ironía, cambió de tono—. Estaba haciendo perder el tiempo a Michael Woodward.

—Manténte alejado de él, John. Pasa demasiado tiempo en los suburbios. Las enfermedades son muy contagiosas. ¿Cómo se te ocurre ir andando? Sube al coche —dijo, moviendo mecánicamente unos dedos con una manicura impecable—. Quiero hablar contigo. He pasado por tu casa y esa vieja asquerosa a quien pagas Dios sabe para qué..., soy incapaz de imaginarlo..., me ha mandado aquí.

—No es tan vieja.

Field permitió que le arrastrara hasta el coche y le obligara a entrar en el asiento trasero. La señora Laker fue la segunda en entrar, forzándole a desplazarse a lo largo del asiento de cuero sintético repujado.

—¿Cuándo piensa la *farang* más rica de Bangkok comprarse un nuevo coche? —preguntó, acariciando la superficie amarillenta del tapizado.

—¡Norman encargó este Chevrolet! —exclamó, al parecer lamentando haberse alterado, y contempló el afiligranado grabado mexicano del asiento antes de proseguir en un tono más íntimo—. Me sorprendió muchísimo, porque llegó exactamente sesenta días después de su muerte... en ese lugar —dijo, levantando la mano derecha, sin volver la cabeza y señalando el Nursing Home por la ventana posterior del vehículo—. Al cementerio, Lek —agregó, tocando con la misma mano el hombro del conductor—. Éste fue el primer coche de Bangkok con aire acondicionado... Sesenta días justos.

El chófer arrancó con la lentitud de un buque soltando amarras y flotó por la superficie a treinta y cinco kilómetros por hora. El vehículo, a pesar de ser americano, parecía adaptarse perfectamente a una ciudad donde todavía se conducía por la izquierda. En todo caso, todo lo moderno de Bangkok, que no escaseaba, adquiría rápidamente un aire torpe, basto y superfluo, de modo que los rascacielos y los Mercedes no tardaron en parecerse a las pirámides y a los dinosaurios. Por consiguiente, el Impala de la señora Laker encajaba perfectamente.

—Quiero que vayas a Vientiane —le dijo.

—Ahora pensaba en ir a almorzar.

—¿Después de caminar con el calor que hace? —preguntó, midiendo sus palabras—. No debes comer hasta que se ponga el sol, John. La comida hay que consumirla temprano y tarde. Éste es el secreto para vivir aquí. Quiero que vayas a Vientiane mañana.

—No pienso ir a ninguna parte. Y hace veinte años que almuerzo aquí todos los días.

—A la larga lo pagarás. Debes comer antes de la salida del sol y después de la puesta. He hecho un trato para cien tractores. Lo único que debes hacer es ocuparte de los detalles y firmar. Es dinero fácil.

—En tal caso, cualquiera puede ocuparse de ello.

—Tú conoces bien a los laosianos, John, solías ir por allí. Para ultimar los detalles y cerrar el trato se necesita a alguien con mano firme.

—Hay infinidad de viejos laosianos con la mano más firme que la mía.

Navegaron hacia el mar sin viento de Silom Road y se unieron al tumulto de taxis, *tucs-tucs* y autobuses, mientras Catherine Laker, en silencio, al parecer reflexionaba sobre la resistencia de su interlocutor. Se vieron inmersos en una niebla oceánica de bocinas y humo, contaminada por un atolladero de viejas motoras.

—¡Debiste seguir de periodista si no estabas dispuesto a desplazarte inesperadamente! —exclamó, enojada—. Así es como los agentes ganan dinero, John. ¡Flexibilidad! ¡Agilidad!

Field la miró de tan lejos como pudo, pegándose a la puerta del vehículo. Ella le miraba fijamente a los ojos, sin prejuicios y teóricamente con penetración. Field pensó en recordarle que a lo largo de diecisiete años no había dejado de saltar de avión en avión a Vientiane, Saigón, Phnom Penh, la llanura de los Jarros, Chaing Rai, Mae Hong Son y a cualquier otro lugar donde se librara una batalla, hubiera un golpe de estado, se hallara un alijo de drogas, se firmara una paz o se abriera un campo de refugiados, para no mencionar a los muchos generales norteamericanos, antropólogos y senadores a los que había seguido en sus breves estancias durante la lucha por el control del Sudeste asiático. En todo caso ya lo sabía. Y por lo general se controlaba a la perfección. Era como un congelador esterilizado, autorrefrigerante, con una temperatura permanente, indiferente al calor y a la humedad. Era insólito que manifestara su impaciencia.

—¿Por qué es tan importante, Catherine? —le preguntó, después de reflexionar.

De pronto se cerró la puerta del congelador, recuperando su acostumbrado hermetismo.

—No lo es.

—Lo que quiero decir, Catherine, es por qué tienes tanto interés.

—No seas ingenuo. El dinero es el dinero, John. Y éste es dinero fácil.

—No pienso ir esta semana, Catherine —repitió, encogiéndose de hombros.

—Tarifa completa.

—No me importa.

—Más el uno por ciento.

—La próxima semana, Catherine. Iré la próxima semana.

—Debes de estar realmente enfermo —dijo finalmente la señora Laker, después de unos momentos de silencio, mientras digería su derrota, sin dejar de mirarle fijamente.

—Catherine, tus poderes de deducción me asombran. —Comprobó que ella, a su vez, se alejaba tanto como podía por el asiento y agregó—: No es contagioso. Ni tiene nada que ver con el hecho de almorzar.

De pronto ella volvió la cabeza para contemplar el tráfico entre el que circulaban a diez kilómetros por hora, lo que en Bangkok suponía un promedio razonable. Field se encogió de hombros y siguió su ejemplo, asomándose a la ventanilla. Se decía que el hecho de que no hubiera atracos en los bancos se debía a que los atracadores no habrían podido huir en coche. Era más rápido correr que ir en coche, pero hacía demasiado calor. A cada lado de Silom Road se sucedían los edificios de tres plantas, con rudimentarias fachadas de hormigón ennegrecidas por la lluvia contaminada. De vez en cuando, un alto edificio bancario cubierto de mármol rompía la monotonía. En todas las zonas comerciales de Bangkok, la presencia del hormigón manchado abrumaba las demás. Al no hallar nada en que entretenerse, Field se concentró de nuevo en el dolor de sus genitales.

—¿Adónde coño vamos?

Antes de que la señora Laker pudiera responderle, viraron a la izquierda entre dos viejos edificios, cada uno rodeado de un muro que se derrumbaba. Más allá sólo se veían las copas de los árboles y alguna que otra cruz.

—Al cementerio.

—¿Para qué?

—Norman.

La totalidad de la comunidad católica extranjera había sido empaquetada entre aquellos bloques, que en otra época formaban parte de las afueras, pero que ahora se hallaban en plena ciudad. El vehículo se detuvo frente a una pequeña entrada de servicio del cementerio, a la izquierda del callejón. El terreno de la derecha estaba dedicado a los católicos chinos. La señora Laker se apeó y, sin esperar a que le abrieran la puerta, desapareció hacia el otro lado del muro. Field la halló en el interior del cementerio, contemplando desde una distancia prudencial el desorden y la desolación del terreno, que parecía casi una jungla.

—¡Santo cielo!

—¿No habías estado nunca aquí? —le preguntó fríamente.

—Todavía no estoy muerto.

En el rincón donde se encontraban, el vigilante había construido una pequeña choza de hojalata, con los muros sostenidos por cuatro lápidas. La ropa de su familia estaba tendida de los brazos horizontales de las cruces, en una docena de tumbas. La vegetación sólo estaba controlada en la zona utilizada personalmente por el vigilante. En el resto, los juncos y el bambú crecían a su antojo, ocultando las sepulturas. Un mango se había abierto paso entre dos panteones de madera de tres metros de altura, empujándolos en un ángulo de cuarenta y cinco grados. Lo único que impedía que se derrumbaran eran las ramas y zarzas que los envolvían, formando a su alrededor una capa protectora. Field dio unos pasos para echar un vistazo. Un consejero real, Basil Southend, 1836-1889, al servicio del rey de Siam, había sido involuntariamente separado de su esposa, Emily, por un muro de indiferentes hierbajos.

Al darse la vuelta para regresar a la entrada, vio a la señora Laker a su espalda, con dos pares de botas de goma en las manos. La seguía el chófer con un cubo de agua y una botella de lejía.

—Prueba si te caben —le dijo, entregándole un par de botas—. Lek es demasiado viejo para estos menesteres. Vamos, pruébalo.

Metió el pie hasta que le quedaron los dedos doblados hacia abajo. La señora Laker le entregó entonces el cubo, y a Lek los zapatos de Field para que los guardara, y avanzó por un elevado sendero cubierto de hierbajos, con agua verdosa poblada de juncos a ambos lados, que impedían el acceso a las tumbas que emergían como islas o que estaban incluso sumergidas. A unos cincuenta metros, salió inesperadamente del camino, hacia la derecha, avanzando por más de un palmo de barro entre juncos tan altos como ella. Abriéndose penosamente paso con las manos, siguió adelante. Field titubeó, pero también la siguió. Anduvieron veinte metros antes de que ella se detuviera junto a una lápida de mármol verdoso, cuya superficie estaba sólo unos centímetros sobre el nivel del agua. Los juncos alrededor de la tumba habían sido segados en un pasado no demasiado lejano y apenas comenzaban a brotar de nuevo. Field depositó el cubo sobre la piedra. La inscripción, borrosa y parcialmente manchada, rezaba:

NORMAN A. LAKER

1916-1959

No nos has abandonado;
seguimos queriéndote

Sólo entonces se dio cuenta de que la lápida de mármol no era verde sino blanca y manchada por el musgo.

—¿Con qué frecuencia vienes, Catherine?

—Todos los martes. No está tan mal en los meses secos, el nivel del agua desciende hasta unos cinco o seis centímetros. Ahora está casi descontrolado. El mes próximo, la tumba estará completamente sumergida, al igual que el sendero y todo lo demás —respondió mientras le entregaba un trapo y unos guantes, al tiempo que vertía la lejía en el cubo de agua—. Vamos, póntelos. De lo contrario te abrasará la piel. Si no se pone mucha lejía, el lodo se resiste.

Metió su propio trapo en el cubo, lo escurrió y comenzó a frotar la superficie. Field, sin entusiasmo, siguió su ejemplo.

—¿Te gustaría conocer las estadísticas sobre la población de cobras en Bangkok? —preguntó Field—. Esto parece su cuartel general.

—Sigue frotando, John. No hay que pasar al sol más tiempo del necesario —dijo sin dejar de frotar enérgicamente y sin que se le moviera un solo cabello, a pesar del modo en que agitaba la cabeza—. ¡Es un asco! ¡Un verdadero asco! —agregó, metiendo nuevamente el trapo en el cubo y escurriéndolo—. En veintiséis años sólo he visto tres cobras cerca de la tumba de Norman.

Field levantó la cabeza para mirarla. No había un solo indicio de sudor en su rostro. Claro, pensó, la temperatura es tan sólo de treinta y tres grados y la humedad no creo que pase del noventa y ocho por ciento.

—¿Cuánto tiempo estuviste casada? —le preguntó, volviendo a frotar.

—Todavía lo estoy.

—Sí, pero me refiero a antes del funeral.

—Once años. Seis en Nueva York y cinco aquí.

—¿Y vienes todas las semanas?

—Tengo que hacerlo, John. Norman jamás me lo perdonaría.

—¿Por qué no contratas a alguien?

—Cuando se instaló esta lápida no podía permitirme pagar a otra persona. Ahora, el hecho de venir se ha convertido en parte de nuestra vida matrimonial —dijo, mirándole para subrayar sus palabras—. Tienes unos hermosos ojos, John, ¿lo sabías? Son de un azul profundo y penetrante —agregó, volviendo a frotar el mármol, como si aquello fuera una simple charla superficial.

El lodo salía con bastante facilidad, debido indudablemente a que sólo había dispuesto de una semana para acumularse y no había tenido oportunidad de incrustarse en la piedra. Siguieron trabajando en silencio durante otros diez minutos. Field comprobó que el dolor de los dedos de los pies, apretujados dentro de las botas, había superado al de sus genitales. También se dio cuenta de que los dedos de la señora Laker se movían sobre el mármol con la misma destreza meticulosa que cuando conversaba. Por lógica indirecta, este detalle le indujo a preguntarse qué hacía allí, con unas botas de goma demasiado pequeñas para él, sabiendo que estaba sediento y hambriento.

—Entonces... le querías —observó en voz alta.

No se molestó en responderle. Cuando llegaron de nuevo al camino que conducía a la puerta del muro, la señora Laker entregó diez gahts al vigilante y, ya fuera del cementerio, dejó que Lek le quitara las botas, mientras ella apoyaba la espalda en el coche para conservar el equilibrio.

—Si no tienes otros planes para divertirnos, me voy a almorzar —dijo Field después de quitarse inmediatamente las botas y estirar los dedos con alivio.

—¿Quieres que te lleve en el coche?

—Me basta con un viaje —respondió Field, dirigiéndose a la calle principal, donde llamó un *tuc-tuc* que pasaba por el centro de la misma.

El conductor lo hizo girar sobre dos de sus tres ruedas y se le acercó sorteando dos carriles de tráfico.

—Patpong —dijo Field.

—Cincuenta gahts, señor —replicó el conductor, asomando la cabeza por debajo de su cobertizo, para evaluar la situación.

–No soy *farang*. Vivo aquí –le respondió Field en thai, con una buenhumorada sonrisa–. Veinte gahts.

–Cuarenta gahts.

–No. Veinte es ya el doble del precio normal. Vamos –le dijo en un tono sonriente y alentador–. ¿De acuerdo? Vamos, ¿de acuerdo?

–De acuerdo, señor.

En el momento en que Field se subía a la parte trasera del vehículo, oyó a la señora Laker que le gritaba:

–Organizaré el viaje a Vientiane para el lunes. Mándame el pasaporte.

No le respondió. Se acomodó en el inclinado asiento de plástico, de color naranja, azul, amarillo y verde, extendiendo los brazos para agarrarse a las barras metálicas, que constituían la única protección para no caerse, y echó la cabeza atrás con el fin de eludir la sombra del toldo de plástico. El *tuc-tuc* se lanzó en pleno tráfico, con el ruido ensordecedor de su pequeño motor y una nube de humo procedente del tubo de escape en la que quedaba sumido el pasajero. Field dejó que aquel humo, así como el de centenares de cachivaches semejantes que no dejaban de tocar la bocina a su alrededor, le llenara los pulmones, apoderándose en primer lugar de su cuerpo y a continuación de su mente. A lo lejos se oían unos compases de rock tailandés, procedentes de un transistor que el conductor llevaba atado al cuadro de mandos. Field cerró los ojos, al tiempo que el dolor de sus genitales se perdía en la lejanía y la señora Laker se disolvía en el monóxido de carbono. Aquel absurdo conglomerado de suciedad y ruido le llenaba, como de costumbre, de un placer maravilloso y carente de sentido.

CAPÍTULO DOS

El rostro de Henry Crappe era el único que le resultaba familiar en Napoleon's, o mejor dicho, el único que Field quiso reconocer. Sentados en un rincón, había un par de comerciantes con los que había hecho negocios en una ocasión, cuando les vendió un cargamento de muebles de mimbre para la exportación. Field hizo como si no los viera al cruzar la sala hacia donde se encontraba Crappe; el mismo de «Al cine con Crappe», «Crappe lee para usted» y «El Bangkok de Crappe», columnas que se publicaban en el Bangkok Post, la tercera de las cuales iba dedicada a un análisis semanal de los nuevos bares y locales de alterne.

–Creía que dormías hasta la medianoche –dijo Field, golpeando la mesa con los dedos.

Crappe levantó la cabeza, dejando de observar su cerveza y sus cacahuetes, y arqueó unas cejas llenas de caspa, para hacer hincapié en lo preocupado que estaba.

–Tengo demasiado trabajo. Esta tarde debo ver dos vídeos para escribir una crítica, procurar dormir un par de horas y volver al curro –dijo, mostrando a Field una silla para que se sentara–. Considérate mi invitado. ¿Qué te ocurre?

–No me ocurre nada.

–Me parece que tienes mal aspecto.

–Estoy bien, sólo un poco bajo.

Crappe le examinó atentamente. Aunque le resultaba simpático, Field era incapaz de mirarle a los ojos. No es que Crappe fuera exactamente feo. Se había dilatado al entrar en la madurez, adoptando, tanto su cuerpo como su cara, la forma de una pera. Esto, así como la expresión de ingenuidad que había logrado conservar a pesar de sus veinticinco años en Bangkok, le daban un aspecto agradable. Iba sucio; he ahí el problema. Aparte de sus cejas, su cabello espeso y oscuro estaba hecho un asco y repleto de partículas de piel necrosada. Field se esforzaba en no mirárselo. Tenía una úlcera en el labio inferior y sus uñas eran de un color curiosamente castaño, debido seguramente a la mezcla personal del tabaco de pipa que, según él, sólo se podía preparar en el momento del consumo. Las cortezas de pomelo fresco, que su esposa tailandesa le cortaba todas las mañanas, convertían esta operación en indispensable.

—Tienes purgaciones —afirmó, dejando por fin de mirarle fijamente.

—Efectivamente —respondió Field, sin poder salir de su asombro.

—Se te ve en los ojos, lo delatan tus pupilas. La experiencia es importante para este tipo de diagnóstico.

—Tenías que haber sido médico.

Se les acercó una chica y acarició suavemente el hombro de Field.

—Hola, John, ¿una cerveza?

—No, me lo ha prohibido el médico. Un café y un bocadillo de carne —dijo, extendiendo el brazo para impedirle que se marchara—. Phet, cariño, haz el favor de bajar ese maldito aire acondicionado, esto parece una nevera.

—¿Cómo dices, John?

—Frío, demasiado frío —respondió, haciendo girar los dedos.

—¿La música demasiado fuerte?

—No, la música está bien. Demasiado frío. *Yen maak.*

—De acuerdo, John.

Aparte de las chicas tailandesas con vestidos de seda y escudos numerados, Napoleon's tenía el aspecto de un bar agradable de cualquier lugar del mundo. Puede que éste fuera el secreto de su éxito entre los *farangs.*

–El caso es –replicó Crapper ligeramente resentido– que a mí me gusta el frío. Sin embargo, puesto que estás enfermo, me sacrificaré. En cuanto a lo de ser médico, en realidad fue una de las dos profesiones a las que pensé dedicarme. La otra era la historia; me refiero en plan universitario.

–¿Y no seguiste ni la una ni la otra?

–Opté por las comunicaciones. Uno no puede dar la espalda al tiempo; no puede dejarse llevar por sus propias fantasías sentimentales, ir contra la corriente de la época en la que vive.

–¿Te refieres a la llamada del *Bangkok Post*?

–Créeme, Field, soy sin lugar a dudas el periodista más polémico y más leído de esta ciudad. Reconozco que hay quienes leen mis artículos por antipatía, pero incluso esto es un síntoma de éxito. Mi nombre está en las paredes de la mitad de los lavabos de Bangkok. ¿Por qué? Porque mis opiniones están basadas en la educación, la inteligencia y la experiencia.

–Crappe, lo único que haces es decirles a un montón de individuos sin imaginación dónde echar un buen polvo.

–En cierto modo, así es. Sin embargo, permíteme que te aclare, en primer lugar, que la mayoría de los seres humanos carecen de imaginación; en segundo lugar, que por consiguiente necesitan que alguien los guíe; y en tercer lugar, que yo les aconsejo en una de las áreas más importantes de la vida. Sin mencionar los consejos que les doy en mis otras columnas sobre literatura y cine. Pero dejando mis preocupaciones a un lado, el caso es que has cogido unas purgaciones y ésta no me parece una razón lo suficientemente poderosa como para que te deprimas.

Field se encogió de hombros. Llegó su café y reclamó su bocadillo.

–Debe de haber algo más.

–No, nada. Sólo que estoy en horas bajas.

—¿Quién vive contigo?

—Nadie. La eché el mes pasado.

—Afortunadamente —replicó Crappe aliviado— no te verás obligado a dar ninguna explicación embarazosa, como por ejemplo: «No, esta noche no, estoy cansado», o «no, me he sentado sobre las pelotas y me duelen».

—¿Cómo?

—Es más común de lo que imaginas entre los que usan calzoncillos holgados, que por otra parte son mejores sexualmente que los ajustados. Sin embargo, si eres de los que los usan holgados, no debes sentarte jamás apresuradamente en una silla dura, jamás. Éste es mi pretexto predilecto para un descanso sexual. Sólo puedes utilizarlo una vez cada cinco años más o menos, ya que por su carácter inusual, la excusa es de difícil repetición. Pero cuando la utilizas, ¿quién se atreve a contradecirte?

—Nadie, Crappe.

—Exactamente, nadie.

—Tu esposa, por ejemplo, ¿se lo creería?

—¿Mi esposa? —repitió Crappe, atónito—. No, pero lo esencial no es que se lo crea. Lo importante es ofrecerle una explicación lo suficientemente digna como para que pueda simular creerla sin parecer ingenua o, evidentemente, estúpida. Las mujeres inteligentes jamás te perdonarán que las hagas pasar por ingenuas, lo detestan —concluyó, vaciando su cerveza y comiéndose los cacahuetes uno por uno.

Crappe tenía fama de gorrón y era capaz de conservar varias horas la misma cerveza hasta que alguien le invitara.

—¿Quieres almorzar conmigo?

—No, Field, eres muy amable, pero te acepto una cerveza. Te diré cuál es tu problema —prosiguió cuando tuvo la nueva botella en las manos, con un aire crítico y conocedor—. Echas de menos el periodismo, hacer algo significativo.

—Crappe, ¿por qué no dejas de repetirme lo mismo cada vez que nos vemos? Me vuelves loco.

—Por tanto, lo admites. Una reacción exagerada demuestra ineludiblemente que la afirmación es justa. ¿En qué te has convertido, Field? ¿Uno de los mejores periodistas que conozco? No eres más que un simple mercader.

—Gracias a lo cual gano tres veces más que antes.

—El dinero es muy tentador, no te lo discuto.

—No tengo que levantarme por la mañana, puedo tomarme unas largas vacaciones y mantengo a mi hija en la mejor universidad.

—Tentador. Muy, pero que muy tentador —replicó Crappe, encogiéndose de hombros como si la información le doliera.

—Tú eres quien ha dejado de ser el mejor reportero de narcóticos en la ciudad para escribir sobre bares de alterne —insistió Field.

—Ahora te deslizas hacia la inexactitud. Permíteme que te lo aclare. Lo que dices no es cierto. No tenía sentido que siguiera perdiendo el tiempo. Las cifras, por ejemplo, hablan por sí solas. Un buen día, cuando todavía me dedicaba al «mundo de las drogas», estaba en mi despacho leyendo unas estadísticas anuales; cuando terminé, algo había muerto dentro de mí. Presenté inmediatamente mi dimisión. De esta parte del mundo salen treinta y dos toneladas de heroína todos los años. El total capturado por la policía es de media tonelada. El tráfico de heroína es como la guerra de guerrillas, Field, circula por los cauces de menor resistencia. Las hondonadas. Los interminables valles de la sociedad humana. Personalmente puedo haber pasado un año entero denunciando los crímenes de un traficante en particular y los éxitos de una red determinada. El día en que la policía se ha decidido por fin a detenerle y cerrar sus vías de suministro, el material circula tranquilamente por otro cauce. Esta parodia de la justicia me indujo a analizar la situación desde mi punto de vista como historiador. ¿Existe realmente el deseo de interrumpir el tráfico? ¿Quién lo desea? ¿Tú? ¿Yo? ¿La sociedad? Son demasiados los que chupan del bote. Estamos en la misma situación que los chinos hace un siglo, obligados por Occidente a fumar opio. Ahora se ha invertido el proceso y es mucho peor. La mitad del tiempo somos nosotros mismos quienes nos obligamos. El sexo, por otra parte, es un tema positivo; sin duda más importante que las drogas. Me ocupo del deseo y de la gratificación, Field; las debilidades humanas más importantes y duraderas. Busco en mi interior el significado de los flujos corporales.

–¿Y qué descubres?

–Baste con decir que se me conoce como el más rápido de los corredores de fondo de la ciudad. Me he acostado con muchas tailandesas, pero sólo me he casado con una de ellas.

Field, que había dejado de concentrarse en lo que decía, asintió vagamente. Siempre le había resultado difícil permanecer atento a una conversación. En otra época había hecho enormes esfuerzos para concentrarse en una sola dirección, pero había acabado por no interesarse por las formalidades públicas, al igual que Crappe había dejado de hacerlo por el tráfico de drogas, permitiendo que su mente le dirigiera a su antojo.

Por supuesto Crappe tenía razón; Field no obtenía satisfacción alguna de la venta de muebles de mimbre y tractores en el Sudeste asiático. No era el escribir lo que echaba de menos, sino la carga de adrenalina que acompañaba a cada nueva historia. Pero cuando comparaba aquel placer perdido con su deseo de seguir viviendo en Bangkok, el equilibrio de la balanza eliminaba toda duda en su elección. Con lo poco que se pagaba por lo que escribía, sólo un joven podía sobrevivir en una ciudad como Bangkok. No es que Field viviera ahora en un ambiente más lujoso que antes; en todo caso puede que peor. Mandaba la mayor parte de su dinero a una cuenta libre de impuestos en Hong Kong, quedándose sólo con lo necesario para vivir, para mujeres, para mantener a la madre de su hija y, por supuesto, a su propia hija, Songlin.

Había sido la consecuencia, imprevista, de sus primeros amoríos a su llegada a Tailandia. La formación irlandesa en un barrio obrero de Montreal hizo pensar a Field que aquel embarazo no era más que una estratagema, propia de una mujer pobre e ignorante para ganarse un pasaje a Norteamérica, y la repudió. Al mismo tiempo, comenzó a mantenerla a un nivel superior al suyo, para asegurarse de que su hija era atendida debidamente. Esta paternidad a distancia había constituido el mayor éxito de su vida. Songlin había resultado ser inteligente y logró que ingresara en Mater Dei, la mejor escuela tailandesa, a pesar de sus orígenes católicos. Al concluir su bachillerato, en 1984, le pagó el ingreso a Chulalongkorn, la universidad de los ricos y mejor educados. Nada de ello habría sido posible de no haber sido porque era inteligente. En realidad, Field estaba convencido de que tenía una mente privilegiada. El dinero que acumulaba en Hong Kong estaba destinado a comprarle la libertad de hacer lo que se le antojara en la vida: casarse con un tailandés de buena familia, abrir un negocio o entrar en el cuerpo diplomático. Con el mismo ahínco con que Field eludía la respetabilidad para sí, estaba decidido a garantizársela a ella.

—Dime, Crappe, ¿dónde puedo encontrar el mejor cuerpo nuevo de la ciudad?

—Mucha gente me lo pregunta. Te sugiero que esta semana vayas al Fire Cat. La temporada turística es tan baja, que han comenzado a bailar sin bragas.

—¡Quién lo habría dicho!

—Gracias por la cerveza, eres muy amable —dijo Crappe, decepcionado por la reacción de su interlocutor—. El mundo del vídeo me espera —agregó con la boca más pequeña que de costumbre, levantándose de la mesa y caminando como un pato hacia la puerta.

Llevaba un pantalón muy alto de cintura, de modo que el cinturón parecía un collar alrededor de lo que podía haber sido el cuello de su cuerpo periforme.

Field observó la silueta que desaparecía por la puerta y permaneció sentado contemplando indeciso los restos de su bocadillo de carne, hasta asegurarse de que en los mismos no se ocultaba ningún mensaje; de pronto se levantó y salió a la calle a enfrentarse con el calor. Salvó cuidadosamente el muro de medio metro, construido delante de la puerta para protegerse de las inundaciones. Se trataba de una tosca barrera de hormigón, originalmente decorada con baldosas, arrancadas por las inundaciones del año anterior. Titubeó bajo el sol, que con sus rayos abrasaba el aire acondicionado de su piel. Según Woodward, el mejor tratamiento para las enfermedades venéreas consistía en descanso y abstinencia absoluta. Pensó en irse a su casa y acostarse, pero la idea le dejó indiferente, totalmente indiferente.

En una pared, a su derecha, alguien había marcado los niveles alcanzados por diferentes inundaciones; el más alto correspondía a 1983, con un metro aproximadamente en el mes de septiembre. El problema, evidentemente, no lo constituían las subidas del agua, sino el hecho de que la ciudad se hundiera a razón de unos doce centímetros por año. Las limitaciones del servicio municipal de agua habían inducido a la gente a construir pozos artesianos –unos diez mil en treinta años– y la ciudad, edificada sobre el barro del estuario del río Chao Phya, se hundía cada vez que se abría un grifo o se tiraba de la cadena del retrete. A raíz del desastre del ochenta y tres, las autoridades habían anunciado un gigantesco programa de control de inundaciones.

Field observó la marca de la pared y comprobó que la pintura era fresca. Quizá se tratara de una broma; o de una protesta. Después de todo estaban ya en agosto, a menos de un mes de las previsibles inundaciones otoñales, y las compuertas y diques diseñados sólo existían en los planos. Los únicos que disponían del dinero e influencia necesarios para convertir en realidad el programa de emergencia eran los menos interesados, porque eran los propietarios de los pocos edificios que no se hundían; es decir, los nuevos rascacielos construidos sobre profundas columnas subterráneas. Field soltó una sonora carcajada; el cinismo era uno de sus refugios fáciles.

Sorteó un montón de piedras y barro para cruzar la calle Patpong, al otro lado de la cual había un discreto cartel en el que se leía PAGA'S APARTMENTS, en la fachada de un edificio de tres plantas. Ahí era donde Paga, la reina de Patpong, había empezado su escalada hacía quince años. Ahora era propietaria de una docena de bares y centros de masajes y controlaba más de quinientas chicas. Field subió por la destartalada escalera de madera hasta un primer piso donde había un bar, una barbería y un despacho, rodeados de una pared de cristal que protegía el aire acondicionado. Los pisos, desde donde Paga dirigía su imperio, estaban en la planta superior.

La camarera, que esperaba en el rellano, había comenzado a hablarle cuando todavía subía por la escalera:

–Hola, señor, ¿un masaje? ¿Quiere un masaje?

–Quiero ver a Paga.

–¿Paga? ¿Qué desea? –le sonrió desde el interior de su alegre vestido.

–Dile que soy su amigo.

–¿Gran amigo o pequeño amigo?

–¿Por qué?

–Quizá esté durmiendo.

–Gran amigo.

–De todos modos, vuelva más tarde, ¿de acuerdo?

–Vamos –insistió–, ya me conoce. Dile que soy Field.

Ambos habían llegado a Bangkok hacía veinte años y se habían conocido, por así decirlo, casi inmediatamente. Paga tenía entonces veinte años y había llegado prácticamente descalza de un pueblo del nordeste, con sus tres hijos a cuestas, después de abandonar en los campos de arroz a un marido con quien había compartido siete años de matrimonio. Había comenzado su carrera en Bangkok como azafata en el café de París, por doscientos cincuenta gahts mensuales, equivalentes a unos diez dólares. Doblaba el sueldo acostándose con los clientes. Field había contribuido muy modestamente a sus ingresos, llevándola a su casa en un total de tres ocasiones, cuando Paga andaba ya a la búsqueda de hombres ricos, con el fin de obtener un máximo de beneficio con un mínimo de desgaste corporal. Con un solo vistazo al piso que entonces tenía Field, le descalificó inmediatamente; sin embargo, se hicieron amigos.

—Field —repitió a la muchacha, sin recordar si se habían acostado juntos—. Vamos, díselo —insistió, dándole una palmada en el trasero.

—Vuelva más tarde, ¿de acuerdo? —respondió la chica, mirándole con dudas.

—¿Lo ves, John? Todos los *farang* parecen iguales —dijo Paga mientras bajaba apresuradamente por la escalera y le cogía del brazo—. Quieres venir conmigo... —agregó en tono de orden más que de pregunta.

Obligó a Field a dar media vuelta y le arrastró hasta la acera, desde donde miró a lo largo de la calle, levantando la barbilla con impaciencia.

—¡Mi hijo es tan lento! ¡Tendría que mandarle de vuelta al pueblo! ¿Dónde se habrá metido?

—¿Estás muy atareada?

Levantó todavía más su barbilla, que era ancha y fuerte. En realidad, todas sus facciones eran duras. Con el transcurso del tiempo el busto y el trasero habían adquirido unas buenas proporciones. No es que estuviera gorda, sino que había asumido las dimensiones del éxito, lo cual contribuía a manifestar sutilmente que su cuerpo había dejado de estar en venta. En todo caso, su belleza nunca fue nada extraordinario. Su éxito con los hombres había sido en todo momento simbólico del valor del fondo sobre la forma. Vestía pantalón de poliéster y blusa holgada de algodón.

—¡Ahí está! —exclamó, bajando de la acera y subiendo a la parte trasera de un Mercedes negro—. ¿Dónde te habías metido? ¿Eh? ¿Dónde te habías metido? —dijo, golpeando el hombro débil y anguloso de su hijo, mientras éste se hundía en el asiento sin rechistar—. Petchaburi Road. Soi 37. ¡Date prisa! Siempre estoy muy atareada, John —prosiguió, dirigiéndose a Field, mientras le estrujaba cariñosamente el muslo con dedos cortos y robustos, lo que centró de nuevo su atención en el dolor de sus genitales–. He pasado la mañana educando nuevas chicas.

Field soltó una carcajada.

–¿De qué te ríes? –preguntó, apuntándole con la barbilla–. Cuando abrí el primer bar, ¿lo recuerdas?, el negocio no funcionaba muy bien. Lo probé todo, cambié muchas cosas, pero seguía sin tener éxito. Entonces lo comprendí. Era cuestión de encontrar las chicas adecuadas y enseñarles cómo complacer a los hombres. El sexo es sólo el veinte por ciento; dura apenas unos minutos. Es importante, pero la chica debe aprender también todo lo demás: cómo lograr que el hombre se sienta como un héroe.

–No exageres, Paga.

–En serio. Todos los hombres quieren ser héroes. Por consiguiente a mis chicas les enseño de todo. Lo más fácil es cómo hacer el amor: cómo moverse, cómo hacer determinados sonidos, cuándo hay que gemir, el modo de respirar... Tú lo sabes perfectamente, John. Lo más difícil es lograr que el hombre se sienta a gusto. Sabes que a los hombres a veces les gusta dárselas de listos, y por tanto la chica tiene que aprender a comportarse como si fuera estúpida. El hombre quiere actuar como un león, ella tiene que aprender a hacerlo como un cordero.

–¿Me estás diciendo que en veinte años jamás he logrado brindarle a nadie un solo momento de placer?

–Tú les das dinero, John, y el dinero es una forma de placer cuando no se tiene; quizá amistad, y ésta puede proporcionar también placer cuando una chica te conoce bien.

–Magnífico, Paga, magnífico. ¿No obtiene tampoco ninguna satisfacción cuando el hombre es un artista del sexo?

–No siente absolutamente nada –respondió Paga, desechando un concepto tan abstracto–. Sólo piensa en cómo hacerlo mejor. ¿Estás bien, John? No tienes buen aspecto.

–¿Medio millón de chicas que no hacen más que actuar? –replicó Field, ignorando la pregunta.

—Sólo las mejores. Por eso mi negocio es como una gran escuela de arte dramático. Una buena actriz me proporciona beneficios. No soy inteligente, pero me conozco y la mayoría de las chicas son como yo; trabajan duro. Saben que no pueden confiar en los hombres para nada; son todos unos fanfarrones.

—¿Qué me cuentas, Paga, cuando precisamente lo que necesito son ánimos?

—No va por ti. También eres un fanfarrón, pero buen tipo. ¿Cómo tienes tan mal aspecto?

—Tal vez porque en estos momentos no tengo una buena actriz que circule por mi casa.

—Estás envejeciendo, John. Cuando empecé, yo era joven. Ahora también soy vieja, pero he aprendido. Tú no aprendes nada, John; eres todavía un chiquillo. Primera lección: la vida es simple; todos los hombres andan siempre en busca del sexo. Excede su capacidad, pero lo desean. No es el caso de las mujeres; por lo menos no permanentemente. Ellas tienen que aprender cómo hacerlo cuando no les apetece.

Al comprobar que Wireless Road estaba completamente abarrotada de tráfico a partir del cruce, el hijo de Paga giró a la izquierda hacia Ploenchit Road sin mirar antes y tuvo que detener bruscamente el coche en un atolladero todavía peor.

—¡Imbécil! —exclamó Paga, mientras le propinaba un bofetón en la nuca—. Ella tuvo que hacerlo permanentemente —agregó, señalando la estatua de la reina Victoria, situada en medio del césped de la Embajada británica, entre la verja y la residencia.

—Valió la pena —comentó Field, contemplando las guirnaldas que rodeaban el cuello de la estatua—. De no haber sido tan prolífica, aquí nadie la recordaría.

En Tailandia estaba muy arraigada la creencia de que la reina Victoria era una diosa de la fertilidad; las mujeres que tenían problemas para tener hijos, le traían ofrendas.

—No seas bobo, John. Si sólo se tratara de meterse en

la cama con un hombre, conozco a muchas como ella –dijo mientras se inclinaba sobre el hombro de su hijo, daba un bocinazo y abría impacientemente los labios, mostrando dos hileras de dientes pequeños y muy apretados–. Jamás me ha gustado Bangkok; sólo sirve para ganar dinero. Este ambiente tan sucio me pone enferma. Una hora en medio del tráfico y tardo un mes en recuperarme.

–¿Por qué no regresas a los campos de arroz?

–Puedes reírte, pero pronto lo haré; ya lo verás.

Pasaron otra media hora en el coche. El secreto para vivir en Bangkok, si uno tiene prisa o está delicado, consiste en desplazarse lo menos posible, ya que se tarda entre treinta minutos y una hora en cada desplazamiento.

Cuando Field comprobó que salían de Petchaburi para entrar en un callejón paralelo al cinturón elevado, se dirigió sorprendido a Paga:

–¿No me digas que vas a ese hotel chino?

Ella asintió con indiferencia.

–¿No estarás relacionada con ellos?

–Puede que asociada sea un término más adecuado. ¿Quién podría, si no, entrenar a sus chicas? Si no se las educa, no sirven para nada cuando son mayores. ¿Y entonces a qué se dedican? No pueden hacer nada. ¿Visitas alguna vez el hotel?

–Me recuerdan a mi hija –respondió Field, moviendo la cabeza.

–¿Es ésa la única razón? –preguntó Paga sin darle importancia.

–Tampoco me gusta la idea de que las chicas estén encarceladas. Con ello se elimina lo que podríamos llamar el último elemento de aventura.

Field se dio cuenta de que Paga no había captado la ironía.

–No parece importarles a los demás *farangs*.

–Ni a los tailandeses –replicó Field, encogiéndose de hombros–. ¿Estás sugiriendo algo ético?

No tuvo tiempo de responderle. Habían entrado ya en

el patio del edificio de hormigón, de tres pisos de altura, y Paga se apeaba del coche. El vestíbulo y la escalera, también de hormigón, no tenían decoración alguna, a excepción de un viejo con sandalias de goma que les indicó con la mano que subieran, cuando estaban ya a media escalera. Un par de individuos que escuchaban la radio, acomodados en sillones baratos, impedían el acceso al primer piso. La música de *Born in USA* impregnaba el ambiente.

—¿Guardianes del zoológico? —preguntó Field.

Paga asintió mientras seguía subiendo hacia el segundo piso, donde una docena de chicas agachadas se peinaban mutuamente, o charlaban en corros mientras se hacían la manicura. Miraron a Paga al verla aparecer y guardaron un respetuoso silencio. A la izquierda había un pasillo, con unas sesenta puertas. Otras chicas entraban y salían de las habitaciones, llenando el ambiente con un suave vocerío. Era todavía temprano para trabajar y la mayoría iban en tejanos, pantalón corto, o *sarong*. Unas pocas ya se habían vestido y embadurnado con tanto maquillaje que parecían adultas. Sin embargo, su disfraz fracasaba al verlas junto a las demás; el efecto que producían era el de niñas que jugaban a ser mayores. Las niñas, cuyas edades oscilaban entre los doce y los dieciocho años, miraban a Paga con una sonrisa anhelante, mientras ésta las observaba.

—Aquí les gusto, soy popular. Vengo a darles lecciones y de vez en cuando me llevo a alguna de las mayores que tenga talento y le ofrezco un trabajo decente.

—¿Decente?

—Donde no esté encarcelada —respondió, agregando sin dirigirse a nadie en particular—: ¿Dónde está Yang? —Nadie respondió—. ¡Yang! —repitió, dando un par de fuertes palmadas que retumbaron por el pasillo—. ¡Yang! —insistió, dando otra palmada.

De una de las habitaciones apareció un individuo, con el aspecto del que acaba de saltar de la cama. Se arregló mientras caminaba por el pasillo y cuando llegó a la sala parecía un elegante californiano, con su pantalón blanco y una camisa sin cuello, escotada, que mostraba un pecho sin pelo y con dos cadenas de oro. Estaba a la defensiva.

—He estado esperándola todo el día —dijo.

—¿Dónde está la chica? —replicó Paga en tono desdeñoso.

—¿Quién es ése?

—El señor Field, inspector médico.

—¿Qué quiere decir con eso de inspector médico? —preguntó Yang, azorado.

—¿No comprende el idioma en el que le hablo? Tráigame a la chica —le dijo, dándole un pequeño empujón.

Cuando les dio la espalda, Paga miró a Field levantando las cejas para indicarle que guardara silencio. Yang les condujo a una habitación idéntica a las demás, sólo que en lugar de una cama había cuatro sillas, utilizada como sala de recepción donde los clientes podían elegir la chica que les interesara. Miró perplejo a Field y los dejó, cerrando la puerta a su espalda.

—¿A qué viene eso de inspector? —susurró Field.

—Me lo he inventado —respondió Paga, satisfecha.

—Eso ya lo sé.

—Yang es un cerdo. Hay que incordiarle, ¿de acuerdo?

Se abrió la puerta y Yang dio un empujón a una chica para que le precediera. Llevaba un *sarong* castaño y parecía insípida, pero la presencia de Paga eclipsaba a todos los demás.

—De modo que vuelves a estar enferma —le chilló Paga a la chica hablando en thai—. ¿Cómo ha ocurrido? Sabes que no debes trabajar. ¿Te han obligado a hacerlo?

La chica movió la cabeza sin levantar la mirada.

—Una no se contagia del aire. ¿Quién miente? Yang, ¿la ha obligado a trabajar?

—¡No!

—¿Piensa que le creo? Sé que es capaz de obligarla a mentir —dijo, y dirigiéndose a la chica—: ¿Te duele?

—Sí, es muy doloroso.

—¿Igual que la última vez?

La chica titubeó, probablemente intentando decidir si era peor el dolor o el lío en el que se estaba metiendo.

—Más o menos —dijo finalmente.

—¿Supura?

—Sí.

—Eres una estúpida. Déjame ver la herida.

La chica se levantó el *sarong*. Llevaba unas bragas de algodón con puntillas y sobre las mismas tenía una cicatriz de doce centímetros.

—Así no puedes bailar.

Field se le acercó para examinarla. Cuando tocó su piel comprobó que estaba temblando y al levantar los ojos vio que le miraba fijamente, como si temiera que fuera a golpearla. Era la mirada de una niña asustada. Le brindó una pequeña sonrisa y ella cerró los ojos. La cicatriz era fina y muy nítida. Los cirujanos tailandeses eran muy hábiles, pero Paga tenía razón. No se puede contorsionar un abdomen, por muy atractivo que sea, bajo unos focos que iluminen una cicatriz de doce centímetros. Evidentemente podía convertirse en masajista, para lo cual no tendría que bailar, sólo desnudarse integralmente para entrar en acción, en cuyo momento la cicatriz, con toda probabilidad, no tendría importancia.

De no haber sido porque la chica estaba tan claramente aterrorizada de todos los presentes y en particular de Yang, Field habría reconocido que sus largas piernas y sus elegantes muslos le habían parecido muy atractivos. Era más alta que la mayoría de las norteñas (Field supuso que procedía del norte) y en lugar de las formas suaves y redondeadas que solían caracterizarlas, tenía los hombros anchos y el cuello largo.

—¿Qué le ha ocurrido? —preguntó.

—Cogió una infección, como todas; es decir, como puede ocurrirle a cualquiera —respondió Yang, de nuevo a la defensiva.

—El señor Field inspecciona las enfermedades venéreas en Bangkok. La policía espera su informe... y me han pedido que colabore –dijo Paga, respondiendo a la pregunta que Yang no se atrevía a formular.

–Fue sólo una gonorrea –insistió Yang–, nada especial.

–Entonces ¿a qué se debe la cicatriz? –preguntó Field, indicando a la chica que podía bajarse el *sarong*.

–Dejó que se le infectara.

–En el negocio de Yang hay mucha suciedad –intervino Paga–. Un buen día me encontré a esta chica en su habitación, medio muerta, y la llevé al médico. Dijo que la infección era tan brutal que había estallado algo. Yo no acabé de comprenderlo.

–Esta chica no se cuida –insistió de nuevo Yang–. Creo que la sucia es ella, lo coge todo con mucha facilidad.

–¿Facilidad? –exclamó Field, alarmado–. Lo que me está diciendo es que no tiene resistencia a las enfermedades. Nos preocupa la posibilidad de que el SIDA prolifere aquí entre las prostitutas. Creo que tendremos que cerrar el local mientras examinamos a la chica.

–¡No, sólo son purgaciones! ¡Sólo purgaciones! –exclamó Yang, saliendo apresuradamente de la habitación y regresando al cabo de un momento con un gran sobre de color castaño, que puso en manos de Field–. Eso es lo único que tiene. Además, ya no la necesito; hoy se marcha de aquí –agregó, indicando el sobre–. Mire en el interior.

Field hojeó los documentos; había informes médicos en thai y radiografías. Los términos médicos no le decían nada; se lo devolvió todo a Yang, pero éste no quiso aceptarlo, como si los propios documentos estuvieran contagiados, y acabó dejándolos sobre una silla.

–No tengo adonde ir –dijo la chica, que había estado escuchando con gran atención, aunque sin duda sólo comprendía la mitad de lo que se hablaba en inglés.

–Quédesela usted –ofreció Yang, dirigiéndose a Paga–, o puede regresar al pueblo. Tu familia –le dijo a la chica, amenazándola– tendrá que devolverme tres mil gahts.

–Mis padres están muertos.

–¡Mentirosa!

—Aunque lo fuera, jamás recuperará su dinero —intervino Paga, impacientándose.

—¿Qué edad tiene? —preguntó Field.

—Diecisiete —respondió Yang de mala gana—. La contraté a un agente rural hace tres años. Doce mil gahts. Falta un año para concluir el contrato. Me deben tres mil.

—Eso es menos de lo que le saca en un par de noches —replicó Field, que comenzaba a sentir una profunda aversión hacia Yang.

—No tiene nada que ver con el trato. Además, en los últimos seis meses ha pasado cuatro en la cama. Esta chica está siempre enferma; no sirve para nada.

—No puedo quedármela —dijo Paga, moviendo la cabeza—. Demasiado joven para mí; le falta experiencia. Si no tuviera la cicatriz, podría utilizarla como camarera. El trabajo es fácil, pero imposible con esa cicatriz. ¿La ha visto el médico, Yang?

—No, me enteré ayer de que estaba enferma. La última vez usted se ocupó de ella y por eso la he llamado. Quédesela y le daré el contrato por dos mil quinientos.

—Entonces yo pago el médico y la mantengo mientras está enferma; ni hablar.

La chica se arrodilló, levantó las manos juntas como para rezar en dirección a Paga y su voz se convirtió en un suave gemido:

—*Khun Paga. Khun Paga.* Por caridad, *Khun Paga.*

Sus súplicas eran propias de un escenario, lo que convertía la situación en más lamentable aún. Sin embargo, sólo sirvieron para aumentar el furor de Paga. Comenzaba a creer que todo aquello no era más que una estratagema de Yang para colocarle una mercancía deteriorada. Era de suponer que la chica suplicaría, ¿qué otra cosa podía hacer?

—Ocúpese de que se cure, Yang, y después hablaremos.

—No. Si usted no se queda con ella, la echaré.

—*Khun Paga! Khun Paga!*

—¡Cállate! —exclamó Yang, arreándole un soberano porrazo.

Field intentó parar el golpe, pero estaba demasiado lejos. Sin embargo, la chica logró eludir el puño sin bajar las manos de su posición suplicatoria.

–*Khun Paga! Khun Paga!*

Paga estaba a punto de perder los estribos y para no hacerlo se dio la vuelta, tirando del brazo de Field. Cuando llegaron al vestíbulo, él volvió la cabeza para mirar a la chica; había girado sobre sus rodillas, de cara a la puerta, y seguía rogando, a pesar de que Paga había desaparecido ya de su campo de visión.

–*Khun Paga!*

Sin embargo, sus ojos no seguían la misma dirección que su cuerpo. Miraba fijamente el puño de Yang, todavía cerrado y ligeramente levantado. Sus ojos, grandes y claros, estaban llenos de terror, y la cabellera negra le llegaba hasta media espalda.

–Yo compraré el contrato –dijo Field sin darse cuenta de lo que había dicho, hasta que oyó el eco de sus propias palabras.

–No seas imbécil, Field; está enferma –dijo Paga, todavía invisible, después de un breve silencio.

–No me importa –replicó, regresando a la habitación y mirando fijamente a Yang sin ocultar su asco–. Quiero el contrato.

–¡Imbécil! –le chilló Paga, acercándose–. El contrato no vale nada. Ha dicho que va a echarla. Puedes quedártela gratis.

De pronto Yang comprendió que el *farang* no era un inspector médico, sino otro cliente.

–No, tiene que pagar. Si quiere a la chica, son tres mil gahts.

–Ha dicho dos mil quinientos.

–Eso era para usted, Paga, no para un *farang*. Para él son tres mil. Esta chica es muy atractiva cuando no está enferma.

Field se acercó a Yang y le agarró de la camisa.

–¡Cierra esa maldita boca! ¿Me oyes? ¡Ciérrala! Trae inmediatamente el contrato y sus documentos –le chilló, empujándole hacia la puerta; Yang tuvo que esforzarse para mantener el equilibrio.

Ni Paga ni Field dijeron palabra mientras esperaban. La chica había dejado de suplicar, pero permanecía de rodillas con las manos unidas, mirándolos a ambos alternativamente. Yang apareció con otro sobre, del que extrajo un contrato firmado por el padre de la chica y el agente rural. Más abajo figuraban las firmas del agente y la de Yang, que ahora se había sentado a escribir un florido codicilo al dorso, transfiriendo la propiedad de la chica a Field, y que firmó antes de entregárselo, junto con la pluma. Sólo después de que Field estampara también su firma, Yang sonrió. Entonces sacó el documento de identidad y el permiso de residencia de la chica y se los mostró desde una distancia prudencial, manteniéndose en todo momento cerca de la puerta, mientras Field sacaba tres mil gahts de la cartera (calculando mentalmente que equivalían a unos ciento once dólares estadounidenses) y se los entregaba a cambio de los documentos.

—Recoge tus cosas —ordenó a la chica.

Ésta salió medio arrastrándose de la habitación, con las manos todavía unidas, y ellos permanecieron en silencio durante cinco minutos.

—No es mal negocio para un *farang* —susurró finalmente Yang.

—Si acude a la policía, Yang, se las verá conmigo, ¿de acuerdo? —replicó Paga inesperadamente, creyendo haber detectado cierta amenaza en su comentario—. ¿De acuerdo? —insistió ante su silencio, que parecía indicar asentimiento—. Le ajustaré las cuentas como Dios manda —agregó Paga con satisfacción—. Alguna noche, cuando esté durmiendo, una de mis chicas le extirpará las pelotas. Eso o algo peor. ¿Me comprende?

La chica reapareció con una de esas bolsas baratas que regalan las líneas aéreas. Se había puesto un vestido de tarde, de color verde lima con encajes, así como carmín y rimmel. A Field le pareció que tenía un aspecto grotesco. Odiaba el verde en el mejor de los casos, pero no dijo nada y, después de recoger el sobre con los informes médicos, empujó a la chica para cruzar el corro de jovencitas que se había formado, atraídas por los gritos. Los guardianes del zoo del primer piso los observaron sin curiosidad. Field avanzaba como si llevara un piloto automático. En el patio, Paga le alcanzó y le agarró del brazo para detenerle.

—¿Adónde piensas ir, John?

—Cogeré un taxi —respondió, alejándose.

—¡Hasta luego! —chilló Paga.

Siguió por el callejón hacia Petchaburi Road, con la chica agarrada fuertemente del brazo, obligándola a seguirle el paso. Al llegar a la avenida recibió el impacto de la fuerte humedad y del calor, al mismo tiempo que el ruido del tráfico y la humareda de los tubos de escape. Su efecto combinado le volvió a la realidad y comenzó a sentirse como un imbécil. ¿Qué le había ocurrido? Contempló a la muchacha. Era grotesca. Llamó un taxi.

—Klong Toey.

—Ochenta gahts, señor.

No tenía fuerzas para regatear; cedió el paso a la chica. En el interior del vehículo sonaba una musiquilla por la radio.

—Tengo jaqueca —dijo Field, tocándose la cabeza—, pare la radio. ¿Cómo te llamas? —preguntó al cabo de un rato a la chica, cuando circulaban por el cinturón elevado en dirección al río, muy por encima de los tejados de la ciudad.

—Ao.

—Ao —repitió.

—Ao —confirmó ella, poniéndole la mano en el muslo y estrujándole los músculos.

Field bajó la mirada y vio lo pequeños que eran sus dedos, con uñas sucias tras el barniz malva. Sintió un agudo pinchazo en los genitales y le levantó la mano para colocársela sobre la falda. Entonces volvió la cabeza para contemplar a sus pies los tejados de hojalata que parecían desplazarse.

CAPÍTULO TRES

El taxi dejó a Field y a la chica en un descampado cercano al puerto, junto al suburbio de Klong Toey. Prolongadas ráfagas de viento levantaban el polvo a su alrededor. La lluvia vespertina llegaría dos minutos después del vendaval, por lo que Field agarró a Ao del brazo y la obligó a seguirle a toda prisa por un ancho sendero de tablas elevado, que caracoleaba entre un montón de chozas de madera, construidas sobre un pantano a la orilla del río Chao Phya, que separa Bangkok de Thonburi. Lo único que mantenía a los cuarenta mil pobres que vivían en el suburbio alejados de la tierra firme y de la parte relativamente próspera de la ciudad, era una ancha carretera. Vivían sobre una media de cincuenta centímetros de agua y llegaban a sus casas por un laberinto de senderos elevados, construidos, al igual que las casas, sobre un bosque de postes de madera.

Habían caminado apenas unos metros, cuando los zapatos de la chica se trabaron entre las tablas.

—Oiga, señor —suplicó.

Sólo se detuvieron el tiempo necesario para que se quitara los zapatos. Field conocía vagamente el camino a través del laberinto, que pronto dejó de estar formado por tablas anchas y sólidas, para convertirse en una superficie de madera de desecho con enormes boquetes. Esto, más el hecho de que todas las chozas a ambos lados fueran idénticas, hacía que los únicos puntos de referencia lo constituyeran alguna que otra casa mayor que las demás. Era característico del suburbio que cuando alguien tenía éxito en la vida no se trasladaba necesariamente al Bangkok de cemento, del otro lado de la carretera, del que se sentía física y mentalmente aislado. Optaba frecuentemente por quedarse donde estaba, reemplazando su vieja choza por una estructura mayor, construida sobre nuevos postes. Si bien en cualquier otro lugar de la ciudad la nueva casa habría parecido poco más que modesta, en Klong Toey era un palacio.

Sin embargo, a pesar de dichos puntos de referencia, Field se perdió dos veces y tuvo que pedir orientación. En cada ocasión tiró de Ao, metiéndose ambos en un portal. Las reglas del suburbio prohibían pararse en medio del camino, donde en pocos segundos podía cortarse la circulación. Hacía diez minutos que caminaban por los senderos del laberinto, cuando la lluvia comenzó a caer con gran intensidad, dejándolos inmediatamente empapados. Field miró a su alrededor en busca de un portal donde protegerse, pero no pareció hallar ninguno a su satisfacción y decidió acelerar el paso. Volvió la cabeza para asegurarse de que Ao le seguía. Con la lluvia se le había pegado el vestido al cuerpo y se le había corrido el rimmel por el rostro, pero estaba tan resuelta a obedecer que no protestó en lo más mínimo.

Las tablas pronto comenzaron a ser muy resbaladizas, como si estuvieran enceradas, y los zapatos de suela de cuero de Field patinaban a cada paso. Se detuvo para quitárselos, así como los calcetines, que utilizó para proteger los sobres de color castaño, apretado todo contra el pecho, lo mejor resguardado que pudo de la lluvia.

Todo el mundo se había puesto a cubierto y ellos avanzaban en solitario, rodeados por el silencio. Estaban lejos de los coches, los *tuc-tucs* y los autobuses que abarrotaban Bangkok, con la correspondiente ausencia no sólo de ruido, sino de humo. El aire era limpio y fresco. Curiosamente, el gobierno había construido fosas asépticas dentro del barro, de modo que el agua no desprendía ningún mal olor. A pesar de que los cuarenta mil residentes del suburbio tiraban la basura por la ventana, se veían muy pocos desperdicios; muchos restos de alimentos que probablemente se habrían podrido, desaparecían devorados por los peces.

Field halló a Michael Woodward cerca del centro del poblado, en una choza situada a un lado de una pequeña plaza, cubierta parcialmente de tablas que iban en direcciones diversas y a distinto nivel. Al otro lado había un puesto de ventas y el fondo lo ocupaba un edificio administrativo. El sector por donde llegaron se abría a un campo de lirios.

La choza de Woodward no tenía fachada, sino tan sólo una rejilla que permanecía abierta durante el día; antes de entrar, Field vio a un grupo de mujeres y niños que esperaban en el suelo, mientras Woodward le examinaba la boca a un niño en un rincón. No había indicación alguna de que hubiera podido ser un médico inglés. Llevaba un ancho pantalón de algodón negro y una sencilla camisa holgada sin cuello. Sobre la mesa que tenía al lado había un sombrero redondo de paja y una enorme bolsa de lona. Calzaba sandalias. Woodward vestía siempre como un campesino del interior, a excepción de cuando trabajaba en el Bangkok Nursing Home.

—San Meechai, buenas tardes —exclamó Field desde la entrada, deteniéndose el tiempo necesario para pasarse la mano por la cabeza, escurriendo el agua hacia el cuello, dejando los zapatos en el suelo y sacudiendo los sobres—. Te he traído una paciente.

—¿Qué estás haciendo aquí? —le preguntó, trocando el enojo en asombro y frustración al verle empapado.

Estas cuatro palabras en inglés causaron sensación entre las mujeres acurrucadas en el suelo, que sólo habían oído a Meechai hablar en tailandés.

—Acabo de decírtelo. Te he traído una paciente. ¿Dónde están tus amigos san Pedro y la Virgen María?

Field se refería a un cura norteamericano, el padre Peter, y a una monja china, la hermana Mary, que vivían y trabajaban en el suburbio desde hacía muchos años.

Woodward era el budista recién llegado, ya que sólo contaba con once años de antigüedad en el suburbio. Cuando se percató de la presencia de Ao, a la espalda de Field, con sus zapatos de tacón alto en la mano, el abundante maquillaje y su vestido de fiesta, comprendió a qué se dedicaba.

—Tráela mañana por la mañana al Home.

—Imposible —dijo Field, entregándole el sobre con los informes médicos—. Hace un mes estuvo a punto de morir y ahora tiene los mismos síntomas. Deja de mirarme fijamente, doctor Meechai, y lee estos malditos documentos.

Woodward dio una palmada en el hombro al niño que estaba atendiendo y le dijo que esperara con los demás. Tenía el paladar hendido. Los documentos estaban mojados, pero no se había corrido la tinta. Woodward los esparció sobre la mesa; después de unos minutos leyéndolos, volvió la cabeza para llamar a Ao, que seguía esperando en la puerta, apenas a resguardo de la lluvia.

—¿Dónde la has encontrado?

—En el hotel chino cerca de Petchaburi.

Woodward asintió sin comentario alguno y volvió a mirar a Ao, que se había acercado a él.

—¿Te han permitido que te la lleves?

—Pagando —respondió vagamente Field.

Después de reflexionar, el médico indicó a Ao que se dirigiera a un rincón donde había una mesa para examinar a los pacientes. Entonces corrió un rudimentario biombo, aislándose de Field y de los demás presentes. Field miró a las mujeres de Klong Toey que tenía alrededor y comprobó que todas le observaban atentamente. Al cabo de un rato, Woodward y Ao comenzaron a charlar en voz baja.

—¿Cual es el diagnóstico? —preguntó Field.

Al principio no halló respuesta alguna, pero al cabo de un momento se oyó la voz de Woodward, desde el otro lado del cartón divisorio.

—Tuvo una gonorrea, probablemente por enésima vez,

al igual que tú. No se especifica en los certificados, pero es probable que tomara antibióticos durante varios meses como medida preventiva, con lo cual simplemente aumentó su resistencia a la curación. No eliminó debidamente la infección y los microbios proliferaron, llegando a invadir las trompas de Falopio y formando gradualmente un bulto; un quiste, si lo prefieres. Ese bulto debió de ser perceptible, por lo menos para ella, y debió de dolerle bastante. Es probable que lo ocultara e intentara curarse sola. Entonces el quiste estalló y le provocó una peritonitis gonorreica; algo parecido a una perforación de apéndice pero más peligroso y desagradable. Entonces fue cuando de algún modo la atendieron en el hospital, en mi opinión prácticamente moribunda. Teniendo en cuenta dónde la has hallado, me sorprende que sus propietarios no se limitaran a dejarla morir. En el hospital la operaron, le hicieron un raspado y le extirparon la trompa infectada. Sospecho que, después de lo ocurrido, la otra ha quedado inutilizada, lo que supone una nueva victoria en nuestra campaña de control de la natalidad. –Entonces volvió a interrogar a Ao pausadamente en thai y al cabo de un momento salió del otro lado del biombo–. No le ha vuelto a crecer ningún quiste, por lo menos detectable, pero sospecho que está nuevamente infectada; bastante grave. Puede que en la otra trompa. Dice que no se ha acostado con ningún hombre desde la operación, lo cual es perfectamente plausible. Este tipo de explosión es como una bomba atómica. La lluvia contaminada se mete por todas partes y resulta muy difícil localizar todos los focos infecciosos para eliminarlos. Tráela mañana por la mañana al hospital, cuando vengas a ponerte la inyección. Le extraeré una muestra.

Dicho esto, Woodward se alejó unos pasos y llamó de nuevo al niño con el paladar hendido. Cuando apareció Ao, Field salió sin decir palabra. Estaba ya bajo la lluvia cuando oyó la voz de Woodward, al parecer a guisa de reflexión tardía:

–¿Te has vuelto loco o algo por el estilo?

–¿Yo? ¿Por qué?
–Pareces algo..., ¿cómo diría...?, preocupado.
–Sólo mojado –respondió, abriendo los brazos, con las palmas hacia el cielo para coger la lluvia, sin resguardarse.
–La chica dice que has comprado su contrato.
–¿Y...?
–¿No es una locura?
–Era barato. ¿Qué es esto, el análisis moral de Meechai? –agregó a la defensiva al comprobar que el médico no sonreía.
–Soy médico. La medicina se ocupa del cuerpo, no de la moralidad. Lo sé mejor que nadie. Cuando trato a toda esta gente –dijo, señalando con la cabeza a los pacientes sentados en el suelo–, sin cobrarles absolutamente nada, en Bangkok se dice que soy un santo. Cuando pregunto a gritos por qué los pobres no disponen aquí de una atención médica adecuada, se dice que soy comunista. No, no. Simplemente parece una locura.
–La compraventa es mi profesión, Meechai.

Entonces Woodward soltó una carcajada y se volvió para atender al niño del paladar hendido.

La lluvia había amainado, pero Field no parecía dispuesto a esperar que parara e indicó a Ao que le siguiera por la plataforma de madera. A pesar de que la temperatura había bajado, la humedad había subido, como ocurría siempre después de la lluvia, con el vapor que desprendía la tierra caliente, las paredes y los tejados. Toda la ciudad se transformaba en un gran baño de vapor. Le parecía curioso que, a partir del momento en que Woodward se cambiaba de ropa y abandonaba el Nursing Home, se expresaba en un inglés más sucinto y eficiente.

Field vivía en Soi 53, una travesía de Sukhumvit Road. Tenía una pequeña casa alquilada, en un terreno compartido por otras cinco casas. Comparada con otras residencias de Sukhumvit, la suya era mediocre tirando a ruinosa. El propietario, un hombre de negocios chino que vivía en gran esplendor no muy lejos de allí, no desperdiciaba el dinero cuidando el terreno. Había un único e ineficaz jardinero para una extensión donde se habrían necesitado cuatro, debido a lo cual la vegetación era casi tan frondosa como en una jungla. El vigilante del portalón no se inmutó cuando Field y Ao llegaron; estaba ocupado con unas pinzas, arrancándose los pelos de la barba uno por uno. La casa de Field estaba a la izquierda, tras un grupo de árboles.

Lo más atractivo estaba oculto en la parte trasera. La sala de la planta baja, que servía a la vez de comedor y sala de estar, tenía unos grandes ventanales que daban a un canal, del que sólo los separaba un terraza elevada de madera. Al igual que la mayoría de los *klongs* de Bangkok, éste no estaba unido a la red fluvial principal, por lo que era un pintoresco aunque putrefacto criadero de nenúfares y mosquitos, sobre todo de los últimos. En el piso superior había dos dormitorios y un cuarto de baño. En el exterior, junto a la entrada trasera, había una pequeña cabaña para el servicio. Durante los quince años que Field llevaba en aquella casa, la cabaña había estado casi siempre desocupada.

Había vivido con una serie de chicas, todas recién llegadas a Bangkok procedentes del campo, como las demás que configuraban la vida nocturna marginal de la ciudad. Si se sometían a ello, procuraba también utilizarlas como cocineras y lavanderas. No era una cuestión de avaricia por su parte. Después de todo, habría podido alquilar una sirvienta por cuarenta dólares mensuales, pero Field detestaba la idea de tratar con criados. Ya le resultaba bastante difícil entenderse con la chica que compartía su cama. El hecho de que un *farang* viviera con tanta austeridad, no sólo se consideraba inusual, sino incluso de mal gusto.

Después de echar de su casa a la última chica, hacía algo más de un mes, Field había recurrido a una vieja que a lo largo de los años le había lavado periódicamente la ropa y que era bastante buena cocinera de comida tailandesa. En esa ocasión le había pedido que se instalara en la propiedad como ama de llaves y había aceptado a regañadientes que trajera a su nieto, de veinte años, que trabajaría como vigilante por la noche. Eso le costaría otros veinticinco dólares.

El hecho de sucumbir a la necesidad de disponer de servicio contratado le había parecido en aquel momento un paso gigantesco en pos de la respetabilidad, que era lo que menos le interesaba. Sin embargo, la vieja había resultado ser tan desordenada e indisciplinada, que su vida se había convertido, si cabía, en más caótica que antes.

Lo más milagroso, dadas las circunstancias, era que todavía lograba, como siempre había hecho, salir todas las mañanas vestido con una pulcritud que podría denominarse elegante e impecable, y de la que la mayoría de los *farangs* eran incapaces, aun disponiendo de servicio. Claro que se trataba de gente que no era verdaderamente feliz en el ambiente cálido y contaminado de Bangkok. Iban de una sala hasta el coche, siempre con aire acondicionado, y en el momento en que el aire auténtico tenía oportunidad de alcanzarlos, tanto ellos como su poliéster sudaban, se marchitaban y se arrugaban.

La obsesión por el aseo personal la había heredado Field de su infancia, durante la posdepresión, cuando unos zapatos bien lustrados y aparentar más riqueza de la real eran cruciales para la supervivencia moral. No le preocupaba en absoluto que su rectitud externa estuviera directamente en contradicción con su creencia de que el aire cálido e impregnado de humo fuera como un perfume. En realidad, esa contradicción parecía producirle un enorme placer.

Dejó los zapatos junto a otros pares en la terraza posterior y abrió la puerta de malla de un empujón. «¡Cook!» Nadie respondió. Entró, arrojó su camisa empapada en un rincón de la cocina y abrió el frigorífico de un manotazo. Se sirvió una cerveza y le ofreció una coca-cola a Ao, que le había seguido casi de puntillas y que examinaba con mirada furtiva todo lo que la rodeaba. Aceptó la botella, pero en lugar de beber se limitó a tenerla firmemente en las manos. Entonces comenzó a examinar con gran interés todos los objetos que vio en la casa. A pesar de que no había nada excepcional, se dedicó a abrir los cajones de la pequeña cocina, examinó el contenido del armario del comedor, sacó un plato para observarlo, lo volvió a su lugar y se dirigió hacia el área de la sala de estar, donde la única decoración consistía en cuatro sillones de mimbre con cojines de cuero y unas desordenadas estanterías en dos de las paredes, repletas de libros. Cogió algunos volúmenes para examinarlos detenidamente. En una de las estanterías había una fotografía en blanco y negro del padre de Field cuando era joven, vestido de ferroviario, con las Montañas Rocosas de fondo. En la parte inferior, alguien había escrito cuidadosamente a mano: *Banff 1928*. El marco era tailandés, negro y afiligranado. Field no había estado jamás en el oeste y conservaba la foto tanto por las montañas como por su padre. Ao la cogió en las manos y la observó atentamente. Iba dejando las huellas de sus pasos a su espalda. Antes de subir la escalera se detuvo para mirar a Field, que la observaba mientras bebía la cerveza.

—¿Puedo subir?

—Claro.

Ao desapareció con su bolsa. Field abrió una de las grandes puertas de malla y sacó una silla del comedor a la terraza, cubierta pero desprovista de paredes. Allí se acomodó para contemplar el *klong*, cuya superficie estaba repleta de nenúfares. Pensó en lo hermoso que era. Levantó la mirada hacia los árboles, que ya no estaban en flor. Hacía algunas semanas, las flores blancas y rojas cubrían sus ramas. Vio una ardilla blanca que saltaba de rama en rama. Formaba parte de una familia que vivía en el jardín, pero que apenas se dejaba ver. Puede que esta aparición inesperada fuera un buen augurio, como el de los elefantes blancos del rey. Quizá se tratara de un comentario de los dioses sobre la compra de Ao. Bajó la cabeza. ¿Por qué habría hecho algo tan estúpido? Escuchó los ruidos de Bangkok, más allá del jardín. El chirrido de una pala mecánica que operaba no muy lejos de allí se sobreponía a los demás sonidos. De pronto dejó de oírse y a continuación llegó el ruido que producía empujando el barro. Se oían varias radios. *Forever Starts Tonight* sonó en el ambiente, antes de ser engullida por un laberinto incomprensible de canciones. Llegaban voces del otro lado del *klong*, voces invisibles tras los árboles y las velas de bambú de los jardines. Por encima de todo ello se oía la vibración del tráfico y el frotar de las hojas de las palmeras en el viento. Cayó en un estado de estupor, saboreando inconscientemente su cerveza, hasta que con la llegada del ocaso el ruido comenzó a desvanecerse por etapas. De pronto lo que más se oía eran los mosquitos y se levantó para entrar en la casa.

Ao se había instalado en una silla del comedor, a la espera. No sabía cuánto tiempo hacía que estaba allí. Se había peinado, maquillado y llevaba un *sarong* castaño. Sin el vestido, su maquillaje parecía todavía más incongruente. La observó. Con toda seguridad, había pasado directamente del campo al prostíbulo y ésta era, sin lugar a dudas, la primera casa moderna que veía en su vida. Probablemente le parecía magnífica. Si lo supiera..., pensó Field. Ella le sonrió. Él se levantó para ir a su habitación y se encontró la bolsa de Ao junto a la cama y sus pertenencias ordenadas sobre la mesa.

—Ao —chilló.

Ella subió a toda prisa. Cuando llegó, Field cogió la bolsa y algunos de los enseres y los llevó al otro dormitorio. Ella le siguió.

—Tú duermes aquí. ¿De acuerdo?

—De acuerdo —respondió con el rostro inexpresivo.

—¿De acuerdo? —repitió.

—De acuerdo —asintió.

—John.

—De acuerdo, John.

Le brindó otra sonrisa, enorme e impregnada de timidez.

¿Y por qué no?, pensó. No sabe nada de nada, a excepción del sexo y la enfermedad. ¿Cómo podría no ser tímida? Mucha gente cree que ser conocedor del sexo equivale a tener mundología. Es absurdo. Se adquiere mundología siendo conocedor del dinero. Y conociendo a la gente con sus secretos y obsesiones. Pero el sexo... el sexo era tan mundano como la fontanería. Él le devolvió la sonrisa y la de Ao se hizo todavía mayor. Era atractiva. Sus labios abiertos mostraban una hilera de dientes ligeramente irregulares. Echó a reír y se cubrió la boca con la mano doblada. Field fue a ducharse.

Antes de abandonar la casa hizo un discurso a la cocinera: Ao es una niña y estaba enferma. Había que tratarla como tal, con firmeza y amabilidad. No se le debía permitir salir sola de la propiedad y tenía que dejar de utilizar maquillaje. Por la mañana iría con ella para comprarle un par de blusas, faldas y *sarongs* para estar por casa. Al final le advirtió que si su nieto se acercaba a menos de un metro de la chica él se encargaría personalmente de pegarle una paliza que le dejaría permanentemente lisiado, en particular los órganos genitales. Este último detalle llamó la atención de la cocinera. A continuación salió a la calle y cogió un taxi para dirigirse a la casa de Amara en Huamok, una nueva área al nordeste de Bangkok.

Aquella parte de la ciudad estaba construida sobre un terreno particularmente bajo, por lo que durante la temporada seca estaba infectada de mosquitos y durante la húmeda inundada. La razón por la que numerosos tailandeses adinerados habían decidido construir sofisticadas casas en aquel terreno era un verdadero misterio. Amara era un ejemplo perfecto del síndrome. Hacía diecinueve años que ella y su esposo habían regresado de estudiar en Suiza y Oxford, respectivamente, y entonces contrajeron matrimonio. Ambos habían pasado más de ocho años alejados de su país, sin visitarlo una sola vez. La suya era una historia bastante común entre las clases altas. Amara pertenecía a la familia más importante de

Tailandia, después de la familia real, y Tanun, su esposo, a otra familia semejante. Ambos contaban con numerosos regentes, cancilleres y generales entre sus antepasados. Tanun trabajaba en el Ministerio del Exterior.

Comunicaron a sus amigos que vivirían al estilo tailandés; algo que nadie hacía en aquella época. Adecuaron un terreno que ya poseían en Huamok, ocupado en aquel entonces por arrozales, y comenzaron a mirar por las zonas rurales, en busca de casas elevadas con hermosos tejados y madera labrada. Todas las que lograron comprar fueron trasladadas a Huamok, donde se reconstruyeron junto a un *klong*, alrededor de una plataforma elevada que servía de conexión entre todas ellas. Durante el día, para protegerse del calor, todo el mundo se instalaba debajo de la plataforma.

Tanun no tardó en dejar de interesarse por su trabajo. A los pocos años presentó su dimisión, arguyendo que no veía razón alguna para abandonar una casa perfecta y pasar el día entre el tráfico o aburriéndose. En su lugar, se dedicó a lo que realmente le interesaba, que era tocar piezas de jazz al piano. Era un buen músico y se dedicó a coleccionar todos los discos, cintas y películas de los grandes del jazz. Pasaba el día tocando o escuchando. En cuanto a Amara, Field no conocía a nadie que disfrutara tanto como ella de los pormenores de la vida.

La había conocido poco después de contraer matrimonio y se habían hecho grandes amigos, especialmente cuando Amara descubrió que una chiquilla llamada Songlin Prapanya, que acababa de ingresar en la escuela Mater Dei al mismo tiempo que su niña, era hija de Field. Eran muchos en Bangkok los que lo sabían, pero no hablaban de ello con él; se lo guardaban para chismorrear. Amara se lo había preguntado directamente, sin andarse con subterfugios, y Field había admitido que mantenía a la madre y a la hija, sin reconocerlas legalmente.

–He visto a esa mujer –insistió Amara–. Viene todos los días a recoger a tu hija. Es una mala pécora. Me pregunto qué objeto tiene mandar a una niña a Mater Dei y dejarla en manos de una mujer que se escarba los dientes y se rasca. Las demás alumnas le tomarán el pelo a tu pobre hija. Ya lo verás, será muy desgraciada.

Field la veía una vez por semana y tuvo que admitir que la niña sufría. Nadie quería saber nada de ella. Se equivocaba en todo, excepto en las lecciones, y su madre no sólo no podía explicárselo, sino que ni siquiera comprendía el problema. Su única contribución consistía en el afecto, que a juicio de Field era sincero. ¿Por qué no debía serlo? El hecho de que a no ser por la niña no habría habido dinero, no descalificaba necesariamente sus sentimientos. Por fin, hasta ella llegó a darse cuenta de que algo iba mal. Seis semanas después, Songlin se instaló en casa de Amara para el resto del curso. Se convirtió en la mejor amiga de Dang, la hija de ésta, y en los siguientes trece años pasó casi siete viviendo en aquella casa. Pero llegó un momento en que Dang siguió su educación en Inglaterra, mientras que Songlin se quedó en Bangkok para asistir a la universidad.

Field fue el último en llegar. Había ya una veintena de invitados, sentados en cojines por la plataforma elevada. Amara fue la primera en saludarle.

—¡Menos puntual que un tailandés! —le dijo, soltando una sonora carcajada—. Esta noche la cena será divertida. Vamos, tómate un vodka.

Siempre que la veía, con el cabello peinado hacia atrás cuando estaba en casa, le recordaba a un pequeño y regordete buda, aunque sumamente elegante. Miró hacia la plataforma y al fondo vio a Tanun tocando el piano, que siempre sacaban cuando daban una fiesta. Su público estaba junto a una pequeña mesa tailandesa, delante de él. Sobre las otras cinco mesillas, alrededor de las cuales se acurrucaban los invitados, había unas enormes fuentes esmaltadas, llenas de caviar gris y aceitoso. Y junto a cada una de ellas un gran bote de insecticida. Había innumerables mosquitos.

—¿Qué es esto? —preguntó Field, refiriéndose al caviar.

—Algo muy divertido, divertidísimo. Aquí tienes tu

vodka –dijo Amara, llenándole el vaso–. Tengo un amigo en la aduana. Ya debes saber que a los iraníes no les permiten sacar dinero de su país. ¡De ningún modo! Por consiguiente se traen caviar para vender. Igual que si fuera oro, ¿comprendes? Le sugerí a mi amigo que confiscara un poco en la aduana para dar una fiesta. ¿Qué te parece? Creo que ha exagerado.

Era una historia típica de Bangkok; cinco kilos de caviar confiscado. Cogió el vaso de vodka y miró a su alrededor. El público de Tanun lo constituían media docena de homosexuales tailandeses de buena familia, que se dedicaban tanto a charlar y reír como a escuchar. Habían traído a sus acompañantes, pero sin presentarlos, y éstos se habían instalado juntos en el suelo, contra una pared, hablando en voz baja entre sí y comiendo tanto como podían. Llevaban casi todos la cabeza rasurada. El corte de su ropa les permitía exhibir sus músculos, mientras que los elegantes maricas que los habían traído vestían prendas holgadas de lino o de seda, según los dictados de los diseñadores italianos o japoneses. Entre ellos había una mujer, a quien todos halagaban. Uno de ellos le acariciaba el cabello. Estaba tumbada como una auténtica reina rodeada de sus bufones.

–¿Quién es ésa? –preguntó Field.

–La esposa del general Krit.

–¿Krit?

–¿Cómo se sabe que un maricón tailandés tiene el SIDA? –preguntó uno de los maricas.

–Cuando sí da, pero no toma.

–Ya lo sabías...

–¿Está aquí Krit? –preguntó Field, alejándose de las carcajadas–. ¿Dónde?

Con la cabeza, Amara señaló hacia una mesa en la que sólo había dos hombres tumbados.

–¿Qué coño está haciendo aquí? ¿Desde cuándo cultiváis la amistad de megalómanos del poder?

–Santo cielo –exclamó Amara, llevándose la mano doblada a la boca mientras soltaba una carcajada–. He metido la pata, ¿no es cierto? ¿Tú y él no os lleváis nada bien?

—Efectivamente. Solía escribir comentarios sobre él para el periódico.

—¿Comentarios? ¿Verdaderos? ¡Vaya metedura de pata! Ven a reunirte con los chicos —dijo, refiriéndose a los homosexuales—. No te verá.

—No, no. ¿Por qué está aquí?

—Esta zona está a un nivel muy bajo, ¿no es así, Johnny? La primera que se inunda, ¿no es cierto? El general Krit ha hecho una declaración importante: tomará las medidas necesarias para que no ocurra. Hará funcionar los controles.

—¿Eso ha dicho?

—Efectivamente.

—Está loco. No han hecho nada todavía y falta menos de un mes.

—Así es. Pero él tiene poder político y bombas. Mucho poder y muchas bombas. Millares de bombas, pero no las suficientes para toda la ciudad. Por consiguiente, si van a utilizarlas para achicar una parte de Bangkok, mejor que sea ésta, ¿no te parece? ¿Cómo está Songlin?

—Le encanta la universidad.

—¿Por qué no viene a vivir a mi casa? No es necesario que coincida con Dang, para mí Songlin también es como una hija. Díselo. Dile que venga a vivir con nosotros una temporada.

Field asintió, pero en quien pensaba realmente era en Krit, tumbado ahí sin protección alguna, expuesto a que cualquiera que siguiera en el mundo de la información le interrogara.

—Escúchame, Johnny —le dijo Amara, acercándosele—. ¿Por qué no mandas a Songlin a la universidad con Dang? Estaría mucho mejor.

—Ya te lo he dicho, es tailandesa. No quiero que se confunda —respondió, señalando al marido de Amara—. Fíjate en Tanun, interpretando Fats Waller en lugar de trabajar. Si él está confundido, imagina lo que podría ocurrirle a una mestiza como Songlin.

—Me ha dicho que no le permites que aprenda inglés.

—¿Cuándo te lo ha dicho?

—La semana pasada.

—Eso significa que viene a verte; sin embargo, a mí no me visita jamás.

—Porque tú, querido Johnny, la visitas a ella una vez por semana. Cumplido lo estipulado, teme molestarte.

Field entornó los ojos con asco y se llenó el vaso. No le dolía la falsedad de aquella afirmación, sino precisamente el hecho de que fuera cierta. Siempre la había visto una vez por semana, en sus propios términos. Así era como lo había organizado.

—No significa que sienta menos amor por ella.

—Ven, come un poco de caviar.

—No tiene por qué aprender inglés —protestó Field—. Es tailandesa.

—Todos los demás estudiantes, a excepción de ella, lo aprenden.

—Puede que más adelante. No quiero que se confunda. Prefiero que no se forje ideas.

—¡Ideas! ¡Ah! ¡Ideas!

Field asintió de nuevo, se dirigió hacia el lugar donde se encontraba Krit y se instaló en la mesa adjunta a la del general.

—¡Hola! —le dijo, acomodándose en un almohadón duro y triangular.

Krit parecía estar en plena perorata con un *farang* a quien Field no conocía. Siempre había extranjeros en las fiestas de Amara, pero solían ser viejos residentes de Bangkok, más tailandeses que extranjeros. El inglés miró a Field con resentimiento, pero él hizo caso omiso de su actitud y repitió.

—¡Hola! Encantado de verle, general.

Gradualmente, Krit se concentró en Field. Le miraba con curiosidad, pero con desconfianza. En sus ojos se reflejaba el brillo combinado de la bebida y la ambición. Tenía un brandy doble con soda en la mano. Hasta hacía seis meses, el general había estado al mando de la región de Mae Hong Son, en el norte, junto a la frontera birmana. Esto había sido una especie de exilio político de Bangkok, como castigo por el papel secundario que había jugado en un intento de golpe de estado. Se había aprovechado del exilio, y del acceso que éste le ofrecía al tráfico contrabandista, para incrementar su fortuna. Entonces, inesperadamente, una delicada lucha política entre dos promociones de oficiales en Bangkok produjo un milagro: los grupos pertenecían a dos cursos distintos de licenciados de la academia militar y cada uno pretendía que el nuevo comandante de la primera división fuera uno de los suyos; se trataba de un puesto clave, ya que en Bangkok residía el poder y la primera división controlaba la ciudad. Ninguno de los grupos quiso claudicar ante el otro y optaron por ofrecer el mando a un tercero. A Krit se le consideraba un marginado, con más amigos en el ejército del opio que en el suyo propio. De pronto se le llamó, fue ascendido, nombrado y ahí estaba de nuevo en el centro del poder. No sólo eso, sino que ahora su fortuna le permitía divertirse. No era inmensamente rico, pero sí lo suficiente. Además, el dinero unido al poder significa más dinero; en seis meses, con la ayuda de sus consejeros chino-tailandeses, había pasado a formar parte de una docena de consejos de administración, cuyos contratos manipulaba para enriquecer a las empresas. Las arrugas provocadas por la decepción, que habían surcado su suave rostro al principio de su exilio, se le habían extendido ahora por el rostro, gracias a lo cual su aspecto era el de un estadista maduro, agotado, pero relativamente sensato. En realidad, tenía poco más de cincuenta años. La escalada había sido dura, pensó Field.

—Creo que le conozco, pero con esta luz, usted perdone... —dijo, mostrando con mucha educación las velas esparcidas por la plataforma.

—John Field. —A juzgar por su rostro, el general empezaba a alarmarse—. Ex periodista —agregó Field.

—Ex periodista —repitió Krit.

Se miraron fijamente el uno al otro, mientras el general recobraba la compostura.

–¿Ha dejado de escribir?

–Me dedico a los negocios –respondió Field–. Como usted.

–¡Señor Field! ¡Señor Field! –exclamó Krit en un tono repentinamente jovial–. Puede que haya dejado de escribir, pero no ha cambiado; siempre tan provocativo. Encantado de verle –dijo con aparente sinceridad–. Los viejos enemigos suelen ser buenos amigos, ¿no es cierto? Puede que hagamos algún negocio juntos, ¿qué le parece?

–Magnífico –respondió, sin que se supiera lo que con ello significaba.

–Le presento al señor George Espoir. Ha venido en busca de información para un libro y me ha estado preguntando sobre los conflictos en la frontera.

Espoir sonrió, cogió el bote de insecticida que había sobre la mesa y se roció las pantorrillas, los brazos y el cuello. A continuación saludó a Field con la cabeza, dando por sentado que, evidentemente, ya le conocía. Tenía razón. Field le conocía, a pesar de que jamás leía sus novelas. Con un ligero esfuerzo, incluso habría recordado su verdadero nombre; el que no utilizaba para firmar sus novelas. La expresión de autosatisfacción en el rostro de Espoir impidió a Field mostrar que le reconocía. En su lugar cogió el bote de insecticida e hizo como si rociara el caviar. El general Krit soltó una carcajada. Sobre la plataforma había abundante incienso encendido, y no obstante abundaban los mosquitos.

–La seguridad de nuestro país, señor Espoir, es tan delicada como la de nuestras pantorrillas –dijo el general, señalando el bote de insecticida–. Intentaba explicarle a nuestro amigo –agregó, dirigiéndose a Field–, que si bien en la frontera existe un auténtico problema humanitario, los refugiados de Camboya subrayan la verdadera naturaleza del mismo. Y si los occidentales dedican todos sus esfuerzos a ayudar a los refugiados, olvidando que tanto

Tailandia como la estabilidad de la zona están en juego, estamos perdidos.

—Estoy de acuerdo —dijo Field.

—¿En serio? —exclamó el general, mirando atentamente a Field—. ¿En serio? —repitió.

—Por supuesto. La mitad de la población de Camboya y de Vietnam del Sur desea huir. Pero ¿quién está dispuesto a recibirlos? ¿Por qué los acogerían en Occidente en lugar de refugiar a los checos, polacos, ugandeses o etíopes? Por consiguiente, si nadie los recibe, acabarán con varios millones de refugiados en Tailandia y los vietnamitas atacarán el país, porque entre ellos se ocultarán grupos de guerrilleros. En estos momentos todo apunta hacia el desastre. Y se da el caso de que a mí me gusta vivir en Tailandia. No me atrae la perspectiva de que los vietnamitas crucen la frontera. No deseo ver tanques en Sukhumvit. Sabemos que todo el mundo ha hecho auténticos desastres en Vietnam, Camboya y Laos; pero eso no significa que haya que repetir los mismos errores en Tailandia.

—¿Se da cuenta, señor Espoir? —asintió el general.

—Por supuesto. Comprendo que los problemas políticos son muy complejos —dijo amablemente Espoir—, sumamente complejos; qué duda cabe. Pero ¿y el problema humano? A mí me parece que, bien, jamás hay que olvidar el problema humano. Ayer visité un campo de refugiados en la frontera. Fue una experiencia muy humillante.

—Su reacción me parece muy interesante.

—No le comprendo —dijo Espoir, sin saber lo que Field quería decir.

—Humillante —repitió Field—. ¿Qué significa exactamente?

—Bien, ante una tragedia humana de tal dimensión, fui consciente de la fragilidad de nuestra propia...

—Claro —interrumpió Field—. Sólo que el hecho de sentirse humillado, señor Espoir, supone una condición específica, la de no sentir respeto por uno mismo, la de no autovalorarse. Una pretensión muy modesta. El término indica acción; acción constante para permanecer humillado. ¿Quiere decir que ha decidido dejar de vivir como un novelista famoso? —agregó, lamentando inmediatamente haber dado a entender que le reconocía.

—Hay ciertas contradicciones en la vida —respondió Espoir, sin dejar de sonreír amablemente.

—¿Y usted se dispone a servirse de las suyas para cambiar el mundo occidental?

—Pienso escribir acerca de los refugiados, sin duda.

—Claro. ¡Vaya mérito! Eso lo hemos hecho todos.

—Me limito a exponerle una reacción emocional y sincera ante una enorme tragedia humana —dijo Espoir, que empezaba a perder la calma.

—Por supuesto. Y lo de humillante significa que sufre un shock temporal y superficial, lo que podríamos denominar una emoción fácil y autosatisfactoria, ¿no es cierto? —Field percibió el peso del silencio a su alrededor; no sabía por qué había perdido el control de sí mismo; aquel personaje le resultaba molesto, pero aquélla no era razón suficiente—. Las palabras significan lo que significan, ¿no les parece? Si no le importa, general —agregó, levantándose—, voy a bailar con su esposa.

—Adelante, señor Field.

—Haremos algún negocio, ¿de acuerdo?

—Un gran negocio, señor Field.

Se alejó, consciente de que se había puesto en ridículo, y sin embargo estuvo a punto de volver para preguntarle a Espoir por qué se había cambiado el nombre. ¿Pretendía indicar que albergaba esperanza? ¿O creía infundir esperanza a los demás? Field se obligó a seguir andando.

La señora Krit bailaba con uno de los elegantes maricas, al son de la versión de Tanun de una pieza de Duke Ellington. Field les interrumpió y la agarró con mano firme, pero a cierta distancia. Bailaba muy bien, sin decir palabra y mirándola fijamente a los ojos. Ella pareció decepcionada cuando, terminada la canción, Field la dejó de nuevo en manos del delicado homosexual. Le sopló un beso y fue a llenar su vaso de vodka.

–¿Te has hecho amigo del general? –le preguntó Amara, acercándosele por la espalda.

–Íntimos –respondió, señalando a la señora Krit con la cabeza–. He bailado con la chica que ha bailado con él (debe de haberlo hecho, puesto que están casados), que además ha bailado con la mitad de los ladrones y traficantes de Asia.

–¡Muy bien! ¿Y Espoir? Podría escribir favorablemente sobre Tailandia. Piensa en los muchos lectores que tiene.

–Magnífico.

–¿Te ha gustado?

–Ha sido una experiencia humillante –respondió, llenándose el vaso, que estaba medio vacío.

Entonces recordó que Woodward le había dicho que no bebiera, pero era demasiado tarde para remediarlo. Cogió a Amara de los brazos y comenzó a bailar con ella.

–¿Cómo está tu amigo Meechai? –le preguntó.

–Sigue luchando en el suburbio.

–Eso me dicen sus hermanas.

–¿No te parece bien?

–Son sus hermanas las que están descontentas. O quizá sus maridos. Creen que es absurdo que circule por Bangkok como un campesino.

–Simplemente que circule andando.

–Ahí está lo peor. Su esposa utiliza el coche con chófer y él va andando.

–¿Y tú qué opinas, Amara?

–Como varón tailandés está perdiendo el tren –respondió, mientras se le dibujaba una pequeña sonrisa en los labios–. Si desea ser un buen hombre, querido por el pueblo, debería convertirse en monje y abandonarlo todo. De lo contrario, tendría que hacer dinero e ir con chicas, como todos los demás. Por lo que parece, cree haber inventado un tercer estilo de vida, o algo por el estilo.

Field bailaba enérgicamente, agarrándola con fuerza, pero de pronto se detuvo.

—¿Ocurre algo, John?

—No, nada. Sólo que soy un imbécil.

Se tambaleaba cuando la velada tocaba a su fin. Espoir se le acercó y ofreció llevarlo en el coche del hotel, que le había estado esperando. Era blanco, con ventanas ahumadas.

—¿Paga al chófer con los derechos de autor? —preguntó Field, acomodándose en el asiento trasero.

—Así es. —Después de un buen rato en silencio, agregó—: Me gusta Amara.

—Es fantástica.

—A lo que me refiero es que, más allá de sus modales, hay auténtica sustancia. Me ha hablado mucho de usted. Quiero que sepa que pretendo escribir algo visceral sobre este lugar. Deseo entrar en su meollo. Usted es la persona que podría orientarme en la dirección correcta. ¿Le importa que le interrogue?

—No esta noche.

—¿Quiere almorzar conmigo mañana?

—Tengo toda la semana ocupada. Llámeme después del fin de semana —le dijo sin mencionarle que para entonces estaría en Laos.

—Le pediré su número a Amara.

—Magnífico.

Field entró a trompicones en su casa y encendió las luces de la planta baja. Lo primero que vio fueron dos sobres de calor castaño sobre la mesa del comedor. Cogió uno y lo vertió boca abajo. Sobre la mesa cayeron el documento de identidad de Ao, el registro de residencia y su contrato; en realidad, toda su persona. Examinó el registro de residencia; era de carácter individual. Figuraba como cabeza de familia y ocupante única del apartamento 212 en el edificio 13, Soi 37, donde él la había encontrado. Supuso que el registro individual era conveniente, ya que de ese modo podía ser transferida a cualquier lugar sin que interviniera nadie más. Cogió el contrato y lo leyó detenidamente. La suma pagada a los padres era el equivalente estimativo de cuatro años de trabajos en los campos de la familia. Podía mandarla a su casa. Pero ¿para qué? Sin duda regresaría a la ciudad. Se disponía a destrozar el contrato, pero de pronto se detuvo. Volvió a meter los documentos en el sobre y lo guardó, junto con los certificados médicos, en un cajón de la sala de estar.

Entonces subió por la escalera, se quitó lo que llevaba puesto, menos la ropa interior, encendió el ventilador del techo y se quedó dormido.

Algo le despertó durante la noche. Lentamente se dio cuenta de que tenía la mano izquierda amoldada a un seno pequeño y firme. Contra su estómago y genitales había una espalda encorvada. Había sido la erección lo que le había despertado. Escuchó unos instantes el respirar sosegado de la muchacha, que dormía.

–¡Ao, lárgate! ¡Lárgate! –exclamó, empujándola con las manos y con los pies–. ¡Lárgate!

Ella se esfumó en la oscuridad sin decir palabra. Había una luz tenue tras las persianas y verjas de las siete ventanas alrededor de su habitación. Field permaneció inmóvil, contemplando las siluetas de las palmeras y de los plátanos hasta quedarse dormido. Por la mañana descubrió que Ao estaba envuelta en una sábana, durmiendo junto a su cama.

CAPÍTULO CUATRO

Llegaron al Nursing Home lo suficientemente temprano para ver a Michael Woodward, que subía por la escalera con su atuendo de campesino y desaparecía para cambiarse de ropa. Tenía allí cinco trajes, así como todas las camisas y calcetines que necesitaba. Pagaba a una sirvienta del hospital para que se ocupara de que su ropa estuviera siempre limpia y planchada.

A Field no le apetecía quedarse en la sala de espera, bajo la mirada curiosa de otros pacientes *farangs* que iban llegando y no dejaban de observarlos. Ao llevaba una blusa blanca de algodón y una falda azul marino. Sin maquillaje parecía una estudiante. No una estudiante brillante, ni siquiera inteligente, pero sí dotada de cierta dignidad. Lamentablemente, la cocinera había seguido sus instrucciones al pie de la letra y puesto que no le había mencionado los zapatos, no se le había ocurrido comprarle unos sencillos y sin tacón. Lo primero de lo que los *farangs* se daban cuenta era de sus zapatos rosas de tacón altísimo. A decir verdad, a Field poco le importaba. Lo que le preocupaba eran sus genitales. Era evidente que el provecho que podía haber obtenido de los antibióticos había sido, como mínimo, contrarrestado por la cerveza y el vodka de la noche anterior. Decidió no mencionárselo a Woodward.

Ao fue la primera en entrar en el consultorio y estuvo casi media hora. A continuación, Field insistió en que se quedara mientras a él le ponían la inyección.

—No me da la gana de que esos desgraciados se la coman con los ojos.

—Le he tomado una muestra y le he suministrado una dosis de cristalomicina —dijo Woodward—. Sin embargo, amigo mío, me temo que lo de esa chica es algo más que un caso prolongado de gonorrea. Creo que hay también algo de clamiditis, algunas verrugas vaginales y algo más. Como bien sabes, es muy difícil solucionarlo todo simultáneamente. Puede que el elemento conocido sea el menos importante. La próxima semana tendremos una idea más clara. —Su único comentario con relación a la creciente supuración de Field consistió en recordarle que se acostara temprano y no tomara alcohol—. Y por lo que más quieras, no toques a esa chica. Es como un libro de texto de enfermedades contagiosas, un auténtico cóctel turco.

—¿Cómo?

—La guerra de los Balcanes. Los infieles mandaron a un montón de chicas en la misma condición que ella para que se relacionaran con los servios y desmoralizarlos.

Sin llegar a comprender lo que decían, Ao levantó la cabeza y los miró con expresión angelical.

—No estoy loco, Michael.

—Eso depende de cómo se defina el término.

—¿Me invitas a tomar algo, John? —dijo Ao, estrujándole cariñosamente el brazo, cuando llegaron a los jardines del hospital.

—Por supuesto.

Caminaron hasta Silom Road, donde, detrás de una serie de baches en la acera y de un muro de contención particularmente elevado, se encontraba la Saigon Bakery —Vietnamese Food and World Famous French Pastry—. El establecimiento era la principal aportación franco-indochina a Bangkok, a pesar de que sus dueños fueran vietnamitas. Field eligió una mesa cerca de la ventana y pidió un zumo fresco de mandarina para Ao, en lugar de la coca-cola que deseaba. A continuación pidió dos pasteles de coco, que en su opinión eran los mejores del mundo, superando a los de Hong Kong e incluso a los de Saigón en sus mejores épocas. Observaron en silencio a las monjas, curas y antiguos residentes de Bangkok que entraban a comprar sus panes rectangulares, de una blancura tan extrema que habrían avergonzado a los sudafricanos. Estaba acostumbrado a permanecer horas en silencio con chicas como ella y no le molestaba. Ineludiblemente hablaban muy mal el inglés, incluso peor que él el tailandés. Además, no tenían nada que decirse: ninguna idea que intercambiar, pocas emociones que compartir en el sentido occidental y a Field no le entusiasmaba la charla superficial.

Se dedicó a observar al hijo del propietario, un muchacho nervioso y fino como un alambre, que salió del interior a la tienda y a continuación a la calle. Tenía la mano izquierda doblada, con los dedos pegados entre sí. En la derecha llevaba una escoba, con la que comenzó a barrer el polvo y la porquería acumulada sobre las fragmentadas baldosas, delante de la tienda. Su forma de barrer era extremadamente compleja, ya que su objeto era el de que el polvo cayera en las rendijas entre las baldosas y no en la calle.

Después de ofrecer a la chica otro zumo de fruta, Field salió a la acera recién barrida para llamar un taxi, que le llevaría al despacho de Catherine Laker, donde debía dejar el pasaporte para conseguir el visado de Laos. La señora Norman Laker, como deseaba ser conocida, vivía y trabajaba en un complejo de más de una hectárea a lo largo de la avenida Sathorn, que en otra época había sido un importante canal y ahora se había convertido en una gran cloaca abierta, que separaba tres carriles de tráfico a su derecha de otros tres a su izquierda. En el centro de dicho complejo había una casa de alto estilo colonial, desde la cual operaba la East-West Trading Company. El exterior había recibido tantas capas de pintura, que los arcos y porticones parecían tener una textura mullida a la luz del sol. El jardín se utilizaba como almacén, lo que significaba que la casa estaba rodeada de centenares de tractores, máquinas calibradoras y piezas de equipos ferroviarios. En la parte posterior, detrás del bosque de maquinaria, había un elevado muro de hormigón formando un cuadrado. En su interior, según se rumoreaba, puesto que nadie lo había visto, había una fortaleza de tres habitaciones donde vivía la señora Laker, que constaba de otro conjunto de gruesos muros de hormigón, desprovistos de ventanas, con un generador autógeno en el tejado, para que no dejara de funcionar el aire acondicionado cuando se interrumpía el suministro eléctrico. Vivía con una vieja criada y nadie sabía lo que hacía en su tiempo libre. Desde luego jamás aparecía por las fiestas de sociedad, fueran tailandesas o *farangs*. En cuanto a la casa colonial, su interior había sido transformado por completo, de modo que sus excéntricas salas de madera habían adquirido el aspecto esterilizado de un Holiday Inn. La señora Laker cuidaba de su salud y, por consiguiente, de sus alrededores. Las infecciones eran algo que, según ella, estaba al acecho en los rincones más inesperados.

Al contemplar sus instalaciones, esterilizadas por dentro y caóticas en el exterior, era difícil dar crédito a los rumores compartidos por todo Bangkok, según los cuales había sido la amante del director de la CIA en el sur de Asia durante la guerra de Vietnam y había acumulado su capital permitiéndole que utilizara su empresa para blanquear los fondos de la Agencia. En todo caso, se trataba de un rumor firmemente establecido. Puesto que la señora Laker no salía de su fortaleza hasta media mañana, Field se limitó a dejar el pasaporte y marcharse.

Aquella noche volvió a despertarse y halló a Ao acurrucada junto a él. Encendió la luz; eran las tres de la madrugada. Se había cubierto con una sábana, pero el calor de la noche, e indudablemente el del cuerpo de Field, le habían obligado a retirarla parcialmente. Por lo general él no sudaba, casi como si no fuera *farang*, pero en esta ocasión estaba empapado. Se secó la cara y el pecho con la sábana. Ao tenía la espalda fina y alargada, con las paletillas ligeramente salidas, tumbada como estaba de costado. Tenía el cabello muy desordenado y atrapado parcialmente bajo el cuello. Acercó la mano para ordenárselo.

Ella se dio la vuelta y abrió los ojos. Field alejó la mirada de sus pechos y de su vientre.

–¿Qué estás haciendo aquí, Ao?

–Nunca duermo sola, John. Odio la soledad.

–¿Siempre has estado con algún hombre?

–No. Nunca se quedan a pasar la noche. Las chicas duermen juntas porque son desgraciadas. No tienen familia.

–¿Todas?

–Yo tengo una amiga, John –respondió, incorporándose y sentándose en la cama–. No hago nada con ella, ¿comprendes? Eso a mí no me gusta, pero dormimos juntas. Ella es un año mayor que yo. Ahora está en Tokio, trabaja allí.

–¿Qué hace?

–No puedo decírtelo, es un secreto.

–¿Un secreto?

Ao asintió y miró a Field con ojo clínico. Al llegar al muslo, acercó la mano.

–No es difícil trabajar contigo. Hay hombres tan gordos, que sus muslos son como los troncos de los árboles. Muy difícil darles un masaje.

–Yo no estoy gordo.

–Eres muy fuerte –dijo, acariciándole el pecho.

Field sintió que la fuerza del deseo se sobreponía al dolor y apartó su mano.

–Estás enferma, Ao, y yo también. Nada de sexo.

–¡Claro que no, John! –exclamó con una alegre sonrisa–. Yo tampoco quiero sexo, pero me siento sola.

–Magnífico –dijo Field en un tono algo amargo–. Entonces cúbrete –agregó, subiéndole la sábana hasta la cintura.

–Sin mirar, John, sin mirar –le dijo, dándole una palmada en la mano y soltando una carcajada–. Conozco a los hombres. Si miran, quieren tocar. La primera vez yo tenía catorce años.

—¿Dónde fue?

—En el hotel. Donde tú me has encontrado. Has conocido a Yang. Su padre prueba a las chicas. Un individuo muy gordo, John. Me dijo que me acostara en la cama —contó mientras se le agrandaban los ojos ante el placer de narrar la historia—. Se desnudó. Sólo me fijé en su barriga caída y en el pene levantado. No era un pene muy grande, pero entonces me lo pareció. Al principio sólo miraba, pero luego me acostó —prosiguió mientras se arrojaba sobre la cama, simulando estar petrificada—. No me moví, estaba demasiado asustada. No dejé de temblar —agregó con una sonrisa y sentándose—. No fue demasiado mal. Es experto en chicas nuevas. Me dijo que no me preocupara.

—Como era de suponer.

—Todos los penes son iguales. Plop, plop, hacia dentro y hacia fuera. Es un trabajo muy fácil —le dijo, dándole una cariñosa palmada en el pecho y empujándole para que se diera la vuelta—. Ponte boca abajo. —Field obedeció y ella comenzó a pasarle los nudillos a lo largo de la espina dorsal hasta la mitad, donde se detuvo y tiró de la piel con los dedos—. ¡No funciona! —exclamó, repitiendo la operación—. No funciona; tendría que hacer «cuac».

—No soy ningún pato.

Ella se rió, se le echó encima y le tiró de las orejas. Field tuvo que empujarla y cubrirse con la sábana. Le permitió pasar nuevamente la noche en el suelo y al día siguiente ordenó a la vieja que trajera otro colchón. Por la tarde fue a la universidad a visitar a su hija. Songlin estaba ya a mitad del primer semestre y, sin embargo, ésta era la primera vez que la visitaba en el campus. Después de cruzar un laberinto de callejuelas desde Rama IV, la encontró donde habían acordado, en un bar al aire libre del perímetro universitario. Al cobijo de una arboleda, había una veintena de mesas y un puesto ambulante de venta de bebidas.

Songlin levantó las manos, con las palmas unidas como los occidentales para rezar, e inclinó ligeramente la cabeza. Él le devolvió el saludo. Mantenían este rito como limitación formal a la intimidad de ambos. Pasearon por el campus, Field ligeramente rezagado para poder observarla mejor. Cada vez la veía más tailandesa y, sin embargo, para su alivio, menos parecida a su madre. Con toda sinceridad, no podía decir que fuera hermosa, pero poco le faltaba. Con las blusas blancas y las faldas azules que llevaban todas las universitarias era difícil imaginar en qué se convertirían, aunque Songlin siempre le parecía muy vivaz, curiosa, tímida y muchas otras cosas que le hacían sentirse mejor durante unos cuantos días, después de cada visita. Puesto que le había prohibido aprender inglés, tenían que comunicarse en thai, lo que automáticamente la colocaba a ella en una posición de superioridad. A él no le importaba. Sentía que había tenido éxito, incluso según su propia definición del papel paterno. Se dio cuenta de que no llevaba zapatos azules, sino blancos, distintivos de las estudiantes de primer curso.

Songlin había prometido mostrarle las aulas, pero en lugar de hacerlo, se disculpó y le condujo hacia el centro del campus.

—Me interesa oír a un conferenciante.

—¿Quién?

—No creo que le conozcas; es un maestro budista.

—Amara quiere que pases una temporada con ella —dijo Field, siguiéndola obedientemente—. Creo que se siente sola sin Dang. Estaría bien que fueras.

—Entonces será mamá quien se sentirá sola.

Field comenzó a hablar, pero se detuvo.

—Me gustaría ir —dijo Songlin, mirándole fijamente—. Es curioso lo de tener dos madres.

Field pensó que probablemente se callaba: «Y ningún padre».

—Podrías ir una temporada.

—De acuerdo. Iré pronto. ¿Qué has hecho esta semana?

Siempre le había contado sus aventuras y cuando era periodista tenía un montón de cosas de las que hablarle, que la divertían. Ahora no sabía qué tema tocar. Pensó en Ao. ¿Qué pensaría Songlin si le hablara de ella? Probablemente no le creería. Volvió a mirarla. El primer cambio que había inducido en Ao había consistido en vestirla prácticamente con el mismo uniforme. ¿Qué significaba aquel uniforme? Ao lo sabía todo, sin saber nada. Songlin no sabía nada, sabiéndolo todo; o por lo menos eso creía. Miró a su alrededor, a los estudiantes con los que se cruzaban.

—Los chicos ya no usan uniforme.

—No, visten como quieren y muchos tienen coche.

—El lunes voy a Laos.

—¿Por qué?

—Sólo de negocios. Será interesante ver cómo ha cambiado desde el setenta y cinco.

Delante de ellos, a la sombra de unos árboles, un grupo de estudiantes bloqueaba el camino. Cuanto más se acercaban, mayor parecía el grupo. Debían de ser unos quinientos. Durante los últimos minutos habían oído la voz de un hombre por unos rudimentarios altavoces. De pronto Field se dio cuenta de que la persona que estaba de pie en los peldaños del edificio estudiantil, vestido de campesino y con un sombrero de paja redondo, era Michael Woodward.

—¡No me digas que viene aquí a distribuir condones!

—No. No le permiten que hable del control de natalidad en el campus. El doctor Meechai habla del budismo en la sociedad moderna —respondió Songlin sin ocultar su admiración.

Field era mucho más alto que el resto de los presentes, por lo que destacaba incluso desde el fondo.

Las frases salían de la boca de Woodward en un tono suave, casi un susurro, y su gesticulación era tan escasa que no se sabía si estaba vivo.

—Para los economistas, el desarrollo significa incrementar el valor de la moneda y de todo lo relacionado con ella, estimulando así la avaricia. Para los políticos, el desarrollo significa incrementar el poder, fomentando por consiguiente la envidia. Ambos miden los resultados desde un punto de vista cuantitativo, promoviendo de ese modo la ignorancia. ¿Qué son la envidia, la avaricia y la ignorancia? Son el trío budista de las maldades –decía en un tono que ya de por sí ilustraba la humildad budista, en vivo contraste, pensó Field, con el exhibicionismo de Espoir–. Dirían que no soy moderno. Pero ¿qué significa eso? Si moderno significa bueno, entonces debe ser bueno para nosotros. Pero si moderno significa malo, ¿para qué lo queremos? ¿Cómo podemos cerciorarnos de que es bueno? Utilizándolo para nuestros intereses. Debemos adaptarlo a nuestro estilo, al estilo budista, al estilo tailandés. Los occidentales desprecian el sistema que no proporciona los incentivos necesarios para adquirir artículos de importación, ni se muestra ansioso por explotar al máximo los recursos naturales. ¿Es éste nuestro problema? ¿Por qué tendría nuestro sistema que hacer lo uno o lo otro? ¿Qué hay de bueno en esos conceptos? ¿Qué hace que ésos sean los criterios del modernismo?

–Doctor Meechai, ¿significa esto que todos deberíamos vestir como campesinos? –preguntó alguien del público.

Se oyeron algunas risitas desconcertantes. Woodward se metió la mano bajo el cinturón y tiró del pantalón como si fuera un payaso.

–En veinte años he visto cómo todo el mundo adoptaba indumentaria occidental, y ¿cuál es el resultado? Millones de genitales cálidos y constreñidos.

Las risitas se convirtieron en carcajadas.

–Aquí no se me permite hablar del sexo –prosiguió–, pero como médico puedo aseguraros que el constreñimiento no es sano.

Volvieron a oírse abundantes carcajadas, aunque todos los muchachos iban constreñidos.

–Estoy harto de oírle, prefiero hablar contigo –dijo Field, tirando de Songlin.

–¿Conoces al doctor Meechai? –le preguntó asombrada.

–Es un buen amigo mío –respondió, recordando que

sólo le había mencionado por su nombre tailandés–. Háblame de lo que te enseñan.

Field no había ido a la universidad y por consiguiente su curiosidad era auténtica. Fueron paseando hasta el bar donde se habían encontrado y se sentaron junto a una mesa. Pidieron dos zumos de fruta. Los rayos de sol que cruzaban las copas de los árboles iluminaban el rostro de Songlin y era incapaz de dejar de mirarla mientras ella hablaba. Aun siendo tailandesa, discernía indicios de sí mismo en su expresión.

–¿Por qué no te dejas crecer el cabello?

–Sólo las campesinas llevan el pelo largo –dijo sin prejuicio alguno, pasándose la mano por el cabello corto, al estilo europeo.

–Tal vez, pero te favorecería.

Parecía sentirse a la vez contenta y avergonzada por la atención que recibía. Por su parte, Field se ruborizó al darse cuenta de que estaba acostumbrado al cabello largo de las chicas de los bares de alterne, que eran todas campesinas.

Al cabo de un rato de estar sentados, apareció Woodward acompañado de un grupo de estudiantes. Al ver a Field, le dijo en thai:

–No te has quedado para oír el final.

–Acércate. Te presentaré a mi hija –respondió Field, encogiéndose de hombros.

–Hace cuatro años que oigo hablar de ti, pero tu padre te mantiene oculta –dijo Woodward, abandonando su pose didáctica, dando las gracias a la delegación estudiantil que le acompañaba y sentándose con Field y su hija–. Creo que te quiere demasiado –le dijo a Songling, que se ruborizó–. Pero hay que reconocer que es un tipo imposible.

Songlin manifestó su respeto guardando silencio, lo que jamás hacía con su padre y que él tampoco fomentaba. Sin embargo, ahora parecía esperar que fuera Woodward quien hablara y a Field le asombró comprobar que su amigo aceptaba la adulación con modestia.

Al cabo de un rato se despidieron ambos de Songlin y caminaron juntos hacia Rama IV.

–¿Qué opinas de mi discurso? –preguntó Woodward en inglés, cuando estaban lo suficientemente lejos como para que no los oyeran–. No has hecho ningún comentario.

–¿Qué quieres que te diga?

–Siempre sueles opinar sobre todo.

–Claro. Si lo que pretendes es que te vuelen la tapa de los sesos, vas por buen camino.

–¿Tú crees? Sólo hablo de religión.

–Puede que yo no tenga ningún objetivo en la vida, Michael, pero no soy ingenuo. No irás a decirme que eres más inmaduro que tu público.

–No te comprendo.

–¿No? Escúchame. Échales discursos a los habitantes del suburbio, si lo deseas, nadie se preocupa de ellos; pero no te metas con los estudiantes. La gente a la que odias tiene un miedo atroz a las universidades, un miedo verdaderamente atroz, porque si los estudiantes se levantaran tendrían que disparar contra sus propios hijos. Pero contigo no tendrían tantos reparos –dijo Field levantando la mano para llamar un taxi.

–No –le interrumpió Woodward–. Cogeremos el autobús. Voy a Klong Toey. Puedes acompañarme parte del camino.

Esperaron al sol la llegada del autobús, con todas las ventanas y puertas abiertas y abarrotado de tailandeses. Field no podía ponerse completamente de pie sin tocar el techo con la cabeza. Al cabo de unos minutos avanzando penosamente entre el tráfico, un individuo contra el que estaban apretujados comenzó a mirar fijamente el rostro de Woodward.

–Meechai –dijo respetuosamente.

Woodward le miró y sonrió.

–¡Meechai! ¡Meechai! –exclamó aquel individuo con tatuajes en el pecho y aspecto de obrero dirigiéndose a los que le rodeaban.

Se corrió la voz hasta que todos los pasajeros los miraban y comentaban.

De pronto Woodward metió la mano en su bolsa de lona, sacó un puñado de envoltorios de plástico y los arrojó entre los pasajeros.

—¡Un condón al día, conserva la salud y la alegría! —exclamó.

En cada paquete había cinco condones: rojo, azul, amarillo, verde y negro.

—¡Un condón al día, conserva la salud y la alegría! —comenzaron a canturrear los pasajeros entre carcajadas—. ¡Meechai; condón! ¡Meechai; condón!

—¿Cuántos hijos tiene? —le preguntó Woodward a una mujer sentada cerca de donde se encontraba.

—Cuatro, *khun* Meechai.

—¡Cómo! ¿Eso le ha hecho su marido? —exclamó Woodward, pretendiendo estar horrorizado—. ¿Dónde está ese monstruo?

Todos, incluida la mujer, se echaron a reír.

—¿Dónde está? —chilló un pasajero.

—¿Dónde está? ¿Dónde está? —clamaban todos, mientras la mujer se cubría la boca con la mano para no reírse, hasta que Meechai les hizo seña con la mano, pidiendo silencio.

—Dígale que venga a verme —dijo Meechai—. Su marido necesita una vasectomía. Mándemelo el día del aniversario del rey —agregó, mientras la mujer asentía sin dejar de sonreír—. El año pasado —prosiguió, dirigiéndose a todos en general—, mil doscientos dos hombres inteligentes acudieron el día del aniversario del rey. Se practicaron mil doscientas dos vasectomías en un solo día. Un récord mundial. Esos mil doscientos dos hombres son hoy más ricos porque actuaron con inteligencia. Este año quiero alcanzar un nuevo récord. Podéis venir todos. Hacedlo por el rey.

Field pensó en Ao, probablemente estéril a los diecisiete años gracias a un proceso muy diferente.

Al día siguiente la llevó al Nursing Home para que les

administraran las inyecciones y Field halló a Woodward particularmente solícito.

–Permíteme que le eche un vistazo.

Field se volvió de espaldas a Ao antes de obedecerle.

–Parece que esta desagradable supuración no ha decrecido.

–No, no creo que lo haya hecho.

–Tira del pene y escúrrelo.

Field hizo lo que le ordenaba y vio cómo Woodward recogía el líquido en una plaquita de cristal Lo examinó y lavó la placa.

–Bien, amigo mío, por lo menos todavía sigue claro.

–¿Qué quieres decir con eso de claro?

–El caso es –respondió lentamente Woodward– que después de algún tiempo puede convertirse en amarillo y más adelante en verde. Entonces tendríamos auténticos problemas.

–¿Problemas?

–Todavía no hemos llegado a eso.

–¿Qué problemas? –insistió Field.

–La infección pasa a la circulación sanguínea y a las articulaciones, causando artritis séptica: pus en las articulaciones.

–Pus en las articulaciones... Preferiría morir.

–Si ocurriera, no sería improbable. Lo que ahora necesito es una nueva muestra.

–¿Para qué?

–Resulta, John, que tu primera muestra ha devorado a los veinticuatro antibióticos que había en la bandeja. Adquirió más fuerza que ellos. Eso es un mal síntoma. Sospecho que el Trobicín ha sufrido la misma suerte. Por consiguiente, lo que necesito es otra muestra –dijo, preparando dos palillos con algodón e introduciéndole el primero–. En esta ocasión utilizaremos dos placas y creo que hallaremos el antibiótico adecuado.

–¿Y entretanto? –preguntó Field, que había olvidado lo doloroso de aquella operación.

–De momento dejaremos que tu cuerpo luche por cuenta propia. Te daré más vitaminas.

Esta demora le causó una depresión de la que no podía escapar. El dolor le había importado menos cuando sabía que desaparecería en unos días. Pero en esta ocasión, el lunes, tres días más tarde, saldría para Laos, desde donde no había vuelo de regreso hasta el jueves.

Aquella noche, como casi todos los viernes, fue al Grand Prix en Patpong. Las chicas no eran las más hermosas ni el ambiente el más sorprendente, pero era el bar *farang* original, dirigido por Rick, un ex sargento de intendencia norteamericano, desde hacía dieciséis años. Los viajantes de vacaciones no lo frecuentaban. No era lo suficientemente lujoso, ni la música bastante moderna. Los asiduos eran los veteranos, principalmente periodistas. Pasó junto a las cabinas y a la barra ovalada, en cuyo centro bailaban cuatro chicas. Henry Crappe estaba en el fondo. Field se sentó junto a él en un taburete. Crappe levantó la cabeza para mirar a las bailarinas, las cuales llevaban mucho tiempo de servicio.

–Pasta y tiempo, diría yo. ¡Hola, Rick! –dijo Crappe por encima del hombro saludando al propietario–. La pasta y el tiempo acaban con los músculos del mejor estómago y finalmente incluso con las pantorrillas; ésa es mi opinión.

Field saludó a un puñado de periodistas esparcidos por la barra, algunos casados con tailandesas, lo cual no les impedía salir solos; otros como él.

–Veo que todavía sufres –dijo Crappe, mirándole fijamente.

–¿Cómo?

–Tu enfermedad.

–Sí, todavía sigue.

–Soy un gran creyente en las virtudes medicinales de la papaya.

–La detesto.

–Siempre hay que satisfacer las emociones más profundas.

Sólo entonces Field se dio cuenta de que el primer secretario de la Embajada de Canadá estaba sentado solo, a pocos metros de distancia. Barry David residía en Bangkok desde hacía más tiempo que cualquier otro diplomático y que la mayoría de periodistas. Acababa de empezar su tercer período. Nadie comprendía cómo se las arreglaba para que no le trasladaran, a excepción de que conocía sus ficheros y amenazaba con dimitir si lo hacían. Vio que Field le miraba y le hizo señas para que se reuniera con él.

—¿Qué estás haciendo aquí, Barry? Éste no es tu territorio.

—Me gusta cambiar de bar de vez en cuando —sonrió el diplomático, que no estaba casado—. Me alegro de verte.

—Claro —dijo Field—. ¿Qué ocurre? ¿He hecho algo malo?

—¿Tú? ¿Qué te hace suponer que he venido a verte a ti?

—De acuerdo, sólo has venido por la cerveza, como todos.

—Tengo entendido que te van bien los negocios.

—Si te refieres al dinero, estás en lo cierto.

—Me alegro, John. Según me han contado, incluso tienes negocios en Laos.

—¿Quién te lo ha dicho?

—El lunes vas a Vientiane.

—¿Cómo lo sabes?

—No importa.

—¿Y bien?

—El caso es, John, que hay tres vuelos por semana a Vientiane y son pocos los *farangs* que viajen en los mismos, a no ser que sean comunistas.

—Muy bien, has estado hojeando las reservas. ¿Desde cuándo se dedican los funcionarios de la Embajada a inspeccionar las listas de pasajeros? ¿Qué ocurre?

—¿Te importaría saludar a alguien en mi nombre? —sonrió pacientemente Davis—. Nada especial, sólo un saludo. Supongo que sabes que no tenemos representación allí.

–¿De quién se trata?

–En realidad, de una pareja. Están en Vientiane ocupándose de un proyecto de las Naciones Unidas, de control forestal para ser exactos. Creo que hace un par de años que están allí y no se sabe nada de ellos desde hace nueve meses. Es mucho tiempo.

–¿Hay que verificar que siguen vivos?

–Efectivamente. Bueno, en realidad eso ya lo sé, John. Además, ten en cuenta que no son de mi responsabilidad, sino de las Naciones Unidas, ¿comprendes? Pero el otro día me llegó un mensaje por medio de un comerciante italiano. Era de él, del hombre, te he dicho que eran una pareja, ¿no? Un mensaje muy curioso. A decir verdad no llegué a comprenderlo. Supuse que su propósito era el de despertar mi curiosidad. Incitarme a que me preguntara: ¿qué diablos está ocurriendo? Por lo tanto, puesto que tú vas a viajar, le saludas y averiguas de qué se trata.

–¿Cómo se llama?

–Te parecerá divertido –respondió, mirándole con una tristeza típicamente protestante–, Charles Vadeboncoeur.

–¿Charles?

Davis levantó la cabeza para mirar a la chica que bailaba delante de él. Era una forma educada de no darse por enterado de lo alarmado que estaba Field.

–Eso es –respondió al cabo de un rato.

–¿Y su esposa está con él? –insistió Field.

–Sí, claro, se llama Diana. La conocí cuando pasaron por aquí a su llegada, hace un par de años. Él me dijo que te conocía. En realidad me pidió que no te mencionara que los había visto.

–No me sorprende. Su mujer y yo...

–Comprendo –interrumpió inmediatamente Davis, que a pesar de sus muchos años disfrutando de los placeres de la vida en Bangkok, era perfectamente capaz de convertirse ipso facto en un perfecto, discreto e introvertido protestante de Ontario.

—Antes de que se casaran —aclaró Field—. Me refiero a que ella y yo tuvimos relaciones antes de que contrajeran matrimonio. En Montreal. Pero muy poco antes, ¿comprendes? Él lo sabe y por eso no quiere verme. Te lo dijo, ¿no es cierto? ¿Y ahora pretendes que vaya a visitarlos? ¿Te has vuelto loco?

—Bueno, pienso que podrías hacerlo. Sólo para estar seguros. Válgame Dios, ahora ya no hablamos de romances juveniles.

—¿De qué hablamos?

—No lo sé. Puede que se trate de algo..., no lo sé..., asegúrate. Eso es todo lo que tienes que hacer..., asegúrate —dijo el diplomático, midiendo a Field con la mirada—. Ella es muy hermosa.

—No hace falta que me lo recuerdes.

—No, supongo que no. Lo harás por mí, ¿no es cierto, John? —instó, dejando cincuenta gahts en el plato que tenía delante y entregándole un pedazo de papel con un número de teléfono y una dirección en Vientiane—. Nos veremos la semana próxima.

Field volvió junto a Crappe, que le cogió del brazo antes de que se sentara.

—Quiero que me des tu opinión.

—Lo único que deseo es sentarme a tomar mi... coca-cola.

—Vamos, no aquí; puedes invitarme a una copa al otro lado de la calle.

—¿Dónde?

—En el Fire Cat. Es un lugar a tener en cuenta. El piso de arriba. Te lo mencioné el otro día cuando me pediste consejo. Escúchame atentamente, Field: tienen una bailarina ameroasiática. Por extraño que te parezca. Y eso no es todo: es medio negra. ¿Qué te parece? Según me han dicho, recién llegada de los arrozales. ¿Te la imaginas? Las plantaciones de algodón y los campos de arroz entremezclados en una sola raza. Hay que ver ese fenómeno antes de que se estropee.

Arrastró a Field a la calle, donde la temperatura era

quince grados superior. Los macarras los asediaron inmediatamente.

—Señor, un masaje, espectáculo sexual...

—Vengan por aquí. Pasen, pasen...

Un olor a cerdo asado y al humo de los tubos de escape de los coches impregnaba el aire mientras sorteaban cautelosamente los fragmentos de pavimento que cubrían la calzada y cruzaban la calle hacia un mar de puertas abiertas que les daban la bienvenida. Crappe entró por una de ellas y subió directamente por la escalera. Experimentaron un descenso de quince grados en la temperatura y un aumento semejante en el volumen de la música. En poco se diferenciaban los bares de Bangkok, si uno exceptuaba la calidad de las chicas. Además, en general, el espectáculo del primer piso era más explícito que el de la planta baja.

Había tres chicas tumbadas sobre la barra, con un fuelle en la vagina y las caderas levantadas. Alguien lanzaba un globo, una de ellas lo atrapaba con las rodillas y lo hacía estallar.

—Maldita sea —exclamó, echándose atrás Field, que había visto muchos espectáculos semejantes.

—No, sígueme —insistió Crappe, tirándole del brazo.

En el momento en que el personal reconoció al informador oficial de la vida nocturna, les ofrecieron inmediatamente los taburetes mejor situados en la barra.

—Detesto los espectáculos estrafalarios —protestó Field.

—No te preocupes, ya casi ha terminado. Una cerveza y un zumo de papaya.

—No quiero...

—¿Cómo dice, señor? —preguntó la camarera, apoyando unos firmes senos en la barra.

—Papaya —insistió Crappe.

—No tenemos, señor.

—Espere un momento, señor Crappe —interrumpió una mujer mayor en thai—, en seguida se lo conseguimos.

—No quiero...

—Te agradecería que me permitas ocuparme de la situación –cortó Crappe, levantando la voz por encima del nivel de la música, que en el Fire Cat era varios decibelios más potente que en el Grand Prix–. Además, cuando entro en un local, debo quedarme como mínimo un cuarto de hora. Tengo que parecer ecuánime.

Las chicas de la barra habían insertado ahora cornetas en sus vaginas y las activaban vigorosamente.

–Dios mío, Crappe, llevas una vida de mierda.

–Te agradecería que mostraras un poco más de entusiasmo. Puede que me ayudes a descubrir el propósito de nuestra visita: la joven ameroasiática, a no ser que lo hayas olvidado contemplando esos desgastados deleites.

Field estaba dispuesto a hacer cualquier cosa, con tal de no ver el espectáculo y comenzó a mirar a su alrededor. Lo primero que descubrió fue a George Espoir contemplando a las chicas desde el otro extremo de la barra. Su profundo aire intelectual había sido sustituido por una mirada lasciva de igual intensidad. Field miró inmediatamente en otra dirección. No vio a nadie en quien se combinara el algodón con el arroz. Entonces percibió una mano que se posaba en su hombro y volvió la cabeza, a pesar de que sabía perfectamente de quién se trataba.

–Estoy recorriendo el sendero clásico –bromeó Espoir–. ¿Y usted?

–¿Yo? Soy un viejo como todos los presentes, excepto usted.

–Maravilloso.

Field intuyó que Espoir tomaba nota mental de lo que le acababa de decir, para utilizarlo en su libro. El taburete contiguo lo ocupaba un fornido australiano con una muchacha de nariz respingona sentada sobre sus rodillas. Él tenía una mano sobre uno de los pechos de la chica y con la otra le acariciaba una nalga desnuda. La chica chupaba apresuradamente una paja, vaciando la poca cocacola que le quedaba entre el hielo en el fondo del vaso.

–¿Echamos un polvo?

–Quizá –respondió el australiano.

–¿Me invita a otro trago?

—Quizá —repitió sin dejar de manosearla, al parecer con la mente muy alejada de su cuerpo.

Espoir, gracias a que era bastante delgado, logró meterse entre Field y la pareja, hasta apoyar el codo izquierdo en la barra.

—Me han propuesto el más extraordinario de los negocios —le dijo, acercándosele al oído para no tener que levantar la voz, con un aliento dulzón y empalagoso—. Veamos qué le parece. He conocido a un tailandés que se ha ofrecido a actuar como intermediario para comprar un niño. Niño o niña; de ocho, nueve o diez años; con cualquier propósito. Por supuesto, todos sabemos que eso existe. Periódicamente aparecen en la prensa artículos sobre el tema; me refiero a Londres. Qué duda cabe de que constituiría una historia de fondo extraordinaria para mi relato. Me refiero a que podría aceptar el trato y después liberar a la criatura, devolverla a su madre.

—Historia de fondo.

—Pues... sí. Aunque también he estado pensando en crear algún tipo de fundación. Aquí o en América Central, donde mi dinero sirva para algo útil. Tal vez lo más perfecto sería combatir la esclavitud infantil.

—Una estupenda publicidad para su próximo libro.

—No lo haría por razones publicitarias. El tailandés en cuestión parece creer que mi colaboración podría ser bastante beneficiosa.

—¿Cuánto?

—Cinco mil dólares. He entregado quinientos como adelanto.

—¿Quién es tu amigo? —preguntó Crappe impaciente, intentando reconocerle.

—George Espoir.

—Yo soy el crítico literario de Bangkok —dijo Crappe; se le iluminó inmediatamente la mirada.

—Literatura y pornografía —agregó Field—. Henry cubre toda la gama.

—El arte —aclaró Crappe—. ¿Qué le trae por aquí?

Field se dio cuenta de que Espoir sentía aprensión. La

caspa de las cejas de Crappe resaltaba a la luz de los focos.

—La caza de información —respondió Field en voz alta, empujando a Espoir hacia Crappe—. Acaba de comprar un niño —agregó.

—No exactamente. He entregado un depósito.

—¿El negocio de la denuncia? —preguntó Crappe, mirando con cierto recelo a aquel hombre maduro—. ¿Usa o le usan, señor Espoir?

—No le comprendo.

—¿Quién es el intermediario?

Espoir se sacó una tarjeta del bolsillo y se la entregó.

—¡Vichit! —exclamó Crappe—. Otra víctima de Vichit.

—¿Qué quiere decir? —preguntó Espoir con la mirada empañada.

—Usted es el tercero en morder el anzuelo, pero su primer novelista. El año pasado atrapó a un famoso columnista de primera página de Londres. Nadie dijo nada porque sus abogados comenzaron a mandar citaciones a diestro y siniestro. Fue un verdadero escándalo. Usted, señor Espoir, necesita que le asesoren mejor. ¿No es cierto, Field?

Espoir se mantenía lo más alejado posible de la boca de Crappe y de su úlcera, pero Field le empujó al tiempo que asentía.

—Tú eres el más indicado, Crappe, la persona idónea.

—¡Ahí está! —exclamó Crappe, señalando el escenario con una uña castaña.

El espectáculo anterior había terminado y acababan de aparecer cuatro bailarinas, entre las que se encontraba una más corpulenta, oscura y redondeada que las demás, con el cabello rizado. Crappe la observaba fascinado. Al cabo de un momento se desnudaron de cintura para arriba y a continuación se despojaron del resto de la ropa. Bailaban con zapatos de tacón alto y calcetines a rayas. A pesar de sus modales tailandeses, la chica se diferenciaba de las demás.

—Tengo que hablar con ella —exclamó Crappe—. La convertiré en la bailarina de la semana —agregó, colocando el brazo sobre los hombros de Espoir–. Las sutilezas de las bailarinas llegan a distinguirse después de varios años de observación. Su proliferación hace suponer al recién llegado que son todas iguales, pero no es cierto.

Field se alejó disimuladamente, dejando que el escritor pagara la cuenta, y salió a la calle. Suspiró al comprobar que el coche de Espoir esperaba junto a la acera, con el chófer al volante. Normalmente a estas alturas ya habría elegido una chica con quien pasar la noche. Eran las once y media y a partir de las doce uno podía llevarse a una chica sin pagar nada al dueño del bar.

–Hoy me acostaré solo –dijo para sí.

Entonces se acordó de Ao, que estaría durmiendo a los pies de su cama.

CAPÍTULO CINCO

La imitación Fokker fabricada en Rusia, de Lao Aviation, despegó a la hora exacta el lunes por la mañana. Field era un viajero ejemplar. No miró a ninguno de los pasajeros esparcidos por el avión, ni dijo una palabra. Concentró su escasa energía en la lectura del *Bangkok Post*, tragándose hasta la última línea de las inauguraciones del príncipe, las bodas de las hijas de cada uno de los generales y todas las aperturas y bendiciones de los monjes de nuevos edificios comerciales. En la segunda sección descubrió que Pong, el principal negociante chinotailandés del general Krit transformado en banquero, acababa de ser nombrado presidente del Siamese Bank, una de las mayores instituciones bancarias del país. El anciano fundador seguía como director general, y su hijo, casado con una de las hermanas de Woodward, era todavía gerente, pero Pong Hsi-Kun aterrizaba en pleno meollo, lo que sólo podía significar una cosa: los ricos de Bangkok apostaban su dinero a favor de Krit como presidente del Gobierno.

—Vaya con Pong Hsi-Kun —susurró Field para sí, acomodándose en su asiento—. Qué montón de basura —agregó, deshaciéndose del periódico y sacando las notas que la señora Laker le había encomendado.

El trato para la importación de tractores que le había encargado negociar parecía prácticamente cerrado. La Lao Trading Company había retrasado su firma porque los laosianos insistían en que el pago se realizara con la exportación de cinco toneladas de café, a lo largo de dos años. Las organizaciones comunistas procuraban siempre hacer intercambios. Sus instrucciones eran las de aceptar el café, después de reducir la cantidad al máximo.

—Maldita sea —exclamó, sin dirigirse a nadie en particular.

Se llevó la mano a los genitales, pero la retiró rápidamente. De nada serviría concentrarse en los problemas.

No le esperaba nadie en el aeropuerto. Tampoco abundaban los taxis. Los pocos que había circulaban con suma lentitud, a pesar de que el tráfico era escaso. También escaseaban los peatones y los ciclistas. Todo había cambiado mucho desde la última visita de Field en 1975.

El hotel Lane Lang estaba a diez minutos, en el centro de la ciudad, separado sólo por una calle del río Mekong, cuyas aguas habían crecido y eran veloces como consecuencia de las lluvias. En los meses secos se convertía en un riachuelo y se podía circular por sus orillas, utilizadas como huertos temporales, e incluso vadear el cauce hasta la isla situada en el centro del mismo. Desde el otro lado de la isla, con cuatro brazadas y vadeando un poco, se llegaba a Tailandia. Sin embargo, ahora, en agosto, bajaba tanta agua que el río medía un kilómetro de anchura a cada lado de la isla.

Frente a la entrada principal del hotel había un camino, que en otra época había estado lleno de flores. No salió nadie a echarle una mano, aunque Field tampoco lo deseaba. Se desperezó, contempló la fachada de hormigón de tres pisos de altura, entró en el vestíbulo y pidió la habitación 215, la misma que había ocupado en los viejos tiempos. No tuvo ningún problema. Vientiane no había sido nunca un lugar donde abundaran los problemas, ni siquiera en plena guerra. Ahora la ciudad había decrecido, de unos quinientos mil habitantes a escasamente cincuenta mil, y los hoteles, a excepción de albergar a los expertos soviéticos, estaban prácticamente vacíos. El turismo estaba prohibido y los negocios eran escasos. Era una ciudad extremadamente tranquila.

A Field le gustaba la habitación 215 porque daba a la parte trasera del hotel, donde había cien metros de jardín hasta la calle principal. Disponía también de una salita de estar, sin ventana, con un pequeño frigorífico y un dormitorio aparte.

Cogió el teléfono para comunicar al señor Som Nosavan, de la Lao Trading Company, que había llegado. La línea estaba muerta. Dio unos golpecitos al aparato, pero no ocurrió nada. Sonrió y se dirigió hacia la escalera. El recepcionista intentó llamar y pareció sorprendido al descubrir que el teléfono no funcionaba. Field no lo estaba. Pidió papel y salió al jardín lleno de hierbajos.

Por curiosidad fue hacia la izquierda, donde en otra época tenían osos enjaulados para diversión de los huéspedes. Ahora estaban sólo las jaulas. Se dirigió a la piscina, en el centro del jardín. Las hamacas de madera seguían allí, pero les faltaba una capa de pintura. Encontró una silla en buen estado y se instaló a la sombra de un franchipán para escribir un par de notas: una a Som Nosavan y otra a Charles Vadeboncoeur. Tuvo buen cuidado de no mencionar a Diana. «Barry te manda un saludo. Estaré aquí hasta el jueves», se limitó a escribir. Pensando que de ese modo dejaba que fuera él quien tomara la iniciativa, llevó ambos mensajes a la recepción para que los entregaran por medio de un taxi.

En realidad, la Lao Trading Company estaba a menos de cinco minutos de camino por la calle que pasaba al fondo del jardín, y la casa de Diana se encontraba algo más lejos, quizá a unos quince minutos, en dirección opuesta, hacia el club australiano. Pero Field no estaba de humor para presionar a nadie; habría sido incongruente en aquel lugar. Volvió a su silla en el jardín junto a la piscina y esperó.

Pensó que era extraño encontrarse allí como único superviviente de una marea, que después de una década le había devuelto a la misma silla en el mismo jardín, para recibir la visita de los fantasmas de otra época y de otras vidas. En el setenta y cinco, el hotel estaba lleno de norteamericanos, entre otros, que huían de la zona. El gobierno neutralista de coalición de Suvanna Fuma estaba a punto del colapso, a semejanza de lo ocurrido en Saigón. Pobre Suvanna Fuma, a quien todo el mundo consideraba un buen hombre. El Pathet Lao cerraba el círculo gradual pero inevitablemente. Nada de lo que ocurría guardaba relación alguna con la violencia de Vietnam y Camboya. Field iba y venía de Bangkok a Vientiane para informar sobre las etapas de la caída. Había visto al padre Peter, que ahora estaba en Klong Toey, cuando bajó de las montañas, obligado por el avance comunista a abandonar su ministerio entre las tribus. Y Matthew Blake, después de abandonar a los guerrilleros de Meong en el ultimísimo momento, había aparecido inesperadamente. Field, Blake y Pop Beulle se habían emborrachado juntos en uno de los restaurantes franceses en los que Vientiane se especializaba; los de estilo colonial con manteles a cuadros, que eran los únicos que Field y Blake conocían. Los demás norteamericanos de las montañas ya se habían marchado. Incluso Anthony Smith, que había venido especialmente de Singapur con la intención de cobrar un contrato, regresó en el mismo avión al comprobar que era imposible. En pleno caos, la piscina se cubría una vez por semana para convertirla en pista de baile.

Field miró a su alrededor, inseguro de si el fantasma era él o sus recuerdos. Al fondo del jardín había un doble portalón de madera abierto. En los viejos tiempos permanecía cerrado para impedir la entrada del populacho que no había sido invitado. Ahora no había nadie para cruzarlo.

Contemplando atentamente la entrada, imaginó que Diana aparecía por casualidad para tomar un baño. Seguiría siendo todo lo que él no era y seguiría rechazándole. Pero ahora eso no importaba. Conservó en su mente la imagen, allí, junto al portalón, a la sombra de los árboles. Tenía la piel delicada, en la que se formaban pecas y se abrasaba con el sol. Después de estar con ella, había pasado el resto de su vida con chicas de piel suave y homogénea. Y de cabello oscuro. Parpadeó para que se desvaneciera.

Un Toyota nuevo de color amarillo llegó por la tarde, en plena lluvia, para llevar a Field hasta la Lao Trading Company, a lo largo de la calle. Los pocos coches que vio, con escasas excepciones, tenían más de diez años; es decir, prerrevolucionarios. La mayoría de los edificios de aquella calle, centro comercial de Vientiane, eran de planta baja y uno o dos pisos. Los más bajos eran anteriores a la segunda guerra mundial. Los más altos y modernos, de hormigón clásico, pertenecían al igual que los coches al breve período de auge norteamericano. El edificio de la Lao Trading Company era de esa categoría superior. Tras las ventanas de cristal se exhibía la mercancía de las empresas a las que representaban. El chófer acompañó a Field hasta un rincón, desde donde entraron en un pequeño lavabo, en el que apenas cabían ambos cuando cerró la puerta, y por una segunda puerta llegaron a una sala de reuniones, desprovista de ventanas, donde el aire acondicionado funcionaba a temperatura subártica. En un rincón había un enorme receptor de televisión tailandés, junto a un mostrador repleto de bebidas alcohólicas occidentales.

En medio de la sala le esperaba un sonriente gordo con un traje de safari estilo americano.

—¡Bienvenido! ¡Bienvenido! —exclamó, acercándosele con sus sandalias, en un perfecto inglés con cierto acento neoyorquino—. A pesar de que no es usted tan atractivo como la señora Laker, le doy la bienvenida. ¿Qué le apetece beber?

—Una coca-cola.

—¡Por favor! Aquí tengo de todo, hasta bourbon. Pida lo que le apetezca.

—Soy abstemio.

Había algo en él que le llamaba la atención.

—Bien, si lo que se propone es mantener la mente clara para nuestras difíciles negociaciones —replicó Som Nosavan, al parecer sinceramente decepcionado—, no voy a tener más remedio que acompañarle con un té –agregó, invitando a Field a que se sentara junto a una mesa redonda, en el fondo de la sala–. ¿Qué le parece? ¿Ha cambiado mucho Vientiane?

–Nunca había estado aquí.

–¿No? Creí que la señora Laker había dicho que conocía Laos.

–No, conozco Vietnam, pero no Laos –respondió, acomodándose en su asiento y señalando hacia la calle, desde aquella sala sin ventanas–. Hay mucha tranquilidad ahí fuera.

–Efectivamente, mucha tranquilidad –asintió vigorosamente Som, entornando los ojos–. Pero no aquí dentro. De ningún modo. Entre estas cuatro paredes es como un pequeño Bangkok. El año pasado facturé por valor de siete millones de dólares. En un país donde todo el mundo está embelesado, el despierto se hace rico.

–¿Marx?

–¿Marx? –repitió Som, mirándole asombrado, como si intentara recordar de quién se trataba–. ¡Marx! ¡Marx! –exclamó al cabo de un momento, cuando comprendió el chiste–. No puede decirse que esté muy presente entre nosotros. Es el mismo Laos dormilón de siempre, con algunos avispados como yo. Están volviendo locos a los rusos, señor Field, ¿o puedo llamarte John?

–John.

–Es una locura; lo más divertido que hayas visto jamás. Les están volviendo más locos que en su día a los norteamericanos.

–¿Eres laosiano?

–¿Yo? –replicó Som, asombrado–. ¿Qué si no? ¿Te sorprende mi energía? Me alegro, pronto nos pondremos de acuerdo –agregó, acariciándose suavemente la barriga–. Es el dinero, John, lo que permite que me crezca la barriga. Ahora, dime, ¿por qué no quieres mi café? Cinco toneladas no son nada. Se trata del mejor café del mundo, después lo probaremos.

Pasaron el resto del día discutiendo los detalles y a las

seis se abrió la puerta del lavabo. Entró una joven vestida al estilo parisino, acompañando a dos hombres. Pronto pasó a ser evidente que la chica era propiedad de Som y que uno de los individuos era su socio, director de unas destilerías estatales y de una fábrica de detergente también estatal. Se llamaba Iem. Le presentaron al segundo como secretario particular del presidente del Gobierno. Kamphet, que así se llamaba, e Iem sólo hablaban francés, al igual que la chica. A Field le pareció que su acento era vietnamita. De vez en cuando hablaban en laosiano, que Field comprendía un poco, si bien ésta no era la razón por la que había negado haber estado antes en Laos. Simplemente no creyó necesario admitir que sabía más de lo imprescindible.

Pasaron una hora tomando whisky, hasta que apareció una comida china y los tres hombres continuaron con el whisky, mientras Field y la chica seguían con sus cocacolas. Pasó todo el tiempo intentando recordar de qué conocía a Som. Estaba seguro de haberle visto antes. La gente experimentaba unos cambios de personalidad tan radicales bajo los regímenes comunistas, que podía haber sido cualquier cosa en el sistema anterior. El tema de la velada era la vida en el exterior. La chica había estado de compras en París hacía sólo unos meses y Som había hecho un viaje de negocios a Hong Kong un par de años antes, aparte de lo cual permanecían en lo que Som denominaba «nuestra embelesada cárcel».

Les asombró descubrir que Field no había estado nunca en Europa y que jamás regresaba a Norteamérica, ni siquiera de visita. Esto limitaba sus preguntas a Bangkok, bastante conocido por todos ellos, ya que veían clandestinamente la televisión tailandesa, gracias a un repetidor situado en la otra orilla del río.

El martes por la mañana Field estaba libre y fue paseando hasta el café Pagode, en la avenida Sam Sen Thai. Tras las persianas de bambú, seguían sirviendo cafés y croissants. Después de una doble ración, regresó al hotel. Por la tarde, mientras llovía, volvió a la mesa de negociaciones, rechazó una invitación de Som para la cena y visitó el restaurante francés donde había estado por última vez con Blake y Pop Buelle. El menú parecía ser el mismo.

Aquella noche, al desnudarse, comprobó que la supuración había dejado de ser clara. Reflexionó durante algún tiempo, considerando si habría alcanzado lo que Woodward denominaba la etapa amarilla.

El miércoles por la mañana se cerró el trato. Tres toneladas de café a lo largo de dos años. Vadeboncoeur seguía sin dar señales de vida.

Cogió una calesa de tres ruedas a pedales, a lo largo del río, hasta el club australiano, donde creyó que quizá se tropezaría con Diana. Pasó frente al palacio real, cerrado desde el setenta y seis, coincidiendo con la desaparición del rey en alguna cárcel vietnamita, o puede que simplemente ejecutado. Más allá se encontraba la residencia oficial de Suvanna Fuma, a quien le habían permitido quedarse, hasta su muerte, en 1984. A continuación estaba el centro de la ciudad, con casas de estilo rural construidas a lo largo del río, separando el cauce de la calle.

La pintura fresca de color rosado que cubría el hormigón del club australiano constituía la característica más notable de aquel edificio de poca altura, construido junto a la piscina. A la chica de la recepción no pareció importarle que Field se hiciera socio temporal y se dirigió hacia la piscina para observar las esposas e hijos de los diplomáticos occidentales, para quienes aquél era el mismísimo centro de la vida social de Laos. Cualquiera de los niños presentes podía ser hijo de Diana. Barry Davis no había mencionado que tuvieran hijos, pero era lógico que así fuera. En realidad, podían ser perfectamente universitarios. Field dejó de observar a los presentes; después de todo no la había visto desde antes de contraer matrimonio y para reconocerla habría sido necesario que se paralizara el tiempo. Entró y se comió un bocadillo mientras llovía, después de lo cual salió a tumbarse en una hamaca a la sombra, al fondo del jardín, junto a la orilla del Mekong.

Desde donde se encontraba podía vislumbrar el centro de Vientiane a unos tres kilómetros, en un meandro del río. Y en la otra orilla estaba Tailandia, contemplando con aparente indiferencia aquella capital marxista-leninista y el club australiano, con la pulcritud de su ambiente anglosajón.

De pronto le despertó una palmada en el brazo. Lentamente reconoció al individuo que le miraba en silencio. Lo primero en lo que pensó fue que Charles Vadeboncoeur había esperado hasta el último momento, limitando de ese modo el tiempo que pasarían juntos. Charles iba en bañador, a pesar de que no parecía haber nadado.

—Dichosos los ojos —dijo Field.

—Voy a cambiarme —dijo Charles—. Te llevaré a casa.

Desapareció, dejando a Field con la vista del Mekong, donde un sol rojo en la lejanía estaba a punto de ponerse. Había pasado la tarde durmiendo. Charles reapareció y se quedó unos momentos contemplando la orilla.

—Aquí suele haber un policía de guardia. Oficialmente su misión consiste en proteger el club, pero en realidad su función es la de impedir que los laosianos crucen el Mekong a nado.

—La distancia es enorme —dijo Field, mirando hacia Tailandia.

—Éste es el lugar predilecto para cruzar el río, la corriente es relativamente suave. Por la noche hay siempre un par de embarcaciones para los que no nadan muy bien y disponen de algún dinero. El año pasado fueron catorce mil los que se evadieron.

—El club tendría que construir gradas y alquilar prismáticos.

—No todos cruzan por aquí, a Dios gracias —rió Charles.

Field se dio cuenta de que estaban hablando en inglés, en el caso de Charles con un ligero y elegante acento de Quebec. En otra época habían hablado siempre en francés. De regreso hacia el edificio del club, cambió el tono de la conversación para hablar de trivialidades, que a Field le parecían poco sinceras. Algo más importante era que, en su recuerdo, Charles era un individuo frágil y pálido, el tipo de hombre que Diana parecía desear: con principios, no solamente educado, sino con ideas que supusieran una base para sus creencias. Sin embargo, al contemplar al individuo que tenía al lado, Field veía a un tipo sano y bronceado. Había adquirido la robustez propia de un hombre de acción.

—Diana estará encantada —dijo aclarándose la garganta cuando salían del club, mientras saludaba con la mano a cuatro mujeres que jugaban a las cartas.

En la calle le esperaba un chófer junto a un viejo Ford. Por el camino, durante el corto recorrido hasta su casa, en una travesía de Sam Sen Thai, no intercambiaron palabra. Al entrar en el callejón, el conductor tocó la bocina y el vigilante abrió el portalón. Entraron en un jardín, con la casita del vigilante junto al portalón y la casa principal a unos veinte metros. Era de dos plantas y no muy espaciosa. El jardín estaba lleno de flores y de las ramas de los árboles colgaban orquídeas.

—Diana. Viens! Viens voir qui est là —exclamó Charles al acercarse a la puerta, mirando a Field con una sonrisa de satisfacción por la sorpresa.

—Charles, qu'est-ce qu'il y a? —preguntó Diana, mientras se acercaba por el lado de la casa.

Al ver a Field se detuvo, soltó una pequeña carcajada, se le acercó pausadamente y le dio un beso.

«No me sorprende su frialdad —pensó Field—. Siempre fue indiferente conmigo.» Se frotaron ligeramente sus respectivas mejillas y Field percibió que la piel de Diana estaba caliente y húmeda por el sol. Dio un paso atrás para observarla, consciente de que Charles le vigilaba. No había cambiado mucho. Debido al clima de Laos, sus pecas eran más pronunciadas, pero favorecían su actitud relajada y segura de sí misma. Llevaba un holgado pantalón corto y sandalias. Sus piernas eran tal como las recordaba, tal como recordaba haberlas acariciado.

—Entra —interrumpió Charles—. Supongo que estás libre para cenar.

—Libre —respondió Field—. Muy libre, extraordinariamente libre.

Charles llamó, apareció una jovencita y le ordenó que trajera whisky. Antes de que desapareciera, Field se apresuró a pedirle una bebida sin alcohol.

—Es verdaderamente absurdo —dijo Charles—. Me han mandado aquí como experto forestal, lo que en realidad no es cierto, y han puesto cinco sirvientes a mi disposición para hacer el trabajo de uno, o incluso lo que Diana y yo podríamos hacer perfectamente sin ningún problema. Así son las cosas.

—En tal caso, ¿qué haces aquí?

—Ahora me he convertido en un experto forestal. Cabe afirmar que estoy haciendo algo positivo.

Se instalaron en una sala de estar, evidentemente no amueblada por ellos. Recordaba que Diana era una de esas personas obsesionadas por los detalles del entorno, mientras que allí todo tenía un aspecto frío y funcional.

—Sí, pero ¿qué es lo que haces en realidad?

—¿En realidad? —repitió Diana, sentándose junto a su marido con un brazo sobre sus hombros—. Mejor sería preguntarse qué hacíamos en Montreal. Enriquecernos como todo el mundo. Quejarnos constantemente, como si nuestros problemas fueran los más graves del mundo. Evidentemente los había, pero en general llevábamos una vida cómoda y fácil.

—Estábamos convencidos de que habría una revolución —intervino Charles—. Seguro que lo recuerdas; teníamos la seguridad de que todo acabaría patas arriba —prosiguió, pensando en que ahora nadie podía haber tenido un aspecto menos revolucionario—. Entonces llegaron las elecciones, modificaron algunas leyes y todo cambió sin gran dificultad. Especialmente comparado con...

—¿Entonces optaste por los bosques? —interrumpió Field, mientras la voz de Charles se perdía en la lejanía.

—Decidí que no valía la pena. O mejor dicho, que era

excesivamente bueno. Dimití y conseguí un trabajo en las Naciones Unidas. Eso fue hace cinco años. Al principio querían utilizarme como abogado y tuvo que transcurrir algún tiempo hasta que se quitaron la idea de la cabeza. Entonces se les ocurrió otra idea: Canadá equivale a bosques; y yo me convertí. Ahora paso la vida al aire libre. Estuvimos un par de años en Lagos. La deforestación es algo excesivo en África. Aquí no está tan mal. Paso bastante tiempo en el Norte.

—¿Y no echas de menos...?

—¿Quejarme? En absoluto.

—Echamos de menos los inviernos —agregó Diana.

—¿No vais nunca de visita?

—Fuimos un par de veces —respondió Diana—. Antes de venir aquí. Principalmente para asistir a algún funeral.

—Yo no he vuelto jamás —no pudo resistir Field la tentación de afirmar.

—¿Jamás?

—En veinte años. Ni siquiera a los funerales —dijo con cierta satisfacción.

Puesto que no habían tenido experiencias comunes en los últimos veinte años, pasaron la velada hablando del Montreal que todos habían conocido, por lo que tuvieron que andarse con cierto cuidado para no meterse en temas embarazosos. Era casi una aberración que aquellas tres personas hubieran llegado a conocerse, y mucho más que se hubieran acostado entre ellos y que se casaran. Al salir de la escuela, en uno de los barrios pobres de la ciudad, Field había entrado directamente en un periódico, mientras Charles, al otro lado de la montaña, asistía a la Universidad de Montreal, al tiempo que Diana descendía de su escondrijo anglosajón en la ladera de Mount Royal para descubrir el mundo.

A Field le sorprendió que no se mencionara el mensaje mandado a Bangkok.

—Barry Davis parece un poco preocupado por vosotros. No comprendo por qué —dijo Field al final de la cena.

—¿Está preocupado? —preguntó Charles, después de que

la sirvienta abandonara la estancia–. Barry es de esos que se inquietan sin razón alguna.

–¿Entonces todo marcha bien?

Charles sonrió, gesticulando afirmativamente.

–Me alegro.

–Quizá algo aburridos. Laos es..., ¿cómo diría..?

–Tranquilo –intervino Diana.

Se rieron sin decir palabra. El silencio en el exterior era sepulcral. No se oían voces, ni tráfico, ni el ruido de los trabajadores, que en Bangkok no cesaba de día ni de noche.

–Te entregaré una carta para Barry –dijo Charles, poniéndose de pie–. Aquí ocurren unas cuantas cosas que puede que le interesen. ¿Te importa? La escribiré ahora mismo –agregó, ausentándose deliberadamente.

Field permaneció sentado, contemplándose las manos. Percibía que ella le observaba.

–Supimos que estabas en Tailandia. Al principio me sorprendió. Parecía tan improbable. El año pasado vino a vernos un periodista que acababa de pasar por Bangkok y había estado una noche contigo. Nos divirtió durante toda la cena, contándonos lo ocurrido. Me sentí como una fisgona, porque él no sabía que yo te conocía.

–No sabía que hubiera hecho nada tan interesante.

–No fue eso exactamente. En su narración, tú jugabas el papel de un viejo sabio asiático, ¿comprendes? El cínico a quien no le queda nada por ver. Plenamente integrado. Me sorprende ver lo poco que has cambiado.

–¿No tenéis hijos? –preguntó Field, encogiéndose de hombros.

–No –respondió inmediatamente–. No puedo tenerlos... Durante mucho tiempo pensé que a Charles le importaría, pero cuando abandonamos Montreal todo pasó a ser mucho más coherente.

–Coherente –repitió Field–. Jamás he creído que la coherencia tuviera nada que ver con la realidad.

Estuvo a punto de confesarle que tenía una hija universitaria, pero no lo hizo. En su lugar se limitó a mirarla con aire compungido. En dos ocasiones anteriores habían comenzado hablando, la había acariciado y había acabado arrastrándola a la cama. Ella había cedido por compasión. Incluso entonces se había dado cuenta de ello. Era evidente que no cumplía los requisitos que ella había imaginado.

—No creo que al casarme fuera la felicidad una de mis prioridades más importantes —dijo de pronto Diana, interrumpiendo sus reflexiones—. En realidad ocupaba un lugar muy secundario. Pero lo curioso del caso es que he sido muy feliz.

—¿Aquí?

—Especialmente aquí.

—Pero ¿a qué te dedicas? ¿Qué haces, por ejemplo, cuando Charles está en las montañas?

—Solía jugar al bridge con Suvanna Fuma casi todos los días. Era un viejo encantador. Esto es como un pueblecito, hacía menos de una semana que habíamos llegado y ya sabía que yo jugaba bien al bridge. Es una de esas cosas que todo el mundo aprende en Westmount: bridge y tenis.

—Los juegos elegantes, mientras los irlandeses del valle jugamos al hockey.

Sonrió y, por primera vez, Field percibió cierto cansancio en su rostro; algo que mantenía muy oculto.

—Hace un año que murió el viejo. ¿A qué te dedicas ahora?

—Muchas cosas. Participo en infinidad de proyectos con otras esposas y cuido de Charles. Es muy diferente de nosotros —dijo como si fuera obvio que ella y Field pertenecían a una clase inferior—. Tiene un criterio muy personal sobre lo que está bien y lo que no —agregó ruborizándose—. Por consiguiente necesita que cuiden de él.

—Bien —se limitó a comentar Field.

Entró la sirvienta para servirles más café y Diana esperó a que se ausentara para decir:

—Debes tener mucho cuidado con la carta que está escribiendo.

—Por supuesto.

—No me comprendes. Charles actúa con una gran discreción... Debes tener mucho cuidado, especialmente al salir de Vientiane.

—De acuerdo —dijo Field con convicción—. No olvides que soy un viejo sabio asiático. Sé cómo desenvolverme.

—Me parece improbable —replicó Diana, soltando una nueva carcajada, sin que los rasgos de cansancio desaparecieran de su rostro.

Pasaron otra media hora charlando, hasta que Charles apareció disculpándose.

—Todavía no he terminado —dijo—. Te la entregaré mañana por la mañana en el club, ¿de acuerdo? A eso de las diez. Tu avión no sale hasta las doce.

—Muy bien —asintió Field.

Se negó a que le llevaran en coche al Lane Xang. Estaba sólo a quince minutos y le apetecía dar un paseo. El ambiente de la calle, donde sólo se oía algún que otro pájaro y la brisa suave y tranquila, era maravilloso. Cruzó la gran avenida que iba del palacio real hasta el monumento de la Victoria. Uno de los tres semáforos de Vientiane estaba rojo, pero cruzó de todos modos. No circulaba absolutamente nadie, ni siquiera en bicicleta. Era el lugar ideal para alguien en busca de paz y tranquilidad.

Al día siguiente por la mañana cogió un triciclo para dirigirse al club australiano; llegó poco antes de las diez. Pidió un café y se sentó a la sombra, contemplando a los niños que aprendían a nadar. Había un policía con uniforme militar, sentado cerca del club, en la orilla del río. Evidentemente era improbable que alguien intentara cruzarlo durante el día, por lo que su papel era más teórico que práctico.

A las once menos cuarto Charles todavía no había aparecido y a Field comenzaba a preocuparle su avión. Pensó en la perspectiva de quedarse otros tres días en Vientiane, con lo mucho que le dolían los genitales y sin nada que hacer, y le pareció horrible. Salió del club y cogió un taxi para ir a su casa. Cuando llegaron, ordenó al taxista que le esperara.

El vigilante no respondió a la llamada del timbre. Volvió a llamar y dio algunas voces, pero tampoco obtuvo respuesta. El portalón estaba cerrado, pero no con llave; decidió entrar. Le tranquilizó ver el viejo Ford aparcado junto a la casa. Eso significaba que no se había cruzado con Charles por el camino. Las persianas de la casa estaban todavía cerradas. Probablemente Diana se había quedado dormida, después de lo que para Vientiane debía de haber sido una juerga. Nadie daba señales de vida, por lo que Field se acercó y comenzó a dar golpes en la puerta principal. La sirvienta tampoco respondió. Siguió llamando y probó la manecilla. La puerta estaba abierta.

En el interior no se oía absolutamente nada. El aire era fresco. Sólo cuando sus ojos se ajustaron a la semioscuridad, comprobó que había cosas esparcidas por el suelo. Cerró la puerta principal a su espalda y entró con cautela en la sala de estar. Las sillas estaban patas arriba. Los libros de las estanterías, todos en el suelo. Entró en la cocina. No había nadie, pero todos los armarios habían sido vaciados. El suelo estaba lleno de fuentes y sartenes. Regresó a la sala de estar y se detuvo para reflexionar. Quizá lo mejor sería dar la alarma. Miró hacia la escalera, escuchó el silencio y comenzó a subir, peldaño tras peldaño. En el piso superior había cuatro puertas, dos de las cuales estaban abiertas. Una daba al baño, donde las toallas estaban esparcidas por el suelo, y la otra a un pequeño dormitorio completamente revuelto. Volvió a salir al rellano. Tenía bajo los pies una alfombra china de baja calidad, que amortiguaba el ruido de sus pasos. Examinó las dos puertas cerradas, considerando cuál de ellas abriría primero. Optó por la de la izquierda y comenzó a hacerlo lentamente. La habitación estaba bastante oscura. Halló el interruptor y encendió la luz.

Lo primero que vio fue el pie de Diana, en el suelo, junto a la cama. A continuación vio el otro. Avanzó dos pasos y se detuvo. Charles yacía medio oculto al otro lado de la cama. Volvió a mirar a Diana. Estaba desnuda. Tenía heridas en la ingle y los brazos extendidos. Los había tenido atados antes de que se los soltaran. La sábana utilizada para ello estaba todavía sujeta a sus muñecas. Le habían cortado los dedos. Se obligó a seguir mirando. Le habían amputado los pechos con una precisión casi quirúrgica. Miró su rostro. Las orejas habían desaparecido y tenía algo metido en la boca. Incluso sin acercarse, se dio cuenta de que la sangre estaba todavía fresca, incluso en el charco del suelo. Tenía los ojos completamente abiertos; se los habían respetado. Comprendió por su expresión que había contemplado todo lo ocurrido, incluso cuando le metieron algo en la boca. Y sin embargo parecía haber permanecido tranquila.

Se volvió rápidamente para mirar a Charles. Tenía un trapo fuertemente atado alrededor de la cabeza, que le tapaba la boca. Había sido objeto de las mismas mutilaciones. Sus manos estaban atadas todavía y el brazo derecho casi amputado, quizá al intentar defenderse. Le habían extirpado los genitales. Entonces comprendió que aquello era lo que Diana tenía en la boca. Todo su cuerpo estaba doblado y contorsionado.

Field logró darse la vuelta y salir al rellano. Cerró la puerta a su espalda. El aire estaba nuevamente en calma. Se agarró de la barandilla para no perder el equilibrio y tragó saliva con el fin de no vomitar. No había nadie en la casa. Eso fue lo primero que se le ocurrió; nadie. Sosteniéndose en la barandilla, bajó cuidadosamente la escalera. Al pasar junto al espejo del vestíbulo, volvió la cabeza en dirección opuesta.

En el jardín cantaban los pájaros. Cruzó hasta el portalón, donde seguía esperándole el taxi. No había nadie más. «Hay que dar la alarma», pensó. Echó un vistazo atrás, cerró el portalón, subió al coche y ordenó al taxista:

—Al hotel.

Pasaron junto a otras casas donde había señales de vida. «No debo permitir que me dominen los sentimientos

—pensó—, tengo que razonar.» Recapacitó sobre su visita. Cinco sirvientes, y ninguno estaba en casa. No había mirado en todas las habitaciones; puede que estuvieran muertos o amordazados. No, imposible. No se podía haber eliminado a tanta gente habiendo casas a ambos lados. No estaban allí y nadie había dado la alarma. Volvió a recordar los cuerpos. No sólo habían sido asesinados, sino torturados. Además, habían registrado la casa. Consultó su reloj; el avión salía dentro de una hora. El próximo vuelo no era hasta tres días más tarde y se vería metido en algo que escapaba a su control.

—Coge el avión —exclamó a media voz.

El taxista volvió la cabeza y le miró a los ojos, como si en ellos viera el reflejo de una fotografía. Field miró en otra dirección.

Respiró hondo y procuró tranquilizarse. ¿Había sido accidental que fuera precisamente él quien descubriera los cadáveres? De no ser así, jamás le permitirían coger su avión. Debía protegerse. La Embajada británica se ocupaba de los canadienses en Laos. El camino del hotel y el de la Embajada formaban un ángulo recto. Levantó la cabeza. Ya casi habían llegado al hotel. Bien. Bien. Paso a paso.

—Espéreme. No se vaya —dijo al taxista al llegar a la puerta del hotel.

El taxista asintió y Field se dirigió a toda prisa a la recepción.

—La llave y la cuenta inmediatamente. Voy a por mi equipaje —le dijo al recepcionista. Éste le entregó un grueso sobre junto con la llave—. ¿Quién ha traído esto?

—Ha llegado esta mañana, señor Field.

—¿Quién lo ha traído?

—Un mensajero —respondió el recepcionista encogiéndose de hombros.

Field subió apresuradamente por la escalera hasta el segundo piso, metió la llave en la cerradura, se echó atrás y abrió la puerta de un empujón. Todo estaba tranquilo. Rasgó impacientemente el sobre, que contenía un simple cuaderno de notas. Le echó una breve ojeada. Estaba escrito en inglés, con mucha pulcritud. La letra era de Charles: *Pong Saly. Junio de 1984. Durante una inspección forestal he descubierto una gran plantación de amapolas que no consta en las cifras oficiales...*

«Tengo que protegerme –pensó–, debo llamar a la Embajada.» Corrió al teléfono de la primera sala. No había línea. Colgó y entró a toda prisa en el dormitorio. Había dejado la ventana abierta y el equipaje listo con la bolsa todavía abierta. La cerró y se dirigió hacia la puerta. «Primero a la Embajada y a continuación al aeropuerto –reflexionó–. Es lo más seguro.»

Entonces oyó un grito a su espalda. Se acercó a la ventana: efectivamente, había griterío. Vio que un grupo de soldados o policías entraban por el portalón de madera, con metralletas en la mano. Se dirigió a la antesala y se detuvo. Abrió cautelosamente la puerta y escuchó. Subían corriendo por la escalera. Miró por el pasillo en busca de una salida de incendios, recapacitó, volvió a entrar en su habitación y cerró la puerta con llave. Permaneció inmóvil, reflexionando. Oyó que los pasos se acercaban a su puerta.

El cuaderno. El cuaderno. Lo llevaba todavía en el bolsillo. Lo sacó y lo contempló como un imbécil. ¿Sería aquello lo que buscaban? Lo abrió: *... fábrica estatal de detergentes, utilizada en realidad como laboratorio de drogas...* Volvió a cerrarlo. ¿Qué le harían si creían que lo había visto? Miró rápidamente a su alrededor. En el retrete, pensó. No, era demasiado voluminoso para hacerlo desaparecer. No disponía de tiempo. Fue a la nevera, abrió rápidamente la puerta y la halló vacía. Alguien comenzó a golpear en la puerta. Abrió la tapa del congelador. En su interior había dos cubiteras. Metió el cuaderno en el sobre y lo colocó en el fondo del congelador, debajo de una cubitera. Puso la otra delante y cerró cuidadosamente la puerta del frigorífico. Chillaban para que abriera la puerta. Después de alejarse de la nevera, respondió en un tono tranquilo.

Parecían no haberle oído y seguían chillando. Al acercarse comprobó que lo hacían en francés.

—*Qui est là?* —preguntó.

—*Police! Police!*

—*Attendez* —respondió, quitando el cerrojo y haciendo girar la manecilla.

La puerta se abrió de golpe, entraron de sopetón y le empujaron contra la pared. Field levantó los brazos y adoptó una expresión perpleja. Le registraron y se pusieron rápidamente a revolver la habitación.

Se le acercó un individuo bajito y pulcro, con un uniforme que parecía de oficial. A juzgar por su aspecto, podía tratarse de un adolescente.

—*Votre valise?* —preguntó, señalando la maleta de Field con la cabeza.

—Mi avión sale a las doce.

—*Monsieur Vadeboncoeur?* —preguntó el oficial.

—Embajada de Gran Bretaña —respondió Field.

—¿Por qué los ha asesinado? —insistió el oficial, en un inglés chapurreado.

—Embajada de Gran Bretaña —repitió Field.

El oficial mandó a sus hombres a registrar el dormitorio, al parecer en busca de armas; a continuación obligó a Field a entrar en el mismo, en compañía de un soldado, y cerró la puerta. No había ninguna silla, por lo que Field se sentó al borde de la cama. El agente se quedó nervioso junto a la puerta, con su Kalashnikov cruzado en el pecho. A los diez minutos entró el oficial, llevando el pasaporte de Field en la mano.

—¿A qué ha venido a nuestro país?

—De negocios —respondió Field, poniéndose de pie.

—¿Negocios?

—Lao Trading Company. Tractores. Som Nosavan.

—Tractores —repitió—. ¿Por qué ha matado usted a esa gente?

Field le miro fijamente y supuso que se trataba de su primer caso de asesinato. Probablemente era el primer asesinato en Vientiane en muchos años.

–No lo he hecho. Por favor, llame a la Embajada de Gran Bretaña.

–Los vecinos le han visto entrar y salir.

–¿A quién más han visto? Fui a despedirme. Eran amigos míos. Estaban muertos cuando he llegado.

–¿Por qué ha venido, en realidad? ¿Qué me dice del asesinato?

–Se lo ruego, llame a la Embajada de Gran Bretaña.

–Comete un asesinato dos horas antes de la salida de su avión y huye antes de que se descubra.

–¿Quién se lo ha dicho?

–Una llamada telefónica.

–¿Cómo lo sabían? –preguntó Field, levantando la voz–. ¿Cómo lo sabían?

Se dio cuenta de que empezaba a perder los estribos y se sentó en la cama. El oficial dio media vuelta y abandonó la estancia. Field miró al joven soldado que custodiaba la puerta y éste desvió la mirada. Después de media hora, se oyó el ruido de un avión que sobrevolaba el hotel. Field se levantó para ver cómo desaparecía su vuelo de regreso, pero el soldado le impidió que se acercara a la ventana.

–¡Válgame Dios, no pienso arrojarme por la ventana! –exclamó; y al cabo de un rato, cuando ya no podía soportarlo, comenzó a chillar–: *L'officier! L'officier!*

El soldado le amenazó con el fusil, a pesar de que no se había movido, y Field siguió chillando. De pronto se abrió la puerta y vio que destrozaban la sala contigua.

–*L'ambassadeur anglais!*

–Póngase allí –le ordenó el oficial, señalando un rincón junto a la ventana.

Entraron cuatro de sus hombres y comenzaron a registrar la habitación. Deshicieron la cama, giraron el colchón y quitaron todo lo que había contra las paredes. Eso significaba que no habían mirado en el congelador. Field miró por la puerta abierta y vio a un individuo gordo que cruzaba la sala detrás de un soldado. Entonces alguien cerró la puerta. Transcurrieron unos minutos antes de que Field se diera cuenta de que el individuo que había visto era Som Nosavan, el de la Trading Company.

—¡Oiga! —chilló al oficial—. El hombre con quien he venido a hacer negocios está ahí afuera —dijo, señalando la puerta—. Acabo de verle. Déjeme hablar con él.

El oficial pareció no hacerle caso y abandonó la estancia. A los pocos minutos entró Nosavan, al parecer sumamente incómodo. Field no estaba de humor para gentilezas.

—Oiga, les he pedido que llamen a la Embajada de Gran Bretaña, tengo derecho a ello.

—Lo siento, señor Field. No sé lo que está ocurriendo. Me han ordenado que viniera. ¿Ha mencionado usted mi nombre? —preguntó con cierto resentimiento, como indicando que en un país como aquél uno no involucra a los demás—. Me han dicho que ha asesinado a una joven pareja.

—Haga el favor de decirles qué estoy haciendo aquí.

—Ya se lo he dicho. Pero el hacer negocios no elimina la posibilidad de matar a alguien. Dicen que la casa ha sido saqueada y quieren que averigüe lo que se ha llevado.

—No me he llevado nada. Eran amigos míos. Escúcheme, ¿quiere ir a la Embajada? Sólo eso. Dígales que estoy aquí.

—Le ruego que no me lo pida, señor Field —respondió Som, cada vez más incómodo.

—Llámeles por teléfono. Sólo dos palabras.

—Usted no lo comprende.

—Tengo derecho a que mi gente sepa lo ocurrido —intentó razonar Field.

—Éste es precisamente el problema, señor Field. Me parece que no lo comprende. No tiene ningún derecho. En Laos no se aplica ningún código jurídico. La discreción del gobierno es absoluta. Ninguno de nosotros tiene derecho alguno; sólo obligaciones.

—En tal caso, ¿puede decirme qué está ocurriendo?

—Creo que intentan tomar una decisión —respondió,

encogiéndose de hombros–. La policía ha pedido consejo a las altas esferas.

–¡Santo cielo! –exclamó Field, a medio camino entre la frustración y el enojo, bloqueando toda otra emoción–. ¿Tendrá la amabilidad de averiguar lo que ocurre? –agregó, moviendo vagamente las manos y sentándose de nuevo sobre la cama.

–Por supuesto. Se lo debo a la señora Laker. Y usted no debe preocuparse, señor Field. Nuestro trato sigue en pie. Éste es un asunto puramente personal.

–¿Tienen alguna ley que separe lo uno de lo otro? –preguntó Field, mirándole de reojo.

Som sonrió indicando que le comprendía y se fue. Después no ocurrió nada. El soldado permanecía junto a la puerta. Field se sentó con las piernas cruzadas sobre la cama. En un momento dado llegó a dormirse y despertó con una pesadilla en la que asesinaban a Diana. La luz de la habitación estaba encendida y en el exterior había oscurecido. El centinela había sido reemplazado por otro que, después de desconectar el aire acondicionado, había dejado la ventana abierta, por lo que el cuarto estaba lleno de mosquitos. Probablemente nunca había visto nada más sofisticado que un ventilador.

CAPÍTULO SEIS

Poco después de las dos de la madrugada se abrió la puerta. El oficial retiró al centinela y entró Som Nosavan. Durante el breve instante en que la puerta permaneció entreabierta, Field creyó ver al secretario particular del presidente del Gobierno –aquel individuo llamado Kamphet, con quien había cenado en la Trading Company– que miraba con curiosidad. Se cerró la puerta. Al principio, Som sonrió y a continuación empezó a pasear por la estancia, hasta acabar mirando por la ventana.

–¿No se le ha ocurrido nada que pudiera haber estado buscando, o quizá haya encontrado, en aquella casa? –preguntó al cabo de un rato, sin darse la vuelta.

–¿Ha llamado a la Embajada? –inquirió Field, haciendo caso omiso de su pregunta.

–He hablado del tema con mis amigos. Si llamo a la Embajada, el asunto pasa a ser oficial. En tal caso se instruirán unas diligencias que podrán durar varios meses. ¿Y a qué conducirán? –dijo, dando media vuelta y acercándose a Field, para sentarse junto a él sobre la cama, con el rostro empapado de sudor, a pesar de que no hacía calor en la habitación–. Si lo desea iré a la Embajada. Pero he hablado con esos policías, en plan confidencial, ¿comprende?, como lo he hecho con mis amigos y... –prosiguió, esgrimiendo una leve sonrisa– por deferencia a la señora Laker, he hecho ciertas ofertas y lo que ahora se preguntan es si quieren realmente acusar a un extranjero de asesinato, precisamente en estos momentos. Evidentemente usted tiene la última palabra, pero supongo que ya sabe que mucha gente abandona Laos sin formalidad alguna; discretamente. Se limitan a cruzar el río. Si estuviera dispuesto a hacer lo mismo, le evitaría a todo el mundo muchas perturbaciones. Incluso a mí. Imagine la impresión que causaría en esta pequeña ciudad que tuviera que declarar a favor de mi cliente, a quien se acusa de asesinar a dos personas.

—Ya se lo he dicho...

—Estoy intentando explicarle —interrumpió Som, levantando pausadamente las manos— que incluso yo tengo razones para desear que se marche. En el supuesto que esté de acuerdo, la policía se retirará durante unos cinco minutos. Esperará en la parte delantera del hotel. Entonces usted bajará y saldrá al jardín. Encontrará la puerta del fondo abierta. Junto al portalón habrá un hombre esperándole con un coche para llevarle veinticinco kilómetros río abajo, hasta Tanaleng, donde podrá coger el transbordador. Funciona a partir de las ocho de la mañana. Allí tengo amigos en la aduana que le facilitarán la travesía a Nong Khai, en Tailandia. Para entonces habrá perdido el primer tren a Bangkok, pero hay otro a las seis de la tarde. También tiene la posibilidad de alquilar un coche con conductor. Aproximadamente a la misma hora en que esté cruzando, la policía descubrirá los cadáveres y usted se habrá desvinculado de este asunto tan complejo sin que nadie le diga nada ni se dispare un solo tiro. Esto sería lo más práctico para todos.

Field le miró fijamente, sin saber qué responderle.

—No podemos esperar demasiado —dijo Som al cabo de un rato, incapaz de seguir soportando el silencio—. Si siguen reteniéndole aquí, pronto lo sabrá todo el mundo y entonces pasará a ser oficial... Podría estar en Bangkok mañana por la noche.

—Y si me marcho, la policía dirá que eso demuestra que soy el asesino.

—¿Le importa lo que digan? A mí, en su situación, no me importaría. En todo caso, no sé cuál será la versión oficial. Ésa es una decisión política que está fuera de mi alcance. Fuera del alcance de mis amigos –prosiguió, encogiéndose de hombros–. Personalmente, prefiero que se marche, pero no puedo obligarle a que lo haga. Tal vez prefiera el camino de la justicia.

–¿Qué me dice del testigo que me vio entrar en la casa? ¿No vio a nadie más?

–Parece ser que no.

Field reflexionó. Miró a su alrededor, en la habitación donde se encontraba. Si se quedaba, aquel espacio insoportable sería sustituido por otro mucho peor en una cárcel. ¿Y por cuánto tiempo? Tarde o temprano encontrarían el cuaderno en el congelador y entonces comprenderían que lo sabía. ¿Qué sucedería entonces? Cuando le tuvieran encerrado, en algún lugar oculto, podría ocurrirle cualquier cosa. Observó a Som; éste se puso de pie y se dirigió discretamente hacia la ventana, mirando pensativamente, como si contemplara el mundo exterior. Para él, pensó Field, lo más práctico sería que tuviera un accidente al huir. Levantó la cabeza y vio que Som le miraba fijamente.

–¿Qué opina?

–No lo sé.

–Es una decisión muy difícil –asintió Som, comprensivo.

–Ambos caminos son arriesgados.

–Quizá –asintió de nuevo Som, al parecer considerando las alternativas–. Claro que para mí la incertidumbre es ley de vida por el solo hecho de hacer negocios en este país. Soy un capitalista en un mundo socialista. Ya se lo puede imaginar. Siempre hay riesgo cuando se juega sin reglas. Quizá... quizá menos para usted si se decide a cruzar el río. En una ocasión, hace algunos años, yo también lo hice y regresé al cabo de unos meses, cuando se tranquilizaron las cosas –agregó, encogiéndose de hombros–. Siempre hay riesgo.

–De acuerdo –dijo por fin Field después de mirarle fijamente en silencio, sin poderse concentrar–. Iré.

Al principio Som parecía no haberle oído, pero luego se dibujó una expresión de alivio en su rostro y dijo:

–No se mueva de aquí. Cuando oiga que la puerta del pasillo se cierra, espere unos minutos y salga.

–¿Qué pasa con mi pasaporte y mi dinero?

–Estará todo en la sala adjunta –respondió, dirigiéndose a la puerta; se detuvo el tiempo necesario para brindarle una alentadora sonrisa–. Buena suerte –agregó antes de desaparecer.

Field se levantó y empezó a dar vueltas por la habitación. Intentaba pensar sin dejar de pasear y creía que tal vez debía haber optado por quedarse. Esta posibilidad todavía existía. Volverían al cabo de diez minutos y le encontrarían allí. Pero ¿qué lograría con ello? Si lo que se proponían era matarle, tan fácil les sería en la habitación como en el jardín. En realidad más fácil. En el cuarto no tendría ninguna posibilidad de escapar. Sus alternativas eran Tailandia o enfrentarse a una falsa acusación.

Oyó un portazo deliberado en el pasillo. Apagó la luz y se dirigió a la ventana. La noche era muy oscura. La piscina desprendía un ligero brillo, pero no se veía la pared del fondo ni el portalón. Se acercó a la puerta del dormitorio e hizo girar la manecilla. Habían dejado la luz encendida. Sobre la mesa estaba su pasaporte y, en el suelo, junto a la misma, su bolsa de viaje. Debajo del pasaporte había dos mil gahts. Debían haber sido casi veinte mil; de modo que le había cobrado la huida, lo que demostraba que Som era un hombre de negocios muy minucioso. Se metió el pasaporte y el dinero en el bolsillo del pantalón y abrió la puerta del pasillo. No se veía a nadie. Caminó hasta el rellano y comprobó que tampoco había nadie esperándole. Regresó a la habitación, abrió el congelador, cogió el cuaderno y se lo metió en el otro bolsillo. En contacto con la piel percibió que estaba frío y se le formó un rectángulo húmedo en el pantalón. Cogió su bolsa y salió a toda prisa.

Al llegar al vestíbulo comprobó que el recepcionista había desaparecido. A través de la puerta principal se veían los jeeps de la policía, pero no había ningún agente. El patio que conducía al jardín estaba iluminado con luces multicolores, como para un baile, y más allá imperaba la oscuridad. Empujó la puerta de cristal y salió al exterior, deteniéndose a pesar suyo, a la expectativa de gritos y disparos. No ocurrió nada. Lo único que se percibía era el zumbido de los innumerables mosquitos que volaban alrededor de las luces.

Avanzó rápidamente a la izquierda, por el borde del jardín, hacia las jaulas de los osos. El césped no hacía ruido alguno bajo sus pies. Se detuvo al llegar junto a las jaulas y escuchó de nuevo antes de seguir adelante, sin alejarse del borde del jardín, donde podía ocultarse entre los árboles y los matorrales. La espesa vegetación no le permitía ver el muro del fondo. Avanzó hacia la derecha, en dirección al portalón. Debía de estar a unos cincuenta metros. Después de avanzar aproximadamente treinta metros oyó un ruido y se detuvo. Debía de tratarse del chófer de Som. Siguió avanzando, hasta que percibió un destello en la noche. Era difícil estar seguro a aquella distancia; quizá unos diez metros. Field se alejó un poco de los matorrales y avanzó con cautela. No vio a nadie. El chófer tenía que haber estado en un lugar visible. Volvió a acercarse al muro, caminando con precaución. Delante, a la izquierda, comenzó a discernir la silueta del portalón en la oscuridad. Efectivamente estaba abierto. Un grupo de franchipanes lo ocultaban parcialmente. Poco a poco llegó a vislumbrar dos figuras humanas bajo los árboles.

Dejó la bolsa en el suelo y esperó. Estaban bien ocultos, invisibles desde el sendero. Percibió otro destello. Miró con atención y vio un cuchillo en la mano derecha de uno de ellos. Field se concentró en el segundo. Llevaba también un cuchillo en la mano. Resaltaba ligeramente contra la claridad del portalón. Tenía la hoja curiosamente curvada. Siguió con la mirada el objeto metálico, el puño cerrado y el musculoso brazo. Tenía los hombros muy anchos para un laosiano. ¿Dónde había visto hombros semejantes? ¿Y hojas como aquélla? En Bangkok, con Woodward, en el matadero de cerdos. Allí solían alquilarse buena parte de los asesinos de Bangkok. En un instante recordó perfectamente el lugar.

Los cerdos, con garfios en las mandíbulas y chillando exactamente como seres humanos, eran arrastrados hacia el degolladero, donde cuatro matarifes semidesnudos les daban la vuelta. Simultáneamente, uno de ellos levantaba el cuchillo y le abría el cuello en forma de cruz. La sangre caía a un barril –junto con el chillido–; luego chamuscaban el cuerpo del animal aún no muerto del todo y eliminaban el vello con cuchillas. A continuación comenzaban a despedazarlo. De pronto Field vio a Diana cuando la despedazaban. Volvió a ver su cuerpo tal como lo halló, con las orejas y los pechos cuidadosamente amputados. En Vientiane debía de haber un matadero. Le matarían silenciosamente. Sin ningún disparo que los delatara. Ningún testigo en el hotel. O quizá le llevaran a algún lugar solitario para interrogarle, como habían hecho con Diana.

Dejó la bolsa en el suelo y avanzó cautelosamente entre los setos. Cuando creyó que estaba debidamente oculto en la oscuridad de la noche, se incorporó para examinar el muro. Medía tres metros de altura y el borde superior estaba cubierto de cristales rotos, pero habían permitido que árboles de mayor tamaño crecieran junto al mismo. A su izquierda había un árbol enorme con ramas relativamente bajas. Field cruzó los matorrales que lo rodeaban y comenzó a buscar en el tronco algún lugar donde apoyar el pie. Se encaramó con mucha lentitud, debido a que la suela de cuero de sus zapatos era muy resbaladiza, pensando en que los individuos del portalón comenzarían a preguntarse por qué tardaba tanto. Los trozos de cristal del borde del muro eran tan abundantes que comprendió que le sería imposible descender suavemente por la pared. Subió un poco más, hasta que sus pies estuvieron a la altura de la parte superior del muro. No podía ver lo que había al otro lado, pero supuso que sería una superficie dura o una cuneta. Fuera lo que fuese, tendría que saltar por encima del muro, porque de lo contrario aquellos individuos oirían sin duda el ruido del cristal rompiéndose bajo sus zapatos. Puede que la caída al otro lado les pasara inadvertida.

Saltó con las piernas dobladas. Cayó lejos y sin ruido, hasta que pisó en falso con el pie izquierdo y cayó rodando en la cuneta. Permaneció inmóvil. No se oyeron gritos.

Se puso de pie y se dirigió a la izquierda, alejándose del portalón. Al llegar al primer cruce miró a un lado. Se vislumbraba el reflejo tenue del majestuoso Mekong al fondo de la manzana. Los soldados debían de estar a la vuelta de la esquina, frente al hotel. Cruzó la calle y giró a la derecha, todavía indeciso. En aquella dirección llegaría a la Embajada de Gran Bretaña y a la de Australia. Pero ¿cómo entraría? Probablemente habría policía en la puerta. No valía la pena arriesgarse. Giró a la derecha en un cruce, por Sam Sen Thai, la otra calle principal paralela al río, y echó a correr. En la siguiente intersección miró a la derecha, hacia el Mekong, y a unos cien metros vio a un individuo que le miraba fijamente. Oyó un grito y a alguien que corría. Field siguió corriendo tan rápido como pudo y giró hacia el río, a cubierto de los árboles de la avenida principal. Los jardines del antiguo palacio impedían el acceso al Mekong. Rodeó el muro del recinto, escuchando atentamente, pero no oyó ruido alguno. Puede que no le hubieran visto bajar por Sam Sen. El río estaba al fondo de la siguiente manzana. Cruzó el muelle y siguió corriendo por la orilla. Charles le había dicho que había embarcaciones para cruzar clandestinamente junto al club australiano. Eso debía de estar a menos de dos kilómetros. Volvió a subir corriendo al muelle, cruzó el recinto del hospital y pasó junto a los oscuros campanarios de un templo. Había todavía una isla en medio del río. No dejaba de pensar en que no estaba lejos. Entonces oyó inesperadamente un grito, seguido de una respuesta, cuyo eco procedía de su izquierda, detrás de los edificios. Miró a su alrededor, pero no vio a nadie. Cuando volvió a mirar al frente algo había cambiado. Al principio no estaba claro, pero al cabo de unos segundos se dio cuenta de que aquella sombra era la de un individuo que se le acercaba corriendo por el muelle. De su mano derecha brillaban los destellos intermitentes de un cuchillo, que subía y bajaba con el movimiento del brazo al correr.

Field se quedó parado, contemplando la señal que se le acercaba. De nada le serviría echar a correr río arriba. De nada en absoluto. Miró el cauce, cruzó a toda prisa los pocos metros de juncos de la orilla y se tiró al agua. La corriente era fuerte y homogénea. Se despojó de los zapatos y dio unas cuantas brazadas hacia el centro antes de volver la cabeza. El individuo le observaba desde el muelle, a menos de diez metros. Levantó el cuchillo, titubeó unos instantes para calcular la velocidad de la corriente y lo lanzó. Field vio que se le acercaba la brillante hoja en la oscuridad de la noche. Su rumbo parecía que lo fijaban sus ojos, como imanes que también le impedían mover la cabeza. Esperó en la corriente la llegada del destello. Esperó. Por fin la hoja cayó junto a él, de donde procedía la corriente. Miró hacia el muelle y vio al individuo que le observaba, sin decir palabra, ni hacer movimiento alguno, mientras se le escapaba la presa.

«Los carniceros no saben nadar», pensó Field, dando unas brazadas para alejarse un poco más de la orilla, con el fin de no golpearse contra ninguna roca, tronco o cualquier otro impedimento. Entonces se dejó llevar por la corriente. Las islas desaparecieron a su espalda y a lo lejos se vislumbraba vagamente una línea, que correspondía sin duda a Tailandia. Era difícil distinguir los contornos de la orilla. Se veía una mole oscura, que podía tratarse de la casa de Suvanna Fuma, en cuyo caso el club australiano y las embarcaciones ya no estaban lejos. Se acercó nadando a la orilla y sólo entonces se dio cuenta de que algo le colgaba de los pantalones. Al llevarse la mano al bolsillo descubrió que estaba vuelto del revés y que el cuaderno había desaparecido. El pasaporte y el dinero también habían desaparecido del otro bolsillo. Seguramente había ocurrido al tirarse al agua y despojarse de los zapatos.

De pronto se vio atrapado en un pequeño torbellino, se golpeó contra una madera resbaladiza y pasó por debajo de algo. A los pocos segundos emergió tosiendo y en busca de aire. Oyó el eco de unos gritos que se perdían en la noche. Pensó que debían de ser las embarcaciones. Estaba más allá del club australiano. En todo caso, sin dinero tampoco le llevarían. Se vería obligado a cruzar el río a nado. Se dirigió hacia el centro, donde la corriente era más fuerte, con la intención de dejarse llevar en dirección a Nong Khai, donde había un tren para Bangkok. El agua parecía avanzar a unos diez kilómetros por hora. Eso significaba que amanecería antes de que tuviera que nadar hasta la otra orilla.

El líquido, saturado como estaba de fango, era espeso y oscuro; además, el hecho de que la temperatura del aire y la del agua fueran prácticamente idénticas eliminaba toda sensación de contraste físico. La rápida corriente del centro le transportaba como si fuera un bebé envuelto en una manta, dejando atrás numerosos contornos indescifrables en las lejanas orillas. Sabía que por allí no había nada, sólo árboles, alguna casa de vez en cuando y el grueso cauce que vaciaba de su mente el tiempo y las imágenes. En un momento dado le vino a la memoria el recuerdo del cuerpo de Diana, mutilado en el suelo, pero se lo llevó una pequeña ola que le cubrió la cabeza. Mucho más tarde, unos lejanos tambores rompieron el silencio y reconoció que se trataba de la llamada a oración de un monasterio. Esto significaba que eran las cuatro de la madrugada y que hacía una hora y media que flotaba en el río.

Cuando el alba comenzó a iluminar el horizonte laosiano, Field se puso a nadar en dirección a Tailandia. Su mayor preocupación era que pronto aparecieran los edificios de la aduana de Nong Khai y la corriente siguiera arrastrándole. Cuando comenzó a ver algunos edificios diseminados nadó con todas sus fuerzas hacia la orilla. Tardó cinco minutos, pero cuando intentó agarrarse a algo sólido la mano le resbaló sobre una roca como si fuera de gelatina y rodó tragando agua. Tosió violentamente y, concentrando toda su energía, se arrojó contra la orilla para poner los pies en tierra firme. Parecían de goma cuando intentó apoyarlos, pero logró agarrarse a unas raíces y salir a fuerza de brazos. No las soltó hasta que estuvo tumbado en el barro de la orilla.

Incapaz de andar, o incluso de arrastrarse, se quedó donde estaba, contemplando el amanecer a través del río. Después de un rato, se sintió con fuerzas para arrastrarse hacia un terreno más seco, donde volvió a descansar, esta vez de rodillas, y por fin se puso de pie y avanzó tambaleándose a través de los campos, en dirección a la ciudad. Su mayor problema consistía en hallar terreno que no fuera excesivamente duro para poder andar descalzo. Cuando dejaron de doblársele las rodillas, descendió por el terraplén hasta la orilla, se desnudó y se sacudió el barro de la ropa. A continuación siguió adelante.

Poco después vio una verja y más allá unas chozas. Debían de ser los edificios de la aduana tailandesa. Caminó hacia el interior, hasta perderlos de vista, y siguió en dirección a Nong Khai. A su izquierda vio un tren detenido junto a la pequeña estación. No tenía por qué suponer que los laosianos no le esperarían también allí. Con un solo disparo les bastaría. Avanzó por los campos, cruzando la vía, para acercarse por el lado opuesto al andén. Había ya algunos pasajeros esperando en el tren. Se acercó por un pedregal a la parte trasera, miró cautelosamente al otro lado, caminó a toda prisa hasta el primer vagón abierto y subió al tren. Había varias personas en el andén a las que, de haberle visto, sin duda habría llamado la atención. Su ropa estaba ya seca con el calor de la mañana, pero estaba sucia, arrugada, e iba descalzo. Se encerró en el lavabo que había junto a la entrada y se acurrucó.

Cuando despertó, el tren se había puesto en marcha. Se miró en un pequeño y sucio espejo que había en la pared y vio un entramado de arañazos en su frente. Tenía sucia la cara y el cabello hecho un asco. Estos detalles insignificantes fueron lo primero que permitió que le preocupara e intentó remediarlos lavándose con agua usando las manos. De pronto vio a Diana en el espejo, tal como la había encontrado en el suelo, y comenzó a vomitar en el lavabo hasta que no le quedó nada que expulsar. Transcurrió por lo menos media hora hasta que se sintió lo suficientemente recuperado para salir con cautela de su escondrijo e instalarse en el primer asiento vacío de un compartimiento de tercera clase, que sólo estaba ocupado en parte. Ocultó los pies bajo el asiento de enfrente lo mejor que pudo e intentó dormir. Se despertó en dos ocasiones. La primera cuando empezó a llover y la segunda con la llegada del revisor. Field le explicó una y mil veces que en Bangkok le esperaba un amigo que tenía su billete; todo se arreglaría cuando llegaran.

Efectivamente, cuando doce horas más tarde llegaron a Bangkok apareció de nuevo el funcionario, acompañado de un colega para asegurarse de que no escapara, y le acompañaron entre la multitud que abarrotaba el enorme túnel que formaba la estación, hasta encontrar un policía. Field percibía que la mugre se le incrustaba en la planta de los pies, a pesar de lo sucios que ya estaban. El policía le condujo a un despacho, desde donde le permitió llamar por teléfono. Logró comunicarse con la señora Laker cuando ésta estaba a punto de abandonar el despacho para encerrarse en su fortaleza; comenzó a reñirle como una maestra cuando un alumno llega tarde.

—Estoy en la estación del ferrocarril —la interrumpió Field—. Ven inmediatamente con algo de dinero.

Llegó al cabo de una hora, acompañada de su chófer, y pagó la deuda sin hacer ningún comentario con respecto a su apariencia o a la situación. Cuando se alejaban en el Impala, le contó lo ocurrido, sin mencionar el cuaderno.

—Dios mío —exclamó, distanciándose cuando le contó lo de los cadáveres, que sólo describió como mutilados—. Me sorprende que Som intentara ayudarte —agregó al fin de la narración.

—Si eso era lo que intentaba...

—¿Qué ha pasado con el contrato? —preguntó mientras digería la información.

—Mi copia está en el jardín del hotel, junto con mi ropa. Tendrás que pedirle a Som que te la mande. Tres toneladas de café —agregó, al comprobar que le miraba interrogativamente.

—Bien —respondió, dándole una palmada en el brazo sin darse cuenta de lo sucio que estaba—. Qué historia tan horrible. Horrible. ¿Qué edad tenía la chica? —preguntó, contemplándose la palma de la mano.

—La misma que yo.

—¡Horrible! —volvió a exclamar antes de hacer un largo silencio, quizá de más de cinco minutos, después del cual repitió, con la voz transformada, suave y temblorosa—: Horrible. La especie humana es bestial. Bestial, John. Sabemos tan poco... Sólo queremos saber poco.

La miró. Tenía los ojos cerrados y una lágrima junto al párpado que él veía. No volvieron a intercambiar palabra.

Cuando abrió la puerta mosquitera para entrar en su casa, percibió un ambiente sumamente tranquilo, que fue incapaz de ignorar. Ao estaba acurrucada en el suelo de la sala de estar, mirando un libro de dibujos que la cocinera le había comprado. Le sonrió, pero a Field le pasó inadvertida. Estaba ya a media escalera, quitándose la camisa mientras subía. Al cabo de un momento le interrumpió una mano, que le ayudó a desabrocharse. Bajó la mirada y se fijó por primera vez en la chica. Le asombró enormemente darse cuenta de que le complacía verla. Era su primera sensación desde el hallazgo de los cadáveres. Ella se puso a su espalda para ayudarle a quitarse la camisa.

—¿Estás bien, John?

—No.

—¿Qué ha ocurrido?

—No tiene importancia.

Ao pareció no oír la respuesta y le ayudó a quitarse los pantalones. En sus calzoncillos había una enorme mancha amarilla.

—Dios mío, John, estás enfermo.

—Efectivamente. Estoy enfermo —respondió consciente de su dolor por primera vez en treinta y seis horas.

Le empujó hacia el cuarto de baño, bajo la ducha, se recogió el *sarong*, le lavó todo el cuerpo dos veces y, una vez seco, le acompañó al dormitorio, donde le dio un masaje hasta que se quedó dormido.

—¿Has ido todos los días al médico? —preguntó a la muchacha antes de perder el conocimiento.

—Sí, John.

—¿Y bien?

—Todavía estoy enferma.

Se despertó el sábado a las seis de la madrugada, se dio la vuelta y la vio al pie de la cama. Su presencia le produjo una curiosa sensación de cariño. Se levantó y bajó para llamar a Barry Davis a su casa.

—Soy Field.

Al otro extremo de la línea se oían susurros y la voz de una chica.

—¿Te apetece tomar una cerveza conmigo esta noche? —preguntó Davis, levantando la voz por encima de la interferencia.

—Quiero que vengas inmediatamente —respondió Field, sin apenas dejarle terminar.

—Escúchame... —comenzó a decir, mientras se oía a la chica que se quejaba—, me encantaría, pero...

Davis siempre estaba con alguna chica.

—¡Ven inmediatamente!

Después de colgar el teléfono, fue a llamar a la puerta de la cabaña de la cocinera y le ordenó que preparara un café. A continuación se metió bajo la ducha.

Davis no vivía lejos. Llegó al cabo de media hora, se

sentó junto a la mesa del comedor, se negó a aceptar el café que le ofreció la cocinera, apoyó los antebrazos y las manos sobre la mesa y adoptó una expresión paciente como la de un monje, que era su interpretación personal de la pose diplomática, mientras escuchaba a Field. En su relato incluyó una descripción detallada de los cadáveres y del cuaderno perdido, basándose en lo poco que había visto del mismo. Cuando concluyó, Davis reflexionó en silencio unos minutos y le pidió que se lo contara de nuevo. En esta ocasión, no dejaba de tocarse el bigote.

—Te extenderé un nuevo pasaporte. Creo que aceptaré un poco de café —comenzó a decir, tomándoselo en el momento que se lo sirvieron, muy caliente, como sólo los celtas y los anglosajones suelen hacerlo—. Vamos paso a paso. Nuestra Embajada no ha sido informada todavía por el gobierno laosiano de que hayan asesinado a dos canadienses en Vientiane. Por consiguiente, no sabemos nada. Esperaré veinticuatro horas para ver si se manifiestan voluntariamente. Si persiste el silencio, empezaré a investigar discretamente a través de los británicos y los australianos, que tienen representaciones en Laos, como también los franceses. No olvides avisarme si se confirma tu contrato con ese tal señor Som. Y no digas una palabra a nadie de lo ocurrido —concluyó, levantándose para marcharse.

—¿Qué está ocurriendo, Barry? —preguntó Field, extendiendo la mano para impedírselo.

—Supongo que es un asunto de drogas —respondió Davis, levantando las cejas como síntoma de confusión.

—No me vengas con ésas. ¿Para quién trabajaba Charles?

—¿Cómo?

—¿Trabajaba para ti? Vamos. ¿Qué es todo esto?

—Cuéntamelo tú, John. Ahora sabes más que yo. Tengo la impresión de que puede que trabajara por cuenta propia. Era un ciudadano ejemplar. Tú le conocías. Un tipo cívico. Créeme que lo siento —dijo mientras se dirigía hacia la puerta.

—Claro —dijo Field—, ambos lo sentimos. En general, creo que ambos lo lamentamos muchísimo. Especialmente yo, ¿no crees? Yo lo lamento en grado extremo.

Davis le escuchaba con las manos a la espalda, como petrificado por la vergüenza.

—Te llamaré —se limitó a decir, ausentándose.

Michael Woodward estaba en el Nursing Home todos los sábados por la mañana. Era un día popular para las enfermedades y los tratamientos; tan popular, que Field y Ao se encontraron la sala de espera llena de gente cuando llegaron. En lugar de entrar en la sala, se quedaron junto a la puerta de Woodward, en el vestíbulo, y cuando salió una joven con un niño, Field y Ao se colaron. Woodward los miró desde su escritorio.

—Ya que insistes en infiltrarte, lo menos que puedes hacer es cerrar la puerta.

—¿Qué hay de nuevo, Michael?

—Lamento comunicarte, amigo mío, que no hay nada —respondió, adoptando un tono compasivo.

—¿Nada? —exclamó Field, sentándose frente a él.

—Cuarenta y ocho, amigo mío. Cuarenta y ocho de los mejores antibióticos elaborados por la ciencia médica y tus minúsculos diplococos los han devorado a todos. Auténticamente asombroso.

—¿Asombroso?

—Bien, el caso es, amigo mío, que jamás había visto nada semejante. Has logrado producir una nueva variedad. No sé cómo te las has arreglado; no te quepa duda de que te convertirás en un caso famoso si no lo solucionamos pronto. Pero, por supuesto, lo haremos. En algún laboratorio de Estados Unidos, el Reino Unido, Italia o Dios sabe dónde, existe un antibiótico capaz de aniquilar a tus pequeños monstruos.

Field se limitó a asentir.

—He mandado ya algunas cartas. O mejor dicho, he telegrafiado, puesto que ahora lo importante es la rapidez y doy por sentado que no te importa pagar los gastos de comunicaciones. Tendremos unas cuantas placas con nuevas muestras en un par de semanas –dijo, contemplando el rostro deprimido de Field–. O en una semana, si las mandan por correo aéreo.

–La supuración es amarilla.

–¡Ah! ¿Y el dolor te ha subido por el pene?

–Sí.

–¿En algún otro lugar?

–Todavía no.

–Bien. Creo que de momento lo mejor será que tomes sulfamidas para intentar reducir el progreso de la infección. ¿Qué opinas?

–¿Qué opino? ¿De qué estás hablando?

–De sulfamidas. Se utilizaban antes de la guerra; es decir, antes de los antibióticos. Surtían cierto efecto en la gonorrea.

–¿Antes de la guerra?

–El caso es, John, que ahora caminamos por terreno desconocido. Cualquier idea puede ser válida –dijo, sonriendo a Ao, sentada en la camilla del rincón, mientras preparaba un frasco de píldoras blancas–. Tu amiga está algo mejor que antes. Puedo afirmar que la clamiditis ha comenzado a ceder. Lo que no deja de ser sorprendente, porque el tratamiento estaba encaminado a combatir la gonorrea. Debes cuidarla muy bien. Además, bajo esas repugnantes enfermedades se oculta la fuerte constitución de una campesina. En cuanto a su gonorrea, ha respondido bastante favorablemente a la Cristalomicina, aunque no de un modo completo; por otra parte varios antibióticos del cultivo han salido victoriosos de la prueba, por lo que ahora ya avanza camino de la curación con un tratamiento de Cefoxitín. No cabe duda de que su pequeño cuerpo ha recibido una enorme variedad de medicamentos, pero creo que en esta ocasión hemos logrado sorprender a esos malvados diplococos.

–¿No puedes hablarme como a un adulto, Michael?

–No en inglés, amigo mío. No es así como te enseñan en las escuelas privadas. Y ahora, bájate los pantalones.

–¿Para qué?

—Una muestra, querido amigo, una muestra. Tengo unas cuantas marcas más para probar mientras esperamos la llegada de esos productos exóticos.

Field dio la espalda a Ao.

—Es una chica encantadora —dijo Woodward.

—Efectivamente —asintió Field, concentrándose en el proceso.

—Creo que los estandartes de Occidente son la tecnología y la exuberancia emocional, ¿no estás de acuerdo? ¿Qué opinión crees que merece esta chica en la cultura occidental? Es evidente que no cuadra, amigo mío. No importa cómo te lo mires. Acércate, Ao —agregó, alejándose de Field y administrándole a la chica su inyección, que aceptó sin queja alguna.

—No empieces a echarme discursos, Michael. No estoy de humor para ello.

—Claro, por supuesto. En todo caso, aquí tampoco están mejor las cosas. No sé si sabes, que el mes próximo, mi padre cumple noventa y seis años. Su octavo ciclo. Extraordinario. Mis hermanas quieren ofrecerle una gran fiesta —añadió a regañadientes.

—¿Qué tiene de malo?

—La fiesta no es para él. Sus maridos quieren demostrar el poder del clan antes de que pase a su próxima encarnación, o lo que sea. Todos los amigos de mi padre han fallecido. La fiesta es para que el marido banquero invite a otros banqueros, el fabricante a otros fabricantes, el general a otros generales... ¿Qué más hay por ahí? Un subdirector general de policía, un subsecretario del Ministerio de Hacienda y un par de embajadores. Sacan a mi padre como pretexto para felicitarse entre sí.

—¿No piensas asistir?

—Procuraré evitarlo. Si hay algún grupo quirúrgico que se desplace a las zonas rurales, intentaré que me incluyan en el mismo.

—Con eso lograrás que aumenten tus simpatías en la ciudad.

—¿Crees que mis cuñados me aprecian?

–No. Supongo que no.

–Exactamente. Se sentirán más a gusto si no asisto.

–¿Y tu padre?

–Mi padre no dice a nadie lo que piensa. Ha superado esta etapa. No la de pensar, sino la de hablar de ello.

Field llevó a Ao a almorzar al Thai Room en Patpong 2, restaurante conocido por su mediocre comida mexicana, italiana y tailandesa. En la mesa adjunta, un inglés muy nervioso negociaba con un chiquillo la cantidad de gahts que tendría que pagar por posición a lo largo de una semana. El joven parecía cada vez más deprimido ante la mezquindad con que su futuro socio analizaba cada una de las posiciones, detalle por detalle, repitiéndolo todo dos o tres veces, para asegurarse de que no había ninguna confusión en el trato.

Al otro lado, un elegante hombre de negocios tailandés y un norteamericano con un traje de Brooks Brothers dialogaban en un semisusurro.

–¿Tan basto? –preguntó el norteamericano.

–No debe considerarlo como un soborno, sino como una forma especial de influencia.

Field echó un vistazo a las otras mesas, donde corpulentos europeos tostados por el sol elegían escrupulosamente la comida del plato, junto a chicas tailandesas de escasa estatura que comían a toda prisa. De pronto pensó que no era el lugar adecuado para una chica de diecisiete años y la idea le provocó una sonrisa.

–¿Qué te hace gracia, John?

–Es un chiste privado.

–Cuéntamelo.

–No.

Le pellizcó por debajo de la mesa y cuando éste saltó, repitió riéndose:

–Cuéntamelo.

–Te compraré un helado.

–¿Un helado?

–Y el lunes por la mañana irás con la cocinera a la oficina de tu antiguo distrito. Lleva tu registro de residencia y diles que has cambiado de dirección. Después te daré una carta para que vayas a mi distrito. Vale la pena de que estés registrada legalmente en el lugar correcto.

Ao asintió sin haber comprendido y Field no se molestó en explicárselo en tailandés.

Los siguientes cuatro días transcurrieron sin que ni Davis ni la prensa dijeran una palabra. Field leía detenidamente el *Post* todas las mañanas antes de comenzar su jornada, la cual, puesto que descansaba de los negocios, consistía en no hacer nada y procurar no pensar en su problema. Por las tardes se sentaba a la terraza contemplando la lluvia. Y por las noches se quedaba solo en casa, ya que sus dos distracciones predilectas, el alcohol y las mujeres, le estaban prohibidas. Hasta una conversación superficial le suponía un enorme esfuerzo.

La cuarta noche, al despertarse, encontró a Ao envuelta en un *sarong* y acurrucada en sus brazos. Encendió la luz y le dio unos empujoncitos.

—Dime, ¿qué estás haciendo aquí?

—Hacías ruido al dormir, John, por eso me he acercado a ti.

—¿Qué clase de ruido?

—Ruido desagradable, John. Desgraciado. Anoche también.

—¿También dormiste en la cama anoche? —preguntó, asombrado.

—No, John. Tenías pesadillas toda la noche. Hoy me he acercado y te has tranquilizado.

Field reflexionó sobre lo que Ao le acababa de decir y se incorporó en la cama, colocando la almohada a su espalda. Las imágenes persistían. Sólo había logrado alejarlas de la mente durante el día, para empujarlas hacia la noche.

—¿Qué ha ocurrido, John? —preguntó, echándose a un lado con las piernas cruzadas y cubriéndose cuidadosamente con su *sarong*.

—Ha muerto una persona.

—¿Una chica?

—Eso es.

—¿Tu chica, John?

—No —respondió, mirándola.

Tenía un rostro muy joven. Una vez más vio en él el brillo de la pureza, que le hacía olvidar lo que era. La madurez femenina inmaculada que estaba a punto de florecer. Una mirada llena de preguntas y, sin embargo, desprovista de temor. Quiso acariciarle la cabeza entre sus brazos, pero no lo hizo.

—¿La querías, John?

—¿Quererla? ¿Y a ti qué te importa? ¡Maldita sea!

—Sé lo que es querer, John. En el hotel había televisión. Siempre veía el amor. Todos los días cuando no trabajaba. Todo en la televisión es sobre el amor.

—Cállate, Ao.

—¿Cómo dices, John?

—¡Coño!

—¿La querías?

—Claro, claro, eso es, la quería —respondió, mirándola de nuevo.

—¿Como en la televisión, John? —preguntó Ao, interesándose.

—Sí. Como en la televisión. Pero todavía más, muchísimo. La quería muchísimo —dijo, incorporándose y mirándola fijamente, aunque sin ver nada más que el contorno difuminado de un pequeño cuerpo oscuro, una isla en la noche precariamente iluminada, algo vivo pero invisible a lo que miraba y remiraba—. Muchísimo.

Tuvo la impresión de que aumentaba la oscuridad de su cuerpo al acercársele para acurrucarse junto a él. Ao agarró su propio cabello y secó las lágrimas que rodaban por la mejilla de Field.

—No sufras, John —dijo, apagando la luz y dejando que la abrazara, hasta que el calor humano le permitió reconciliar el sueño.

Al día siguiente, en la tercera página del *Bangkok Post*, halló un pequeño reportaje con el siguiente titular: PA-

REJA ASESINADA EN VIENTIANE. *Olas de espanto han conmocionado esta pequeña y pacífica capital comunista...*, comenzaba el artículo. El chófer de Charles Vadeboncoeur había sido detenido y había confesado, declarando que odiaba a sus jefes por los malos tratos que le dispensaban.

—De modo que has leído el periódico —respondió Davis cuando Field le llamó por teléfono a su casa.

—Así es. ¿Qué ocurre?

—Nada. Absolutamente nada. Los laosianos no nos han dicho ni una palabra. Ayer me interesé por ellos a través de los británicos y les dije que hacía bastante tiempo que no teníamos contacto con una pareja de súbditos canadienses en Vientiane. A las veinticuatro horas aparece la respuesta en el periódico.

—Que es absolutamente falsa.

—Exacto.

—¿Y ahora qué, Barry?

—Déjalo en mis manos.

Field colgó sin decir palabra. Paseó nervioso por la casa durante un rato, e incluso examinó la fotografía de su padre en las Montañas Rocosas. Aquel joven, bastante parecido al propio Field, llevaba una camisa de franela a cuadros y un chaleco de cuero. Hacía frío, pensó Field. Salió a contemplar los árboles, pero no logró ver las ardillas blancas.

—¡Ao! —chilló—. Date prisa. Tienes que ir a por tu inyección.

Después de pasar por el Nursing Home fueron a la East-West Trading Company, donde Ao se quedó en la puerta, mientras Field subía e insistía en ver a la señora Laker. Al entrar en su despacho la encontró hablando por teléfono, con una paciencia y un desdén premeditados. La voz al otro extremo de la línea tenía un tono chillón, que permitía que incluso Field la oyera.

—Con el cargo que ocupo en la actualidad, no puedo permitir que me vean circulando en un BMW.

—Claro que no, querida —confirmó la señora Laker—. No hay que permitirlo.

–¡Bangkok no es una ciudad provinciana! –gimió la voz.

–En tal caso –interrumpió la señora Laker, tomando la iniciativa–, ¿en qué tipo de coche desea que la vean?

–En un Rolls.

–¿De qué color?

–Blanco, Catherine, y que sea descapotable.

–De acuerdo, querida. ¿Le importa que entreguemos el BMW a cambio?

–Está a su disposición. No quiero ni verlo.

–Comprendo.

–¿Quién era? –preguntó Field después de que colgara el teléfono.

–La esposa de Krit. Esperamos conseguir los contratos de parte del equipo de bombeo que él controla y ella aprovecha para pedir un coche nuevo.

–Por lo menos no pierde el tiempo con indirectas.

–No –dijo la señora Laker–, no se puede decir que lo haga... ¿Dónde has estado? Te he estado llamando toda la mañana.

Su despacho era una sinfonía de nilón y poliéster, cuyo olor impregnaba el ambiente, a pesar de la potente instalación de aire acondicionado. Las persianas estaban cerradas y los fluorescentes encendidos. Detrás de su escritorio de ejecutivo medio norteamericano, parecía formar parte del mobiliario.

–Permíteme que te recuerde –le respondió Field– que no me has llamado en toda la semana y prácticamente no me he movido de casa.

–¿Para qué quieres que te llame, John, cuando no tengo nada que decirte? Eres un auténtico sentimental. Los contratos de Laos han llegado esta mañana, con una carta encantadora del señor Som. Al parecer le encantó hacer negocios contigo.

–¿Le encantó? ¿Le encantaron también los asesinatos?

–No seas absurdo. Sabes perfectamente que le censuran el correo antes de salir. Además, he leído el *Post* esta mañana, como estoy segura has hecho tú. Parece que el asunto está resuelto.

—¿Resuelto?

—Te comprendo, John —dijo, mirándole con compasión—. Te aseguro que te comprendo. Olvidas que también he sufrido. Sigo sufriendo hasta el día de hoy. Sin embargo, lo que he aprendido es que el dolor continuará y por consiguiente debo mantenerlo separado de los detalles prácticos de la vida. Ahora, por ejemplo, acabas de ganarte una buena comisión con este negocio. Extraordinario. Al mismo tiempo, a tu alrededor ha habido gente que sufría y sentía dolor. Gente querida. Incluso tus sentimientos han sido heridos. Y, sin embargo, ¿cuál es el resultado? Unos buenos beneficios que tú, personalmente, te embolsas. Ése, John, es el sentido de la vida. ¿No crees que yo también lo he descubierto en mis relaciones con Norman? ¿Sabes que ayer fui al cementerio y descubrí que su tumba estaba inundada? Es repugnante, John, repugnante.

Field se limitó a asentir, sin hacer ningún comentario.

—He consultado las previsiones de las mareas —prosiguió la señora Laker—. Este mes subirán en el río hasta niveles sin precedentes. Y la lluvia es más abundante que de costumbre. La señora Krit quiere un coche antes de que pueda venderle equipos de bombeo a su marido, pero las inundaciones ya han comenzado.

Field asintió de nuevo.

—Dentro de una semana el agua habrá cubierto completamente su sepulcro, como si mis sentimientos no importaran. Norman y aquella piedra son los símbolos del sueño norteamericano en Asia. ¿Me comprendes, John? Me hablas de tragedia. ¿Qué me dices de nuestra gran tragedia? Nuestra degradación moral ante esta gente. Para empezar, esa estúpida guerra en la que luchamos. ¿Para qué? ¿Con qué fin se desperdiciaron tantas vidas?

—No digas estupideces, Catherine —interrumpió Field, inclinándose sobre la mesa—. Tú hiciste fortuna gracias a esa guerra, al igual que la mayoría de los norteamericanos que viven en Bangkok.

—¿Adónde quieres que te mande el dinero? —preguntó, moviendo la mano por el aire, con los dedos abiertos y las uñas resplandecientes, ignorando sus palabras; había indicios de dolor en su tono—. ¿A Hong Kong, como de costumbre?

—Sí —respondió Field—. A Hong Kong.

—Te haré una transferencia esta semana.

Estaba apretujado junto a Ao en el asiento trasero de un minúsculo taxi que les llevaba a su casa, cuando Field vio al guardia en la esquina de Rama IV. Llevaba una mascarilla blanca que le cubría la boca. Quizá todos los guardias de tráfico morían de cáncer de pulmón. O simplemente de asfixia. A los pocos minutos comenzó a llover, dos horas antes de lo normal para la época. En escasos minutos se saturaron las alcantarillas y comenzaron a inundarse las calles.

—Ha comenzado —balbució Field.

El tráfico quedó paralizado y tardaron una hora en llegar a su casa. Aquella noche fue incapaz de permanecer encerrado y decidió pasarse por el Grand Prix. Había unos cuantos clientes habituales, pero ningún periodista. Habían ido todos a cubrir el regreso de Vietnam de un equipo estadounidense cuya misión había consistido en investigar el escenario de un accidente aéreo, con la esperanza de identificar soldados norteamericanos dados por desaparecidos desde 1975.

Field charlaba con Rick, el propietario, de la búsqueda de restos humanos.

—Con una simple mandíbula —decía Field lo suficientemente alto como para que muchos le oyeran—, y con la ayuda de ordenadores, pueden reconstruir el rostro del individuo, pero son incapaces de ganar una guerra.

Puesto que nadie le respondía, se dedicó a bromear con unas cuantas chicas relativamente nuevas comparadas con las que hacía años que bailaban en el local. Entonces pareció quedar ensimismado, pero como le conocían, no le hicieron caso. Aparentemente tenía la mirada fija en las piernas de la chica que bailaba en el centro del bar, aunque en realidad no se concentraba en nada, cuando se dio cuenta de que la puerta del fondo se abría de par en par. Entró un tailandés. Delgado. Mal vestido. Demasiado viejo para ser limpiabotas, pensó Field, trasladando su atención a las chicas y a su jarra de coca-cola. Volvió a mirarle instintivamente y descubrió que el tailandés le observaba. Fue algo instantáneo, porque en el momento en que vio sus ojos desvió la mirada. Había algo reconocible en su forma de mirar. Comenzó a abrirse paso entre las chicas, que le ofrecieron asiento, hasta llegar junto a la barra. Field le observaba discretamente. Llevaba sandalias de goma y una camisa estampada por encima de los pantalones. Las manos caídas a ambos lados.

De pronto Field lo comprendió. Era evidente. Estaba claro. Conocía exactamente el estilo. Alquilado en los muelles o en la estación de mercancías. Un contrato de cincuenta dólares. El estilo habitual de eliminación de Bangkok. Field observó aquel rostro con disimulo. No. No parecía uno de esos desesperados que forman parte de la escoria. Puede que el contrato fuera de cien o doscientos dólares. El individuo se había detenido a unos cinco metros y miraba a las chicas como si le interesaran. Field tomó un sorbo de coca-cola y esperó. Miró a su alrededor. Nadie ocupaba los taburetes que tenía a ambos lados. Rick estaba detrás de la barra, hablando con un cliente. Volvió la cabeza y vio que el individuo estaba casi a su espalda. Field le observó las manos, que le colgaban a ambos lados. Tenía los dedos largos. Las uñas cortas y sucias. La mano derecha subió lentamente bajo la camisa, como si fuera a rascarse la barriga. Metió el estómago, aflojando el cinturón, agarró algo con la mano, sacó una pistola y se detuvo un momento para apuntar a la cabeza de Field. Mientras levantaba el arma, Field le arrojó la bebida al rostro y cogió la pistola con la otra mano. Tenía más fuerza que el asesino y logró llevar la mano y la pistola al mostrador sin dificultad, golpeándole los nudillos con la jarra vacía. El individuo no hizo ruido alguno y Field no le miró a la cara. Volvió a golpearle los nudillos hasta que abrió los dedos y soltó la pistola sobre el mostrador.

Field le miró. Estaba aterrorizado. Tenía los labios parcialmente abiertos, mostrando una boca desprovista de muelas. Se soltó la mano de un tirón y corrió hacia la puerta. Cuando desapareció, Field pidió un Mekong solo. En aquel momento se dio cuenta de que todo el mundo guardaba silencio y le observaba.

–¿Qué diablos ocurre? –preguntó Rick, levantando la voz por encima del volumen de la música.

–Era un amigo –respondió Field, que se metió la pistola en el bolsillo y vació la copa de un trago.

Se tardaba diez minutos andando hasta el *Bangkok Post.* Decidió pasar por Soi Sala-Daeng, que era una calle tranquila. Allí, a la luz de un farol, sacó la pistola. Le temblaban las manos, aunque no excesivamente. Era del calibre once, el que suelen usar los profesionales, con el que es improbable herir a nadie a excepción de la víctima y lo suficientemente ruidoso como para que todo el mundo se asuste mientras el asesino huye. Field volvió a metérsela en el bolsillo y siguió caminando de prisa.

CAPÍTULO SIETE

Field no prestó atención a la recepcionista, a pesar de que ésta le saludó al entrar. Después de cruzar innumerables despachos que parecían madrigueras de conejos, llegó a la sala de redacción, espaciosa y prácticamente desprovista de ventanas, donde, más allá de una serie de mesas en perfecto desorden, Henry Crappe tenía su rincón. Puesto que era más de medianoche, estaba allí, escribiendo a máquina en un simple pupitre escolar. Lo tenía sucio y abarrotado. El cajón central del fichero situado junto a él, contra la pared, estaba ligeramente abierto y del mismo colgaban sus calcetines. Una serie de cajas de tabaco al borde del pupitre formaban una especie de muralla medieval, tras la que Crappe estaba encorvado, con el cinturón desabrochado y la cremallera de la bragueta parcialmente abierta, lo que permitía que la barriga de su cuerpo periforme se expandiera a su antojo y exhibiendo unos calzoncillos largos, blancos.

—Estoy escribiendo —dijo Crappe, de mala uva, levantando la cabeza.

Field se instaló en la silla metálica destinada a los suplicantes y esperó.

—Todavía las tienes —agregó Crappe al cabo de un momento, mirándole—. Te dije que bebieras zumo de papaya.

—Henry, tengo un problema que a su lado las purgaciones son casi una bendición —le dijo, al tiempo que colocaba la pistola sobre el pupitre.

Crappe dejó de mecanografiar y midió a Field con la mirada.

–¿Has oído hablar alguna vez de un individuo llamado Som Nosavan?

–No.

–Es laosiano, o por lo menos eso dice. Acabo de hacer un negocio con él...

–La pareja asesinada –interrumpió Crappe.

–¿Qué sabes de ese asunto?

–Lo que leo en mi propio periódico. En primer lugar, Field, puedo garantizarte que en los países comunistas los chóferes no matan a los extranjeros para quienes trabajan. En segundo lugar, hace por lo menos seis meses, o puede que un año, que no ocurre nada en Laos. Por consiguiente, me estás hablando de la pareja asesinada.

–Estás en lo cierto –dijo Field–. En cuanto a ese individuo, Som, le he visto antes en algún lugar y creo que era una historia de drogas.

–En tal caso –respondió Crappe, dándose la vuelta para retirar los calcetines del cajón del fichero–, lo que debemos hacer es echar un vistazo a las fichas de drogas.

–Por eso estoy aquí.

–¿Qué aspecto tiene? –preguntó mientras abría el cajón.

–Rechoncho, bajo, ropa informal. Habla bien el inglés y el francés. Todo un vendedor.

–El nombre que me has dado no es el correcto. Jamás ha habido nadie llamado Som Nosavan en el negocio de las drogas; por lo menos que yo haya oído hablar de él; lo que significa que es prácticamente imposible –dijo, sacando una gruesa carpeta–. Mira estas fichas de mil novecientos ochenta y cuatro a mil novecientos ochenta y cinco. Esperemos que reconozcas alguna fotografía.

Field dio la vuelta a la carpeta y la abrió. Además de los artículos publicados, contenía todas las notas privadas de Crappe y fotografías no publicadas.

–Creía que ahora te dedicabas a escribir sobre el sexo.

–Esto es mi colección de sellos. De acuerdo con los

derechos inalienables del ser humano, con cuyo concepto estás indudablemente familiarizado, gozo de libertad para cultivar un pasatiempo.

—¿Quién te lo niega? —exclamó Field, sorprendido por su vehemencia.

—Nadie, nadie —respondió, ruborizándose ligeramente y empezando de nuevo a mecanografiar, mientras Field ojeaba la carpeta, hasta que al cabo de unos momentos se detuvo, cogió la pistola que estaba sobre el pupitre y dijo—: ¿De dónde has sacado esto?

—Del Grand Prix. Alguien pretendía dispararla contra mí.

—Disparar. Diablos. Muy desagradable —comentó, observando a Field mientras éste examinaba los documentos de la carpeta.

—¿No tenías que escribir un artículo?

—Desde luego —susurró Crappe, recuperando su entusiasmo—. Desde luego. El tema es el Duke's Den. Y no es fácil describir plenamente la atracción del lugar, sin mencionar la aparición milagrosa de hojas de afeitar de las partes privadas de la joven pareja, que tan elocuentemente expresa su relación física en el escenario.

—¿No querrás decir sobre el mostrador?

—Bien, sí. Tú lo conoces. En realidad fui con tu amigo George Espoir. Me dio la impresión de que estaba agradecido de que le orientara.

—Me alegro —dijo Field, mientras seguía leyendo historias interminables sobre un kilo y medio de heroína sujeto al cuerpo de un turista alemán, descubierto en el aeropuerto; cinco kilos bajo el asiento del coche de un chino-tailandés aparcado frente a la Embajada de Francia; un gramo y medio en el bolsillo de un estudiante norteamericano; un kilo en una radio que una modelo italiana llevaba en la mano; ocho kilos en un sofá que era transportado a Estados Unidos, junto con el resto de los muebles de un joven diplomático; una plétora de maletas con doble fondo destinadas a Hong Kong; camiones de arroz que transportaban anhídrido acético, esencial para la química de transformación de la droga, hacia el Norte, donde se prepara; supuestos enfrentamientos entre la policía tailandesa y el ejército de la droga laosiano en la frontera; y, por supuesto, declaraciones de ministros afirmando que era preciso eliminar las «influencias ocultas».

Dichas declaraciones incluían varias referencias indirectas a las «influencias ocultas de personajes en altos cargos», que parecían dirigidas al general Krit. Field pasó por alto la mayor parte de esa información. Se concentraba en las imágenes y en las referencias a Laos. Curiosamente, no halló ninguna. Devolvió la carpeta a Crappe y le pidió la del ochenta y dos-ochenta y tres.

—He oído que te has agenciado una jovencita —dijo Crappe, mientras echaba mano al fichero.

—¿Qué quieres decir con eso? —inquirió Field, mirándole fijamente.

—Nada. Ya sabes cómo son las cosas, la gente habla. Te has estado paseando con una hermosa joven tailandesa. Toma —agregó, entregándole otra carpeta—. Me han dicho que es muy joven.

—¿Qué ocurre ahora? ¿De pronto en Bangkok les ha dado por la moralidad?

—¡De ningún modo! Me interpretas mal. En primer lugar, no tengo nada contra el principio del rey David: permitamos que las jóvenes vírgenes den calor a nuestros cuerpos decrépitos si están dispuestas a hacerlo. En segundo lugar, la privación sexual en las jovencitas inmediatamente después de la pubertad causa un daño físico, probablemente responsable de que tantísimas mujeres occidentales sean incapaces de experimentar un orgasmo —dijo Crappe, con un destello de sinceridad mesiánica en la mirada.

—¿Te refieres a la privación sexual a partir de los diez años? No digas bobadas.

Éste era, al parecer, el tipo de respuesta que Crappe esperaba, ya que se incorporó inmediatamente como si se dispusiera a predicar.

—Atribuye al sistema sensorial del sexo los factores aplicables a prácticamente todos los demás sentidos corporales, a saber: la ausencia de uso durante un período crítico de desarrollo causa degeneración. Tomemos, como ejemplo, el caso de las gallinas. Incubadas en la oscuridad y obligadas a permanecer en la oscuridad durante cinco días, comienzan a picotear inmediatamente cuando se enciende la luz. Sin embargo, si permanecen catorce días en la oscuridad, pierden el reflejo de picotear. Acaban muriéndose de hambre, aun rodeadas de abundante comida. Ahora bien, en las sociedades occidentales, las chicas pasan aproximadamente seis años desde la pubertad sin que sus receptores sexuales sean plena y regularmente estimulados. Yo no dudaría en calificarlo como período de privación sexual, comparable al de privación de la luz en el caso de las gallinas. Las estadísticas, tan elocuentes como trágicas, nos informan de que sólo el cincuenta y tres por ciento de las mujeres norteamericanas han experimentado el orgasmo antes de los veinte años. Para entonces, los mecanismos nerviosos subyacentes deben de estar inevitablemente dañados.

—De acuerdo, si tú lo dices.

—No basta con estimular las estructuras externas —prosiguió Crappe, dejando caer la mano sobre la carpeta, para impedir a Field que la ojeara—. Me refiero a la vulva y al clítoris, porque los receptores vaginales más profundos, así como sus conexiones nerviosas, no reciben estímulo alguno.

—¿Entonces no te parece reprobable?

—¿Lo tuyo? No, Field, claro que no. Aunque en tu estado es aconsejable que te refrenes con relación a esa chica.

—Probablemente —asintió Field, concentrándose de nuevo en los documentos.

La impresión que le creó fue la de que aquello era un fracaso, tal como Crappe se lo había descrito unas semanas antes. La multitud de pequeños alijos incautados sumaba unos centenares de kilos, cuando las cantidades que se movían eran de varias toneladas. Además, con muy pocas excepciones, sólo detenían a las «mulas»: camioneros, estudiantes, pobres y estúpidos. Si algo ponían de relieve aquellos documentos era el creciente poderío de las redes chinas, con su suministro de opio desde los estados del Shan a la zona de conversión, cerca de la frontera tailandesa, la exportación de la mercancía desde Asia y su distribución por Europa y América. La Mafia tradicional y otras organizaciones parecidas ocupaban un lugar cada vez más secundario en el proceso. Lo único que seguían monopolizando era su distribución en los mercados occidentales. Halló un perfil biográfico de Shirley Chu y, unos meses después, una entrevista. El general Chu, su padre, era un líder del Koumintang y en otra época había sido un importante traficante de drogas, pero su hija había renegado de su pasado y luchaba por la represión del narcotráfico.

Tampoco halló nada en el ochenta y dos-ochenta y tres, ni en el ochenta-ochenta y uno. Para entonces Field comenzaba a estar agotado. El dolor de sus genitales le impedía concentrarse. Empezó a rascarse, primero los brazos y a continuación el pecho. Al pensar en ello y examinarse la piel, comprobó que estaba irritada por todo el cuerpo, al parecer a partir de las articulaciones.

—Santo cielo —exclamó, presionando el papel con la palma de las manos para mantener las uñas alejadas de la piel.

Permaneció inmóvil, con la mirada fija, perdida en la distancia.

—¿Qué te ocurre? —le preguntó finalmente Crappe.

—Nada.

—¿Qué quiere decir nada?

—No lo sé —respondió Field, levantando momentáneamente las manos—. No quiero saber nada de este tema. Realmente no me interesa.

—¿Degradante?

—¿Cómo?

—¿Degradante? —insistió Crappe—. ¿Te parece degradante?

—Por supuesto —respondió Field, mirándole sorprendido—. Lo que quiero decir es que ahora ya no me interesan estas cosas.

—¿Crees que a mí sí? —preguntó Crappe a la defensiva.

—No he dicho eso. Sin embargo, te dedicas a archivar toda la información. ¿Por qué lo haces?

Después de mirarse mutuamente unos instantes, Crappe bajó deliberadamente la mirada y se puso de nuevo a mecanografiar. Field siguió pasando páginas.

Crappe estaba acabando su cuarto borrador del artículo sobre el Duke's Den y la luz del alba comenzaba a filtrarse por las ventanas de la sala de redacción, cuando Field descubrió una fotografía que tenía diez años. Lo único que aquel personaje rechoncho y relajado parecía haber cambiado era su nombre, que en el artículo aparecía como Somchai Pamak. Era chinotailandés y de pronto Field recordó claramente su historia.

—Somchai Pamak —exclamó en voz alta.

—¡Somchai! —repitió Crappe—. ¡Claro! Detenido el nueve de marzo de mil novecientos setenta y cuatro, junto con cuatro amigos de Hong Kong, procesados y sentenciados. Supongo que los demás siguen en la cárcel. Sin embargo, después de transcurridos ochenta y cuatro días, período máximo por el que se puede retener a un sospechoso sin presentar cargos concretos, el fiscal no había formulado acusación alguna y Somchai fue puesto en libertad. En mi artículo denuncié esta irregularidad, en la que indudablemente intervino un considerable intercambio de fondos. Se extendió una nueva citación, pero demasiado tarde. Nuestro amigo había desaparecido para siempre; o casi. Mi única satisfacción consistió en conseguir que expulsaran al fiscal, quien para entonces podía permitirse, indudablemente, una jubilación muy cómoda.

—¿Y Somchai desapareció?

—Sí. Y ahora sé adónde. Su esposa e hijos se unieron a la multitud de refugiados que emigraron a Estados Unidos. No comprendo cómo lo lograron. El negocio de

Somchai sigue en pie, aunque no estoy seguro de quién lo dirige. Él era propietario de un restaurante en París, de una agencia comercial en Suiza y de otra en Francia. Supongo que están paralizadas. Y tú ¿cómo le has conocido?

—Dirige una agencia de comercio para el gobierno laosiano. Fui a venderle tractores y comprarle café.

—Maravilloso. Y supongo que aquella pareja había descubierto algo.

—Supongo. Henry, te voy a regalar toda la información. Es una gran historia y un poco de publicidad servirá para quitármelos de encima.

—Y que me elijan a mí como blanco —lamentóse Crappe—. Entre el sesenta y el ochenta y cinco, cuarenta y siete periodistas han sido asesinados —agregó, señalando la pistola que estaba sobre la mesa—. ¿Qué tienes en realidad? Sólo una cosa: Somchai vive. El resto son rumores. No tienes ni idea de quién dirige la operación en este país, que es lo que cuenta, porque ha sido él quien ha ordenado que te atacaran con esta pistola. Por tanto te doy las gracias, pero no acepto tu regalo; no es mi cumpleaños.

—En tal caso —dijo Field, rascándose—, ¿qué coño se supone que debo hacer?

—Por lo que recuerdo de Somchai, era un tipo metódico. Dedicaba la mayor parte de su tiempo a la familia, cuando no iba a algún club. Solía frecuentar Sweet's, si mal no recuerdo. Y Sweet's pertenecía, por lo menos en parte, a Paga, que es íntima amiga suya. Puede que por este camino logres descubrir la conexión en Bangkok del negocio de Somchai. Pero espera un momento. Seguro que no le viste a solas. Háblame de su entorno.

—Tiene un socio llamado Iem, no recuerdo su apellido. Y había un individuo llamado Kamphet, que parecía ser su protector en el gobierno.

—Kamphet... no. Pero Iem... Iem. Tal vez. Dime cómo era físicamente.

—Bastante común. Bajo y flaco.

—Flaco. Para. Con eso basta. Flaco. ¡Iem! ¡Claro! —exclamó Crappe. Llevó la mano a su fichero y sacó una carpeta de la que extrajo una fotografía; la mostró a Field–. Iem.

–Sí, es posible –respondió, contemplando un rostro vulgar.

–Sí, sí, es Iem Norasing. Hoy tiene sesenta y un años. Químico de profesión. En otra época trabajó para el general Ouane Rattikone; puede que le recuerdes. Era jefe de Estado Mayor en el antiguo régimen. También fundó el negocio de heroína Double Uo Globe Brand. Como era de suponer, el general se ha beneficiado de un programa de rehabilitación en los arrozales del pintoresco campo de Laos. En su caso, el marxismo le asestó un solo golpe pasajero. Sin embargo, a Iem le había perdido la pista.

–Dirige una fábrica de detergentes.

–No me sorprende; le vendrá como anillo al dedo. Además, no ha cambiado de nombre. ¿Comprendes ahora por qué prefiero escribir sobre arte y placeres? Nada cambia en el mundo de las drogas. Estaba convencido de que la antigua empresa de Rattikone había desaparecido y de que había empezado un nuevo capítulo fresco y excitante con nuevos protagonistas, cuando Iem emerge entre la podredumbre y sigue como si nada –dijo Crappe, sacando el papel de la máquina y leyendo–: El Duke's Den ofrece incesantes novedades. Aunque se repita el espectáculo, las hojas de afeitar brotan cada semana de una nueva e inexplorada vagina.

–Gracias –dijo Field, poniéndose de pie.

–Pregúntale a Paga –le recordó Crappe.

–Quizá –respondió, pensando en la señora Laker; después de todo ella había organizado un negocio con aquel individuo.

–A propósito, Field –agregó Crappe, cuando éste se disponía a marcharse–, ¿has oído algo sobre el golpe de Estado?

–¿Qué golpe?

–Todo el mundo habla de lo mismo. Los oficiales de

la quinta promoción parecen creer que Krit está de su parte. Hasta tal punto que están preparando un golpe. Y los oficiales de la séptima promoción también creen que Krit está con ellos. En cuanto al propio Krit, supongo que está jugando con dos barajas. Divertido, ¿no te parece? –concluyó, con la voz ligeramente temblorosa.

–Creía que detestabas los golpes de Estado.

–¡Ah! –exclamó, forzando una carcajada–. Procuro acostumbrarme a ellos. Pero me perturban muchísimo. Son imprevisibles, Field, totalmente imprevisibles.

–Gracias, Crappe –repitió Field, dándose la vuelta para marcharse.

–Ya comienza a escasear el azúcar. ¿No sabrás de algún lugar donde conseguirlo? –preguntó, mientras examinaba el interior de uno de los cajones de su fichero–. Con tres paquetes grandes me bastaría.

–Gracias de nuevo –repitió una vez más Field, rascándose mientras se alejaba.

Echó un sueñecito en el taxi y apenas logró mantener los ojos abiertos para ir del portalón hasta su casa, caminando sobre el agua encharcada, en la parte más baja del jardín. Al primer vestigio de calor matutino se sintió todavía más cansado, aumentó el picor de la piel y el dolor de los genitales se hizo más insoportable. Tenía la mente confusa.

Ao estaba sentada junto a la mesa del comedor y al verle llegar sonrió de alegría. Había otra chica con blusa blanca y falda azul sentada frente a Ao, de espaldas a la puerta. Al principio a Field le dio la impresión de que una era el reflejo de la otra. Se detuvo en la puerta; la chica, al oír los pasos, se dio la vuelta. En su rostro se dibujaba una expresión de alivio; era su hija. Le costó reconocerla, porque nunca había estado en la casa.

–¿Qué ocurre? –le preguntó, extendiendo una mano para no tambalearse, mientras un escalofrío le recorría el cuerpo.

–Nada –respondió Songlin levantándose–. Ayer tenías que haber venido a la universidad. Estaba preocupada.

¿Eso es todo?, pareció indicar con su actitud, cruzando lentamente la sala y dejándose caer en una silla. En realidad era la primera vez que no había aparecido sin avisarla antes. Volvió a sentir que tenía la mente confusa; a decir verdad, lo había estado toda la semana.

—Lo olvidé —respondió, mirándola, mientras se preguntaba de qué habrían estado hablando; no quería verla en su casa; no quería ser juzgado ni avergonzado o tener que sentirse responsable en un terreno no elegido por él—. No deberías venir aquí.

—Lo siento —dijo, levantando las manos por encima de la cabeza y arrodillándose junto a él—. No deberías haber venido —repitió sin proponérselo.

No sabía como explicárselo. Además, lo último que deseaba en aquellos momentos era que la relacionaran con él, especialmente cuando alguien estaba intentando matarle.

—No debes permanecer aquí —insistió.

Se dio cuenta vagamente de que había lágrimas en los ojos de su hija, pero estaba demasiado cansado y confuso para fijarse en ellas. No se sentía capaz de afrontar la situación y optó por mover la cabeza y desviar la mirada. Se oyeron pasos, la puerta que se cerraba y cuando levantó la cabeza había desaparecido. La fotografía de su padre en las Montañas Rocosas estaba sobre la mesa, frente a la silla donde Songlin había estado sentada. Estuvo a punto de sacudirla con la mano, pero se detuvo, realizó un verdadero esfuerzo para levantarse y llamó por teléfono al Nursing Home.

Woodward acababa de llegar. Éste le dijo que la irritación era una simple alergia a las sulfamidas y que era bastante común.

—Deja de tomarlas —fue lo único que le sugirió.

Ao se le acercó por la espalda y le empujó hacia la escalera. Dejó que ella le lavara y que le metiera en la cama. A continuación, la muchacha se sentó en el colchón, observándole hasta que se durmió.

El teléfono le despertó a media mañana. La lluvia se

precipitaba con estruendo sobre las hojas de los árboles. Tropezó con Ao, que dormía junto a él, y bajó al comedor. Al descolgar el aparato, oyó la voz urgente pero cálida de la señora Laker que iba directamente al grano.

–¿Qué estás haciendo, John?

–Estaba durmiendo.

–Buena idea. Está bien echar un sueño durante el día, aunque es mejor por la tarde. Tengo que verte, John. Ahora mismo.

Bien, ya sabes dónde encontrarme, Catherine.

–No. No me atrevo a alejarme de aquí. No confío en que los elementos permanezcan en su lugar. Ven tú.

–¿Dónde?

–Al British Club.

Después de colgar, Field pensó en que debía haberle dicho que él también deseaba verla.

–Puta –susurró antes de ducharse, vestirse y salir.

Una vez en la calle, estuvo a punto de regresar a la casa para preguntarle a Ao qué le había dicho a su hija, pero decidió que prefería no saberlo.

El British Club estaba en una villa estucada, en un par de hectáreas de terreno, oculto tras los edificios modernos de las calles Silom y Surawong. Bangkok había crecido a su alrededor, pero los socios se habían negado a vender el solar. En otra época, el edificio había tenido cierta solera colonial. Sólo a los número uno de las empresas británicas les estaba permitido ser socio. Gracias a la liberalización de su política, aumentó el número de socios, se hicieron reformas y decayó el ambiente, convirtiéndose en algo parecido a un hotel de autopista. El Impala de la señora Laker estaba aparcado delante de la puerta, pero no la vio bajo ninguna de las marquesinas a ambos lados de la piscina. Field entró en el edificio y se detuvo en el vestíbulo para sacudirse el agua del cabello. El comedor estaba a la izquierda.

La mayoría de las mesas estaban ocupadas por hombres con camisa blanca, corbata oscura y sin chaqueta: el uniforme *farang*. Miró a su alrededor. En medio de aquella masa anónima, había un viejo, solo en una mesa. Era de baja estatura, delgado y llevaba la chaqueta puesta. Su traje era de lino claro, que con el tiempo había adquirido un tono dorado. Con su atuendo, cuello duro y todo lo demás, era sumamente elegante. Estaba muy erguido. Frente a él, sobre una silla, había un sombrero de paja de ala ancha. Era el padre de Michael Woodward, el viejo almirante de noventa y cinco años. Field se acercó para saludarle.

El almirante prestaba toda su concentración a la media tarta de ternera y riñón que tenía en el plato. Levantó la cabeza e inmediatamente le dijo:

—Hola, joven Field. Siéntate.

—Gracias, señor. Sólo un momento.

—Esto —le dijo, señalando la comida que había dejado en el plato— es tan asqueroso como siempre. No dejes que te engañen.

—Estoy seguro de que tiene usted razón —respondió Field, contemplando la repugnante mezcla de harina y salsa oscura.

—No obstante, vengo aquí todos los meses desde mil novecientos doce y siempre pido lo mismo. La verdad es, Field, que lo detesto.

—En tal caso, señor, ¿por qué sigue pidiéndolo?

—Por la misma razón por la que vengo. No porque sea británico, que no lo soy; soy tailandés —dijo levantando la voz, para que le oyeran desde las otras mesas—. Vengo para recordarme a mí mismo que en otra época fui británico. Y pido esto —agregó, señalando de nuevo el plato— para recordar lo asqueroso que es. Tarta de ternera y riñón es lo más probable que pida un inglés en el extranjero para recordar su país, ¿no crees? La nostalgia es un peligroso monstruo, Field. Puede atacarte por la espalda. Pero en mi época, luchábamos cara a cara.

—¿Entonces viene aquí a encontrarse con el enemigo?

—Exactamente. El enemigo de la vida es la nostalgia —dijo, cogiendo un trozo de carne carbonizada con el tenedor y masticándolo con satisfacción—. Ahora empieza a cuajar –agregó, apartando el plato–. ¿Cómo está mi hijo?

–Muy bien. Le vi hace un par de días.

–Me alegro. Me gusta lo que hace. Atiza como un aguijón, ¿sabes? Y eso me gusta. No para hacerlo yo, claro. ¿Sabes que vine a este club en mil novecientos cuarenta y uno, el día en que desembarcaron los japoneses? Convocaron aquí una reunión para todos los británicos. Crosby era entonces embajador, un imbécil; en aquella época le llamábamos ministro plenipotenciario. Nos dijo: «Seguid en vuestros puestos, lo tengo todo bajo control». Todos coincidieron en que Crosby era un buen tipo, y si creía tenerlo todo bajo control, así debía de ser. Me levanté y les dije: «Estoy aquí como tailandés que sabe lo que está ocurriendo y os digo que lo mejor que podéis hacer es largaros cuanto antes, inmediatamente». Por supuesto no me creyeron y siguieron en sus puestos. Al día siguiente fueron detenidos. Pasaron tres años y medio en un campo de concentración.

Una camarera tailandesa se llevó los restos de la tarta y le sirvió un plato de fruta con natillas. El almirante le dirigió una mirada crítica pero agradecida. Las natillas eran de un color amarillo oscuro. Hurgó en el plato con un tenedor, haciendo temblar la masa gelatinosa. De pronto sacó un pedazo ensartado y se lo mostró a Field.

–¿Qué te parece? Vivimos en el país de las piñas, donde crecen por todas partes. Sin embargo, examina esto: es de lata. Utilizan latas para preparar el postre. Así es como se hace en Inglaterra y, por consiguiente, debe ser mejor. Ésa es la mentalidad colonial: sentirse siempre superior, por muy inferior que uno sea –dijo, metiéndose el trozo de piña en la boca–. Acabaré de comer solo, jovencito. Tú sigue con tus cosas.

Field miró en la sala de billar, que estaba vacía, y a continuación subió por la escalera que rodeaba el vestíbulo, hasta la biblioteca carente de todo olor, gracias al aire acondicionado. Tampoco había ningún libro. Allí estaba la señora Laker, sola en un sillón, con las rodillas juntas, los brazos apoyados a ambos lados y los ojos cerrados. Llevaba un vestido de lino verde.

—Siéntate aquí, John —le dijo, abriendo los ojos y mostrándole una silla—. ¿Te sientes fuerte?

—No —le respondió—, pero deseo formularte algunas preguntas.

—Escúchame atentamente, John —le interrumpió, levantando una mano—. Aquí el mal es más poderoso porque se usa más abiertamente. Por ello debemos agudizar nuestros sentidos para protegernos del mismo. Voy a contarte algo que no debes repetir jamás. —Le miró fijamente hasta que Field asintió, antes de proseguir—: Cuando Norman, mi esposo, cayó enfermo en mil novecientos cincuenta y nueve, dijeron que era polio. Ingresó en el Bangkok Nursing Home, que tú ya conoces, y le conectaron un pulmón artificial en la planta baja. Era diciembre y hacía frío, John. El frío más intenso que he experimentado. Estaba sentada junto a él, encapsulado en su máquina, sin quitarme el abrigo de piel y escuchando su respiración carrasposa. Aquel frío supuso el último golpe, una garra que cayó sobre este país. ¿Me comprendes? Pasó cinco días en el pulmón artificial, sin que me moviera jamás de su lado. Entonces, el día de Navidad por la mañana, cuando le estaba limpiando la saliva de los labios, de pronto sonrió, no a mí sino al más allá, una sonrisa de bienvenida, y falleció. O eso me pareció. Hacía tanto frío, John. Entonces vino el doctor y me sacó al balcón. No había ninguna enfermera. Dejamos solo a Norman. Nunca volví a ver su cuerpo, ¿comprendes? El médico me acompañó hasta el coche. En aquel momento supuse que quería evitarme el sufrimiento de ver a Norman muerto. Ahora bien, hacía tres semanas que Venus estaba en lo alto del firmamento y durante las dos semanas que precedieron a su muerte, en todo momento pensé exactamente lo mismo que Norman. Me había convertido ya en descifradora de su mente, como preámbulo de mi toma de posesión.

»Después de su muerte, algo me impidió llorar. Algo

me impidió acabar con mi vida, que era lo que deseaba. Eso era lo único en lo que podía pensar y, sin embargo, una fuerza invisible dibujaba una grotesca sonrisa en mis labios. Durante varias semanas, John. Varias semanas. Me refugié en Nueva York y allí, el veintidós de febrero, recibí un mensaje de Norman.

—¿Un mensaje?

—Estaba tumbada en la bañera, intentando reunir la fuerza necesaria para cortarme las venas, cuando de pronto mi miedo se diluyó en el agua y con él mi sonrisa artificial. Entonces la fuerza de Norman emergió con el vapor, envolviéndome, y recibí el mensaje. Estaba con un grupo en los Andes. No quiero decir que fuera un espíritu, en absoluto. Estaba y sigue estando en este mundo.

—¿En los Andes?

—Allí está.

—¿Por qué no vas a visitarle?

—No se trata de esa clase de grupo. El mensaje decía que tenía que regresar a Bangkok. Lo hice, y descubrí que nuestra empresa estaba casi en la bancarrota. Todos los días siguió dándome instrucciones. Desde aquel día, John, no he sido más que un instrumento en sus manos. Y, en cierto modo, sospecho que él también lo es.

—¿De quién?

—No lo sé. Después de veintiséis años sigo sin comprender sus intenciones o mi propósito. Pero deseo saberlo, ¿comprendes? —dijo, haciendo una pausa, para asegurarse de que la escuchaba—. El cuerpo que está en la tumba del cementerio no es el suyo. No, John. Una fuerza se lo llevó del hospital. Recuerda que me ausenté con el médico. No había nadie en la habitación. Le creíamos muerto. Pero una fuerza se lo llevó vivo y lo sustituyó por una forma orgánica. Y ahora Norman me ha dado nuevas instrucciones. Debo exhumar la sustancia orgánica de su fosa, antes de que vuelvan a cubrirla las aguas. Esas aguas llevan impregnadas las fuerzas del mal. Me pregunto, John, si su insistencia no emana de la certeza de que vienen los vietnamitas, de que están a punto de invadir el país, en cuyo caso llegarán a Bangkok en cuestión de horas. El ejército tailandés no logrará detenerlos, tú lo sabes. Son tan corruptos... Norman siempre había odiado a los vietnamitas. Jamás dejaría esa sustancia orgánica en sus manos. Aun sin tratarse de su propio cuerpo, forma parte integral de su grupo. Confieso que esto es pura especulación por mi parte. Sin embargo, mis instrucciones son claras. Debo incinerar esa sustancia y conservarla. Según mis cálculos, puede que hoy sea el último día antes de las inundaciones y debemos hacerlo ahora. Necesito tu ayuda, John, por si las fuerzas me flaquean, por si hay alguna manifestación que exija tu serenidad y tu fuerza. Nos esperan en el cementerio.

Field había quedado sumido en un profundo silencio. No le apetecía en absoluto intervenir en aquel asunto.

–De acuerdo, Catherine, pero antes cuéntamelo todo. ¿Cómo conociste a Som Nosavan?

–No quiero perder el tiempo hablando de negocios –dijo, parpadeando asombrada.

–Pero yo sí –respondió Field sin moverse de su asiento, para que comprendiera lo decidido que estaba.

–La Embajada de Laos me propuso el negocio –agregó de pronto.

–¿Som en persona?

–No, un agregado comercial. A continuación vino a verme a Bangkok un representante del gobierno.

–¿Quién?

–No lo recuerdo.

–Vamos, Catherine, no me vengas con ésas.

–Un tal Kamphet. Kamphet Panyajak.

–¿Es decir, que no conocías a Kamphet ni a Som antes de organizar este negocio?

–No, ¿qué ocurre?

–Nada, Catherine. Vámonos.

Cuando les vio llegar, el chófer echó insecticida en la parte trasera del coche para combatir los mosquitos. La lluvia había cesado momentáneamente.

—No vamos a ir en coche... —dijo Field—. Está sólo a cinco minutos andando.

La señora Laker no le escuchó, subió al coche y él la siguió. El vehículo estaba impregnado del olor a insecticida.

—Huele que da asco —refunfuñó Field.

—Hay que tomar precauciones.

No volvieron a intercambiar palabra hasta llegar al cementerio, donde les esperaban ocho hombres con un camión. Silom Road estaba parcialmente inundada, al igual que el callejón entre los dos sectores del cementerio. Esperaron en el asiento posterior, hasta que el chófer les trajo unas botas de goma del maletero, se las calzaron y echaron a andar por varios centímetros de agua cenagosa. Al otro lado de la puerta del cementerio había un escalón que descendía unos diez centímetros en lo que parecía un mar verde. El vigilante había trasladado su casa a una plataforma cubierta, un metro por encima del nivel del agua.

Los ocho obreros, agrupados a la espera de instrucciones, iban con pantalón corto y descalzos. Después de examinar el pantano, la señora Laker comenzó a caminar por el agua, que alcanzaba casi el borde superior de las botas. Field la siguió, y tras él los peones con cuerdas y palancas. Pasaron junto al panteón de madera de Basil Southend, consejero real, que sólo conservaba su posición gracias a las enredaderas que lo rodeaban. El panteón de su esposa había soltado amarras y flotaba entre otras tumbas de construcción más sólida. A los cincuenta metros, la señora Laker giró a la derecha, se hundió hasta los muslos y dio de bruces en el cenagal. Field bajó y la ayudó a levantarse. El agua y el barro habían impregnado su impecable peinado y le caían por el rostro.

—Debimos haber venido ayer —dijo.

—Lo más apropiado —replicó Field, quitándose la camisa y entregándosela para que se secara la cara y los brazos— habría sido venir en barca.

Volvió la cabeza para mirar a los obreros tailandeses,

que esperaban en la parte menos honda, y vio que se reían.

–*Mah Nee!*

Al oír la orden, obedecieron inmediatamente saltando al agua, que les llegaba a la cintura. Field se puso a la cabeza para dirigirlos. La tumba estaba bajo ocho centímetros de agua. Les ordenó que levantaran la lápida, pero él se retiró, sin saber exactamente por qué. Cuando comenzó a moverse, se oyó el sonido del líquido que llenaba precipitadamente el vacío. Le pareció curioso que la cavidad estuviera tan herméticamente sellada y miró a la señora Laker, que se encontraba a su espalda, pero ella lo encontró perfectamente normal. Evidentemente se había tomado muchas molestias para que así fuera.

–El ataúd es de acero –anunció.

Los tailandeses estaban ya hurgando en la fosa, para averiguar con qué tenían que vérselas. Tardaron media hora en pasar las cuerdas por debajo del ataúd y en comenzar a izarlo; se quejaron de lo mucho que pesaba.

–Claro que pesa –replicó la señora Laker–, es de acero.

La caja que apareció de las profundidades era verdaderamente enorme.

–¿Estaba gordo? –preguntó Field.

–Claro que no. Habría sido poco saludable en este clima. Creí que se merecía un tamaño generoso, para que estuviera a sus anchas.

En aquel momento el ataúd salió del agua y el aire quedó impregnado de una fuerte pestilencia. No era un hedor de putrefacción ni de nada identificable, pero de cerca resultaba insoportable. Los peones intentaban cubrirse el rostro, mientras acababan de sacar el enorme féretro. Field se retiró; cuando vio que intentaban levantarlo para llevarlo a hombros les dijo que no lo hicieran.

–Arrastradlo –les ordenó–. La pestilencia quedará bajo el agua.

Entretanto, la señora Laker permanecía impasible como si el aire estuviera impregnado de olor a perfume. Field, que no tenía ningún interés en ver cómo transportaban la sustancia orgánica, regresó al coche de la señora Laker y se instaló en el asiento trasero sin quitarse las botas. El cuero sintético de la tapicería se le pegaba a la espalda desnuda.

–Cierra el aire acondicionado, Lek.

A los diez minutos aparecieron los obreros con el ataúd a hombros y cubriéndose la nariz con una mano. La señora Laker les seguía de cerca, con las manos a los costados, como si asistiera a un funeral, y el pelo rizado lleno de barro caído a la izquierda, sobre un rostro cubierto de cieno. Esperó hasta que cargaron el féretro en el camión, antes de unirse a Field. El chófer se agachó para quitarle las botas, pero le dijo que no importaba y dejó caer su cuerpo empapado en el asiento trasero del vehículo.

El camino hasta Wat Tat Thong, donde se hallaba el crematorio, estaba abarrotado de tráfico. Silom Road no estaba inundada, pero en las travesías había diez centímetros de agua y unos cuantos coches averiados dificultaban la circulación. En realidad esto fue un alivio para los peones, que de vez en cuando podían bajarse del camión y alejarse de la pestilencia. Tardaron casi dos horas en llegar, durante las cuales la señora Laker permaneció silenciosa, concentrándose con los ojos cerrados. Field vio que ella tenía las botas llenas de agua. A continuación se dio cuenta de que también lo estaban las suyas y las vació por la ventana. Se quitó los calcetines y se remangó los pantalones. Ella tenía todavía su camisa en la mano derecha. La cogió, la escurrió y la puso a secar junto a la luneta posterior.

El crematorio de Wat Tat Thong gozaba de mucha popularidad, por lo que estaba diseñado para facilitar la llegada de los cadáveres. Los peones pusieron el ataúd sobre una carretilla, que se turnaron para empujar. A los pocos minutos lo habían dejado sobre una mesa en el patio, frente al horno, que estaba debajo de una chimenea blanca de diecisiete metros de altura. Estaban a punto de marcharse y dejar el resto a los monjes, cuando la señora Laker se acercó chillando:

—¡Volved! ¡Abridlo! ¡Debemos abrirlo! —Puesto que no mostraron ningún entusiasmo por lo que les ordenaba, se volvió hacia Field, que estaba a una distancia prudencial, con la camisa y el pantalón manchados, y le dijo—: Tengo que verlo, John. Debo estar segura. Te lo ruego.

Sin decir palabra, Field se cubrió la nariz con la camisa y se acercó al ataúd, que tenía un cerrojo a cada lado. Abrió uno, que produjo un sonido carrasposo, y fue al otro lado para abrir el otro, seguido de la señora Laker.

—Cúbrete la nariz, Catherine —le dijo con voz amortiguada por la improvisada máscara.

Puesto que ella no le hizo caso, abrió el segundo cerrojo y con un movimiento brusco levantó la tapa del féretro. Ésta se elevó como propulsada por un muelle y Field estuvo a punto de caerse por el impacto de la pestilencia. Se echó atrás para poder respirar y vio que la señora Laker examinaba el interior del ataúd.

—Dios mío —exclamó—. Dios mío.

Y se desmayó. Field tuvo que hacer un verdadero esfuerzo para acercarse a ayudarla. Al llegar junto al féretro, fue incapaz de resistir la tentación de mirar el interior. El cadáver tenía un color verde brillante y perfectamente conservado; podía haber estado vivo. Era el cuerpo de un individuo corpulento, sumamente corpulento. Evidentemente su volumen no era debido a la hinchazón, ya que su traje de chaqueta cruzada se le ajustaba a la perfección. Mostraba una sonrisa en los labios y el cabello perfectamente peinado.

Gracias a que la señora Laker era liviana como una pluma, la llevó sin dificultad al coche, dejando que los monjes se ocuparan de la incineración. Volvió en sí en el vehículo, pero no dijo palabra. Se limitó a permanecer inmóvil. Al cabo de una hora aparecieron los monjes con una urna que contenía los huesos y las cenizas y la entregaron a la señora Laker. Se había visto obligada a adquirirla en el último momento, ya que su decisión fue repentina. El recipiente de plata tenía la forma de un sofisticado símbolo fálico y estaba adornado con los más comunes grabados tailandeses. Cogió la urna, de unos treinta centímetros de altura, y la observó de lejos con asombro.

–No era él –susurró.

–¿Qué quieres decir? –exclamó Field.

–No era Norman. No se le parecía en nada; en nada en absoluto. No había visto a ese hombre en mi vida –dijo mientras sostenía el recipiente de plata sobre las rodillas, con una reverencia que lindaba con la adulación–. Biología celular –agregó al cabo de unos instantes.

–¿Cómo?

–Biología celular. Si aprendo el funcionamiento de mis células, tal vez sea capaz de controlar sus funciones y de ese modo evitar la manipulación de las estrellas.

CAPÍTULO OCHO

El agua había subido más temprano que de costumbre, empezando por la parte baja de Sukhumvit Road, hacia la parte alta donde vivía Field, pero sin llegar ni mucho menos a su casa, y no tardó en filtrarse en la tierra.

Field sólo estuvo en casa el tiempo necesario para ducharse, cambiarse y, lo más importante, echar un discurso sobre seguridad al vigilante nocturno. Al no obtener reacción alguna por su parte, se dirigió a la abuela del chico, la cocinera, para explicarle que debían cerrar todas las puertas con cerrojo y que su nieto debía estar atento si cualquier desconocido se acercaba a la propiedad. Ao escuchó impasible las advertencias.

A continuación salió a la luz del crepúsculo y comprobó que había comenzado de nuevo a llover. Corrió por el callejón hasta Sukhumvit y se subió a lo primero que apareció: un *tuc-tuc* con cortinas de plástico semitransparente, que de algún modo canalizaban el agua hacia el interior en lugar de mantenerla fuera.

—Patpong —dijo Field.

—Sesenta.

—No, no. Treinta.

—En Bangkok hay demasiado tráfico. Cincuenta. Muchas calles de una dirección.

—Treinta —repitió Field con una sonrisa y sin moverse de su asiento, hasta que el conductor subió el volumen de su radio y comenzó a avanzar.

Los tambores de la música hacían vibrar aquella tienda de plástico, como si estuviera electrificada. Más allá de los tambores, se oía una voz que proclamaba a gritos «made in Thailand, not in Japan»; último éxito en Bangkok, que se aprovechaba del auge nacionalista del que Meechai Woodward formaba parte. La humedad y el calor reinantes convertían aquel recipiente de plástico en una especie de olla a presión, en la que Field era el manjar que se cocinaba.

Al pasar frente a la Embajada de Gran Bretaña, Field vio a través de las deformaciones del plástico que en la residencia se celebraba una fiesta. Delante del edificio, el monumento a la reina Victoria estaba iluminado y con una docena de collares de flores. Jamás había comprendido cómo se las arreglaban las mujeres de Bangkok para cruzar el portalón de la embajada, protegido por soldados gurkhas, y llevar las flores hasta el monumento. Habría sido más comprensible en los días que la representación británica estaba a la orilla del río, junto con las demás embajadas extranjeras. En aquella época, en Bangkok no había todavía calles y el rey, para complacer a los *farangs*, hizo rellenar el canal que recorría la parte trasera de sus residencias, para que dispusieran de un lugar donde pasear con sus carruajes. En los jardines de aquella embajada en New Road, los representantes de su majestad habían instalado una reina Victoria de varias toneladas, que contemplaba a los transeúntes con todo su poderío imperial. Sin embargo, este aspecto no impresionaba a los tailandeses y era la reputación personal de la reina, como mujer de enorme fecundidad, lo que atraía a las tailandesas estériles, que comenzaron a traerle regalos, encenderle velas y rezar a sus pies. En poco tiempo ella se había convertido en una semidiosa para los nativos, a quien con más propiedad debían haber denominado «espíritu», pero su forma y tamaño lo impedían.

En los años veinte, la delegación se trasladó a su actual emplazamiento, en Ploenchit Road, junto con la estatua. Pero en esta ocasión colocaron la efigie de la reina a cincuenta metros del portalón, ya que, teóricamente, las actitudes imperiales habían pasado de moda. Sin embargo, la discreción de los diplomáticos británicos ocultaba el hecho de que la idea de la reina Victoria como diosa de la fertilidad no correspondía a la imagen que deseaban proyectar. Pese a ello, su reputación persistía. Cuando los japoneses invadieron Bangkok, en 1941, ordenaron que se construyera una caja a su alrededor y los trabajadores tailandeses encargados de la obra hicieron una rendija frente a los ojos de la reina.

Eran las siete de la tarde y había ya oscurecido cuando Field llegó a Patpong. En el rellano de la escalera de los apartamentos de Paga se encontraba la misma muchacha que no había querido reconocerle la semana anterior.

—Hola, señor. ¿Un masaje? ¿Quiere un masaje?

—Quiero a Paga.

—¿Paga? ¿Qué quiere?

—Soy el gran amigo de Paga —le dijo Field cuando llegó al rellano—. ¿No me recuerdas? Lo hablamos la última vez.

—Lo siento, señor —sonrió.

—¿Está arriba? —preguntó mientras se dirigía hacia los peldaños.

—No, señor. No está aquí.

—¿Dónde está?

—Ha salido.

—¿Adónde?

—Quizá al King's Castle.

—¡Buena chica! —dijo, acariciándole la cabeza, que llegaba a la altura de su pecho, y volviendo a bajar a toda prisa la escalera.

El agua que salía por las alcantarillas había inundado parcialmente la calle, dejando algunas zonas secas por donde caminar.

El King's Castle estaba al otro lado y era la última renovación de Paga de un viejo local. Todos sus bares eran los mismos desde hacía muchos años, pero habían resucitado infinidad de veces con nuevos nombres y decorados de nuevo. En la plataforma central del local ovalado había cuatro chicas y otras cuatro en el fondo, todas ellas bailando con zapatillas y calcetines a rayas. Había además unas sesenta distribuidas entre los *farangs*, alentándolos para que bebieran y las invitaran, a cambio de dejarse manosear. Paga estaba detrás de la barra, examinando con atención el dinero y los recibos, junto a una atractiva cajera, que tenía el aspecto de ser muy eficaz.

—No sabía que todavía trabajaras de cara al público —dijo Field, inclinándose sobre el mostrador para que se le oyera por encima de la potente música.

—Hago inspecciones al azar, John. Ven aquí —respondió, levantando la cabeza sin sonreír, concentrada en las cifras.

Field pasó al otro lado de la barra y se sentó junto a ella en un taburete.

—¿Cómo está la chica que compraste?

—Sigue enferma.

—¡Ah! —exclamó, compasiva, Paga—. Esto son malas noticias. En todo caso, ¿por qué la compraste?

—Un capricho.

—¿Qué quieres? —le preguntó, dándole una palmada en la mano como si fuera un niño travieso.

—Mekong con soda.

El licor de arroz no figuraba en su régimen oficial, pero había llegado al punto de no sentirse obligado a seguir las indicaciones del médico. Si la medicina no podía resolverle el problema, ¿para qué cooperar?

—Te destrozará el hígado —le advirtió Paga—. Te dejará ciego.

—También la masturbación.

—¿Quién te ha dicho eso? ¿No te sentaría mejor una cerveza o un whisky?

—No le debo nada a mi hígado —respondió, arrebatando la botella de las manos a la chica que estaba a punto de servirle y llevándola a la luz para consultar la fecha de elaboración—. Dios santo, es de esta semana. Trae otra botella.

A la chica le pareció muy divertido y le entregó otra

botella, que Field tampoco aceptó. Siguió mostrándole una tras otra, que él rechazó sistemáticamente.

—Ésta está mejor —dijo por fin—. Del quince de agosto; con dos semanas, el veneno habrá tenido tiempo de sedimentar.

—Lamento que tu chica siga enferma —dijo Paga—. Voy a hacerte un regalo. Llévate a cualquier chica del local, a excepción de la cajera, completamente gratis.

—Gracias, Paga —respondió, colocando el brazo sobre los hombros de la cajera—. Nok es la más hermosa y la única con dinero.

—Este regalo te costará doscientos gahts. Págaselos a ella.

—He perdido el interés por el sexo —respondió Field, moviendo la cabeza ante la mirada perpleja de Paga—. No sé por qué. Puede que se deba a la abstinencia. Me gusta mirar, pero no me atrae practicar.

—¿Tienes algún problema, John?

—¿El que no me interese el sexo debe significar necesariamente que tengo un problema?

—Hoy ha venido un individuo preguntando por ti; un tipo desagradable.

—¿Cómo era?

—No le he visto, ha venido antes de que yo llegara. Ha hablado con esa chica —respondió Paga, señalando a una bailarina, cuyo bañador estaba recortado de cintura para abajo, dejando una estrecha franja de color verde eléctrico que le descendía por las ingles y subía entre sus nalgas desnudas.

En aquel momento, la chica en cuestión introducía un billete de diez gahts en un templo en miniatura que había sobre el mostrador y hacía una reverencia.

—Debe de tener una cita muy importante —comentó Field.

—Pin, ven aquí —le ordenó Paga—. ¿Quién era el hombre que te ha preguntado por John Field?

—No lo sé —respondió, colocando una mano sobre el brazo de Field—. Jamás le había visto. No era tailandés. Era chino.

—Magnífico —exclamó Field.
—Era un tío desagradable.
—¿Qué le has dicho?
—Que no te conocía.
—Magnífico —repitió Field, dándole una palmada en el trasero y dirigiéndose de nuevo a Paga—. ¿Recuerdas a Somchai Pamak?
—Por supuesto. En otra época venía a Sweet's una vez por semana y gastaba mucho dinero. Dos mil gahts en una noche. Invitaba a los amigos y a las chicas. Se llevaba a una al cuarto trasero. Me pagaba a mí. Pagaba a la chica. Un gran derrochador.
—¿Le has visto últimamente?
—No, desapareció. Algunas veces veo a sus amigos. Los vi sobre todo al poco de que él desapareciera; ahora también hace tiempo que no los veo.
—¿Por qué?
—Somchai era un gran traficante, ¿lo recuerdas?
—Claro.
—Sus amigos eran pequeños traficantes. A Thavorn le cogieron hace ya bastante tiempo con un montón de kilos.
—¿Antes o después de la desaparición de Somchai?
—Puede que un año más tarde. Le fusilaron.
—Ahora lo recuerdo —dijo Field—. ¿Y era amigo de Somchai?
—Un buen amigo. Poco después, Hu Tien Sing y Hu Tien Phu, que son hermanos, y unos vietnamitas fueron detenidos en París. Me enteré más adelante. A continuación el hermano de Somchai, que también era un derrochador, fue detenido en Bangkok, pero debió de sobornar a alguien porque ya no está en la cárcel. Aunque tampoco le he visto. Después vino lo de Tasanai. De esto hace poco. Es un tipo listo. Creo que mueve cantidades importantes. También han detenido a otros dos o tres, pero no lo recuerdo.
—¿Entonces crees que Somchai sigue en el negocio?
—Por supuesto, John. Ésta es la razón por la que desa-

pareció. ¿Es ése tu problema? ¿Somchai? Vigila, John. Cuando uno de sus amigos va a parar a la cárcel, compra a un nuevo amigo; si son seis los que caen, compra otros seis. Mira, John –agregó Paga, señalando a una chica tímida que bailaba ante un público que oscilaba entre la indiferencia y la lascivia–. Esa chica es nueva. ¿La quieres?

–Ya te lo he dicho, he perdido interés por el sexo. –Paga le miró preocupada–. Solía ser más divertido. Ha bajado la calidad de las actuaciones. Es culpa tuya.

–No lo es. Mi escuela es la mejor. Ahora hay demasiados *farangs*, John. Demasiado dinero. No es culpa mía.

–En todo caso, tengo a la chica enferma.

–¿Para qué la quieres?

–Para charlar.

–Lárgate –le dijo, convencida de que le estaba tomando el pelo–. Tengo que revisar los libros. Procuraré enterarme de algo referente a Somchai, ¿de acuerdo? –agregó en el último momento.

–De acuerdo, Paga. A ver si averiguas algo.

Al llegar a la acera miró a su izquierda. Había dejado de llover. En la puerta de cada bar había dos o tres chicas semidesnudas. En los lugares donde había cedido el pavimento, se sostenían sobre tablas de madera para no caer en las rendijas inundadas. La calle estaba abarrotada de blancos, japoneses y tailandeses que paseaban lentamente, deteniéndose ante cada bar, mientras se les abrían las puertas para que vieran en su interior las formas de las bailarinas. Cada vez que se detenían, las chicas de la puerta intentaban persuadirlos para que entraran. Entre aquella muchedumbre, pensó Field, podrían perfectamente hallarse los amigos de Somchai, a la espera o a la búsqueda. No, no a la búsqueda. Después de todo él no se ocultaba. Cualquier imbécil podía hallarle si se lo proponía. Por consiguiente sabía que estaban ahí, simplemente a la espera de lo que, según sus propios intereses, serían el lugar y el momento oportunos. Describió un lento círculo con la mirada, de la acera al extremo de la calle y hacia la derecha, y comprobó que estaba todo igualmente abarrotado. Cualquiera de ellos podía estar al acecho. Por primera vez fue consciente de un miedo concreto y pensó en volver a entrar en el bar, donde sólo habría un número limitado de rostros que pudieran observarle, donde sería más fácil reconocer a un asesino, pero se obligó a permanecer inmóvil.

—¿Quieres volver a entrar, John? —le preguntó la chica que estaba junto a él, cogiéndole del brazo.

—No.

La chica le empujó suavemente a un lado, para que no entorpeciera la entrada.

—No —repitió, sin que la chica le oyera—. No quiero volver a entrar.

Al día siguiente era sábado y el cielo que veía desde la ventana del dormitorio era de un azul claro y suave. Al acompañar a Ao al Nursing Home por la mañana temprano comprobó que las calles estaban vacías; la ciudad todavía dormía. No había nadie merodeando por los alrededores de su casa, ni tampoco siguieron su taxi. Todo era como de costumbre, a excepción del dolor de sus genitales que, a pesar de todo, sólo le habían molestado en las últimas cinco semanas; poco, muy poco tiempo, apenas un mero instante comparado con los años que hacía que vivía en aquel lugar y los que seguiría viviendo. Había tenido otros malos momentos; no exactamente como el presente, ni nada que se pareciera a Somchai, pero otras dificultades que finalmente había superado.

Woodward no tenía noticias positivas para ninguno de ellos. Los nuevos antibióticos no habían llegado todavía y cuando examinó la supuración de Field no hizo comentario alguno. Cualquiera podía ver que era muy amarilla. Le estrujó en diversos lugares y le preguntó si le dolía. En general, Field tuvo que admitir que así era. En cuanto a Ao, emitió algunos sonidos alentadores que no correspondían a nada específico.

—En todo caso, me temo que quedará estéril, lo que puede que en el fondo sea una bendición.

—Estéril —repitió Ao, que al parecer era lo único que había comprendido.

—Me temo que sí —asintió Woodward.

—Estéril —repitió nuevamente Ao, en un tono más trágico.

A Field le sorprendió aquella manifestación emocional de alguien cuya vida había sido tan limitada y brutal en todo lo referente a la familia y al sexo.

—Esta mañana podrías echarme una mano —le dijo Woodward a Field—, si no estás ocupado —agregó con una enigmática sonrisa.

—Por supuesto.

Field acompañó a Ao a la calle y la mandó a casa en un taxi. Cuando regresó al Nursing Home, Woodward le esperaba ya en el vestíbulo, vestido de campesino.

—Iremos andando —dijo.

—¿Para qué me necesitas?

—No es que te necesite, John. Pareces nervioso —comentó, girando a la derecha en Convent Road.

—Lo estoy.

—No debes preocuparte por tu infección.

—Sólo son cinco semanas, ¿no es cierto? No estoy preocupado, sino resignado, lo que convierte a Ao en una compañera ideal —dijo, soltando una carcajada—. Desgraciadamente, también hay unos chiflados que me persiguen. —Woodward le miró sin comprender—. Sí, hombre; unos narcotraficantes preocupados por mis profundos conocimientos. Bang, bang. ¿Comprendes?

—¿Están justificadas sus preocupaciones? —preguntó Woodward, tomándoselo muy en serio.

—Por supuesto. Ellos lo creen. Me gustaría convencerlos de que he perdido la memoria y la vista, de que ahora me llaman el ciego Field. Les firmaría una declaración jurada comprometiéndome a guardar silencio si me brindaran la oportunidad, pero las cosas no funcionan así.

—Y bien, ¿qué piensas hacer?

—Guardar las distancias para reducir los riesgos.

Woodward cogió del brazo a Field en el momento de cruzar Silom Road y le dijo:

–Me ha parecido que esto te parecería divertido.

–¿Qué?

–La llegada de un «sexotón». Doce días por mil cuatrocientos dólares.

–¿Un qué?

–Un grupo organizado de cincuenta holandeses.

No volvió a decir nada hasta llegar al otro extremo de Patpong y cruzar la calle hacia un nuevo hotel de grandes dimensiones, frente al cual se habían agrupado en silencio varios centenares de estudiantes. Llevaban medio centenar de pancartas escritas en inglés.

–Espérame aquí –se limitó a decirle Woodward, mientras él se dirigió hacia el frente de la silenciosa manifestación.

Le vitorearon al verle y él les correspondió levantando su sombrero de paja y su baston. Field se alejó un poco para poder leer las pancartas. La más original decía: *fuera sifilíticos.* A los diez minutos llegó un autocar del aeropuerto. Se abrieron las puertas delantera y trasera y comenzó a bajar un grupo de hombres riendo y charlando entre sí, cargados de bolsas llenas de bebidas y cigarrillos libres de impuestos. Eran todos hombres maduros y por lo general gordos. Field pensó en Ao dando un masaje a unos muslos que parecían el tronco de un árbol. Al principio no se fijaron en las pancartas. Habían bajado ya todos del autocar, cuando un grupo de estudiantes se les acercó y empezó a fotografiarlos, mientras otros chillaban:

–¡Fuera turistas del sexo! ¡Fuera turistas del sexo!

De pronto comprendieron que aquella muchedumbre había estado esperando su llegada. Un par de ellos intentaron escabullirse hacia el vestíbulo del hotel, pero los estudiantes habían formado una barrera entrelazando los brazos y aquellos corpulentos individuos no se atrevieron a utilizar la fuerza contra unos jóvenes de aspecto tan inocente, ya que con su cabello corto y su uniforme, más que universitarios parecían niños de doce años. Lo que hicieron fue ruborizarse y darse la vuelta, confundidos. Algunos regresaron al autocar, donde los fotógrafos seguían disparando sus cámaras. Al cabo de unos segundos se habían amontonado junto a las puertas del vehículo, intentando subir a bordo. Una vez en el interior comenzaron a discutir con el conductor lo que debían hacer. Los estudiantes rodeaban el autocar y se reían. Incluso Field soltaba carcajadas.

Entonces vio a Songlin entre los estudiantes. No llevaba ninguna pancarta, pero un chico la llevaba de la mano mientras con la otra levantaba un cartel que rezaba: *Las tailandesas para los tailandeses.* Field creyó reconocer la escritura de su hija. Se echó atrás para que no le vieran y observó a la joven pareja hasta sentirse profundamente deprimido.

—No tiene derecho a juzgarme —se dijo a sí mismo mientras daba media vuelta y se alejaba.

La humedad iba en aumento, pero no lo suficiente para hacerle aminorar su marcha. Al llegar al cruce, siguió caminando por Rama IV, junto a un conjunto de rascacielos. Con el pie izquierdo pisaba más bajo que con el derecho, puesto que los nuevos edificios estaban construidos sobre cimientos que no se hundían, mientras que el pavimento sí lo hacía, de modo que la acera colgaba de los mismos como una falda acampanada. En una ocasión volvió la cabeza para ver si alguien le seguía. Había mucha gente a su alrededor, pero nadie parecía mirarle ni actuar de algún modo sospechoso. Se encogió de hombros y siguió caminando. Al llegar a Sathorn Avenue, esperó tres minutos a que el semáforo se pusiera en verde. En el cruce, tres policías interpretaban otras tantas melodías con sus silbatos, para estimular a los conductores. No llevaban mascarillas.

Llamó su atención uno de los agentes. Creía conocerle, pero no estaba seguro. De pronto lo recordó y se le acercó.

—¡Seni! ¡Seni!

El individuo volvió la cabeza, escudriñando entre el tráfico y la humareda, antes de saludar a Field con la mano.

—¡Hola, John! —exclamó eufórico, acercándose cuando cambió el semáforo.

—¿Qué diablos haces dirigiendo el tráfico? —le preguntó Field con socarronería—. ¿Te han expulsado de la brigada de estupefacientes?

Seni soltó una carcajada. Era musculoso y llevaba guantes blancos.

—Trabajo en la brigada por la tarde; media jornada. Por la mañana dirijo el tráfico.

—¿Como agente raso?

—Tengo que ganar dinero, John. Los de estupefacientes son todos honrados, como yo. Y con el sueldo de policía no alcanza para mi cena, sin pensar en la de mi esposa y mis hijos. Trabajo a horas como agente de tráfico para ganar un poco más de dinero.

—¿Dinero negro?

—Ya sabes cómo son las cosas —sonrió Seni—. Nos tropezamos con gente que no tiene los documentos en regla. Podemos detenerlos o sacarles dinero. Con eso pago el colegio de mi hijo. Éste es un buen cruce. Hace dos semanas que estoy aquí.

—No te había visto, ibais todos con mascarillas.

—Eran muy útiles. Ahora casi no puedo respirar, pero el ministro de Turismo nos ha prohibido que las usemos. Según él, Bangkok es una exótica ciudad oriental. Ésa es la razón por la que vienen los turistas. La contaminación no es exótica; por consiguiente, no hay contaminación y por lo tanto las mascarillas son innecesarias. En realidad, están prohibidas.

—¿A qué hora terminas?

—En diez minutos.

—Tengo que hablar contigo, Seni.

—Espera un momento.

El agente, seguido de Field, fue a comunicar a sus compañeros que se marchaba; caminaron juntos hasta Wireless Road y entraron en Lumpini Park, una enorme zona verde con un canal que serpentea bajo los árboles. Cuando llegaron junto a la acequia, Field comenzó a hablarle del caso. Al fondo había un pequeño pabellón del siglo XIX, cuyo único ocupante era una vieja encargada de custodiar unas estanterías con algunos libros y unos cuantos acuarios con peces exóticos. En el techo había un ventilador parado. Seni fue el primero en entrar, para refugiarse del calor, y observó los peces, mientras Field acababa de hablarle de Somchai Pamak.

—Maravilloso —comentó el agente tailandés.

—¿El qué? —replicó Field—. Has atado algunos cabos sueltos.

—Magnífico. Ahora ata algunos para mí.

—Teníamos controlado a Iem, pero no a Somchai. Ahora lo comprendo. Iem es el técnico, no el organizador. El organizador es Somchai. Sabemos que Laos está de nuevo en el negocio, pero ¿cómo demostrarlo? En los años sesenta, su producción de opio era de unas cien toneladas. Con la guerra, su producción descendió a las cuarenta o incluso quizá treinta toneladas. El Pathet Lao prohibió las plantaciones en las zonas comunistas. Ahora que todo el país es comunista, creemos que su producción vuelve a ser de unas setenta y cinco toneladas. También estamos seguros de que los campesinos no realizan ningún tráfico ilícito. Todos los años, en el mes de abril, los helicópteros oficiales se desplazan a las zonas oficiales de recogida y se llevan la mercancía. Pagan a los campesinos por un sistema de trueque y se llevan la totalidad del opio a los almacenes del gobierno. A partir de entonces...

—¿Qué?

—Empieza el misterio. Por ejemplo, Laos firmó el convenio de las Naciones Unidas para el control de la droga en los años sesenta, que ahora violan sistemáticamente omitiendo declarar el destino de sus existencias. Creemos que unos doce mil kilos van a parar a Rusia y otros países del bloque soviético. Su departamento de comercio e industria se niega a decir lo que ocurre con el resto. Ese funcionario gubernamental al que viste...

—¿Kamphet?

—Efectivamente. Jamás he oído hablar de él.

—Te he contado todo lo que sé, Seni. Lo único que necesito es saber cómo funciona el negocio aquí. ¿Quién lo dirige?

—Sesenta toneladas. Digamos seis de heroína. Alguien muy importante. Más que un simple comerciante. No lo sabemos. Puede que algún general, por lo menos como tapadera.

—Vamos —insistió Field—, con eso no me basta. Estoy haciendo vuestro trabajo sin siquiera ganarme unos chavos en el semáforo y exponiéndome a riesgos mucho peores que los del humo de los tubos de escape.

—Lo siento, no puedo ayudarte. No podemos decir ni una palabra en público hasta que estemos listos para desmantelar toda la operación. Hay un individuo a quien echamos el guante hace siete meses con veinte kilos, cuando venía de Laos. Conducía un camión con madera, pero no tiene aspecto de camionero. Le hemos encerrado en el penal de Bang Kwang para que sufra un poco y desde que está allí no ha cesado en sus intentos de soborno. Sospecho que él conoce la respuesta, pero hasta ahora no he logrado hacerle hablar. Le hemos estado trabajando, pero por lo que me cuentas, Somchai también tiene seis amigos ahí dentro, lo que explicaría por qué no hemos logrado que se relaje. Probablemente está aterrorizado. Iré la próxima semana y volveré a intentarlo.

—Gracias —respondió Field sin entusiasmo, pensando para sí: si sigo vivo.

—Lo siento —susurró Seni.

Field se concentraba en una pecera de pequeños peces azules a rayas, de cuyo tubo de oxigenación salían muy pocas burbujas. De seguir así, pensó, los peces no sobrevivirían. De pronto le vino a la mente Henry Crappe y su afición a acumular información que no deseaba poseer. «Degradante» era el término que había utilizado.

—No te preocupes —le dijo a Seni, sin mirarle—. ¿Crees que ese tipo de información me interesa? Te niegas a decirme algo que necesito saber. Eso es, ¿no es cierto?

—agregó, volviendo la cabeza, con el deseo de echar a gritar—. ¿Me equivoco? Me pones el palo y la zanahoria, ¿no? ¿No es eso? Bien, ¡vete a la mierda! No me importa, ¿comprendes? Mi problema es perfectamente insignificante; sólo que por razones de supervivencia necesito la información. Nada importante, ni moral. Nada metafísico. Lo único que deseo es poder vivir tranquilo. No viviría aquí si me interesaran esos temas, viviría donde me corresponde.

Seni no dio indicación alguna de haber oído su explosión. Se limitó a desaparecer en silencio y reapareció al cabo de un momento, cuando Field seguía observando los peces azules.

—Parece haber una mujer implicada.

—¿Una mujer?

—En la cumbre. Son rumores que venimos escuchando —dijo, ausentándose nuevamente.

—Una mujer —susurró Field para sí—. Esto reduce el número de sospechosos a veinticinco millones.

Se dirigió a las estanterías de libros. Estaban llenas de novelas inglesas y americanas anteriores a la segunda guerra mundial. Las había a centenares. Ninguno de los títulos ni de los autores le decían nada. Al examinarlos, se llenó los dedos de polvo. Dio una palmada y la vieja se puso de pie asustadísima. Field la miró, inclinando la cabeza para disculparse, y salió en dirección al *Bangkok Post*.

A aquella hora del día, como era de suponer, Henry Crappe no estaba en su escritorio. En realidad, no había prácticamente nadie en la sala de redacción; los cajones del fichero de Crappe, en el rincón, estaban cerrados y sin calcetines que colgaran de los mismos. Field intentó abrir el cajón que le interesaba, pero estaba cerrado con llave. Después de buscar en vano las llaves en el escritorio, contempló con frustración la caja verde de metal arañado. De pronto se precipitó violentamente contra la misma y le propinó unas cuantas patadas. Los cuatro cajones se abrieron.

–¡Oye! ¿Qué estás haciendo? –chilló alguien desde el otro extremo de la sala.

–¡Hola! –respondió Field, saludando con la mano–. No pasa nada.

Tres de los cuatro cajones estaban llenos de azúcar, arroz, leche en polvo, sal, latas de verdura y cajas de huevos. Crappe se preparaba para un golpe prolongado. A Field no le sorprendió. Todo el mundo sabía que Crappe y su familia se instalaban en el edificio del periódico en el momento en que comenzaba un golpe y no salían hasta que la situación se normalizaba de nuevo. Sólo hubo una cosa que sorprendió a Field; si tres de los cuatro cajones estaban llenos de comida, significaba que sólo archivaba información relacionada con el narcotráfico.

Field hurgó en el cajón hasta hallar la carpeta correspondiente al período 1984-1985. Después de pasar una docena de páginas, se encontró con el recorte que mencionaba al individuo detenido con un cargamento de teca y heroína, al cruzar en el transbordador desde Laos a Nong Khai, en Tailandia. Adjuntas al artículo había unas fotografías de identidad tomadas por la policía. Field las cogió y dejó sobre el escritorio una nota pidiendo disculpas.

Pasó el resto de la tarde lucubrando cómo entrar en la cárcel, más allá de la zona destinada a las visitas, después de elaborar un plan, intentando localizar a Woodward, que no estaba en el Nursing Home ni en Klong Toey. Fue a dar una vuelta por la universidad, con la esperanza de que todavía siguieran reunidos algunos de los participantes en la manifestación antisexo y que entre ellos se encontrara Woodward pero no su hija. No encontró a nadie. Esto no le dejó otra alternativa que llamar a la casa de Woodward y dejar un mensaje para que le telefoneara urgentemente cuando regresara. Field no se movió de su casa en toda la noche a la espera de la llamada; a las once volvió a llamar, desesperado. Woodward estaba en casa, pero la sirvienta que había tomado el mensaje se había acostado temprano y había olvidado transmitirlo.

—Michael, necesito entrar urgentemente en la cárcel de Bang Kwang. Sé que tú la visitas.

—He estado allí toda la tarde.

—Mierda.

—¿Es verdaderamente urgente? —preguntó Woodward después de una pausa.

—Tiene que ver con esa insignificancia de las pistolas, de la que te he hablado.

—Hay una epidemia de cólera en la cárcel —respondió con aplomo, después de otra pausa—. Hoy había treinta enfermos y ha habido ya dos bajas. He estado revisando a los prisioneros *farangs*, teóricamente para satisfacer a unas cuantas Embajadas. En realidad, todos los enfermos están juntos. Podría volver mañana.

—¿Cómo me las arreglo para entrar?

—Puede que si vinieras vestido de cura pudieras pasar conmigo. ¿Serías capaz de hacerlo?

—Válgame Dios, Michael, ya te lo he dicho; soy irlandés de los bajos fondos. Nací para ser cura.

—¿Estás vacunado contra el cólera?

—¿Es mortal?

—No si se detectan los síntomas a tiempo.

—Tú los detectarás, Michael.

La cárcel de máxima seguridad estaba al norte de Bangkok, en Nonthaburi, a orillas del Chao Phya, a una hora por la autopista. Era atractiva para tratarse de una fortaleza, a pesar de las cinco hileras de alambre espinoso en la parte superior del muro que la rodeaba. Sus jardines eran íntimos e informales; imprimían en el lugar un aire cómodo y amigable. A esta impresión contribuía la sonrisa con que se recibió al doctor Woodward en las siete puertas barradas que constituían el sistema de seguridad exterior. Field se había puesto pantalón oscuro y camisa blanca. Llevaba las manos a la espalda, con una expresión devota y autoritaria, que constituía su recuerdo infantil de la forma en que los curas se relacionaban con el mundo. Woodward se había vestido para interpretar el papel de médico occidental, con su traje inglés. Era la primera vez que Field le veía vestido de aquel modo fuera de su consultorio, pero dado que su función en la cárcel era la de médico ocasional de los reclusos extranjeros, que sumaban un total de ciento veintinueve, todos ellos encarcelados por delitos de narcotráfico, optaba por vestir de acuerdo con las circunstancias. Curiosamente, también había insistido en parar por el camino para comprar una bolsa de buñuelos de chocolate.

Después del portalón había un patio estrecho y alargado, con una doble reja a ambos lados, que separaba a los visitantes de los prisioneros. Aún no era la hora de visita y daba la impresión de un zoo abandonado. Junto al portalón del fondo había un grupo de hombres formado por carceleros y prefectos: prisioneros de confianza, vestidos con camisa azul y pantalón corto, armados de porras, teóricamente para golpear en caso de necesidad a los demás presos.

Al otro lado del portalón, adonde los acompañaron, había una zona verde con edificios administrativos construidos con bambú y abundantes flores. Esperaron en el interior mientras los carceleros punzaban los buñuelos con largas agujas. Los presos iban de uniforme, a excepción de los blancos que se habían negado a usar la ropa de la cárcel, al igual que a trabajar. Algo estropeó aquel panorama tan encantador: fue la llegada de un prisionero con argollas de acero en los tobillos y una cadena unida a ambas, que para no tropezar llevaba sujeta a una cuerda atada alrededor de la cintura. A continuación apareció una pareja de jóvenes rubios franceses, con ropa deportiva y charlando alegremente, con lo que el lugar recuperó su ambiente de hotel residencial.

—¿Dónde sirven el té? —susurró Field.

Woodward le echó una mirada reprobatoria. Ambos sabían que en aquellas instalaciones construidas para tres mil presos había seis mil reclusos, la mayoría de los cuales pasaban catorce horas al día encerrados en celdas sin ventanas ni ventiladores, donde el calor era insoportable y en las que dormían apretujados como sardinas. Para imaginar el resto huelgan las palabras, a excepción de que había más heroína dentro que fuera de la cárcel. Con la presión de los carceleros, los prefectos e incluso la de los prisioneros con dinero e iniciativa, que hacían de camello, a todos los reclusos les resultaba muy difícil resistirse a la tentación.

Les acompañaron a la derecha, donde detrás de unos setos había una gran sala, cuyas paredes la formaban una enorme verja que iba desde el suelo hasta el techo y rodeada a su vez de otra verja. En la parte inferior estaban los prisioneros sobre colchones en el suelo, los tailandeses a un lado y los extranjeros a otro. Entre estos últimos, los pocos chinos y el puñado de blancos estaban también separados. Dos prefectos, un norteamericano negro, que claramente practicaba el culturismo, y un rechoncho tailandés, abrían y cerraban el portalón cada vez que alguien pasaba. El norteamericano abrió el portalón de par en par, ceremoniosamente pero con cierta sorna; al entrar Woodward le entregó la bolsa de buñuelos.

—Repártelos, Willy.

—¿Quién es ése, doctor?

—Un amigo, Willy. Es cura. Ha venido para animar un poco al personal.

—Que Dios se lo pague —dijo el prefecto con escasa convicción; dirigió a Field una mirada de indulgente desdén, con la que implícitamente le indicaba que hacer el bien no le sirve a nadie de gran cosa.

—Willy —le dijo Woodward en voz baja, alejándole del prefecto tailandés—, ¿conoces a Phoumi Boussarath?

—Creo que sí. Un cabeza de turco, ¿no es cierto?

—¿Puedes traérmelo?

—Por favor, doctor, usted sabe que no puedo abandonar el portalón —respondió, cerrándolo cuidadosamente antes de mirar, ahora con evidente suspicacia, a Field, que no disimulaba su interés.

—Lo sé, Willy. Manda a otro *farang* a buscarle. Puede decir que tiene fiebre. Phoumi es laosiano, lo que le convierte en tan extranjero como tú. Por tanto tengo perfecto derecho a examinarlo. –El prefecto seguía indeciso, por lo que le dio la espalda a Field y agregó–: Vamos, Willy; te daré una caja de valium, ¿de acuerdo?

–Claro, doctor Woodward, esto me parece bien –sonrió como un chiquillo–. Cuente conmigo, ya me conoce.

Willy llamó a otro *farang* que pasaba a unos veinte metros, totalmente ensimismado; era delgado y de aspecto enfermizo. Los reclusos parecían estar divididos en dos grupos: los que hacían ejercicio y parecían levantadores de pesas, y los desmedrados debido, en parte, a las drogas o a la enfermedad, pero también a la indolencia, al aburrimiento, a la frustración y al hecho de sentirse desgraciados.

–¿Valium? –le preguntó Field a Woodward, siguiéndole a la zona inferior.

–Cuando uno está enloqueciendo entre cuatro paredes, hay momentos en los que la única solución es la evasión. El valium no es un mal camino para lograrlo. Mucho mejor que la heroína. No se otorgan galardones por pasar diez años en un lugar como éste con la mente serena.

–Lo sé, Michael, lo sé. No te estoy criticando.

–Me alegro –dijo Woodward, alejándose para examinar a los enfermos de cólera.

Estaban conectados a tubos con los que se combatía la deshidratación, que suele causar la muerte de los afectados por el cólera. Field le siguió, deteniéndose a hablar con algunos *farangs*. Había un peluquero australiano que había intentado hacer un pase con su novio futbolista. Ahora estaban ambos encerrados en la misma cárcel, lo que según él era, en cierto modo, una bendición, excepto que el precio de las drogas en la cárcel se había duplicado. Había habido problemas después de que un recluso alemán mandara un sobre certificado lleno de heroína, desde la oficina de correos de la institución penitenciaria, a un amigo de Colonia. La policía alemana lo había descubierto y ahora el alcaide tailandés aplicaba algunas medidas represivas.

En un rincón había un francés barbudo que apestaba. Al comprobar que Field guardaba las distancias, le explicó que su ideología le impedía bañarse.

—Además, caballero, soy el único extranjero inocente en esta cárcel —le dijo—. Completamente inocente. Y por si fuera poco, uno de los cuatro únicos blancos que no consumen heroína ni ninguna otra droga.

—Sabemos que eres inocente, François —interrumpió Woodward, acercándose—. Sin embargo, a lo largo de diez años te dedicaste a vender niñas camboyanas jovencísimas para mandarlas a Europa.

—Eso, querido doctor, no era ilegal en este país.

—¿Y bien? —interrumpió Field.

—Una de ellas volvió y ocultó un kilo de caballo en su maleta.

—Pero yo detesto las drogas. Usted lo sabe, doctor.

—Lo sé, François —asintió Woodward.

En aquel momento un individuo cruzaba el portalón; Willy, el prefecto norteamericano, le indicaba que se dirigiera a Woodward. Field se le acercó para ver lo que podía sonsacarle.

—¿Phoumi?

El individuo, inquieto, miró a los enfermos, para ver quién le observaba, antes de mirar a Field. Tenía los ojos de un adicto que no recibe todo lo que desea. A pesar de su corpulencia, tenía el aspecto demacrado o, mejor dicho, de alguien que había perdido el control de la relación entre su cuerpo y su mente. Field se sintió alentado por su decrépita apariencia.

—¿No recibes bastante dinero para drogas? —le preguntó mientras le llevaba hacia un rincón de la sala.

Phoumi, acorralado, miraba hacia las paredes como si éstas pudieran ayudarle. A ambos lados se extendían los barrotes de la verja, dividiendo en porciones el verde del exterior. Su expresión cambió al oír la referencia a las drogas, manifestando un destello de esperanza, pero respondió cautelosamente:

—¿Por qué lo dice?

—Me refiero a que Somchai no se ocupa debidamente de ti —susurró Field.

—¿Somchai?

—Sí, Somchai e Iem. Él tampoco se ocupa de ti, ¿no es cierto? —El individuo miró a Field petrificado, ciego, con la mirada perdida en la lejanía, sin darse en absoluto por enterado—. No parece justo, teniendo en cuenta que estás aquí por su culpa. Y los otros amigos de Somchai: Thavorn, Hu, Minh y Tasanai; ¿tampoco se ocupan de ellos? —preguntó sin obtener respuesta—. ¿Están aquí? —insistió Field, señalando con la cabeza a los enfermos de las colchonetas—. ¿Alguno de ellos está enfermo? Esto no tienes por qué ocultármelo, vamos.

—No, ninguno de ellos —respondió sin dejar de mirarle fijamente, en un tono y con un aspecto que no eran los de un camionero.

—Y el hermano de Somchai ya ha salido libre.

—Lo sé. Claro que lo sé —susurró—. Estaba aquí.

—Somchai le compró la libertad. Pero a ti nadie te da nada. ¿Qué has hecho? Debes de haberles causado algún problema.

El individuo parecía incapaz de mover los labios.

—¿Nadie te da dinero? —insistió Field al no obtener respuesta alguna, hurgándole con un dedo en el vientre, que cedió como si estuviera completamente vacío—. ¿Y tu familia?

—Están en Laos. No pueden ayudarme.

—¿Cómo te las arreglas para comprar droga?

—No lo hago —titubeó.

—¿Y por qué no te ayuda Somchai?

—Me engañaron —balbució— y ahora estoy aquí. Pero no quiero morir —agregó, mirando hacia el portalón, desde donde el prefecto tailandés los observaba atentamente, hasta que Phoumi bajó la mirada—. No quiero darles ninguna razón para que me maten.

—Pero tú has trabajado para Kamphet —prosiguió Field, enfocando otro aspecto—. ¿Por qué te ha traicionado?

Phoumi, incapaz de mirar a Field a los ojos, estaba evidentemente aterrorizado. Metió la mano derecha en la manga izquierda y comenzó a rascarse.

—Mírate bien —insistió Field—. Tú no eres uno de esos desgraciados que se dedican al tráfico. Eres un administrativo, acostumbrado a trabajar en un despacho. Lo llevas escrito en el rostro. ¿Dónde trabajas? ¿En Comercio e Industria? ¿Asuntos Exteriores? ¡Vamos, maldita sea! Cuanto más tiempo pasemos charlando, mayor será el número de gente que se dará cuenta.

—Asuntos Exteriores.

—En tal caso, ¿por qué te ha traicionado Kamphet?

—¿Qué hará si se lo digo? —respondió, mirando brevemente a Field, antes de volver a bajar la mirada y sin negar que Kamphet estuviera implicado.

—En primer lugar —respondió Field—, te daré cinco mil gahts, con los que podrás comprarte un poco de felicidad. En segundo lugar, me ocuparé de Kamphet y de Somchai, ¿comprendes? Tengo mis propias razones para hacerlo y nunca sabrán que ha sido gracias a ti. Y en tercer lugar, te ayudaré a conseguir un indulto real.

La mitad de lo segundo y todo lo tercero era mentira. Field sabía que a lo sumo que podía aspirar era a librarse de los que le perseguían a él. Y para eso tendría que pagar. Entretanto mantendría en secreto el nombre de su informador y a continuación intentaría hacer las paces con quien correspondiera. Así era, por lo menos, como imaginaba que se desenvolverían los acontecimientos. Sin embargo, algo le decía que con cada minuto que seguía charlando con aquel cabeza de turco, como Willy le había llamado, aumentaba la probabilidad de que los amigos de Somchai se enteraran y le hicieran pagar por ello. Dado lo terrible de su situación, poca cosa podían hacer excepto matarle.

—Vamos, date prisa —insistió Field, dejando la compasión a un lado.

—Trabajaba en el departamento de las Naciones Unidas —soltó de pronto, como si vomitara—. Una de mis ocupaciones era la organización del control de narcóticos de las Naciones Unidas. Después de varios años violando el acuerdo, recibí órdenes de preparar un informe destinado a Nueva York. Me dirigí a Comercio e Industria. El encargado del cultivo y venta legal de opio era Kamphet, pero me creó un sinfín de dificultades. Tenía que andar con pies de plomo, porque también ocupaba un cargo en la Presidencia del Gobierno. Toda la información que me facilitaba era incompleta y me ocultaba el resto, bajo pretexto de que era secreto. –Hizo una pausa para mirar al prefecto tailandés, que seguía observándolos, aunque era imposible que los oyera, y prosiguió en un susurro casi inaudible–: Tardé algún tiempo en darme cuenta de que había unos cuantos individuos implicados en el narcotráfico y no estaban dispuestos a facilitarme información alguna. Un buen día descubrí el historial de Iem. A continuación me enteré de que tenía un permiso para la importación de anhídrido acético y desaparecieron todas mis dudas. Fui a ver a Kamphet. Confesó algunas cosas y me ofreció la oportunidad de ganar una fortuna. Lo único que debía hacer era conducir un camión con un cargamento de madera con destino a Tailandia. Era una forma de sobornarme con elegancia y yo era un pobre funcionario. Ahora estoy aquí, donde pueden controlarme perfectamente.

–¿A quién tenías que entregar el cargamento?

–A nadie. No tenía que presenciar la entrega. Lo único que debía hacer era dejar el camión en un lugar convenido.

–Pero ¿quién controla la operación en Bangkok?

–No lo sé.

–No me vengas con bobadas. No me has dicho nada que no supiera. Lo que quiero es el contacto de Bangkok.

–En serio, no lo sé –respondió, mirándole con tristeza–. Entonces, supongo que no me dará el dinero –agregó con profunda melancolía, como si lo hubiera presentido en todo momento.

Phoumi extendió la mano para colocarla sobre la de

Field, descubriendo un antebrazo acribillado como una partitura musical.

—Esto no te lo has hecho en los últimos seis meses —dijo Field; le agarró de la muñeca, sin que él protestara—. Es decir, que la adicción te viene de antes.

—¿Para qué cree que necesitaba el dinero de Somchai?

—¿Por qué tendría que creerte?

—Me temo que ése es su problema —respondió Phoumi, cada vez más ansioso.

De pronto Field sintió que le abandonaban las fuerzas. Dejó caer el brazo y miró hacia el portalón, dispuesto a marcharse. Entonces se dio cuenta de la mirada del prefecto tailandés, que incluso a lo lejos parecía malévola.

—Mierda —exclamó, volviéndose de espaldas al portalón; contó cinco mil gahts con la mayor discreción posible y le dio, medio a contrapelo, un abrazo para poder meterle el dinero en el bolsillo disimuladamente—. No te lo comas todo de golpe.

A Phoumi le pasó inadvertido el chiste y cuando percibió el fajo de billetes en el bolsillo perdió interés en la conversación. Comenzó a alejarse del rincón sin decir palabra, calculando quién le vendería la heroína al mejor precio.

—Un momento —le dijo Field, cortándole el paso—. Escúchame. Si Kamphet trabaja en el despacho presidencial, ¿significa esto que el presidente del gobierno está también al corriente del asunto?

—El hecho de que un miembro del gobierno esté involucrado en el narcotráfico, ¿debe significar necesariamente que el propio gobierno esté también implicado? —respondió Phoumi con la poca dignidad de funcionario que le quedaba, escabulléndose definitivamente de Field.

Se detuvo junto al portalón sin levantar la cabeza, hasta que el prefecto tailandés lo hubo abierto. No intercambiaron una sola palabra. Willy, el prefecto norteamericano, estaba a un lado comiendo un buñuelo, como si no existiera nada más en el mundo. Inconscientemente, le daba grandes mordiscos, como un animal salvaje que lucha por su comida. El chocolate se le había derretido en los dedos.

–Mierda –susurró Field–. ¿Quién se lo podía imaginar? Un maldito drogadicto. Mierda –repitió; se dio la vuelta lleno de frustración y vio a Woodward entre los enfermos tumbados en sus colchonetas, como Bonaparte entre los afectados por la peste en Jaffa.

–¿Y bien? –le preguntó Woodward, acercándose.

–Me lo ha contado todo, pero no me ha sido de ninguna utilidad. No me ha dicho nada que yo no supiera. La única información que me falta es la que necesito.

–Vamos, salgamos de aquí –le invitó Woodward, poniéndole el brazo sobre los hombros.

CAPÍTULO NUEVE

La primera de las mareas altas de la temporada subió por el Chao Phya, desde el golfo de Tailandia, mientras Field visitaba la cárcel. Llegó a Bangkok a primera hora de la tarde, en el momento en que comenzaba la lluvia cotidiana, que se salió de su cauce para inundar los jardines de las embajadas francesa y portuguesa, los callejones que conducían a la antigua iglesia lusa y a la catedral francesa de estilo normando, cubriendo el embarcadero real, los alrededores de Wat Mahattat y llegando hasta los muros del Gran Palacio, donde una cantidad enorme de bombas impedían su avance, al desviar el agua lateralmente hacia otros distritos. Field y Woodward llegaron a Bangkok en el momento en que el agua de la lluvia, excesiva para los desagües, manaba de las alcantarillas a ambos lados de Silom Road, Surawong Road, e incluso Sukhumvit Road, hasta juntarse en medio de la calle, empezando a descender casi imperceptiblemente hacia el río, para encontrarse a mitad de camino con el agua de la marea ascendente.

El encuentro producía una especie de estallido que recordaba a la ciudad la locura de haber seguido los persistentes consejos de los planificadores urbanos occidentales a lo largo de cuarenta años. Bangkok había sido construida en un estuario con *klongs* en lugar de calles, si bien esos canales habían jugado siempre un papel secundario, que no tenía nada que ver con las comunicaciones. Fluían con las mareas y servían de desagüe a los monzones. El sistema no era perfecto, pero esencial para el control de inundaciones. Ahora los *klongs* habían sido rellenados o, en el peor de los casos, cubiertos de modo que en ellos se acumulaba el agua putrefacta hasta la llegada de las lluvias, en cuyo momento acababan por desbordarse, inundando las calles.

A diferencia de las inundaciones en otras ciudades, en Bangkok el agua no se desplazaba con violencia alguna, sino todo lo contrario. Un líquido tibio y cenagoso de un par de palmos de profundidad cubría toda la ciudad de barro y basura. Sólo el Gran Palacio y el de Chitrlada, donde residía el monarca, así como la zona residencial circundante donde vivían muchos de los generales, se mantenían secos, con una gran concentración de bombas. Aquella zona no estaba sólo protegida por el hecho de que allí viviera Krit. Muchos de sus aliados, reales y potenciales, eran sus vecinos.

Debido al gradual hundimiento de la ciudad, la inundación era peor que la de años anteriores, aun sin ser excesivamente grave, y los coches seguían avanzando lentamente por las calles anegadas, al tiempo que las tiendas que por alguna razón no disponían de un muro de contención permanente colocaban sacos de arena delante de la puerta. Los tenderos esperaban pacientemente en el interior, donde estaban secos, la llegada de los compradores, que seguían circulando por las aceras con las piernas desnudas.

Field llegó a Woodward en el Nursing Home, en cuya entrada se habían colocado ya unos tablones elevados para facilitar la llegada de pacientes y visitas desde sus coches hasta la escalera. Entonces siguió en el taxi hasta la Saigon Bakery, a la vuelta de la esquina. El vehículo, a causa de la velocidad, patinó en la curva, creando una pequeña ola que subió por la acera, saltó el pequeño muro de contención y acabó esparciéndose por el suelo de la panadería.

Procurando pisar en las partes enteras de la acera cubierta por el agua cenagosa, Field entró en la tienda tras la ola. Hizo caso omiso de las miradas furibundas de los propietarios y, cruzando el suelo recién inundado, pasó junto a unas monjas francesas vestidas de blanco que tomaban café con leche y mordisqueaban nostálgicamente unos croissants, en dirección al mostrador. Vio una docena de pasteles de coco en una bandeja, los compró todos y volvió a salir.

Para entonces el agua había alcanzado la parte más alta de Sukhumvit Road y en su travesía había más de un palmo de agua, que inundaba también el jardín. Con la caja de pasteles en alto, se dirigió hacia la casa, que parecía estar construida en una isla, con el suelo de la misma todavía unos cincuenta centímetros por encima del nivel del agua. Al otro lado de la sala, tras los ventanales, Ao estaba acurrucada en la terraza cubierta. Al acercarse, Field comprobó que el *klong* había desaparecido y la terraza se había convertido en un muelle, desde donde Ao contemplaba el agua. Le miró con una sonrisa.

—Te he traído unos pasteles —le dijo, mostrándole el paquete, pero dirigiendo la mirada al fondo de la terraza.

Había dos cobras, la una junto a la otra, casi tan rígidas como bastones, contemplando también el agua. Medían un metro de longitud y eran de un color grisáceo. Las serpientes no prestaron atención a Field, como evidentemente tampoco se la habían prestado a Ao.

—Viven debajo de la casa y ahora se han quedado sin hogar —le dijo ella al darse cuenta de que las contemplaba aterrorizado.

Field se agachó para coger un zapato y lanzárselo, pero se dio cuenta de que iba descalzo. Tenía todavía la caja de pasteles de coco en la mano y estuvo a punto de arrojársela a los reptiles, que después de todo sabían nadar y podían instalarse en la terraza de otro.

—Es un lugar de locos —susurró para sí, antes de entregar los pasteles a Ao y entrar de nuevo en la casa, cerrando cuidadosamente los ventanales a su espalda—. ¡Cocinera! ¡Cocinera!

La vieja apareció por la escalera; le ordenó que le trajera una cerveza. Encendió el ventilador del techo y se acomodó en un sillón de mimbre a la espera de la jarra, que vació casi de un trago; pidió en seguida otra.

Era curioso. Seguían doliéndole los genitales. Indudablemente el dolor había empeorado. Si lo analizaba meticulosamente, sabría con bastante precisión hasta qué punto había avanzado la infección en su cuerpo. Y, sin embargo, a lo largo de todo el día el dolor había estado ausente de su mente; se había convertido en parte de su vida. También era cierto lo que le había dicho a Paga bromeando: había perdido interés por el sexo. Dadas las circunstancias, era claramente impracticable, por lo que su cuerpo había vuelto la espalda a la gratificación física. Después de todo, tanto el dolor como el placer corporal eran meras insignificancias, comparadas con la posibilidad de que otro limpiabotas de edad madura le saliera al paso en plena noche, o al acecho entre la muchedumbre, con una pistola de once milímetros, y con un solo disparo sus pequeños dolores y deseos dejaran de importar para siempre. Quizá podía tratar la amenaza acostumbrándose a ella, volviéndose precavido, viviendo con el peligro, como si fuera algo perfectamente normal, como el sexo y la salud. Alejó aquel pensamiento de su mente e intentó pensar en lo que podía hacer; a quién más podía acudir.

Durante el transcurso de la tarde consumió una cerveza tras otra, hasta que sus problemas reales comenzaron a alejarse de su mente y cayó en un estado de sopor. La vida, a pesar de todo, seguía siendo tan agradable como antes. Contempló la fotografía de su padre, abrigado con múltiples prendas para protegerse del frío de las montañas, que manaba de la foto para esparcirse por la sala. En un momento dado sintió el frío bajo su piel, pero alejó inmediatamente aquel recuerdo de hacía veinte años. No. No tenía frío. Además, en la terraza le esperaba una chica hermosa y encantadora. Y en algún lugar de la ciudad se encontraba su hija, preocupada porque creía quererle más a él que él a ella, cuando Field sabía que era todo lo contrario. Su vida le pertenecía sólo a él; todo lo demás carecía de importancia.

Al anochecer la marea se había retirado, el jardín quedó sin agua pero convertido en un cenagal, mientras que el callejón seguía cubierto por tres centímetros de agua. Después de tomarse la última cerveza, subió a trompicones la escalera, se desnudó y se acostó. Todavía no había oscurecido por completo. Despertó al cabo de unas horas y descubrió que Ao estaba acurrucada en sus brazos. Su mano derecha descansaba sobre el hombro de la chica y la deslizó hasta posarla sobre un pecho firme e inocente. Al presionarlo suavemente, sintió que el pezón se abría paso entre sus dedos. La muchacha se apretó contra él, provocando una ola de deseo, contrastada inmediatamente por otra, más dura, de lamentación.

—¿Cómo puede un cuerpo tan tierno estar tan podrido por dentro? —balbució a media voz.

Ao no se movió y Field se dio la vuelta, alejándose hacia el otro extremo de la cama. Al cabo de un rato volvió a despertarse sin saber por qué. Ella estaba dormida y le tocaba el costado con una pierna estirada. Él le acarició los dedos del pie, abiertos como recuerdo de una infancia sin zapatos. El ventilador del techo zumbaba suavemente sobre su cabeza. En el exterior no soplaba el viento y las hojas de los árboles permanecían inmóviles. Se incorporó para ver el despertador; eran las once. Lo lógico habría sido que tuviera hambre, pero no era así. Volvió a cerrar los ojos, pero entonces, en el silencio de la noche, oyó un pequeño ruido. Tardó unos instantes en identificarlo como humano. Volvió la cabeza para mirar por la ventana las copas de los árboles. Estaban inmóviles.

Se levantó y se acercó al biombo. Al principio, aparte de los insectos, el silencio era absoluto; pero de pronto volvió a oír una voz. Muy baja. Sólo unas palabras. Pensó en que quizá el vigilante charlaba con su abuela, pero unos pocos susurros no parecían constituir una conversación.

«La pistola –pensó–, ¿dónde he metido la pistola?»

Se acercó de nuevo a la cama, en plena oscuridad, intentando alejar la espesa nube de la cerveza, que todavía envolvía su mente. «Con la ropa –recordó–. La pistola está entre mi ropa.» Se acercó a la cómoda y abrió los cajones uno por uno, hasta que la encontró entre los calcetines y la levantó para verla con la escasa luz ambiental. Desactivó suavemente el seguro y se acercó con suma cautela al rellano. A media escalera pudo discernir la silueta de dos hombres que intentaban forzar el cerrojo de la puerta de cristal corrediza. Habían abierto ya las antiparas. Se detuvo para observar sus movimientos, que consistían en manipular el cerrojo con una pequeña herramienta. Se oía el ruido del metal que frotaba en busca del pasador. Cesó el ruido, al tiempo que se retiraban los dedos para introducir otra herramienta. El chirrido era ahora distinto. Field estaba ensimismado con el ruido, cuando de pronto oyó que saltaba el pasador y se abría la puerta.

–¡Hijos de puta! ¡Fuera! ¡Fuera! –empezó a chillar, bajando los peldaños de dos en dos y apuntando con la pistola a las figuras petrificadas–. ¡Hijos de puta!

Apretó varias veces el gatillo antes de oír la primera explosión y siguió disparando aunque ya habían desaparecido. Sólo cuando se acercó a la puerta, con la mirada empañada por el odio, oyó el ruido de los disparos: cinco o seis detonaciones. Ni pensó en ello, ni los contó. Un sonido estúpido y descontrolado. Oyó también el ruido de cristal roto y el de sus pasos.

Salió con cautela a la terraza; no había nadie, ni siquiera las cobras. Al bajar la marea se habrían refugiado de nuevo bajo la casa. Escudriñó la oscuridad. Puede que aquellos individuos hubieran huido o que se mantuvieran al acecho a una distancia prudencial. Entró de nuevo en la casa, abrió la puerta de la cocina y se dirigió a la choza donde vivía el servicio. No se oía ruido alguno en el interior de la misma.

–¡Cocinera! ¡Abre!

No obtuvo respuesta. Intentó abrir la puerta, pero el cerrojo estaba echado. Después de golpearla y seguir sin obtener respuesta, le dio una patada con un pie descalzo. Siguió pataleando hasta que el nieto de la cocinera, el supuesto vigilante, la abrió. Field le agarró del cuello y lo arrastró al exterior.

—¡Imbécil! —exclamó, arrojándolo al suelo—. ¿Qué estás haciendo aquí? ¡Imbécil!

Volvió a la casa y subió a su habitación; sólo entonces se dio cuenta de que iba desnudo y de que al chillar al muchacho le había estado apuntando con la pistola.

—¿Qué ocurre, John? —le preguntó Ao, sentada en la cama.

—¡Vístete!

Field buscó a tientas en el armario, hasta encontrar una camisa y un pantalón. Ao saltó de la cama y encendió la luz.

—¡Apágala! ¡Rápido! Vístete, Ao.

Bajó para llamar al vigilante, que se le acercó de rodillas y con las manos unidas, pidiendo perdón.

—Llama un taxi. Date prisa. Un taxi.

Field esperó con Ao en la oscuridad, junto a la puerta de la cocina, hasta que el chico volvió corriendo, después de dejar que el taxi esperara junto a la entrada. La distancia desde la casa al portalón de pronto parecía enorme.

—Di al taxista que acerque el coche a la casa —dijo Field al muchacho.

Hasta entonces, Ao no había dicho una palabra, pero cuando el chico salió para hacer lo que le habían ordenado, cogió a Field del brazo y le preguntó:

—¿Adónde vamos, John? Es muy tarde.

—Necesito ver a Paga.

—¿Vas a devolverme a Paga? —preguntó Ao después de unos momentos de reflexión, procurando hablar con naturalidad.

Field no le prestó mucha atención, hasta que, al darse cuenta de que le temblaba la voz, le respondió:

—No. Tengo un problema y Paga puede ayudarme, eso

es todo –le aclaró en el momento en que el pequeño Fiat retrocedía hasta la puerta–. Apague los faros –ordenó al taxista, llevando a Ao del brazo hasta el asiento trasero del vehículo–. Patpong.

Tenía las piernas tan dobladas, detrás del asiento del conductor, que las rodillas le tocaban casi la barbilla.

–Cien gahts, señor.

–De acuerdo, de acuerdo. Pero no encienda los faros hasta llegar a la calle principal.

El coche se acercó al portalón y pasó junto al vigilante de Field, que tenía todavía las manos unidas en señal de contrición, y el vigilante de la urbanización, medio dormido en su garita.

Al llegar a la calle principal ordenó al taxista que acelerara.

–¡Santo cielo! –exclamó Field al volver la cabeza y comprobar que otro vehículo se ponía en marcha para seguirlos–. ¡Cien gahts para que le maten a uno! ¡Oiga! –agregó, dando unos golpecitos en el hombro al taxista–. Treinta gahts por ir despacio y cien por ir de prisa.

El conductor volvió la cabeza. Era chinotailandés y, en la experiencia de Field, un alto porcentaje de los taxistas chinos de Bangkok compartían cierto grado de locura, que se manifestaba en su forma personal de conducir; algo relacionado con su mente matemática que intentaba calcular circunstancias irracionales. Toda lógica circulatoria se fue por la borda. En el momento de recibir la orden, el taxista apretó el acelerador a fondo, patinó a lo ancho de la calle, recuperó el control y salió a los seis carriles de Sukhumvit Road a toda velocidad, entre un *tuc-tuc* y un BMW, cruzó al otro lado y finalmente frente al BMW. Todo ocurrió en perfecto silencio, sin un solo bocinazo. Alrededor del cuello llevaba un pañuelo blanco, meticulosamente doblado y atado por las puntas, que le colgaba como un cordón. De pronto soltó las manos del volante para coger las puntas del pañuelo y frotarse el cuello, con el fin de secar un sudor que sólo podía ser imaginario, ya que su vehículo estaba tan refrigerado como el frigorífico de una carnicería. Field volvió la cabeza para contemplar el tráfico a su espalda y vio que todos conducían de un modo agresivo. Se encogió de hombros y se acomodó en los muelles rotos del asiento. Habían sorteado el paso bajo la autopista elevada y volado otros cien metros, cuando el taxista volvió a soltar el volante para coger de nuevo el pañuelo, pasárselo por la cabeza, tensarlo como una cuerda y frotarse el puente de la nariz.

En el extremo de Patpong cercano a Silom Road, los taxis y los *tuc-tucs* esperaban a los clientes de última hora sobre varios centímetros de agua. Field abrió la puerta frente al edificio de Paga y, tirando de Ao, avanzó decididamente por el agua putrefacta. La chica del rellano le reconoció e insistió en que Paga no estaba en el edificio, pero Field intuyó que se lo decía con cierta vergüenza, la empujó a un lado y subió al segundo piso, donde abrió una tras otra las puertas de las cinco habitaciones que se alquilaban a corto plazo, a quinientos gahts por hora. Sólo una estaba ocupada, y Field no se detuvo para disculparse ante la pareja, cuya atención estaba en otras cosas. La chica del rellano insistió en que no sabía dónde estaba Paga y añadió que no la había visto desde el viernes, dos días antes.

Field pensó en la cajera del King's Castle y volvió a bajar, sin alejarse de Ao. Se detuvo en la puerta, pero aparte de la chica que incitaba a los transeúntes para que entraran en el local, no vio a nadie que merodeara. Los peatones, concentrados en el agua y el barro por el que caminaban, tampoco prestaban atención a la chica. Field salvó el pequeño muro de contención y cruzó la calle a toda prisa, para subirse a las plataformas de ladrillo, delante de cada puerta.

En el interior del local había menos clientes que de costumbre, pero la temperatura era tan baja y la música tan alta como siempre. Field siguió la barra ovalada hacia la izquierda, hasta colocarse frente a la cajera y controlar la puerta.

—¿Dónde está Paga?
—No la he visto desde que estuviste aquí por última vez.
—No me vengas con ésas, Nok, ¿dónde está?
—No lo sé, John. Sólo viene una vez por semana para hacer la recaudación. ¿Te apetece una copa?

Field tenía la mirada fija en la puerta cuando vio entrar a dos tailandeses. No tenían el aspecto tranquilo y curioso del que entra en un bar en busca de diversión, sino todo lo contrario. Actuaban de un modo decidido, observando atentamente a su alrededor. Field obligó a Ao a meterse detrás del mostrador, antes de hablar con la cajera.

—Escúchame, Nok, quiero que mi amiga se quede aquí contigo. Ponle un número y que no se mueva de tu lado. No permitas que hable con ningún hombre. No la dejes trabajar. En todo caso, que lave vasos o algo por el estilo, pero que no vaya con ningún hombre, ¿entendido? Volveré más tarde.
—Estamos a punto de cerrar, John.
—Si no he regresado, llévatela contigo a tu casa, Nok. Que pase la noche contigo.
—¿Me abandonas, John? —preguntó Ao, aterrorizada.
—¡No hables conmigo! Esos individuos pueden darse cuenta. De momento no te muevas de aquí. Volveré.

El pasillo al otro lado de la barra lo ocupaba una hilera de hombres sentados en taburetes, otra hilera, también de hombres, acomodados en un banco pegado a la pared y un sinfín de chicas que iban de hombre en hombre para que las invitaran a una copa. Los dos tailandeses se abrían paso entre todos ellos examinando a los clientes conforme avanzaban. Field les dio la espalda y se dirigió cautelosamente hacia la puerta. Sólo le vieron cuando se encontraba a un metro de la salida y ellos a cuatro o cinco. Field oyó que las chicas protestaban porque las empujaban, pero no volvió la cabeza. Se escabulló a la calle, paró un momento en un intento de recordar desesperadamente cuáles eran los otros bares de Paga, corrió unos metros a la derecha y subió a toda prisa por la escalera del Bunny Club, antes de que las chicas de reclamo tuvieran oportunidad de hacerle la propaganda.

Era un pequeño antro escasamente iluminado. Sobre el mostrador había rollos de papel higiénico y más allá una chica bailaba desnuda. Field preguntó a la cajera por Paga y ésta le respondió que no la había visto. Sólo había dos clientes, cada uno entrelazado con una chica. Le llamó la atención un negro corpulento sentado a su izquierda, con una chica entre piernas que le chupaba un pene pequeñísimo.

—Alentador —comentó Field, mientras descendía la escalera.

—¿Qué dices, tío? —oyó a su espalda.

Antes de salir a la calle, se detuvo a pensar. El Kangaroo era uno de los bares de Paga. Esperó que pasara un grupo de hombres, australianos, en dirección contraria, para mezclarse con ellos y desaparecer por la próxima puerta, con la sensación de que no le seguían. La chica de la entrada pulsó el timbre y en el primer piso se abrió una puerta que daba a una pequeña sala, acogedora y destartalada, con una barra a un lado, un pequeño escenario al fondo y cómodos sillones contra las otras dos paredes. El escenario lo ocupaba una chica algo mayor, con una cicatriz en el rostro y un cuerpo musculoso, que bailaba desnuda con cinco velas en cada mano para entretener a media docena de clientes. Se pasaba las llamas por los senos, deteniéndose cuando llegaba a la altura del pezón y aguantando las velas de modo que la cera roja derretida le cayera sobre la piel. Una capa de cera cubría por completo sus senos cuando desplazó las llamas hacia el abdomen y a continuación a la vagina, donde milagrosamente no se le incendió el vello púbico, mientras cubría de cera la horcajadura. Field estaba ensimismado con la cera fundida. Era como una segunda capa de piel infectada, que de pronto le recordó su dolencia. Se llevó la mano a los genitales como para apaciguar el dolor.

—¿Has visto a Paga? —preguntó a la cajera, inclinándose sobre el mostrador.

No la había visto, pero creía que la chica que estaba con un *farang* en la trastienda quizá había hablado con ella.

—Ya no puede tardar, trabaja rápido. ¿Quieres una copa, John?

Se quedó en la barra tomando un Mekong con soda. Seis de las siete chicas presentes estaban ocupadas acariciando los genitales de unos hombres —que en sus respectivos países no habrían despertado el interés de ninguna mujer— sólo lo suficiente como para que siguieran pidiendo bebidas. La mayoría de las chicas estaban resfriadas debido al aire acondicionado. Sentado en un rincón, había un policía sumamente galardonado, de uniforme, y con una pistola que parecía desmesuradamente grande para las pequeñas dimensiones del local.

—¿Amigo? —preguntó Field a la cajera.

—Caro. Todas las noches viene a por dinero.

La chica de las velas bajó del escenario con el cuerpo enteramente cubierto de cera, que se agrietaba, y la séptima chica ocupó su lugar, con unos cuantos plátanos que interpretarían el papel de protagonista masculino. Estaba en plena actuación, cuando de pronto sonó persistentemente el timbre de la puerta y al cabo de un momento apareció un tailandés pistola en mano. Field se echó a un lado, derramando su copa, pero el individuo no le prestó atención alguna. Estaba ya en el vacío escenario recogiendo los plátanos usados y chillando ante la puerta de un pequeño camerino, donde la bailarina se había refugiado. Había recogido también la parte inferior de su bikini y por consiguiente la placa con el número.

—¿Quién es? —preguntó Field cuando empezó a recuperarse.

—De la brigada del un, dos, tres. Le ha cogido la placa; tendrá que pagar una multa muy fuerte. La policía tailandesa..., mal asunto.

El policía de uniforme permanecía impasible. Cobraba

por no intervenir, pero la protección no abarcaba a la brigada móvil ni a la anticorrupción. Al cabo de unos momentos, la chica salió del camerino desnuda y llorando. La multa equivaldría a lo que ganaba en un mes. Field le dio quinientos gahts y pidió a la cajera que interrumpiera a la pareja de la trastienda sólo lo preciso para preguntar dónde estaba Paga. No quería dejar sola a Ao más tiempo del necesario.

—Por supuesto, John —dijo, y se ausentó unos instantes—. Tal vez en el Duke's Den —agregó a su regreso—. Inténtalo, ¿de acuerdo?

Todos los bares de Paga tenían nombres aristocráticos o de animales, sin que jamás hubiera dado una razón para ello. Field bajó cautelosamente la escalera y miró al exterior. Había comenzado de nuevo a lloviznar. Incapaz de distinguir los rostros de los transeúntes o de los que se habían refugiado en portales, decidió recorrer a toda prisa el centenar de metros que le separaban del Duke's Den.

En el escenario de la sala del primer piso, una pareja hacía pausadamente el amor, de pie, con la chica de espaldas al público y una pierna sobre el hombro de su compañero. El escenario, al igual que la sala, estaba pintado de negro; había un centenar de hombres y camareras sentados respetuosamente. El individuo del escenario, metódico, daba tres impulsos, bajaba la pierna de su compañera, levantaba la otra, daba otros tres impulsos, la levantaba luego horizontalmente en el aire y daba otros tres impulsos. Miraba al público con ojos empañados por la indiferencia, al tiempo que simulaba estar apasionado, con cierta convicción. Ella llevaba un Rolex de pulsera.

Field no veía a la directora. Preguntó por ella a una de las chicas y esperó junto a la puerta.

—¡John! ¡John! —chilló Henry Crappe, saludándole con la mano desde una de las primeras filas.

Field se le acercó, sin darse cuenta de que estaba en compañía de George Espoir.

—¿Cómo va la investigación? —preguntó al escritor, sentándose a su lado.

—Tirando —respondió Espoir con una sonrisa confidencial, después de mirar desdeñosamente a Henry Crappe.

El individuo del escenario tenía ahora a la chica por la espalda, dio tres impulsos, ella bajó las manos hasta apoyarlas en el suelo, levantó las piernas, las puso alrededor de la cintura de su compañero y dieron por finalizado el espectáculo. Se separaron con discreción antes de abandonar el escenario y él se sujetó el pene con una mano, para ocultarlo del público.

—Los tailandeses son siempre discretos —dijo Crappe.

—Discretos —repitió Espoir, insinuando que se le ocurrían otros mil comentarios groseros, que no se molestaba en expresar.

En realidad, parecía haber bebido lo bastante como para haber perdido el ingenio.

—¿Sigues sufriendo? —preguntó Crappe—. ¿Encontraste lo que buscabas en el cajón? —agregó, al no obtener respuesta a la primera pregunta.

—Sí, Henry. Lamento lo de tu fichero.

—Tenía unos buenos cerrojos —lamentóse—. ¿Supongo que no te llevaste un paquete de arroz?

—No, Henry.

—No estaba seguro, no los había contado. ¿Cómo va lo de Somchai?

—No quiero hablar de ello —le interrumpió Field, cuyo único propósito era poner fin a aquella historia si lograba descubrir a quién debía tranquilizar, y lo último que deseaba era que alguien como Espoir lo divulgara—. No quiero que hables de esto con nadie, Henry, ¿de acuerdo? Con nadie —insistió.

Espoir le escuchaba atentamente, pero no dijo nada. Sólo tardó unos segundos en proseguir el espectáculo, con cuatro chicas regordetas haciendo un número de lesbianas. Debía de tratarse de su primera actuación, porque, avergonzadas, no podían contener la risa y de vez en cuando daban la espalda al público.

La directora, hermana menor de Paga, apareció inesperadamente.

—¿Qué deseas, John? —preguntó, mientras sonreía indecisamente a Crappe.

—Necesito ver a Paga en seguida. ¿Dónde está?

—No lo sé.

—¿Sabes cómo encontrarla?

—No te muevas de aquí —asintió.

—¿Quién es Paga? —preguntó Espoir.

—Una amiga —respondió Field, volviendo la cabeza y abandonando su mente a la vaga neutralidad que utilizaba como defensa.

—Si vuelves aquí en un par de semanas —dijo Crappe, para cambiar de tema—, estas chicas se habrán convertido en auténticas profesionales. Es extraordinario. La influencia de los arrozales se pierde antes de lo que uno pueda imaginar. Hay que interpretarlo como un gremio medieval, con maestros y aprendices. Su orden jerárquico es casi incomprensible. Trescientos noventa y ocho bares; ciento diecinueve salas de masaje; noventa y seis salas de baile, etc.; y cincuenta y seis restaurantes con, entre comillas, azafatas. Todas esas muchachas ocupan un lugar determinado en el orden jerárquico. Hay unas pocas chicas de compañía caras, ganadoras de concursos de belleza o algo por el estilo, que cobran por una noche un precio muy elevado, no para ofrecerle a uno placer, sino prestigio. Ahí es donde surge la plena codicia masculina. Los generales en activo son particularmente susceptibles a lo que yo denomino sexo de prestigio. Ahora bien, las masajistas, lógicamente, constituyen la gran clase media de la industria, el masaje corporal de clase media alta y el manual de la clase media, todas muy profesionales, trabajan en establecimientos estables y suelen estar casadas y con hijos. A continuación vienen las chicas de alterne, que constituyen la clase media baja. A este nivel la situación se hace más compleja. Hay una alta subclase aparte para los japoneses, porque pagan mejor, una subclase inferior para los demás *farangs* y una tercera para los tailandeses. Sin embargo, en contraste con los japoneses, nuestras chicas no son mejores que las de los tailandeses, sino que simplemente nos cuestan más caras. Después vienen las que actúan en los escenarios, seguidas de las de los prostíbulos, calificadas como semivoluntarias a diferencia de las involuntarias. Y por último las del montón, que trabajan en los lugares más baratos, así como un auténtico batallón que actúa, por así decirlo, en la calle. Evidentemente, existe otra subdivisión, aplicable a todas las categorías antedichas, basada en la edad...

–Cierra el pico –ordenó Field.

Se hizo un incómodo silencio, que Espoir rompió con un intento de buen humor:

–Chismorreo babilónico.

Field le silenció con una mirada, cogió del brazo a una camarera que pasaba y le pidió un Mekong con soda.

Las cuatro lesbianas abandonaron el escenario, cubriéndose púdicamente los senos y el vello púbico con las manos. Las sustituyó una joven que se introdujo un carrete de algodón en la vagina, tiró del hilo, ató un nudo en forma de lazo y se lo entregó a un turista alemán de la primera fila, que se lo colocó entre los dientes, y comenzó a retroceder por la sala tirando del hilo que salía de un ovillo invisible. La chica bailaba como un pez atrapado en un anzuelo. Concluyó su actuación introduciéndose pelotas de ping-pong y lanzándolas a unas jarras de cerveza. Field no le prestó atención alguna. Tenía la cabeza agachada, contemplando la bebida prohibida. «Puede que no me haga ningún bien –pensó–, pero tampoco hace que me sienta peor.»

Entonces vio a dos tailandeses que entraban por la puerta; ellos se percataron a la vez de su presencia, aun tenuemente iluminado hacia el frente de la sala. Vació el vaso de un trago y los observó mientras se acercaban. Se llevó la mano al cinto y sacó con disimulo la pistola, que mantuvo parcialmente oculta en la mano, pero apuntándolos. Ellos la vieron y se detuvieron. Nadie le observaba; el público vitoreaba entusiasmado cada vez que caía una pelota en una jarra.

—¿Qué te parece? —le preguntó Espoir, empujándole con el codo.

—¿Cómo?

—¿Qué te parece eso?

—¿Qué?

—Eso.

—¿Lo del ping-pong?

—Sí, lo del ping-pong —respondió Espoir, soltando una carcajada, después de mirarle extrañado.

—Lo detesto.

Entonces reapareció la hermana de Paga y susurró a Field al oído:

—No estoy segura, John, pero puede que haya ido al Golden Panda.

Field le dio una cariñosa palmada y miró a los individuos que le seguían. Aunque lograra salir de la sala antes que ellos, le matarían antes de llegar al taxi. Miró a Espoir con desagrado y, sin que Crappe lo oyera, le preguntó al oído:

—¿Tienes el coche en la puerta?

—Efectivamente —le respondió el escritor, sorprendido por la atención que le dispensaba.

—Te llevaré a un sitio interesante, ¿qué te parece? —le dijo, estrujándole confidencialmente el brazo, antes de dirigirse a Henry Crappe—: Tengo que hablar con tu amigo a solas, Henry. Hasta luego.

Empujó suavemente al inglés para que caminara delante de él, resguardándole de los tailandeses, que esperaban junto a la escalera. En el último momento, Field se puso delante de Espoir para indicarle el camino. A pesar de que los tailandeses le seguían de cerca, no podían alcanzarle porque su acompañante, que descendía con torpeza por la escalera, se lo impedía. Al llegar a la calle, en el último momento, Field se metió apresuradamente en el asiento trasero del coche de Espoir. Puesto que el vehículo tenía lunetas ahumadas que le ocultaban, los tailandeses no sabían si les estaba apuntando con su pistola. El conductor comenzó a protestar, pero a los pocos segundos llegó Espoir. Field veía a los dos individuos en la acera, indecisos. Los bultos en la parte inferior de la espalda eran apenas perceptibles bajo sus camisas sueltas. Echaron a correr hacia su coche, que era un pequeño Fiat aparcado a cincuenta metros.

Field ordenó al chófer en tailandés que condujera a toda prisa. Muy de prisa, le repitió, o de lo contrario el señor Espoir cambiaría de conductor al día siguiente. Salieron disparados, giraron a la izquierda por Silom Road, se encontraron con un semáforo que estaba a punto de ponerse en rojo, con lo que ganaron unos tres minutos al Fiat, y pasaron a toda velocidad junto a la estatua de Rama IV, el afeminado monarca enamorado de los uniformes y de los menores. En los jardines de la plaza había varios centenares de varones solitarios.

La inesperada velocidad cogió a Espoir por sorpresa. Field, al darse cuenta de que estaba a punto de protestar, le dijo:

–No te preocupes por el conductor. Le he ordenado que conduzca de prisa.

–¿Ah, sí? –exclamó Espoir, confundido.

–Sí, déjalo tranquilo.

Field permaneció impasible mirando al frente y durante tres minutos no intercambiaron palabra.

–¿Adónde vamos? –preguntó finalmente Espoir.

–Al Golden Panda.

El silencio se prolongó hasta que llegaron. Era un edificio de varios pisos, con el aspecto de un hotel moderno y caro. Unos jóvenes mantenían las puertas abiertas a una espaciosa sala, sobre cuya moqueta castaña y mullida reposaban unos sillones suaves, tapizados en un castaño más claro. A un lado de la sala había una jaula de cristal en la que había aproximadamente un centenar de chicas. Field subió un escalón y se dirigió a un rincón del fondo, donde se dejó caer en uno de los sillones. Preguntó por el director. En su lugar, se le presentó uno de esos personajes obsequiosos que ayudan a los clientes a elegir.

—Buenas noches, señor. Llegan ustedes muy tarde. ¿Desean algo en especial?

—No, no —le interrumpió Field.

—¿Tal vez una jovencita? —preguntó, observándolos—. ¿O un chico?

—Quiero hablar con Paga. ¿Está aquí?

—¿Desea algo de ella?

—Soy amigo suyo —respondió Field, de pie junto a aquel hombre, que era mucho más bajo que él—. Quiero hablar con ella. Es urgente, ¿comprende? Me llamo John Field. Dígale que salga o mándeme al director.

—Siéntese, caballero. Tome una copa. ¿Le apetece una chica mientras espera?

—¡No!

Cuando aquel individuo los dejó solos, Espoir se acomodó entre los cojines del sillón, en un intento por superar los efectos de lo mucho que había bebido aquella noche.

—Esta ciudad es muy curiosa —dijo—. Desde un punto de vista dramático no tiene ningún sentido; es todo demasiado fácil. Aman demasiado a su rey, quien a su vez es excesivamente bueno. Los políticos y los generales son demasiado corruptos. Y en cuanto a esas chicas..., todas esas chicas... Claro que es maravilloso para el ego tenerlas alrededor. Las posibilidades de elección son ilimitadas; en realidad, excesivas. ¿No acaba eso por destruirnos? Quiero decir que uno las tiene a su disposición, pero no por razones de interés personal, sino simplemente pagando. ¿Dónde está el elemento emotivo? Dramáticamente, nada funciona si carece de elementos emotivos.

—La situación es más compleja —se esforzó Field en responderle, para evitar que Espoir se molestara y le abandonara—. De todos modos, lo último que deseo hacer en la vida es acostarme con una *farang*. La abundancia de sífilis, herpes y SIDA me aterrorizan.

—¿En serio? —exclamó Espoir, mirándole con curiosidad—. ¿No lo harías? ¿Por temor a las enfermedades?

—Por el aspecto y por las sensaciones —respondió Field, consciente de que se estaba poniendo en ridículo.

–¿Las sensaciones?

–Puede que eso sea a lo que tú llamas elemento emotivo –replicó con mirada iracunda.

Al parecer estimulado por el sarcasmo, el escritor eructó y, como si las palabras formaran parte de su indigestión, agregó:

–Claro que todo esto no tiene importancia para mi libro. Sólo he venido a captar algunos aspectos pintorescos. El argumento hace ya meses que está resuelto. Lo que necesito –prosiguió, acercándose a Field y soltándole el aliento en el rostro– es el aspecto moral. Para mí, esto es siempre esencial. El resto, francamente, no es más que un poco de esa vieja rutina: nada por aquí, nada por allí, visto y no visto. No obstante, lo mío no es peor que lo de Balzac o lo de Dickens. Cada uno tiene su toque. El mío consiste en envolverlo todo en un lenguaje propio de las clases altas, como una especie de crucigrama de élite, ¿comprendes? Eso hace que se sientan a gusto, o por lo menos impresionados. En todo caso, se vende. Entonces ya sólo queda por agregar un puñado de espías siniestros de los bajos fondos y el aspecto moral para los intelectuales.

Field sólo escuchó su fórmula a medias, a pesar de que con lo inclinado que estaba Espoir y hablándole a escasos centímetros del oído, no le era fácil bloquear el sonido de sus palabras. No dejaba de mirar a su alrededor, controlando la entrada y la escalera posterior, por donde había desaparecido el empalagoso individuo que los había recibido, teóricamente en busca de Paga. Desde su llegada, varios tailandeses y *farangs* habían subido con chicas, pero la mayoría del tráfico lo constituían hombres limpios y relajados, que bajaban por la escalera con aire de satisfacción.

–Henry Crappe puede facilitarte lo que necesitas –dijo finalmente Field.

–Lo dudo –replicó Espoir, intentando decidir si le tomaba el pelo–. Me temo que lo que a él se le escapa es precisamente el elemento emotivo.

—Tú no le conoces. Es un tipo muy complejo. Como todo lo demás.

—¿A quién le importa? —exclamó Espoir, acomodándose en su sillón y desplazando la mirada hacia las chicas de la jaula de cristal, mientras movía ligeramente la cabeza—. ¿Qué tamaño tiene este prostíbulo?

—¿El edificio, la ciudad... o tu mente? —preguntó Field.

Espoir soltó una carcajada.

En aquel momento se abrieron las puertas y Field vio aparecer a los dos tailandeses. Puede que hubieran regresado al Duke's Den para interrogar a la directora. Tomó del brazo a Espoir y le obligó a que le siguiera a la escalera del fondo, desde donde no se los veía. Podían haber echado a correr hacia el piso superior, pero el alboroto habría llamado la atención. Se acercó a la recepción y puso mil gahts sobre el mostrador.

—Cuarenta y uno y cuarenta y siete.

—Lo siento, señor, la cuarenta y uno no está, está enferma.

—Que sea la cuarenta y nueve.

—No hay ninguna cuarenta y nueve, señor.

Field volvió la cabeza, intentando discernir los números de las chicas de la jaula. Los dos tailandeses estaban todavía en la puerta, quizá interrogando a los asistentes que acompañaban a los clientes. En primera fila había una chica corpulenta con gafas.

—Veinticuatro.

—¿Paga los extras por anticipado, señor?

—No —respondió Field, sin dejar de mirar por encima del hombro—. Ahora no —agregó, empujando a Espoir por la escalera.

—¿Cómo? ¿Has pagado por mí?

—Por supuesto. ¿Por qué no?

—No me he dado cuenta —dijo, tropezando en un peldaño—. ¡Despacio, hombre!

—Vamos, date prisa.

—Un momento, señor, esperen a las chicas —les dijo la cajera.

Se detuvieron a media escalera, hasta que las vieron llegar. No eran grandes bellezas, pero Espoir estaba demasiado borracho para darse cuenta y Field dejó que se fuera con la cuarenta y siete, que era la más atractiva. Les asignaron habitaciones consecutivas en el primer piso. Cuando Espoir se encerró en la suya, Field dijo que prefería otro piso. Las mujeres que esperaban en el pasillo para cambiar sábanas y toallas comenzaron a charlar al verle aparecer de nuevo y dirigirse a la escalera.

–Si algún hombre os pregunta por mí –les dijo en tailandés–, no me habéis visto.

Les dio veinte gahts a cada una y se dirigió al piso superior, seguido de la chica.

Al llegar al tercer piso volvió a repartir propinas entre las mujeres del pasillo. Ya en la habitación, se quitó la ropa sudada y comprobó que había una mancha verdosa en los calzoncillos. Los dejó caer y se metió en la bañera, todavía vacía.

–¿Eres amigo de Paga? –le preguntó la chica, sorprendida por su rapidez.

–Sí. ¿Está aquí esta noche?

–No, no está. ¿Tienes algún problema?

–Sí. Estoy enfermo –le respondió, mostrándole el pene inflamado.

–Dios mío, estás enfermo.

–Nada de sexo. Sólo un baño y un masaje. Te pagaré los quinientos de todos modos.

Se puso a trabajar con diligencia y Field la observó por primera vez. Tenía unos treinta o treinta y cinco años. Sus mejores tiempos habían pasado y su cuerpo comenzaba a adquirir la plenitud de la madurez. Había raíces grisáceas en su cabellera negra. En el lado positivo, como compensación a su edad, era sumamente profesional, y Field comenzó a relajarse. La habitación estaba en consonancia con el ambiente lujoso del local; tanto la bañera como la cama tenían forma ovalada.

–¿Cómo te llamas?

–John.

—¿Estás casado, John?

—No.

—Yo lo estaba. Mi marido murió en un accidente de moto.

—¿Tienes hijos?

—Una hija. De no haber sido por la muerte de mi marido, no me dedicaría a hacer masajes. Mi madre se ocupa de la niña. Vivimos cerca del aeropuerto. Ella no sabe a qué me dedico... Tú eres hoy mi primer cliente.

—El día ha terminado.

—A veces hay pocos clientes —respondió, encogiéndose de hombros—. En otras ocasiones hay muchos —agregó espuma al baño—. Este jabón no me sienta bien, me produce picores, no es bueno para la piel. Todas las chicas dicen lo mismo —dijo mostrando la botella—. ¿Lo ves? Badedas. Me irrita la piel.

Cuando terminó el tratamiento, Field mandó a la chica a por el director, que resultó ser un individuo muy parecido a Paga y que incluso parecía conocerle. También se compadeció de su historia, o por lo menos lo simuló. Por otra parte, hacía una semana que no veía a su tía.

El negocio cerraba a la una, pero le dijo a Field que podía quedarse a pasar la noche, siempre que estuviera dispuesto a permanecer en un edificio cerrado y sin aire acondicionado. Era una especie de tortura, pero aceptó.

—Ahora debo irme a casa, John —le dijo la chica cuando dieron la una; se vistió, dejándole a él en la cama.

—Recuerdos a tu madre.

Ella se rió y salió de la habitación. A los cinco minutos dejó de funcionar el aire acondicionado y Field comenzó a sudar.

CAPÍTULO DIEZ

El Golden Panda estuvo cerrado hasta las doce del mediodía del día siguiente, cuando Field fue liberado de su encierro por un encargado, que al hallarle arrugado y sudoroso probablemente creyó que le habían dejado en el edificio por equivocación la noche anterior. Cogió un taxi hasta el hotel Dusit Thani, compró en el vestíbulo una camisa y una maquinilla de afeitar y habló con un recepcionista amigo suyo para que le permitiera usar una habitación el tiempo necesario para tomar un baño. A continuación tomó el ascensor hasta el último piso y subió a pie el último tramo de escalera, para llegar al Club de Corresponsales Extranjeros, con sus paredes de cristal desde las que se dominaba Lumpini Park, el club de polo y, a lo lejos, la universidad a la que asistía su hija.

Field había ido al club con una idea específica. Lo que se proponía era poner a Somchai y a su amigo a la sombra, pero ¿cómo lograrlo? No tenía ni idea. Ni siquiera podía encontrar a Paga. La otra alternativa consistía en hallar a la persona adecuada para divulgar toda la información que tenía. No eran muchos los periodistas que pudieran hacerlo, por la simple razón de que no conocían lo suficiente el mundo de la droga como para atar los cabos todavía sueltos, sin cuyo requisito los fragmentos de información de los que Field disponía no tenían valor alguno, sobre todo desde su punto de vista.

Se acercó a la barra y se puso a charlar con un periodista de Nueva Zelanda, íntimamente familiarizado con los militares tailandeses, y con un sueco, que era un gran conocedor de los estados del Shan. Field los invitó a tomar cerveza y la vida pareció volver a la normalidad. Tuvo la impresión de no haber salido jamás de aquel bar, de no haber dejado de escribir para el público, de ser todavía alguien que relata acontecimientos sin participar en los mismos. Era como una tregua. Al cabo de media hora llegó el individuo a quien había estado esperando: un indio especializado en Vietnam y sus satélites. Field le salió al paso y le rogó que se sentara con él, en un sofá junto a las ventanas; allí le relató su historia, sin explayarse en el hecho de que intentaban asesinarle. Se limitó a hablar de amenazas, para que su interlocutor no creyera que estaba asustado, aunque su visión era otra. El indio le escuchó atentamente y reflexionó unos momentos antes de responder que no podía ayudarle. Para mantener su éxito profesional debía conservar el acceso a Vietnam y Laos del que disponía. Si escribía aquella historia, jamás podría volver a cruzar la frontera.

—No vale la pena sacrificar mis contactos por una redada —le dijo.

Field le explicó que el asunto iba más allá de las drogas. Era una cuestión política, puesto que el presidente del Gobierno de Laos tenía un secretario que dirigía el tráfico. Por consiguiente, cabía considerar que el propio Gobierno estaba implicado. Además, todo periodista sabía que el tráfico de drogas había pasado a abarcar aspectos mucho más amplios. Esto era evidente si se consideraba que Tailandia había pasado de cincuenta mil a quinientos mil drogadictos en una década y que el consumo de drogas en las democracias occidentales había dejado de ser el pasatiempo de las minorías rebeldes de los sesenta, para convertirse en el mayor de los problemas médicos con los que se enfrentaban aquellos países. Si un gobierno comunista suministraba anualmente seis toneladas de heroína con destino al narcotráfico, el tema no era sólo político, sino ideológico.

El periodista escuchó atentamente el argumento de Field, aunque era lo suficientemente inteligente para deducirlo por su cuenta. Si no lo hacía era porque, al igual que la mayoría de los periodistas, seguía considerando el tema de la droga como el recurso de los periodistas carentes de prestigio, semejante a la cobertura de crímenes y accidentes, relegados a los principiantes y a los fracasados. La incautación de diez kilos de heroína, por ejemplo, no podía compararse en dignidad ni importancia con, supongamos, la visita protocolaria de algún político conocido a un área de tensión fronteriza. El hecho de que nada se lograra con la visita del político no tenía ninguna importancia. El rango del periodista lo determinaba la categoría (ampliamente reconocida) de los temas que cubría.

Por consiguiente, Field no insistió. Ni siquiera estaba decepcionado. Salió a la calle y fue andando hasta la universidad de Chulalongkorn en busca de su hija. Por aquella zona la inundación había cedido, por lo menos hasta la siguiente coincidencia de la marea con la lluvia, dejando el campus como un pantano recién secado. Tardó casi toda la tarde en localizar a Songlin, cuando salía de una clase de literatura.

Al verle, ella levantó las manos y le brindó una indulgente sonrisa. En aquel momento, Field sintió un fuerte deseo de hablarle en inglés, lo que podría haber hecho con cualquiera de los centenares de estudiantes que circulaban por el campus, aunque algunos sólo lo chapurrearan, menos con su hija.

–Sabía que hoy vendrías –dijo Songlin.

–¿También te enseñan a predecir el futuro?

–No, claro que no –ríose–. Ayer vi a uno de tus amigos y me preguntó si te había visto últimamente.

–¿Amigo? –exclamó–. ¿Quién era?

El cambio repentino de tono asustó a Songlin, que se encerró en un muro de silencio.

–¿Quién era? –insistió Field, cogiéndola del brazo en actitud protectora, aunque también podía interpretarse como amenaza.

—Un hombre. Un tailandés. Se me acercó en la calle.

—¿Qué quiere decir en la calle?

—Estaba en la cola de un cine y se me acercó. Evidentemente me reconoció.

—No podía tratarse de ningún amigo, Songlin —le dijo, haciendo un esfuerzo para controlarse y abrazando a su hija como no lo había hecho desde que era niña—. Dime, ¿estabas sola?

—No, con un chico.

—¿Un chico?

—Un amigo. Vamos juntos a algunas clases.

—¿Cómo era el individuo que te preguntó por mí?

—No lo sé. Era tailandés. Puede que parcialmente chino. Llevaba corbata. Supongo que como una especie de hombre de negocios.

—¿Llevas encima todo lo necesario? —le preguntó Field; tenía la sensación de que las cosas empezaban a salirse de órbita.

—No te comprendo.

—Quiero que te vayas ahora mismo a tu casa.

—No puedo, tengo clases.

—Olvídalas. Estoy metido en un lío y esos individuos... podrían lastimarte —dijo, entregándole un puñado de gahts—. Coge un taxi y vete a casa. Prepara una maleta y espera que te llame. Si te digo que vayas a algún lugar, hazlo. Y si te ordeno que vayas con alguien, obedéceme. No me lo discutas. No dejes entrar a nadie en el piso. ¿Me oyes? A nadie. No te preocupes por tu madre, a ella no le harán ningún daño.

—¿Por qué no voy a casa de Amara?

—Claro, Songlin, tal vez. Pero no te muevas hasta que yo te lo diga. Hoy llamaré a Amara. Sobre todo quédate en casa hasta que yo te llame o venga ella a buscarte. Ahora date prisa.

Songlin se alejó en dirección a Rama IV con un entusiasmo que emanaba de su sentido del deber y, al contemplarla, Field lamentó no haberse disculpado con ella por lo mal que la había recibido días atrás en su casa.

Pedir disculpas no había sido nunca lo suyo. Además, de haberlo hecho, probablemente habrían acabado hablando de Ao. No. Era mejor no decir nada. ¿Qué la había impulsado a someterse a sus planes con tanta facilidad? Probablemente el hecho de que aquello le brindaba la oportunidad de entrar en su mundo, el mismo del que con tanto celo la había excluido. «Debo andar con pies de plomo», se dijo. Debía minimizar sus expectativas. Cuando dobló la esquina, más allá de los edificios y de los árboles, Field salió en dirección opuesta, hacia el portalón de Dunant Road. Si alguien había seguido a Songlin, le seguiría ahora a él. En Dunant Road no solían abundar los taxis y cuando llegó comenzó a caer la lluvia de todas las tardes.

—Mierda —exclamó Field, volviendo la cabeza y viendo a un gordo que se le acercaba, como quien daba un paseo—. Mierda —repitió; se encaminó a Ploenchit Road, a algo más de un kilómetro de distancia, y al volver de nuevo la cabeza, comprobó que el individuo había echado a correr, acortando la distancia a la mitad—. Maldito imbécil.

Field dejó de hablar consigo mismo y echó a correr con buena zancada. Con la longitud de sus piernas bastaría para mantener la distancia. La lluvia caía ahora a cántaros, transformando la calzada en un torrente. Prestaba mucha atención en dónde pisaba y cada treinta segundos volvía la cabeza para comprobar que aquel individuo seguía a la misma distancia. Tardó diez minutos en llegar a la avenida principal, donde la lluvia era cada vez más intensa. Vio que se acercaba un autobús cortando el agua y aceleró para tomarlo. A los cien metros el vehículo se detuvo en un atasco de tráfico y Field se apeó para entrar en el laberinto de pasillos de la plaza Siam, llenos de tiendas, por donde dio un par de vueltas antes de refugiarse en una pastelería. Las paredes eran blancas y relucientes. Todos los pasteles estaban cubiertos de una gruesa capa de azúcar, blanco o multicolor. Compró un bollo de mermelada y se sentó a un lado, cerca de la puerta. Se lo comió con la mano izquierda y mantuvo la derecha sobre la pistola, oculta bajo el cinturón. Si aquel individuo aparecía, sería él quien impondría las condiciones. Pero no llegó nadie y el agua empezó a circular por los pasillos cubiertos de la plaza. Al cabo de unos momentos se interrumpió el suministro eléctrico, para evitar que alguien se electrocutara.

No tenía ningún sentido esperar en un sitio seco, a oscuras, puesto que ya estaba empapado. Salió caminando lentamente por el líquido oscuro hasta llegar a la avenida, donde esperó metido en quince centímetros de agua la llegada de un taxi libre. Tardaron dos horas hasta el King's Castle, en Patpong. Le dijo al taxista que esperara y entró en el local.

Lo primero que vio fue a Ao, vestida todavía con la falda azul y la blusa blanca, que se mecía de arriba para abajo en el regazo de un individuo conocido en Bangkok como Sweetpie, el cual se ganaba la vida como traficante de droga blanda y agente de publicidad. Sus operaciones eran de poca monta y su vida transcurría entre un sopor químico durante el día y otro alcohólico por la noche. Field le detestaba.

Quedó paralizado al ver que alguien gruñía en el oído de Ao. El estilo de Sweetpie era silencioso y cinematográfico, con un sentido del humor ideal para las chicas que no comprendían una palabra de inglés. Volvió a gruñir y a balancearla en su regazo.

—¿La sientes? ¿Sientes la cola del tigre? —gruñó, mostrando una enorme dentadura—. ¿Te das cuenta, encanto? ¡Soy un tigre!

—No te metas con ella —dijo Field, acercándose y tirando del brazo de Ao—. Es mi... mi...

—No faltaba más, John —replicó Sweetpie, divirtiéndose—, me he dado cuenta inmediatamente. Es tu... tu... Claro, por supuesto.

Cuando salían, Field oyó a su espalda:

—Quememos el bar. Destruyamos las pruebas. Que no

quede ninguna prueba de su... su... ¿Quién tiene un fósforo? ¿Estáis conmigo?

Field empujó violentamente a Ao en el asiento trasero del taxi y se dejó caer junto a ella.

—Tú me dejaste aquí, John. Sólo me estaba divirtiendo un poco —protestó.

Él levantó involuntariamente la mano y le dio un bofetón. Ao levantó las piernas sobre el asiento, las rodeó con los brazos, hundió la cabeza entre las rodillas y guardó silencio.

Tardaron más de una hora en llegar a la casa de Amara, circulando casi todo el camino en medio de treinta centímetros de agua. Por todas partes había vehículos averiados que dificultaban el paso de los demás coches; sin embargo, la lluvia fue amainando hasta cesar al caer la noche. Pero cuando habían recorrido unos cinco metros de la calle donde vivía Amara, aumentó el nivel del agua y el motor del taxi comenzó a hacer falsas explosiones. El taxista quiso dar marcha atrás antes de que fuera demasiado tarde.

—¡Pare! —le ordenó Field—. No se mueva.

Cuando bajó del coche, el agua le llegaba a media pantorrilla. El cielo estaba sereno y las estrellas se reflejaban en la superficie oscura que le rodeaba los pies. Permaneció inmóvil, reflexionando. Entonces le llegó la música de un piano. Giró la cabeza y vio una docena de coches abandonados donde el agua era poco profunda; eran todos Mercedes y BMW. La casa estaba sólo a diez metros.

—¡Amara! ¡Amara! ¡Necesitamos transporte!

A los pocos minutos, una llama emergió de la oscuridad y a continuación un elegante esquife bajo la misma, con un marinero a popa que lo propulsaba con un bichero. Field sacó a Ao del taxi y la subió a bordo, antes de hacerlo él.

—Espere aquí —le dijo al taxista, mientras se alejaban en dirección a una pieza de Jack Teagarden, que adquirió gradualmente la forma de la casa de Amara, flotando en el horizonte como una exótica plataforma petrolífera.

La embarcación avanzó por el jardín y bajo la plataforma elevada, hasta que un criado la sujetó desde la escalera principal. Amara los observaba desde arriba.

—Llegas tarde, Johnny —exclamó—. Llegas tarde hasta para colarte. Ya hemos cenado —le dijo; le dio un beso—. Además, estás empapado. No podrás bailar conmigo —agregó, sacudiéndose el agua de sus mangas de seda—. ¿Y tu amiga?

—Eso, una amiga —respondió Field, empujando a Ao hacia una mesa cubierta de fuentes de comida, antes de volver a mirar a Amara—. Come.

—¿Qué ocurre, John? —le preguntó Amara mientras le alejaba de la mesa y de los invitados.

—Nada.

—En tal caso, la pregunta es: ¿por qué has venido?

—Sólo de visita, Amara. ¿Está aquí el general Krit?

—Al parecer no sabe nadar.

—Veo que no han bombeado el agua de esta zona.

—¿Cuántos ministros viven en este barrio? ¿Cuántos generales? ¿Cuántos coroneles de la policía? Ninguno. Yo no podía pagar tanto como ellos en sus respectivos barrios. Sin embargo, me he convertido en una experta en vida isleña y, cómo no, en el hundimiento de la tierra. El principio de Arquímedes. No culpo a Krit, de ningún modo, jamás. Para nosotros es un simple general; tan mediocre y estúpido, tan manejable. Es el tipo de hombre que vendería su país por tres noches con Miss Universo, ¿qué duda cabe? Sin embargo, sigo apoyándole. Sí. Puede que de ese modo pague las reparaciones de mi casa. ¿Tú qué opinas? ¡Oh, no! Fíjate quién está ahí, la esposa de Meechai. Ésa es la razón por la que no te habían invitado.

—¿Michael no está aquí?

—Él no asiste a las fiestas; tú lo sabes, John. El rey del condón tiene otras ocupaciones. Todos los lunes pasa la noche en el suburbio; según su mujer, la noche entera. Él le dice que las pasa en el matadero. Sin duda no es el lugar apropiado para un médico. Y todo es culpa tuya.

—No tiene nada que ver conmigo.

—Cuéntaselo a la esposa abandonada.

Field miró a la esposa de Woodward, fina como un alfiler y con un elegante vestido de seda que dejaba al descubierto sus hombros y su espalda, como si los mosquitos no existieran. Al mismo tiempo vio de reojo a Ao —que de pronto le pareció comparativamente robusta y corpulenta— llenando todavía el plato de comida. Amara le siguió la mirada, sin decir palabra.

—¿Por qué has traído a esa chica?

—No tenía otra alternativa. Además, ¿qué importa? ¿No permites que tus maricas vengan con sus musculosos acompañantes?

—Los chicos no importan —replicó Amara—. A las esposas les gusta. Sirven para divulgar el rumor de que ha llegado el SIDA a la ciudad y esto obliga a sus maridos a ser más cautelosos. Además, a mí qué me importa. No tengo nada contra las prostitutas. Ésas —prosiguió, señalando con la mano a sus invitadas— hacen lo mismo con hombres de su clase. Las prostitutas forman parte del liberalismo, al igual que el comportamiento moderno de mis amigas. A lo que me opongo es a la monogamia. Desde que se introdujo en nuestra cultura, las esposas secundarias dejaron de existir y era lógico que aumentara la prostitución. Mil novecientos treinta y cinco fue un año fatal para la seguridad laboral femenina.

—¿Puede instalarse Songlin en tu casa? —preguntó Field, que permitió que se le dibujara una sonrisa en los labios.

—Por supuesto.

—Me refiero a esta misma noche. La llamaré por teléfono y le mandas el coche.

—El teléfono está muerto; ahogado, supongo.

—De acuerdo. ¿Puedes mandar tu coche a recogerla? Es preciso que no se mueva de la casa ni de día ni de noche.

—Sabía que tenía razón; algo anda mal.

—Eso ahora no importa, Amara. No permitas que nadie se le acerque.

—Claro que no importa, Johnny. Nada importa.

—¿Le mandarás el coche ahora?

—Claro que sí —respondió. Ordenó inmediatamente que llamaran a su chófer y le dio instrucciones—. Ahora nosotros también debemos marcharnos y tú tienes que venir.

—Esta noche no, Amara.

—Te lo ruego, Johnny. Ven con nosotros. Lo tengo todo organizado. Un viaje en barca. El agua está lo bastante alta para llegar hasta un lugar en el campo donde preparan un delicioso estofado de anguila. Una aventura maravillosa. Será la primera vez, desde que rellenaron los canales, que podremos ir en barca. La primera vez en muchos años. ¡Vamos! ¡Vamos! —exclamó, volviendo la cabeza, mientras de uno de los cuartos aparecían manteles de lino y cestas de champán—. La pasta y las anguilas son deliciosas, pero todo lo demás... —agregó, disculpándose— deja mucho que desear. Pero debes venir con nosotros.

—No —respondió Field mientras se dirigía a la mesa cubierta de fuentes de curry de leche de coco, fideos fritos, budines rellenos al vapor, pescado escalfado, flores de banana con tocino y gambas al vapor.

Comió un par de bocados, cogió a Ao en brazos y la llevó a la barca. Había ahora otros cinco esquifes, esperando en fila, con una antorcha en cada uno de ellos.

—Te lo mando inmediatamente de vuelta —chilló a Amara.

Cuando llegaron al taxi, ordenó al taxista que les llevara al suburbio de Klong Toey.

—Por allí hay mucha agua —protestó el conductor.

—Inténtelo —dijo Field—. Vamos, ahora la marea está bajando, el agua desciende.

Regresaron lentamente hacia el centro de Bangkok, donde el tráfico era ahora más escaso, sorteando coches y *tuc-tucs* averiados. Algunas zonas volvían a estar secas. Otras, víctimas de las bombas que vaciaban el agua de los distritos influyentes mandándola en su dirección, o simplemente donde el nivel era inferior, permanecían cubiertas por un mar putrefacto. El taxi cruzó el barrio comercial para dirigirse hacia el río, circulando junto a suburbios construidos sobre palafitos, en zonas permanentemente inundadas. Curiosamente, aquel laberinto de palafitos era una de las pocas áreas de Bangkok que parecía tener sentido en la época de los monzones. Sus caminos estaban siempre por encima del nivel del agua.

Pasaron junto a la Fundación de Cadáveres Desconocidos. Allí conservaban unos días los cadáveres no identificados, en su mayoría asesinados, a la espera de que apareciera algún familiar. En la fachada, una luz fluorescente iluminaba un escaparate decorado con fotografías en color de los cadáveres, todos ellos deformados por heridas o cardenales. Pong Hsi-Kun, hombre de negocios al servicio del general Krit, había ofrecido aquel servicio caritativo a la ciudad hacía pocos años, como prueba de sus buenas intenciones, y comenzaron a circular inmediatamente rumores indicando lo apropiado de su regalo.

El matadero de cerdos estaba muy cerca, detrás de la escuela católica. El área estaba seca porque –a raíz de una inundación en 1983– los mayoristas chinos habían perdido una fortuna. Una ciudad asiática sin cerdo es como una italiana sin pasta. Los propios comerciantes habían financiado personalmente la construcción de unos diques para asegurarse de que el suministro de carne no se volvería a ver jamás interrumpido. Aparte de la modernización, el lugar parecía haber quedado atrapado en otra época remota. El matadero propiamente dicho estaba instalado en dos edificios bajos, de una sola planta, parecidos a hangares, que ocupaban una extensión equivalente a la de un campo de fútbol.

Cuando el taxi se acercaba por el camino sin asfaltar que rodeaba el edificio principal, por las ventanillas penetró un olor húmedo de podredumbre procedente de los montones de huesos y restos de animales apiñados en el exterior.

–Págueme ahora, señor –insistió el taxista, en el momento de detenerse.

–Quiero que me espere.

–No pienso esperarle aquí. Págueme ahora.

Field se encogió de hombros y accedió. Al abrir la puerta oyó un prolongado grito humano. Un grito que, en realidad, iba más allá de lo humano producido en efecto por la muerte eliminando la razón. Inmediatamente se oyó otro de distinta procedencia, seguido de un coro de gritos. Field tuvo que tirar de Ao para que saliera del coche y empujarla para que caminara. En el interior, iluminadas por tubos fluorescentes, había docenas de pequeñas pocilgas. Algunas estaban llenas de enormes cerdos que deambulaban intranquilos. Otras tenían un fuego a vapor en el centro, rodeado de una mesa de hormigón. En cada una había una veintena de cerdos, que habían sido separados de los demás, y cinco hombres, cuyo único atuendo era un pantalón corto. Los cerdos se acurrucaban inevitablemente en el rincón más alejado de la mesa de ejecuciones.

Tanto le impresionó lo que veía, que Field ni se dio cuenta de los despojos que pisaba. Los cerdos se acobardaban como seres humanos. Se apiñaban para sentirse más seguros, jadeando como si no pudieran respirar, babeando de miedo y con los ojos desenfocados. Uno de los individuos de la pocilga más cercana, con el cuerpo cubierto de sangre y mucosidades animales, se acercó a un cerdo con un garfio de un par de palmos en la mano y le asestó un golpe en la cabeza. El animal abrió involuntariamente la boca y el individuo aprovechó para clavarle el garfio, de modo que la punta saliera por la parte inferior de la mandíbula. El individuo tiró entonces del gancho y el animal soltó un prolongado grito casi humano. El cerdo tenía la mitad de la altura del hombre y un peso muy superior, pero no intentó defenderse; se limitó a gritar y resistirse. Al acercarse al fuego de vapor, lo cogieron entre cuatro hombres, uno por cada pata, y lo pusieron sobre la mesa. Otro individuo, con un cuchillo, le abrió una cruz en la garganta. Le dieron la vuelta para que vertiera la sangre en un barril y el grito menguó hasta hacerse inaudible conforme el líquido salía de su cuerpo. A continuación lo empujaron sobre el vapor, le rascaron la piel para limpiarla y lo abrieron por la mitad, arrancándole las vísceras para otro mercado.

Field bajó la mirada para observar a Ao, que esperaba con indiferencia, adaptada ya a las circunstancias. Quizá había visto muchas matanzas en el pueblo, aunque a pequeña escala.

Los hombres vieron que Field los observaba y le preguntaron qué deseaba, en un tono que no era particularmente amable.

—Busco al doctor Wuthiwat.

Señalaron hacia el otro lado del edificio. Pasaron junto a una serie de pocilgas llenas de animales que chillaban, y de otras con hombres y más cerdos. El aire estaba impregnado de un dulzón olor a muerte. No era sorprendente que el matadero fuera uno de los lugares de Bangkok donde, por poco dinero, se contrataban asesinos a sueldo. Woodward había mencionado en una ocasión que, después de pasar la noche matando cerdos, no era muy distinto matar a un hombre.

A lo largo de las paredes interiores del edificio había cuartos suspendidos, unos dos metros por encima de las pocilgas, donde vivían las familias de los matarifes. En el exterior había tiendas de comestibles. Michael Woodward estaba en una de ellas, vestido de campesino. Estaba sentado solo delante de una tosca mesa de madera, cubierta con un mantel, para examinar a los pacientes, con la barbilla apoyada en las palmas de las manos y la mirada perdida en la lejanía. El barro bajo sus pies era amarillo a causa de la escasa iluminación. Su presencia no pareció alegrarle ni entristecerle.

—Mi fiel enfermo andante —se limitó a decir.

—Hasta las profundidades del infierno —agregó Field, sentándose delante de él—. ¿Te gustaría ayudar a un viejo amigo?

—¿Por qué no?

—Necesito protección.

—Ahí está la flor y nata —respondió Woodward, señalando con la mano el interior del matadero, de donde seguían procediendo gritos–. Doscientos o trescientos hombres entre los más diestros de la ciudad en el manejo del cuchillo. Además, son todos católicos; perfectos para ti.

Puesto que a los budistas sus principios les impiden matar, los empleados del matadero eran cristianos, en su mayoría descendientes de inmigrados vietnamitas, convertidos originalmente por curas franceses.

–¿Qué deseas, John? ¿Un par de hombres limpios y aseados que te acompañen a casa?

–Creo que sí, pero quizá no esta noche. Todavía no me siento con ánimos para volver a casa.

–En tal caso, os puedo ofrecer una cama en este hotel. Tengo un cuarto encantador sobre la pocilga.

–¿Encima?

–Allí –respondió Woodward, y señaló uno de los cuartos colgados de las paredes–. La música de los animales cesa a las dos. Entonces se llevan la carne y los hombres disponen de tiempo para acudir a mi consultorio. Para entonces ya habré examinado a las mujeres y a los niños. En todo caso la cama está libre hasta las cuatro, cuando yo me acuesto a descansar un rato, para no molestar a mi familia regresando a una hora tan intempestiva. ¿Cómo va la enfermedad de tu tesoro?

–Se ha convertido en un manantial de jade.

–Por lo que más quieras –asintió Woodward–, no te asustes. No tomes bebidas fuertes; un día de éstos recibiremos el medicamento adecuado. Tu chica no ha venido hoy a por su inyección.

–Ha estado conmigo; huyendo.

Woodward hizo una seña a Ao para que se acercara y preparó una aguja.

–Esta noche he visto a tu esposa –dijo Field.

–Es encantadora. Supongo que la has visto en casa de Amara.

–Estoy seguro de que preferiría que estuvieras con ella y no aquí.

–Lo sé. Antes de que llegaras, estaba sentado en este

mismo taburete tomándome una deliciosa taza de Ovaltine helado y pensando en que los lunes por la noche hago exactamente lo mismo desde hace once años. Conclusión: once años es mucho tiempo. Pero entonces me imaginé atendiendo sólo a los enfermos ricos en el Nursing Home, o en un consultorio privado cerca del Palacio, o quizá, por qué no, cobrando una fortuna en Knightsbridge, en Londres, y sin ningún esfuerzo por mi parte sentí el deseo de vomitar. Entonces volví a tomar Ovaltine –dijo vaciando la taza y volviéndola a llenar con una especie de tetera que tenía delante–. Aquí, por tradición, el té helado es gratuito, pero hay que pagar para tomar Ovaltine. Claro que en mi caso es también gratuito, a cambio de mis servicios. Te invito –concluyó; hizo una seña a la mujer del mostrador y preguntó a Ao si le apetecía una coca-cola.

Una concentración accidental de cerdos chillando mientras se les conducía a la mesa de ejecución, invisibles desde donde los dos hombres y la chica se encontraban, interrumpió momentáneamente la conversación.

–Lo que me inquieta –dijo Woodward– es que cuanto mayor me hago, más difícil me resulta aceptar que no puedo detener la muerte. Lo único que hago es postergarla. Trabajando aquí, uno no puede pretender que la muerte sea un accidente ocasional. El recuerdo siempre está presente y puede que esto sea positivo. Tómate a ti mismo como ejemplo. Ibas avanzando por la vida, de gonorrea en clamiditis, como si fuera a durar eternamente, cuando de pronto aparecen esos individuos a los que no he sido presentado y te recuerdan a diario lo efímero de tu existencia.

–Eso no me importa –respondió Field, sin sonreír–. ¿Por qué tendría que hacerlo? Sólo que el momento me parece inoportuno.

–¿Inoportuno?

Claro, desde mi punto de vista. El caso es que jamás he comprendido eso de que la vida sea corta. A mí me parece larga, muy larga. Y la mayor parte de la misma pasa sin pena ni gloria. Diría que son sólo unos segundos los que cuentan: el gran momento, la gran oportunidad. Pero esos segundos no se distinguen de los demás, por lo que uno puede pasar por ellos sin ni siquiera darse cuenta. Y de pronto forman ya parte del pasado. La gran oportunidad ha pasado, la prueba final y definitiva. El momento ha transcurrido sin que uno lo reconociera, ni mucho menos lo aprovechara. Probablemente pasen años antes de darse cuenta de ello, pero se ha fracasado, fracasado irrevocablemente. Después de esto, el resto no es más que una espera interminable hasta el fin. Sin esperar nada en particular.

—¿Crees que ésta es tu prueba definitiva? —le preguntó Woodward, mirándole con interés.

—¡En absoluto! —rió Field—. Yo fracasé hace mucho tiempo, pero sería inoportuno morir ahora, cuando estoy tan cerca de descubrir cuándo fue exactamente mi gran momento. Para mí la vida no tiene nada que ver con el éxito. Supongo que por ello abandoné Norteamérica. Lo que me importa es aceptar mi fracaso. ¿Qué te parece? Quien supone un verdadero desafío para el tiempo es tu padre.

—Y jamás está enfermo —dijo Woodward—, jamás. Come muchos pimientos picantes. Según él, sirven para hacer una buena digestión y todo lo demás son pamplinas.

—¿Cuándo es la fiesta?

—La próxima semana. Ya lo tenía todo organizado para no estar en la ciudad. Hay una epidemia de *koro* en el norte, junto a la frontera de Laos. Mañana por la mañana sale un equipo de médicos.

—*¿Koro?*

—¿No sabes lo que es? En tu caso no me sorprende. Se trata primordialmente de una neurosis social, que aparece en los momentos de inestabilidad política y adquiere proporciones epidémicas. Sus características: tanto hombres como mujeres creen que sus órganos sexuales disminuyen de tamaño o, dicho con mayor propiedad, que se retraen. Tú, con lo antisocial que eres y demasiado perezoso para inquietarte, debes estar sin duda inmunizado. Además, en caso de retracción de tus órganos sexuales, no podrías infectarlos. La enfermedad es puramente psicológica, pero lo curioso del caso es que en realidad los seres humanos son perfectamente capaces de retraer los órganos sexuales. Es una técnica que conservamos de nuestro pasado animal, usada conscientemente por algunas tribus guerreras, que no han descubierto mejor forma de protegerse los genitales. Sin embargo, en los casos de *koro*, los pacientes creen que existe una retracción, que en realidad es imaginaria.

–¿Pero no vas a ir?

–Mi padre me ha escrito pidiéndome que asista a la fiesta. Dice que sus hijos políticos la han convertido en una reunión de negocios y que él no piensa asistir si no estoy yo. Debido a la lluvia, no se podrá celebrar en su casa y han sugerido el Siam Bank. ¿Te lo imaginas? Se contentan con un hotel... –dijo, abandonando el tema y sonriendo a Ao, que estaba sentada sobre una pierna doblada en un pequeño taburete, saboreando su coca-cola–. Será mejor que los dos os acostéis. Ningún enfermo acudirá a verme si no estoy solo. Además, aquí no todo es lo que parece. Esa mujer –agregó, señalando a una gorda, detrás de un tenderete de refrescos– fue detenida el año pasado con tres kilos de heroína. La condenaron a cadena perpetua, pero ya está en la calle. Mi influencia en ella es prácticamente nula, así como en los mayoristas que vienen aquí todas las noches. En su mayoría son chinos y están metidos en todo. Para empezar, hay un chanchullo con el peso de las piezas, en el que se manejan cientos de miles todos los días. Pero mientras estés dentro del perímetro del matadero no corres peligro. Haré correr la voz. Y ahora a la cama.

Con Field en cabeza, pasaron junto a las pocilgas y a las mesas de ejecución, hasta una tosca escalera de madera, que conducía al cuarto de Woodward. En su interior había sólo una cama y una pequeña ventana cubierta de lona. El olor de la estancia era el mismo que el del exterior, acumulado además todo el calor del día. Field se desnudó y quedó profundamente dormido. De las pocilgas seguían emanando chillidos, que en sus sueños se convertían en el asesinato de Diana en Vientiane. Y sin embargo, la pesadilla no le despertó. Era como si necesitara verlo una y otra vez.

A las siete, Woodward los despertó, y les dijo que le habían prestado otro cuarto y los había dejado que durmieran. En cuanto a la seguridad de Field, los matarifes no permitirían que nadie se le acercara. Si deseaba ir a casa, había un par de hombres listos para acompañarle, que se quedarían con él mientras los necesitara. Woodward dijo que se verían por la noche.

Pero Field no tenía prisa por marcharse. Dejó que Ao siguiera durmiendo y al bajar comprobó que las pocilgas estaban limpias y vacías. En los otros cuartos colgados de las paredes dormían las familias de los empleados. El lugar estaba tan silencioso que se oían sus ronquidos. Sólo había un joven, con pantalón y camisa, sentado indolentemente al pie de la escalera. Al ver a Field le sonrió amablemente tensando los músculos del cuello y le siguió a la tienda de comestibles, donde compró unos fideos que compartieron en silencio. A continuación regresó a la cama y reflexionó.

La historia carecía de interés para un periodista formal. Lo que necesitaba, si deseaba divulgarla, era un periodista informal. Había numerosos periódicos sensacionalistas en lengua tailandesa, pero sus reporteros estarían tan inmovilizados por el miedo como cualquiera, debido a los muchos compañeros que morían asesinados todos los años. Sólo un desconocido estaría dispuesto a arriesgarse. Un desconocido informal. Fue entonces cuando Field pensó en George Espoir. Un artículo escrito por él se publicaría en primera página en toda la prensa occidental. Era la persona idónea, pensó Field, si no lograba apaciguar a los amigos de Somchai.

–John.

Volvió la cabeza. Ao estaba envuelta en una sábana y medio despierta.

—¿Nos vamos?

—No. Todavía no —respondió, dándole la espalda y volviendo a reflexionar.

Entonces oyó unos ruidos que le impulsaron a asomar la cabeza por la puerta y vio a unos chiquillos que bajaban de los cuartos contiguos. Iban limpios y vestían uniforme azul y blanco, como si acabaran de dormir en alguna urbanización de una ciudad europea o norteamericana. Field pasó el resto del día en la escalera, contemplando las pocilgas vacías. Bajo el techo se oyó el ruido de la lluvia que caía en el exterior, a pesar de que sin las inundaciones parecía una música lejana y abstracta. No estaba reflexionando. Lo que procuraba era vaciar la mente. En realidad se sentía extraordinariamente feliz por primera vez desde hacía... tres semanas. Puede que incluso fuera más feliz que antes. ¿Cómo medirlo? Por la tarde soñó con Diana, tal como la había conocido hacía veinticinco años en Montreal. A continuación se metió en la cama y echó una siesta. Ao estaba también en la cama. Se había negado a abandonar la habitación en todo el día.

Se despertó al atardecer, al oír el ruido de unos cerdos que traían del exterior. Circulando por los pasillos, convertidos en ríos de carne, había millares de animales a los que metían por centenares en las pocilgas. Cuando comenzaron de nuevo las matanzas, volvió a encerrarse en el cuarto. Los gritos no le impresionaron tanto como la noche anterior. Ao extendió el brazo y le estrujó el muslo.

—¿Nos vamos, John?

—Todavía no.

—¿Qué estamos haciendo aquí?

—Esperando —respondió Field, acariciándole el cabello, que era espeso y áspero.

Al cabo de un rato oyó dos voces que discutían en tailandés junto a la puerta. Movió un poco la cortina de lona de la ventana para mirar y vio que se trataba de su joven guardaespaldas y de un chinotailandés, que a pesar de las habituales sandalias y camisa blanca, tenía un aspecto próspero. Llevaba dos anillos de oro y un gran reloj de pulsera, también de oro. Su reluciente dentadura brillaba con la limpieza del amor y de los dientes postizos. Era difícil seguir la conversación.

—Anoche vino por aquí un *farang*.

—No lo sé.

—Debes saberlo. Yo le vi.

—Debe de tratarse del doctor.

—No estoy hablando del doctor, no seas imbécil. Al doctor le conozco. Lo único que deseo saber es dónde está el otro hombre.

—¿Quién?

—El otro hombre, el otro *farang*.

—No lo he visto.

El chino se mantenía a una distancia prudencial del tailandés, que tenía un cuchillo de descuartizar en la mano, como si jugara con él.

—Escúchame, te pagaré para que me lo digas.

—¿Cómo puedo decir lo que no sé?

Todo tuvo que repetirse cinco o seis veces, antes de que el individuo se retirara. Cuando Woodward apareció, poco después de las nueve de la noche, estaba ya al corriente de la conversación. El mismo individuo había estado haciendo preguntas por todo el matadero. Era un importante mayorista.

—Será mejor que salgas a comer algo, John. Saben que estás aquí, amigo mío. Sólo es cuestión de qué pueden hacer al respecto. Me atrevería a decir que no mucho.

Field bajó con él en dirección a las voces de los cerdos moribundos, pero Ao se negó a moverse del cuarto.

—Te traeré algo de comer —le dijo Field.

—Vámonos pronto —respondió Ao.

—Te traeré algo.

Se sentaron en taburetes en la calle y Woodward pidió dos tazas de Ovaltine helado.

–Tu pequeña Ao es una buena chica; buena budista. No quiere salir porque no cree en matar y teme que si sale se acostumbre a la violencia.

–Tú eres el maestro budista, Michael. ¿Qué estas haciendo aquí?

–Para mí es como una prueba. Algo parecido al gran momento del que me hablabas anoche. Me obligo a seguir viniendo, sin acostumbrarme a ello. ¿Te apetece comcr carnc? ¿Tocino?

–No –respondió Field–. Prefiero no hacerlo.

–¿Cuánto tiempo tendrías que pasar aquí antes de poder comer un asado de cerdo? Piénsalo, John. Cada vez que vengo observo cómo se chamusca la piel de los animales, que en realidad es un manjar, y al formularme esta misma pregunta, la respuesta es siempre negativa. Sólo debido al vínculo visual. Por supuesto, en mi casa como cerdo. Adoro la hipocresía; especialmente la mía.

Field miró hacia su cuarto y vio que el mayorista que le había estado buscando entraba en el matadero acompañado de dos individuos.

–Están aquí.

–De prisa –dijo Woodward, echando un vistazo.

Entraron en el edificio y se agacharon tras el muro de una de las pocilgas, al verse obligados a detenerse en un canal de desagüe por donde el agua circulaba mezclada con sangre y despojos. Tanta era la actividad de los matarifes en las pocilgas, entre ellos y los tres hombres, que podían observarlos por encima del muro.

El mayorista y sus acompañantes estaban a medio camino del cuarto donde había estado durmiendo Field, cuando se detuvieron a hablar con un grupo de matarifes que trabajaban en una pocilga. Éstos les dieron la espalda y los tres individuos prosiguieron en dirección a Field y Woodward, parándose de vez en cuando para formular alguna pregunta, pero al parecer no enterándose de nada. A unos veinte metros se encontraron con el joven que había estado custodiando el cuarto durante el día. El mayorista le reconoció y le llamó para que se acercara a la puerta de la pocilga. En lugar de obedecerle, el matarife se dirigió con su garfio al extremo opuesto y ensartó un cerdo, que sus compañeros degollaron. Estaban los cinco desnudos, a excepción del pantalón corto, y sus cuerpos relucían con la grasa de los animales, que ponía de relieve su musculatura. Se les veía fuertes y deformados. Eran hombres de monstruosas proporciones que realizaban el menos respetable de los trabajos. Al principio, el mayorista y sus acompañantes esperaron pacientemente, pero al cabo de un rato comenzaron a inquietarse, se dirigieron a la puerta de la pocilga y entraron con aire amenazador. Field reconoció a uno de ellos; era el individuo que le había seguido en la universidad, pero en esta ocasión aquel gordo y sus andares le resultaban familiares por alguna otra razón.

–Somchai –se susurró Field para sí mismo–. El hermano de Somchai. Sí. Debe de ser él.

Woodward no sabía qué significaba eso. Se esforzaba en oír la discusión que tenía lugar en la pocilga. Las preguntas eran las mismas que Field había oído antes, sólo que ahora el mayorista tenía dos acompañantes.

–Si no sabes dónde está el hombre que buscamos, ¿dónde está el doctor?

–Esta noche no ha venido –respondió el guardaespaldas.

–Nos han dicho que está aquí.

–¡Largaos de aquí! ¡Vamos! ¡Fuera! –les chilló el mayor de los matarifes, señalándolos con su cuchillo.

–Estúpido animal –exclamó el hermano de Somchai–. Eres tan cretino como tus cerdos.

–¡Fuera!

–Te pagaremos para que nos lo digas o te obligaremos por las malas –dijo el hermano de Somchai, que metió la mano bajo la camisa y sacó una pistola.

Su compañero desenfundó también su arma, en un intento de intimidación, pero se quedaron allí como imbéciles, al igual que en una mala película.

–¡Vamos! –volvió a chillarles el matarife mayor mientras se acercaba con el cuchillo en la mano–. ¡Fuera!

—No puedo permitir que los maten —dijo Woodward, intranquilo—. No te muevas de aquí. Yo los detendré —agregó, saliendo al pasillo.

—¡Michael, no lo hagas! —exclamó Field en un intento por impedírselo cuando su amigo se dirigía ya hacia el lugar de la discusión, en cuyo entorno los demás matarifes habían dejado de trabajar para mirar lo que ocurría.

—Esperad —les dijo Woodward—. Quiero hablar con vosotros.

Los cinco matarifes y los intrusos le miraron asombrados. Woodward se acercó a la puerta de la pocilga y entró.

—Escuchadme, el hombre a quien estáis buscando se ha marchado.

El hermano de Somchai se colocó a su espalda y le apuntó con la pistola a la cabeza.

—Ahora... —comenzó a decir.

—¡No toques al doctor! —exclamó el joven que había estado custodiando a Field, avanzando de prisa con el garfio en la mano—. ¡No lo toques!

Los otros cuatro hombres emitieron una especie de gruñido de protesta, procedente de lo más profundo de sus entrañas, que se extendió a las pocilgas circundantes. Aquel grito medio humano y medio animal a su alrededor perturbó de tal modo al hermano de Somchai que bajó momentáneamente el arma. El matarife levantó su garfio y le golpeó en la sien. Se tambaleó y cayó de espaldas, junto a los cerdos acobardados en un rincón de la pocilga. Tenía todavía la pistola en la mano, pero estaba demasiado confuso para utilizarla.

—¡No toques al doctor! —volvió a chillarle el enfurecido matarife—. ¿Me oyes? ¡No lo toques!

Intentó levantar su pistola, pero antes de lograrlo tenía el garfio metido en la boca, que de un tirón le había atravesado la piel del cuello y le sujetaba firmemente la mandíbula. El matarife dio otro tirón, poniéndolo de cuatro patas en el suelo, mientras él intentaba retroceder apoyando las palmas de las manos en la resbaladiza superficie.

Con la mandíbula estirada y la laringe completamente abierta, salía de su garganta un grito indistinguible del de los cerdos. Miraba a sus amigos aterrorizado, pero éstos parecían incapaces de mover un dedo y en un segundo el matarife lo arrastró a la mesa y lo puso de espaldas junto al fuego. La pistola le colgaba todavía de la mano, como una garra prehistórica atrofiada. El matarife agarró el cuchillo y, como si pretendiera interrumpir el gemido, hizo un corte en su garganta y empujó lateralmente el cuerpo, de modo que la sangre cayera en el barril, apagando lentamente el grito. Los demás matarifes sólo intervinieron cuando le vieron dispuesto a descuartizar el cuerpo como si fuera el de un cerdo.

Al principio nadie dijo palabra. Contemplaban todos el cuerpo seco y blancuzco que yacía sobre la mesa. Pero entonces el matarife mayor se acercó con el cuchillo en la mano a los dos intrusos restantes y les dijo:

–¡Fuera! ¡Os lo he advertido! ¡Fuera!

El mayorista, aterrorizado, dio media vuelta y echó a correr; resbalando por el pasillo, seguido de cerca de su acompañante. Cuando desaparecieron, el mayor de los matarifes saludó a Woodward con una ligera inclinación de cabeza y le sugirió que dejara el cadáver en sus manos.

CAPÍTULO ONCE

Field supo exactamente lo que debía hacer, cuando no le quedaba otra alternativa. Se acercó a Woodward, le cogió del brazo y salieron juntos del matadero.

—Michael, necesito que vayas inmediatamente al hotel Oriental. Allí se hospeda un individuo, no sé cuál es el número de su habitación, pero se llama George Espoir. Tráelo aquí. ¿Tienes un papel?

El aire era tan húmedo, que la pluma apenas escribía. La nota rezaba: «He hallado el elemento emotivo que andabas buscando. Ven inmediatamente».

Woodward regresó antes de la medianoche, conduciendo a Espoir del brazo para que se animara a cruzar el matadero, pero procurando dar la impresión de que sólo le mostraba el camino.

—En una ocasión visité un lugar parecido a éste —dijo Espoir a guisa de saludo, procurando que su tono fuera jovial—. Fue en el Zaire. Tenía una idea para un libro, que no funcionó. Era todo emotivo, si comprendes a lo que me refiero. Demasiado emotivo. Un mar tormentoso. No tenía nada a lo que el lector medio pudiera agarrarse. Un mar excesivamente tormentoso para el público que gusta de leer novelas.

Field le condujo a la tienda donde servían Ovaltine y, mientras Woodward escuchaba, le contó toda la historia. Espoir interrumpió una sola vez para decir:

—Ahora comprendo el misterio del Golden Panda. —Y de nuevo al final—: Muy desagradable.

—Efectivamente —dijo Field—. Pero ¡joder, qué historia! ¿No? La publicas en un periódico importante y todo el mundo se enterará. Creo que según cómo la redactes puedes quedar como un héroe. En realidad, el hecho de denunciar a un gobierno comunista te convertirá en una superestrella.

—Admito que se trata de una buena historia —reconoció Espoir, procurando disimular su entusiasmo, probablemente temeroso de que Field le ocultara alguna dificultad—. Cualquier periódico de Londres, o para el caso de Nueva York, se interesará por ella.

—Lo que necesito es rapidez.

—Eso no es ningún problema —respondió Espoir algo nervioso, después de casi un minuto de silencio, temiendo todavía que Field le planteara alguna condición imposible—. Lo haré esta noche. El hotel lo puede mandar por télex después de que haya hablado con el redactor. Una buena historia. ¡Muy buena historia!

—¿Le mandarás una copia a Michael al Nursing Home?

—Claro, por supuesto —asintió Espoir, nuevamente seguro de sí mismo—. Y la mujer misteriosa oculta en las nubes del Olimpo, ¿se sabe quién es?

—Yo no lo sé.

—Lástima. Eso serviría para redondear la historia. Y tú, como tailandés —agregó, dirigiéndose a Woodward—, ¿cómo te sientes ante tanta corrupción?

—¿Sentir? No se trata de sentir. ¿Qué tienen que ver los sentimientos con todo esto? —dijo Woodward en un tono frío y desprovisto del aplomo que le caracterizaba en el Nursing Home.

—No. Claro que no. No me he expresado bien. ¿Cómo interpretas tanta corrupción?

—Los comunistas son corruptos, no por el hecho de ser comunistas, sino como seres humanos. La mayoría de los tailandeses viven de ingresos extraoficiales, porque oficialmente cobran una miseria. Un capitán gana doscientos dólares mensuales y un sargento noventa. El capitán necesita un coche, dinero para la escuela de sus hijos y una casa, eso para empezar. Por consiguiente hace lo que es de suponer: busca otras fuentes de ingresos, como lo hace el funcionario. Sin profundizar, se podría deducir que la corrupción es consecuencia de unos salarios demasiado bajos. Pero el caso es que el criterio occidental aplicado al tercer mundo no sirve para aclarar la situación. Por ejemplo, yo soy un gran monárquico, pero a partir del momento en que los reyes comenzaron a mandar la juventud de élite a educarse en el extranjero, la convirtieron en un grupo moderno de mestizos británicos. Supongo que conoces la expresión.

–¿Y tú? –interpeló Espoir.

–Soy el mejor ejemplo. Y ahora el rey cree que comprende el país. Pero ¿cómo puede hacerlo cuando nuestros dirigentes, sus consejeros, no lo comprenden y le ocultan la verdad para cubrir su propia ignorancia y corrupción? Intentan utilizar al rey como instrumento y alejan al país de sus principios budistas. La solución no consiste en acabar con la corrupción, sino en cambiar de dirigentes. Es decir, sustituir por otros a los consejeros del monarca.

–Magnífico –exclamó Espoir, mostrando de pronto signos de cansancio y aburrimiento–. Muy interesante. Tengo el coche esperando. ¿Queréis que os lleve a algún lugar? –concluyó, antes de marcharse lo más rápido que pudo, caminando cautelosamente por los pasillos del matadero.

–¿De modo que éste es George Espoir? –dijo Woodward.

–¿Le conocías?

–Claro, a pesar de ser un mestizo británico. Además, me lo ha contado por el camino. ¿Qué es lo que me ha dicho? ¡Ah, sí! Me ha contado cosas muy interesantes sobre sí mismo. Algún día te hablaré de ello. ¿Qué crees que dirá en su artículo?

–Cualquier cosa servirá para poner la pelota en juego.

–¿Qué piensas hacer?

–Esperar a que se desenvuelvan los acontecimientos. Supongo que seguiré aquí. Es improbable que vuelvan.

—Sumamente improbable —susurró Woodward—. Me pregunto qué ocurrirá con el barril de sangre al que tu amigo ha contribuido recientemente? Venden la sangre para fabricar morcilla. ¿Tú comes morcilla, John?

—Esta semana no pienso hacerlo.

—Ni yo tampoco. ¿Te apetece otro Ovaltine?

—Prefiero un Mekong.

—Es perjudicial para ti.

—Todo es perjudicial para mí. La vida me está matando —respondió Field, que contemplaba un firmamento lleno de estrellas, con la alegría que le producía comprobar la ausencia de la Osa Mayor, razón suficiente para vivir en Oriente—. Me tranquiliza no ver a esa maldita Osa Mayor.

—¿Cómo?

—La Osa Mayor. El gran símbolo del trabajo en el firmamento occidental. El equivalente estelar del principio de la familia —dijo, concentrándose en un foco brillante en el horizonte—. ¿Qué es eso?

—Un incendio —respondió Woodward, mirando en la misma dirección.

—No puede haber sido accidental con el tiempo que hace.

—¡Klong Toey! —exclamó Woodward sin dejar de contemplar el foco lejano—. ¡Klong Toey! —repitió, echando a correr.

—¡Espera! —le gritó Field cuando su amigo estaba ya hablando con un mayorista para persuadirle de que le llevara en su coche—. Espera, Michael. Voy contigo —agregó, golpeando el parabrisas.

Casi habían llegado, cuando se encontraron el camino abarrotado de gente, entre niños y mujeres cargados de fardos, con aspecto sorprendido y desconcertado. Era imposible seguir en coche, por lo que Woodward se apeó para hablar con una mujer, que pareció asustarse tanto de su insistencia como de lo ocurrido y fue incapaz de responderle. El doctor se abrió paso entre la multitud, seguido de Field. Por encima de las cabezas, lo único que éste podía ver eran otras cabezas, contra un fondo luminoso desigual y anaranjado. De pronto llegaron a un espacio abierto, donde ya no había más gente, y Woodward se detuvo. Estaban a veinte metros del pantano y del principio del camino de madera elevado que conducía al laberinto del suburbio. El conglomerado de tejados de hojalata estaba iluminado, así como el sinfín de mujeres y niños que se apretujaban en el camino, antes de integrarse en la multitud. No cundía el pánico. Caminaban lenta y cuidadosamente por las tablas, cuyos palafitos oscilaban con tanto peso concentrado. Las llamas subían a bastante altura en el centro del suburbio.

Sólo entonces pensó Field en que había abandonado el matadero sin sus dos guardaespaldas, pero no se detuvo a meditarlo. Siguió corriendo por el camino tras Woodward; las mujeres se echaban a un lado para abrirles paso. Las suelas de sus zapatos resbalaban sobre las tablas húmedas, pero no disponía del tiempo ni del espacio para agacharse a descalzarse.

–El doctor, el doctor –murmuraba la gente a su espalda, sin que Woodward se diera por enterado.

Seguía corriendo con una urgencia que Field jamás había percibido en su comedido amigo. Tardaron diez minutos en llegar a una concentración de hombres que habían formado una cadena para pasar cubos desde el agua hasta el fuego. Tenían delante un círculo de llamas que estaba devorando unas cuarenta casas, en cuyo centro se hallaba la plaza central donde estaba situada la clínica de Woodward, arrasada ya por el fuego.

–Lo siento –dijo Field cuando se detuvieron.

–La clínica no importa –respondió Woodward–, puedo trabajar en cualquier lugar. Lo grave son las casas.

–Me refiero a que lo siento, porque temo que es culpa mía.

–¿Tú crees? –preguntó Woodward, mirándole confundido–. Sí, puede que tengas razón –agregó; agarró del hombro a uno de los hombres que pasaban cubos de agua y le preguntó–: ¿Dónde ha empezado el incendio?

—En su clínica, doctor.

—¿Cómo ha ocurrido? Cuéntamelo, ¿cómo? —insistió Woodward; el individuo parecía estar demasiado avergonzado para decírselo.

—Creo que alguien lo ha provocado. Se ha oído una explosión.

Woodward le dejó que volviera al trabajo y quedó estupefacto.

—Lo siento —repitió Field.

—Por lo que parece, soy muy ingenuo, John. No comprendo cómo funcionan estas cosas.

—Tal vez, Michael, pero eso puede construirse de nuevo.

—Con un dinero que nadie les dará. Hace once años que trabajo aquí para ayudarlos y ahora soy la causa de que se incendien sus hogares.

Field había dejado de prestarle atención. Acababa de ocurrírsele que si bien el incendio podía constituir una burda venganza, también podía ser un medio para obligarle a salir de su escondrijo. Miró a su alrededor. Las llamas avanzaban de un modo irregular, consumiendo con dificultad las empapadas fachadas de los edificios, antes de abrirse paso y cobrar vigor al entrar en otra casa, cuyo interior estaba perfectamente seco. Entre todos los hombres apretujados que pasaban cubos había un adolescente de aspecto mongólico, vestido sólo con pantalón corto, que entraba y salía como un endemoniado de las casas incendiadas, sacaba todas las pertenencias que podía y las entregaba a las mujeres, que veían cómo sus casas se convertían en pasto de las llamas. A pesar de que le exhortaban a gritos para que no lo hiciera, seguía introduciéndose en los locales incendiados. Cuanto más intentaban disuadirle, mayor era su ahínco sacando sábanas, fotografías, ollas y todo lo que encontraba.

Field estaba ensimismado con las llamas y con la rapidez de aquel joven, con su difícil rostro fruncido por la concentración. «También podría hacerlo yo», se dijo Field, sin moverse ni dejar de observar, hasta que un rostro le llamó la atención a pocos metros. Era el del pistolero superviviente que había estado en el matadero y había salido corriendo con el mayorista al ver a su compañero degollado. Se acercaba a Field con sigilo, llevando algo en la mano bajo su camisa suelta. Miraba a Field fijamente, como si estuviera hipnotizado, pero cuando éste se fijó en él, se le empequeñecieron los ojos y se le llenaron de miedo. Ambos sabían que con una sola palabra que Field pronunciara, todos los habitantes del suburbio se volverían contra él. Sin duda le matarían en aquel mismo momento, víctima de la segunda ejecución de la noche. Field le indicó con la mirada que sacara la mano oculta bajo la camisa. Obedeció sin rechistar, con la mano abierta. Field se le acercó y le empujó contra la baranda del camino.

–Habla. Vamos, habla.

El individuo le miraba, demasiado aterrorizado para decir palabra.

–Dime para quién trabajas, rápido –le dijo Field, acercándosele al oído–. ¿Quieres morir?

–Le han degollado en el matadero –respondió, moviendo la cabeza.

–No me refiero al hermano de Somchai. ¿Para quién más? ¡Vamos!

–No conozco a nadie más.

–No te creo –dijo Field, volviendo la cabeza como si fuera a llamar a los demás.

–¡No! ¡No! Se lo juro.

Field volvió a mirarle. Tenía el rostro de un perdedor, la expresión de alguien que es utilizado por los demás. Levantó las manos y le empujó por encima de la baranda; fue a caer al agua, de escasa profundidad. Ninguno de ellos dijo una palabra. Cuando volvió la cabeza, vio que Woodward estaba ocupado ayudando a controlar el incendio y que el chico mongólico seguía entrando y saliendo de las llamas. «Yo también podría hacerlo», pensó nuevamente Field, pero dio media vuelta para dirigirse a la orilla, entre una procesión de mujeres que seguía el mismo camino, aunque no con la rapidez suficiente para la obsesión de supervivencia que comenzaba a dominarle.

Detrás de la multitud halló un *tuc-tuc* que le llevó hasta el matadero. Los hombres habían terminado de trabajar y estaban en los bares comiendo y jugando. Tomó a Ao en brazos, ya que estaba medio dormida, y se dirigió en el mismo *tuc-tuc* hacia su casa. Curiosamente, los guardaespaldas ya no le parecían necesarios. Si era preciso se encerraría en su casa hasta la aparición del artículo de Espoir. Ao dormía sobre sus rodillas. Las calles por las que circularon estaban en general secas, aunque en los lugares donde el nivel era muy bajo había hasta cincuenta centímetros de agua.

Cuando estaban parados en un semáforo en rojo de Sukhumvit Road, Field vio a un chiquillo que vendía periódicos y compró el *Post*. Una fotografía en primera plana mostraba las peores inundaciones cerca de la casa de Amara. Comenzó a hojear el periódico con la primera luz del alba. Le llamó la atención que todos los artículos parecieran tan clínicos y abstractos. Incluso las inundaciones estaban revestidas de un semblante suave y sedoso en forma impresa. Una fotografía en la página deportiva le llamó la atención; era de Paga. Dobló el periódico para contemplarla y vio que tenía un palo de golf en la mano.

«La señorita Paga Kampisom, notable entre los residentes de Bangkok, lanza la primera pelota en la inauguración de su nuevo campo de golf, el Pattaya Country Club», rezaba el titular. «Dieciocho agujeros para practicar con toda comodidad el deporte, de camino al más famoso de nuestros centros de veraneo junto al mar. En el fondo vemos a sus distinguidos invitados, el general Krit Sirikaya, comandante en jefe de la Primera División, el embajador norteamericano, James Gunther Dean, y el ministro de Deporte y Turismo...»

—¡Despierta, Ao! ¡Despierta! —La levantó de sus rodillas y ordenó al conductor que parara; se apeó del vehículo todavía en marcha para llamar un taxi—. Vamos, Ao. Date prisa.

Bajó del *tuc-tuc* aún medio dormida. A aquella hora de la madrugada la carretera de Pattaya debía haber estado prácticamente vacía, pero cruzaba un gran extensión cuyo nivel era inferior al del mar y su tierra tan mullida, que la carretera asfaltada se había ido hundiendo desde el día de su construcción. Después de muchos años de trabajo, los carriles de ida habían sido elevados un par de metros sobre el nivel de los campos, pero los de venida, a la misma altura que los arrozales, estaban bajo un metro de agua. Para complicar todavía más la situación, los camiones a los que no se permitía la entrada en la ciudad antes de las diez de la mañana formaban una cola de treinta kilómetros en uno de los carriles secos de salida, con lo que no quedaba mucho espacio para el tráfico en ambas direcciones.

El viaje fue como una prolongada sesión en los coches de feria, con automóviles que hacían eses por la carretera, sorteando camiones aparcados, vehículos averiados y coches que venían en dirección contraria tocando permanentemente la bocina. Aquella locura quedaba limitada a los confines de la carretera, mientras que más allá se extendían los arrozales hasta el horizonte, con un sosiego infinito. Field estaba demasiado cansado para molestarse por algo tan trivial. Lo único que le preocupaba era mantener los ojos abiertos para no pasarse de la salida que conducía al club de Paga.

Tardaron siete horas en cubrir una distancia que normalmente tenían que haber recorrido en dos, hasta ver un cartel que emergía del agua, señalando la salida a la izquierda. A su alrededor todo estaba inundado, a excepción de un nuevo camino sin asfaltar, construido a un nivel incluso superior al de la carretera principal. Después de varios kilómetros, el sendero llegaba a una enorme isla, por encima de los campos inundados. A partir de unos simples arrozales, Paga había excavado una red de profundos lagos, donde vertía sus aguas al terreno que quedaba entre los mismos, y la tierra era extraída para la construcción de diques alrededor del campo de golf. Además, a intervalos de cincuenta metros había instalado bombas para mandar el agua sobrante a los arrozales circundantes. En el interior del perímetro marcado por los diques, el campo de golf estaba perfectamente seco. Era una zona en la que los árboles brillaban por su ausencia, por lo que, a excepción de un grupo de eucaliptos en un pequeño montículo donde acababa el nuevo camino, todo lo demás estaba recién plantado. Bajo los árboles se encontraba el edificio del club, construido de hormigón, en un estilo vagamente tailandés y de colores muy vistosos. Sus grandes ventanales estaban abiertos y en el momento en que Field abrió la puerta del vehículo, oyó la voz de Paga desde la única mesa ocupada.

–De modo que usted, coronel, ha dado la vuelta al mundo –decía en una voz de sobremesa.

–Efectivamente, señora, en un par de ocasiones por placer, sin contar los desplazamientos profesionales.

–Pero jamás lo ha hecho acompañado de Paga.

–Por supuesto, señora –replicó el norteamericano, confundido.

–Brindo por Estados Unidos –dijo Paga, echándole un cable–. De no haber sido por ustedes, yo todavía sería pobre.

Su voz se perdió en la lejanía cuando vio a Field y Ao que entraban por la puerta. El reducido grupo de oficiales norteamericanos, en su impecable uniforme de golf, le siguieron la mirada hasta que ella se levantó para saludarlos.

–Necesito dormir, Paga –le dijo Field.

Los condujo a un cuarto para cambiarse, donde Field se dio cuenta por primera vez de que su ropa estaba cubierta de grasa y de manchas de hollín. Entre los restos de despojos de cerdo y el barro, el color de su pantalón era irreconocible. Paga le dejó para que se duchara. Cuando salió, su ropa había sido sustituida por un *sarong* y Ao había recibido instrucciones de acompañarle al otro lado de la arboleda, donde vieron unas cuantas casitas de las utilizadas por los monjes, a un metro del suelo. Ao le acompañó a una de ellas, que consistía en un solo cuarto rodeado de persianas. Se tumbó en una esterilla en el suelo, preguntándose por qué habría casas para monjes en un campo de golf, cuando comenzó a oír el canto de los pájaros y a percibir la brisa que le acariciaba el rostro, y se quedó dormido. Despertó en una ocasión durante la noche al oír la lluvia, dio media vuelta y no volvió a abrir los ojos hasta la madrugada.

Ao estaba dormida junto a él en la esterilla. Mirando a través del biombo, vio una pequeña cocina bajo los árboles, donde se encontraba Paga en compañía de una mujer vestida de blanco y con la cabeza rapada. Pertenecía a una orden religiosa, que era lo más semejante a un monje que una mujer podía llegar a ser. Al mirar por la otra ventana vio a un viejo monje sentado frente a la casita de al lado, semejante a la que él ocupaba. Al cabo de un rato, la mujer de blanco llevó comida al viejo monje. Caminaba muy lentamente. Nada parecía tener sentido. Field se ajustó el *sarong* y se dirigió a la cocina, donde Paga estaba tomando sopa de arroz. Al verle le sonrió. Por debajo del suelo de madera corría un riachuelo e infinidad de moscas pululaban alrededor de la comida. Paga arrojó un trozo de carne de su plato a un perro flacucho.

—¿Has dormido bien en mi casa?

—Eso parece. ¿Qué es esto, Paga?

—Un centro de contemplación para monjes. El campo de golf me ha costado cuatro millones de dólares. Me he hecho un buen regalo a mí misma para poder retirarme al campo, ¿qué te parece? Pero, además, para hacer méritos, ofrezco un espacio a los monjes. Disponen de más de veinte hectáreas. Podría convertirlo en un templo, pero necesito más monjes. Ahora sólo tenemos tres.

—¿Quién es el viejo?

—Mi padre.

—Dispones del único lugar seco de Tailandia —comentó Field.

—Por supuesto; soy una campesina. ¿Te has fijado en los diques? —preguntó, señalándolos con la barbilla—. Conozco el comportamiento del agua. Doscientos cincuenta mil dólares mover toda esa porquería, pero puedo permitírmelo. ¿Quieres un poco de sopa?

—Desde luego —respondió Field, después de pensar en las moscas y los perros que circulaban por la cocina—. ¿Te importa que me quede unos días?

—¿Todavía tienes problemas?

—Te he estado buscando, Paga —asintió.

—¿Y bien?

—Quería saber algo más sobre Somchai.

—¿Sabe que estás aquí?

—No. ¿Cómo podría saberlo? Es decir, no lo sé. No sé quiénes son sus amigos y por tanto no sé lo que sabe. Es lo que quería que me aclararas.

—¿Yo? ¿Qué te hace suponer que los conozco? —dijo con obstinación.

—Ahora ya no importa. Ya no tengo interés en hablar con ellos.

—¿Por qué no, John?

—Ya no quiero que me perdonen. Lo que pienso hacer ahora es eliminarlos de la faz de la tierra. Bum. ¿Me comprendes, Paga? ¡Bum! Como una bomba. Y si me arrastran con ellos, mala suerte.

—¿Cómo piensas hacerlo, John? —preguntó sin dejar de tomar su sopa ni mostrar mucho interés.

—Es un secreto, Paga. Una cosa que he averiguado es que uno de sus amigos es una mujer.

—No soy yo, John.

—En todo caso, tampoco importa. Entonces, ¿puedo quedarme?

—Eres mi amigo, puedes quedarte. Ahora debo marcharme, tengo una clase con los monjes —dijo, levantando su sólido cuerpo y dirigiéndose hacia un pabellón decorado bajo los árboles.

Field fue a dar un paseo por los diques de barro, para contemplar el paisaje inundado, y a su regreso se acostó a echar una siesta durante prácticamente el resto de la tarde. Cuando despertó, Ao estaba a su lado. Tuvo la impresión de haber pasado toda su vida en aquel pequeño pabellón, con el olor a comida transportado por la brisa y oyendo el canto de los pájaros. Le daba también la sensación de que Ao había estado siempre con él, sin más, incondicionalmente a su lado, como un elemento esencial que habría completado, en caso de desearlo, la imagen de su vida.

Ya avanzada la tarde, Paga apareció de nuevo con una gorra de golf y Field se le acercó, mientras ella daba instrucciones a un grupo de jovencitas sobre cómo deseaba que se preparara la cena. El número de moscas había aumentado si cabe.

—Dime, ¿cómo fue que tu padre se hizo monje?

—Mi madre murió hace quince años y él se quedó solo. Hace diez años que se hizo monje.

—Porque estaba solo.

—Al estar solo se dedicó a pensar. Cuando varias personas están juntas no lo hacen; no tienen tiempo. Pensó que la gente nace y muere, nace y muere, nace y muere. La misma gente sigue regresando; nace, hace el mal y muere. Nace y muere. Pero el problema empieza con el nacimiento. Entonces decidió abandonarlo todo. Decidió morir por última vez; escapar.

—¿Cómo le va? —preguntó Field, pero se dio cuenta inmediatamente de que no era aquello lo que quería decir y agregó—: ¿Crees que lo logrará?

—Lo intenta con bastante ahínco. Yo también he comenzado a hacer un esfuerzo. Ahora paso bastante tiempo sola, paseando sin que nadie me acompañe. Yo no tengo que ocuparme de los bares, mis parientes lo hacen por mí. Paso dos horas diarias con los monjes, aprendiendo. Una cosa que he aprendido con mucha facilidad es lo fácil que es hablar y lo difícil que es desprenderse de algo. La palabrería es fácil.

—¿Qué me dices de tus bares? Tú no los diriges, pero siguen siendo tuyos.

—No pienso en ellos.

—Pero sigues recibiendo el dinero, Paga. No creo que esto te sirva para hacer muchos méritos.

—¿Por qué no, John? Hago buenas obras en mis locales. ¿Ves esos perros? Cuando encuentro un perro hambriento lo traigo aquí. Todo el tiempo que ha durado la construcción he ido trayendo perros. En una ocasión me paré en el restaurante junto a la carretera y se me acercó un perro famélico. Yo tenía una costilla de cordero y se la di. Entonces le pedí otras dos al camarero, sin decirle que eran para el perro, porque no las habrían cocinado con esmero. Asimismo, me encuentro con mujeres tailandesas que tienen hijos y cuyos maridos las han abandonado y necesitan dinero. No hay trabajos buenos en el mercado. Entonces les digo: «¿Por qué ser desgraciada? El masaje te ofrece una buena oportunidad. Puedes ganar mil, dos mil o incluso tres mil gahts diarios. Hasta puede que encuentres un nuevo marido con los masajes». Mi Buda es muy inteligente. Sabe que el cuerpo no tiene importancia. El cuerpo es como todo lo demás; sólo agua, polvo y fuego. Es decir: sangre, carne y energía.

—¿Lo has aprendido hoy?

—Ayer. El cuerpo no importa. Buda sabe que lo que más cuenta es la mente. Debemos aprender a controlar la mente. No basta con dejar de follar, hay que dejar de desearlo.

—Yo he hecho ambas cosas —respondió Field—, sin lección alguna.

—Entonces ¿para qué compraste aquella chica?

—Porque tú no estabas dispuesta a hacerlo, Paga.

—Menos mal que no estás en el negocio de los masajes —replicó, soltando una carcajada—. Harías muy malos negocios. Los *farangs* sois todos iguales. Os gustan las tailandesas porque son tan menudas. Os parece así que tenéis la polla muy grande y vais a crear una gran sensación.

—¿Es eso lo que te han enseñado los monjes? ¿No? Te aseguro que éste no es mi caso, puesto que he abandonado el sexo.

—¿Es ésa la razón por la que has comprado a una chica enferma?

—Quizá.

—Entonces ¿por qué sigues siendo tan desgraciado? Esto no puede ser. Si crees que todavía puedes ser feliz en este mundo, debes olvidarlo.

—O sea que debo dejar de ser desgraciado y también de ser feliz. ¿Queda algo por elegir?

—Debes dejar de desear, John; eso es todo. Deja de desear la felicidad, del mismo modo que has dejado de desear a la chica. Deja de soñar. Eres demasiado romántico, John. Sin término medio. Un gran soñador. En todo caso, ¿qué tipo de chica te gustaría? No esa muchacha.

—¿Por qué no? —respondió Field, encogiéndose de hombros.

—Tienes una mujer de tus sueños, ¿no es cierto?

—No. Se trata de alguien en particular.

—¿Dónde está?

—Nunca llegué a poseerla. La vi. Incluso me acosté con ella. Pero jamás llegué a poseerla del modo sencillo y perfecto que había soñado. ¿Por qué tendría que suponer que podría funcionar mejor en otra ocasión? Lo que quiero decir es que si no ocurrió cuando estaba en mis mejores tiempos, de joven, cuando uno no piensa demasiado, sólo siente, con una chica en igualdad de condiciones y a quien amaba con una pasión que sentía desenfrenadamente al introducirme en su cuerpo, ¿cómo podría ocurrir ahora?

Field hizo una pausa para ahuyentar las moscas que se habían posado en diversas partes de su cuerpo.

—¿Qué falló con esa mujer de tus sueños? —preguntó Paga, que hacía caso omiso de las moscas que se posaban sobre ella.

—No se interesaba por mí. Los hombres son curiosos en este sentido. Creen que lo único que hay que hacer es convencerla a ella. Te lo aseguro, Paga, no hay ninguna mitología en la religión comparable con el sexo. Fíjate en los románticos. Afirman que si uno la quiere, los detalles físicos no importan. Si es cierto que los detalles físicos no importan, Paga, entonces no nos diferenciamos de los perros; estaremos dispuestos a hacerlo en cualquier lugar y no importa cómo ni con quién. Es decir, como yo, ¿no es cierto? Como un perro de dos patas. O como dicen los machos, que con las luces apagadas, todos los coños son iguales. Esos individuos deben tener la piel de amianto. Pero lo curioso del caso es que, en el fondo, coinciden con los románticos. Ni unos ni otros están dispuestos a hablar de la posibilidad de algo perfecto. Unos están aterrorizados del cuerpo y los otros del alma. Y el miedo siempre suena como el odio. Hay que odiar a las mujeres para afirmar que su cuerpo no importa, o que sus coños son todos iguales. Lo que yo me proponía eran ambas metas. ¿Cómo podría seguir deseando lo mismo? Lo único que puedo ofrecer ahora es sabiduría. –La palabra obligó a Paga a soltar una carcajada–. De acuerdo, llámalo experiencia. Qué importa. En todo caso, la experiencia es el premio de consolación, una forma de ser comedido. Sin embargo, la pasión es algo inconmensurable, no porque sea excesivamente grande ni nada por el estilo, sino porque no hay nada que medir. Aquella chica, Paga...

–La chica de tus sueños, ¿no es cierto?

–Conocía exactamente la sensación antes de tocarla. Exactamente. No había ninguna diferencia entre mi imaginación y la realidad. Sus pechos eran exactamente como medias lunas, del tamaño justo para mis manos, suaves y macizos. Sus caderas eran suaves y bastante generosas. Y su piel carecía de poros. Y cuando estaba dentro de ella sentía algo especial, que soy incapaz de explicar, pero que conocía a la perfección; como un secreto divino. Me acosté tres veces con ella. Tres. En cada ocasión tuve que persuadirla. El esfuerzo fue enorme. Y en cada ocasión tuvo lugar un gran acto de pasión, que creí que serviría para convencerla para siempre. Pero no fue así. Tuve que volver a empezar a persuadirla. No. Era un gran error. Horrible. Era una tortura saber lo que uno deseaba y darse cuenta de que sólo podía poseerla gracias a un constante esfuerzo consciente e intelectual, mientras que la pasión la ahuyentaba. De todos modos, sabía que existía, aunque no quisiera tener relaciones conmigo. Llegué a comprender que no se seduce a una chica como ella; ni se la compra. Tiene que desearte.

—¿Qué le ha ocurrido?

—Está muerta. Hace poco. Murió asesinada.

—He ahí lo que te perturba.

—¿A mí? Todo me perturba. Paso la mitad del tiempo con chicas por las que siento cierto amor, pero con las que algo falla. Su olor no es el justo. Tampoco lo es la sensación. Tienen los labios agarrotados. ¿Cómo puede uno pasarse la vida besando unos labios agarrotados? O en su interior, son como una caverna. No lo sé. Pero entonces todavía dispongo de la otra mitad de mi tiempo para tus chicas: seres de la perfección física. Por lo menos esto es algo que puedo comprar. A lo que me refiero es a que uno puede adquirir lo que se ajuste a sus gustos. Cualquiera puede hacerlo. Así que acabas mintiéndote a ti mismo, limitando su demanda. Uno se concentra en lo físico y se estremece con el cuerpo perfecto mientras ella pretende, por supuesto de un modo honrado, bien intencionado y amigable, que se siente transportada al séptimo cielo. Nada de esto tiene mucho que ver con lo que originalmente deseaba. Sólo pasión, ¿no es eso? Sin necesidades, expectativas, ni calendarios. La mera fusión de dos cuerpos. Tampoco quería que fuera duradero. Con el tiempo me habría contentado. Un año, tal vez unos meses. Con una semana habría bastado, a condición de que hubiera sido perfecto. En estos casos el tiempo no importa. El tiempo no cuenta cuando uno consigue lo que desea. En todo caso, se trata de una cualidad que se exagera desmesuradamente. Y yo lo he conseguido todo, menos lo que deseaba.

—Puede que no lo desearas con la fuerza suficiente.

—No tiene nada que ver con la fuerza del deseo —dijo Field, consciente de que lo que decía no tenía mucho sentido, por lo menos para Paga—. He ahí el dilema.

—¿Es ésa la razón por la que has comprado a esa chica?

—No fue eso exactamente lo que hice.

—¿Ah, no? ¿Qué hiciste?

—No lo sé. Pero escúchame, Paga, tengo a ese animal de Somchai que me persigue. Ese cerdo ex amigo tuyo. Yo no le he elegido. No he salido de mi camino para encontrarle. Lo único que deseo es que me deje tranquilo. ¿Comprendes? Quiero que deje de molestarme. Deseo volver a la monotonía de mi vida, avanzando paso a paso sin conseguir lo que anhelo. Eso es todo; es lo único que me propongo.

—Por supuesto, John. Te comprendo. Somchai siempre ha sido un cerdo. Comeremos en el edificio del club, ¿de acuerdo?

Pasaron la velada, los tres solos, bajo el techo puntiagudo de hormigón, rodeados de un mar de mesas vacías. Field y Ao comieron en silencio, mientras Paga les describía con todo detalle la construcción del complejo y al fondo se oía una radio que emitía rock tailandés. «Made in Thailand» era la canción que sonaba, por tercera vez en una hora, cuando la radio dejó de funcionar. A los pocos minutos se oyó el himno nacional, varios decibelios más alto, seguido de un comunicado presentando al comandante de la Primera División Militar, general Krit Sirikaya:

—Un amplia coalición de oficiales de alto rango de su majestad ha intervenido esta noche para restaurar la honradez y la eficacia en los asuntos de nuestra nación.

—Maldita sea —exclamó Field—. El atracador está en el banco.

—Como comandante de la División Militar responsable de la seguridad de Bangkok, he ordenado a mis tropas que custodien todos los edificios gubernamentales, así como los centros de transportes y comunicaciones. Dentro de unas horas me reuniré con la junta de oficiales, de la que soy un mero portavoz, con el fin de decidir las responsabilidades que cada uno de nosotros ha de adoptar para que este paso encaminado a una plena democracia y libertad tenga un éxito absoluto.

»Permítanme aclarar que este paso, al que nos resistíamos desde hace mucho tiempo, ha sido provocado por la forma inhumana de controlar las inundaciones de la capital. Ningún gobierno puede considerarse legítimamente mandatario de un pueblo cuya seguridad y bienestar trata con desdén. El incendio intencionado que tuvo lugar ayer en el depauperado suburbio de Klong Toey contribuye a demostrar la necesidad de un cambio. La primera gestión de la nueva administración consistirá en proporcionar viviendas alternativas a las cuarenta y siete familias afectadas, demostrando así que nuestra voluntad es la de cuidar del bienestar de los menos favorecidos en nuestra sociedad. Como medida temporal de seguridad, se impondrá el toque de queda con efecto inmediato. Podéis descansar con la seguridad de que el bienestar nacional está nuevamente en manos firmes. ¡Viva el rey!

Sonó una vez más el himno nacional, seguido de música clásica tailandesa.

—El atracador está en el banco —repitió Field en voz baja.

—¿No te gusta? —preguntó Paga—. Es como todos los demás. Creo que temía que le pusieran de patitas en la calle por lo de las inundaciones y se ha anticipado deshaciéndose de los demás.

—Como en los viejos tiempos, ¿no es cierto? —dijo Field, soltando de pronto una carcajada—. Como en los viejos tiempos.

—Los golpes son malos para el negocio, John. El toque de queda significa que los bares han de cerrar temprano. Pierdo dinero.

Field se acercó a la puerta para contemplar el firmamento. A lo lejos se oía el canto de un *geko* y se puso a contar. Los números altos e impares traían buena suerte; el siete era un buen número. Al llegar al noveno, el animal prolongó su canto como si estuviera demasiado cansado para continuar, pero emitió otros dos aullidos.

—Debe de ser uno de los grandes —comentó Paga.

—Un caimán —susurró Field— que ha estado comiendo pelotas de golf.

—En cada golpe pierdo dinero. Los hombres se pasan la vida organizando golpes, pero no están dispuestos a luchar. En los golpes no muere nadie. Los vietnamitas son diferentes, nunca paran de luchar. Si vinieran aquí, derrotarían al ejército tailandés, pero después no lograrían dominar al pueblo.

—Seguro que te cerrarían el campo de golf.

—No me importa. Nací pobre y moriría pobre. Pero los vietnamitas luchan como leones y por consiguiente necesitan a las chicas tailandesas.

Permanecieron sentados tranquilamente, escuchando la radio a la espera de noticias.

—Tiene problemas —dijo finalmente Field, haciendo girar el botón de sintonía de la radio.

La aguja se desplazaba sin hallar ninguna emisora, hasta que de pronto sintonizó una voz que hablaba en nombre de una división armada asentada en Thonburi, al otro lado del río de Bangkok. Ellos también habían actuado y sus oficiales estaban reunidos a su vez, discutiendo el mejor modo de salvaguardar la libertad y la democracia. Aunque no lo mencionaron, Field sabía que su general era de la quinta promoción. Con el transcurso de la noche, conforme iban apareciendo emisoras transmitiendo desde diversos puntos de Bangkok, la situación era cada vez más confusa. Algunas estaban controladas por el ejército. Otras transmitían ilegalmente toda clase de rumores. Era evidente que todo el ejército se había movilizado para tomar el país, pero lo habían hecho división por división y ahora estaban todos reunidos; claro que nadie decía con quién. Krit era quien estaba en posesión del tesoro, pero estaba rodeado de divisiones mandadas por generales de la quinta o de la séptima promoción, cuyas emisoras atacaban no sólo al gobierno, sino, indirectamente, a sus rivales de promoción. Krit era el único a quien todos mencionaban como aliado de la libertad y de la democracia. Curiosamente, no se decía nada del presidente del gobierno, Pa Prem, general jubilado de reconocida bondad, honradez y responsabilidad.

Tampoco se hablaba del rey. Todos los generales decían actuar en nombre del monarca y contra el presidente, pero ambos habían desaparecido.

Al día siguiente, viernes, no apareció nadie por el campo de golf y hasta bastante avanzada la tarde no comenzó a transmitir por medio de repetidores una emisora situada en el extremo norte del país, en Chaing Mai. Al parecer, el presidente del Gobierno se había refugiado, junto con la familia real, en aquella ciudad septentrional e incitaba a las divisiones armadas de la zona para que los apoyaran. Pa Prem pedía al ejército que regresara a los cuarteles. Por su parte, las emisoras que hablaban en nombre de los oficiales de las promociones quinta y séptima acusaban con vehemencia al «ex presidente del Gobierno de haber secuestrado al querido monarca de la nación». Era la furia de los derrotados. En Bangkok, Krit guardaba silencio. Su emisora transmitió el repertorio entero de música clásica, interrumpido en una sola ocasión para ofrecer un ambiguo comunicado con respecto a ciertos agitadores comunistas en el suburbio de Klong Toey, los cuales impedían el auxilio a los damnificados por el incendio. Parecía como si intentara adoptar una nueva actitud, que le convertía en defensor de la estabilidad más que en revolucionario.

Field pasó todo el día del sábado al aire libre, hasta que comenzó a llover por la tarde y se refugió en su cabaña, acariciada por la brisa, mientras la lluvia caía sobre el tejado. A primera hora del domingo se interrumpió la música para anunciar que el general Krit hablaría una hora más tarde. Al cabo de una hora se repitió el mismo comunicado, y de nuevo a las doce. En realidad no fue hasta primera hora de la tarde cuando finalmente salió el general por antena, con una voz en la que apenas se detectaba un lejano vestigio de un imposible aprieto del que intentaba salirse.

–En mi calidad de oficial responsable de la seguridad de la capital de la nación me he visto obligado a actuar para asegurar que las diferencias entre distintos elementos de las fuerzas armadas no provoquen actos de destrucción y violencia en las calles de Bangkok. Me limito, por consiguiente, a ocupar la ciudad con toda humildad, a la espera del regreso de su majestad, cuando lo crea oportuno. Aunque existan discrepancias entre las fuerzas armadas de nuestra nación, en cuanto al mejor modo de servir a nuestro pueblo, esas diferencias son temporales y de poca importancia. Más peligrosos son los elementos de nuestra sociedad dispuestos a aprovecharse de la oportunidad que la división de las fuerzas armadas les brindaría para intentar hacerse violentamente con el poder. En las últimas veinticuatro horas hemos identificado una organización secreta, que se ha manifestado en primer lugar en los sufridos suburbios de Klong Toey. Y lo más lamentable es que los responsables de dicha organización han aprovechado la confusión reinante en nuestro país para atacar nuestras más respetadas instituciones en la prensa extranjera. En consecuencia, he ordenado que se formulen con efecto inmediato ciertas acusaciones de traición. ¡Viva el rey!

El lunes, a primera hora de la mañana, Paga mandó a su dócil hijo a la ciudad a enterarse de lo que ocurría. Field le pidió que fuera al Nursing Home, con la esperanza de que hubiera aparecido el artículo de Espoir. El joven estuvo fuera todo el día; cuando regresó, lo hizo con un montón de publicaciones clandestinas en tailandés, que habían aparecido durante el período de incertidumbre, y una colección de periódicos en inglés. Había intentado ir al Nursing Home, pero lo había encontrado rodeado de soldados y había optado por ir a un gran hotel y comprar todos los periódicos extranjeros que tenían.

Field los esparció sobre la mesa y comenzó a examinarlos. En *The Times* de Londres, del sábado, había un artículo en primera página que hacía referencia al golpe. Se trataba de un comunicado especial de George Espoir, «el famoso novelista británico de visita en Tailandia para investigar el difícil y dividido mundo político de aquel país». En la primera parte del artículo no vio nada referente a Somchai. Nada relacionado con las drogas. Volvió a examinarlo desde el principio. No había nada, absolutamente nada. Sólo algunas citas sobre «mi reciente conversación con el enigmático general Krit Sirikaya, en cuyas manos está la clave de la estabilidad de este reino asiático». El artículo continuaba en la segunda página. Al volver con impaciencia la hoja, su mirada se fijó en un nombre.

«El doctor Meechai Wuthiwat, conocido como "el rey del condón" por su pintoresca defensa de la campaña de control de natalidad y como devoto trabajador del suburbio, cuya excentricidad le lleva a circular por Bangkok vestido de campesino a pesar de pertenecer a una familia de abolengo, ha elegido este momento de crisis para lanzar un ataque contra las instituciones más veneradas de la nación. Vino a buscarme a mi hotel, a una hora muy avanzada en la noche anterior al levantamiento e insistió en que le acompañara a un matadero, en el corazón de uno de los suburbios más depauperados de Bangkok. Allí, en un ambiente que recordaba todo aquello que Karl Marx deploraba en la Europa del siglo XIX, me habló de la humanidad del comunismo y de la corrupción de los políticos y burócratas tailandeses. Cuando le pregunté qué sentía con relación a los peligros de experimentar con sistemas políticos, después de las tragedias que hemos observado en Camboya y Vietnam, me respondió que "los valores de Occidente no servían para evaluar los problemas del tercer mundo" y que los sentimientos personales no tenían nada que ver con el asunto. Atacó particularmente la "corrupción mental de nuestros líderes", y el hecho de que usaran al venerado monarca tailandés como un "instrumento". "La solución no consiste en acabar con la corrupción –declaró–, sino en cambiar de gobernantes". Esta llamada revolucionaria en la víspera de los actuales acontecimientos parece haber sido muy bien sincronizada y el doctor Meechai podría estar preparándose para pasar de "rey del condón" a una posición de poder real.»

—¡Santo cielo! —exclamó Field—. ¡Si será idiota!

Al mirar a Paga, que estaba de pie a su espalda, ésta le mostró un periódico sensacionalista tailandés en el que aparecía una enorme fotografía de Michael Woodward, con las manos y los pies encadenados, entrando detenido en el cuartel general de la policía.

—¿Qué dice? —preguntó Field, que no sabía leer sánscrito, haciendo un esfuerzo para no vomitar.

—«Rey del condón detenido por atacar a su majestad —respondió Paga, pasando el dedo por el texto—. El general Krit actúa para proteger la monarquía.»

Woodward había sido detenido en Klong Toey, donde estaba organizando a las víctimas para la reconstrucción de sus casas. Los soldados intentaban impedírselo, y les decían que si deseaban reconstruir las casas debían hacerlo hacia el interior del pantano, donde el agua tenía una profundidad de hasta dos metros. La autoridad portuaria había decidido quedarse con la zona asolada por el incendio para la construcción de unos nuevos almacenes. Había numerosas referencias a los «maliciosos ataques de Meechai contra el rey en la prensa extranjera» y se hablaba de «la posibilidad de una condena de quince años». En una columna de sociedad se mencionaba también la celebración del octavo ciclo del almirante Wuthiwat prevista para el día siguiente, que debía constituir el acontecimiento social más importante del año. «Los cristianos afirman que los pecados de los padres se reproducen en los hijos, ¿llega a ocurrir que los del hijo se reproduzcan en el padre? ¿Quién asistirá a la fiesta del almirante desafiando el toque de queda? Queda por ver.»

CAPÍTULO DOCE

En la madrugada del martes, el presidente del Gobierno regresó en avión a Bangkok, acompañado del rey. Aterrizaron en los jardines del Palacio Real, donde el general Krit los esperaba para darles la bienvenida. El presidente revocó inmediatamente el toque de queda.

—Proseguiremos —dijo— como si nada hubiera ocurrido.

Durante la noche, las unidades del ejército se habían retirado a sus cuarteles y los generales habían dejado de transmitir por radio.

Field pasó la mañana caminando por los diques del campo de golf, intentando decidir lo que debía hacer. Intentó consolarse, en vano, culpando a Espoir de lo ocurrido. ¿Cómo responsabilizar a alguien a quien ya despreciaba antes de poner la vida en sus manos? En todo caso, todo volvía a estar como al principio. En el momento en que abandonara aquella fortaleza acuática, los amigos de Somchai volverían a acosarle. Y ahora no tenía ningún artículo en que confiar, ni nada que esperar. Lo único que había conseguido había sido que metieran a Woodward en la cárcel. Anduvo bajo el sol hasta que su piel comenzó a deshidratarse, llegaron las nubes y el monzón descargó su lluvia. Field miró al firmamento con resentimiento y regresó al edificio del club, donde le preguntó a Paga si le prestaría su coche.

—¿Qué piensas hacer, John? —replicó tan inesperadamente como de costumbre, con la curiosidad lejana e interesada de una madre superiora.

—No lo sé —respondió, contemplando su rostro expresivo e impaciente, mientras pensaba que no era asunto suyo, cuando de pronto agregó—: Sí, iré a la cena del viejo. Eso es lo que haré. No puedo quedarme aquí. Ocúpate de Ao en mi ausencia. Que no se mueva de aquí.

Field hizo dos paradas de camino a la ciudad. Una para comprar balas para la pistola que todavía llevaba consigo y otra en su casa para cambiarse de ropa. La calle que conducía al hotel Oriental había quedado prácticamente inundada. El hotel propiamente dicho estaba temporalmente en una isla, con las aguas del Chao Phya que llegaban hasta la misma puerta. En el vestíbulo había un enorme cartel, pintado a mano, que decía:

ESPERAMOS QUE NUESTRO GOLPE DE ESTADO
NO LE HAYA CAUSADO MOLESTIAS.
LE DESEAMOS UNA FELIZ ESTANCIA EN BANGKOK

Cuando Field llegó y subió al salón de baile del primer piso, ya estaban allí la mayoría de los invitados. En la planta baja no vio a ningún soldado, armado ni desarmado, ni tampoco en el primer piso. Se detuvo en la puerta para observar a los concurrentes, sentados en grupos de doce, alrededor de mesas redondas. Había varios oficiales de alto rango, vestidos todos de paisano, con camisa de seda, colores sobrios y cuello alto abierto, conocida como camisa Prem, convertida en atuendo semioficial por el actual presidente del Gobierno. Estaban presentes prácticamente todos los altos oficiales de la Armada, así como los representantes de la antigua comunidad extranjera, la mayoría de los grandes banqueros, hombres de negocios y secretarios ministeriales.

La distribución de los comensales obedecía a cierta lógica. Cada una de las ocho hijas del almirante presidía una mesa junto con su marido. Los maridos, a su vez, habían invitado a las personalidades más importantes de su campo. La más eminente de las ocho hijas era la casada con el heredero del Siam Bank, cuyo padre, chinotailandés de la vieja escuela, estaba sentado junto a ellos, en compañía de los propietarios de otros bancos importantes, todos ellos chinotailandeses. Entre todos controlaban suficiente capital para hundir la economía nacional. Entre la hija del almirante y el nuevo presidente del Siam Bank, Pong Hsi-Kun, que era el financiero del general Krit, había una silla vacía. Los diez hombres sentados a la mesa usaban traje azul marino de seda, camisa color crema y corbata también de seda.

En una mesa próxima se encontraba Amara, junto con un grupo de gente que carecía de poder pero que pertenecía a familias ilustres y conocían a todo el mundo. Había otras mesas «de menor importancia» distribuidas por la sala, cada una de ellas bajo control de una de las hijas.

De vez en cuando pasaba junto a Field, parado junto a la puerta a la vista de todo el mundo, algún que otro rezagado. A pesar de todo, pensó, nadie había dejado de asistir, por lo que con un poco de suerte su perseguidor debía de estar presente. Quizá mostrándose como blanco al nivel adecuado descubriría algo.

No era fácil comprender qué les había impulsado a asistir; puede que fuera la curiosidad macabra de ver el efecto que había causado en el viejo la detención de su hijo, o quizá atraídos por la misma fuerza que lleva a la gente a presenciar ejecuciones, sin pensar realmente en lo que va a ocurrir. Por otra parte, aquél era el primer acontecimiento desde el golpe fallido que prometía emoción. Cuando dejó de entrar gente en la sala, había todavía cuatro sillas vacías: una junto a Pong y tres en la mesa del centro, donde se encontraba el jefe de Estado Mayor de la Armada, junto a un hombre muy anciano, casi de la misma edad que el almirante Wuthiwat, que era su predecesor.

Field oyó voces a su espalda y volvió la cabeza para ver al general Krit, que subía por la escalera acompañado de una docena de asistentes uniformados, si bien él llevaba una camisa estilo Prem, como símbolo de lealtad. Titubeó al llegar a la puerta. Tenía los ojos encendidos, sin duda a causa de los brandys que se había tomado para animarse a venir. Sus ademanes, habitualmente relajados, se habían convertido en pequeños movimientos bruscos. Estaba demasiado perturbado para percatarse de la presencia de Field. Ordenó a sus acompañantes que le esperaran en la planta baja, respiró hondo, bajó los hombros en símbolo de humildad y entró en la sala. Apenas cruzó el umbral, se hizo un silencio en la estancia y se volvieron todas las cabezas para observarle. Entonces, el heredero del Siam Bank, yerno del almirante Wuthiwat, se puso de pie para presentarle sus respetos y su esposa siguió su ejemplo. Todos los demás comensales se pusieron también de pie, pero Krit pretendió no darse cuenta. Ocupó su lugar entre Pong y la hija del almirante, disculpándose por haber llegado tarde. No dio ninguna razón para ello, pero se suponía que la restauración del orden en la capital le mantenía muy ocupado. Era perfectamente concebible que una de sus tareas hubiera consistido en interrogar a su hermano, Michael Woodward. El dueño del Siam Bank, su hijo y los otros siete banqueros se acercaron a saludarle personalmente, mientras Pong mantenía la cabeza baja, como si fuera demasiado modesto para admitir que la victoria de Krit era también la suya. Había valido la pena acudir para contemplar esa combinación esencial de poder y dinero. Significaba que Krit había logrado entrar en el golpe, cruzarlo y salir del mismo en una curva ascendente. Al cabo de un momento se le oyó decir, en una voz lo suficientemente alta como para que todo el mundo se enterara, que los jóvenes de su generación sentían un profundo respeto por los hombres como el almirante Wuthiwat, cuya lealtad había sido siempre incuestionable. Estas palabras se repitieron por la sala, en un magnífico alarde teatral.

Al cabo de un momento, Field oyó una voz europea a su espalda y volvió la cabeza. Se trataba del director del hotel, que acompañaba lentamente al almirante por la escalera. Con la única excepción de la esposa de Michael

Woodward a un lado y su asistente al otro, el anciano venía solo.

–Lárguese –le dijo al director cuando acabaron de subir la escalera, soltándose al mismo tiempo de los brazos de sus acompañantes.

El almirante Wuthiwat tenía un aspecto mucho más frágil que cuando le había visto almorzando en el Club Británico. Se había puesto un antiguo uniforme blanco, adornado con innumerables bordones dorados, la mayoría de los cuales le correspondían y no sólo por su alto rango naval. El rey Rama VII le había concedido el título nobiliario de Phya en 1930, dos años antes del golpe que había acabado con la monarquía absolutista. No era el atuendo habitual para asistir a un cumpleaños, en particular el propio. Durante dos años había tenido derecho a utilizar el título de «Su Señoría de las Tácticas Acuáticas», hasta la abolición de los títulos tras la revolución. Evidentemente se le había encogido el cuello, ya que la camisa le quedaba ligeramente holgada, pero avanzaba con decisión, empuñando fuertemente la espada, seguido de cerca de su nuera. Todo el mundo se puso de pie. El almirante prosiguió mirando al frente, hasta llegar junto al jefe de Estado Mayor, y se sentó lentamente. El oficial intentó decirle algo, pero el anciano no le hizo ningún caso. La esposa de Michael Woodward se sentó a su lado, dejando una silla vacía entre el almirante y ella. Wuthiwat miró fijamente a su alrededor. Estaba temblando. Los presentes estaban a la expectativa, satisfechos de haber venido, porque era evidente que algo estaba a punto de ocurrir. A los cinco minutos los camareros comenzaron a servir el primer plato. En el momento en que estaban por distribuir la comida entre los invitados, el almirante se puso de pie y habló en un tailandés callejero, como si se dirigiera a la soldadesca:

–¡Fuera la comida! ¡Retiradla!

Los camareros se retiraron confundidos, mientras el anciano examinaba la sala, posando momentáneamente su mirada en cada una de sus hijas, y en particular en la que estaba sentada junto al general Krit. A continuación desenfundó la espada de un solo tirón y la puso sobre la mesa, empujando dos vasos al suelo.

—¡Soy un súbdito incondicional del rey! —exclamó con una voz firme y segura, ya no en tailandés callejero, sino en un lenguaje cortesano casi arcaico y con un elegantísimo acento—. Siempre he sido leal a su majestad. Llegué a este país cuando era apenas un muchacho y me puse al servicio del rey. En mil novecientos doce, cuando pocos de los presentes habíais nacido, estaba ya a su servicio. Mi nombre es Wuthiwat. El rey premió mi lealtad otorgándome un título: Phya Prichacholyuth. En mil novecientos treinta y dos, el golpe de Estado despojó al rey de sus poderes, pero yo mantuve la Armada lista para la lucha. El monarca sabía que estaba dispuesto a defender su posición absolutista, pero me ordenó que no lo hiciera. Soy un hombre leal, no orgulloso. Obedecí el mandato de su majestad. Me entregué al rey para que se sirviera de mí. Jamás intenté servirme de él. —Hizo una pausa mientras el otro viejo almirante asentía, reflexionó unos instantes y volvió a mirar fijamente a los concurrentes—. Todo lo que os digo es cierto. En diciembre de mil novecientos cuarenta y uno llegaron los japoneses. Tuvimos que agudizar nuestro ingenio para proteger el país y evitar una matanza. El veinte de diciembre, una de mis hijas cayó gravemente enferma —dijo, señalando a la que estaba casada con el heredero del Siam Bank y sentada junto a Krit, sin que le temblara el dedo—, ésa. Había que practicarle urgentemente una operación quirúrgica, o de lo contrario le quedaban pocas horas de vida. Había muchos excelentes cirujanos tailandeses, pero en mi ausencia la habían llevado al Bangkok Nursing Home, donde el único médico era un alemán, el doctor Steuben —prosiguió Wuthiwat, señalando a un anciano al otro lado de la sala, que inclinó respetuosamente la cabeza—. El doctor Steuben era nazi. En aquella época circulaba por Bangkok enarbolando la cruz gamada y al encontrarse con mi hija en el quirófano se negó a operarla. ¿Por qué?

Porque en parte es judía. Sus principios le hacían desear que muriera. Fui al hospital, le apunté a la cabeza con mi pistola y le dije que si no la operaba le mataría. Si mi hija moría, también le mataría. La quería tanto a ella como a mi rey, pero aquel día comprendí que no me bastaba con ocho hijas y que necesitaba un hijo para servir a su majestad. No como marido, sino como médico. Este asiento vacío –agregó, señalando la silla que tenía al lado– es el de ese hijo. Esta noche está en la cárcel. Ese hombre –exclamó, señalando lentamente a Krit, a pocos metros de distancia– es el que le ha encerrado.

»Mi hijo es leal al rey, tanto como lo soy yo. ¿Se atreve alguien a negarlo? ¿Se atreve alguien a negarlo? –repitió, levantando el sable por encima de la cabeza y esgrimiéndolo en el aire–. Si alguien no lo cree, que me mate con esta espada –agregó, mirando fijamente a los presentes y señalando al general Krit con el sable–. He ahí un hombre ambicioso, un general que compra y vende, un usurpador del poder, que ha convertido a mi hijo en cabeza de turco para ocultar su propia falta de lealtad. ¿Alguien lo niega? –preguntó sin mover el sable, pero paseando lentamente la mirada por la sala–. ¿Hay alguien que lo niegue? –insistió, mientras Krit permanecía petrificado en su asiento, contemplando la punta de la espada y sin que nadie rechistara–. Mañana por la mañana... si mi hijo no está en libertad mataré a este hombre. Soy un anciano, pero le mataré. Y lo haré en nombre del rey.

Jadeando, se agarró a la mesa para no perder el equilibrio e intentó enfundar el sable, pero la esposa de Meechai tuvo que ayudarle. A continuación le obligó a que le soltara y, caminando tan firmemente como pudo, salió de la sala seguido de su nuera. Field inclinó respetuosamente la cabeza a su paso, pero el anciano no se dio cuenta de su presencia. Se agarró de la barandilla y su asistente, que le había estado esperando en la puerta, le ayudó a bajar la escalera.

Nadie más se movió. Al cabo de un minuto, una de

las hijas del almirante, la que estaba casada con un alto financiero, se puso de pie y, seguida de su marido, se dirigió a la puerta. Una tras otra, las demás hijas siguieron cada vez con mayor rapidez su ejemplo, seguidas también de sus respectivos maridos, hasta que todas se hubieron ausentado, menos la que estaba sentada entre Krit y el hombre del Siam Bank. Ésta se alejaba discretamente del general y miraba a su marido en busca de orientación, pero él tenía la mirada fija en su padre, el propietario del banco. Todos los presentes miraban a su alrededor con nerviosismo e incertidumbre, sin saber si quedarse o marcharse. Habían venido como espectadores y el almirante los había convertido en participantes.

—¿A qué esperáis? ¿No pensaréis quedaros? —dijo Amara a los de su mesa; se levantó, cogió a Tanun del brazo y abandonaron la estancia, seguidos de su grupo.

Había otros tailandeses, de buena familia, pero carentes de poder, dispersos por la sala, y unos tras otros siguieron su ejemplo.

—Hola, Johnny —dijo Amara al ver a Field en la puerta.

—Creía que Krit era el tipo de general que te gustaba.

—Claro, por supuesto, pero antes son los amigos. Hay muchos como él. Se compran a bajo precio. No hay por qué preocuparse. Tu hija está de maravilla, si te interesa saberlo.

—¿Ningún problema? —preguntó después de darle un beso.

—Ah, sí, pero les eche los perros. No te preocupes Johnny, cuido bien de mis invitados —concluyó, alejándose con un amigo.

Field volvió a mirar hacia la sala para ver quién le observaba, pero nadie parecía fijarse en él. El resto de los invitados permanecían sentados. Los militares no querían enemistarse con Krit. Los hombres de negocios necesitaban a los militares. Y los extranjeros perderían sus negocios si no contaran con la colaboración del gobierno. Krit miraba a su alrededor, fijando la mirada en los presentes.

Pero entonces el viejo almirante jubilado de la mesa presidencial se levantó y, lo suficientemente alto como para que le oyeran de las mesas próximas, dijo:

—Wuthiwat es leal al rey.

A continuación se dirigió lentamente y cojeando hacia la puerta. A los pocos instantes, el jefe de Estado Mayor de la Armada se apresuró a seguirle y le tomó del brazo. Inmediatamente se levantaron todos los marinos y desfilaron hacia la escalera. A continuación se hizo una pausa, que interrumpió el doctor Steuben, el ex nazi, corriendo la silla para levantarse. Se acercó a la mesa de Krit, inclinó respetuosamente la cabeza ante la hija de Wuthiwat y le ofreció el brazo. Ella aceptó inmediatamente su oferta y salió con él, dejando a su marido. Transcurridos escasos segundos, todos los demás *farangs* se dirigían a la salida, horrorizados de que un ex nazi les hubiera dado una lección de moralidad en público.

La sala estaba ahora medio vacía y el anciano propietario del Siam Bank echó una cautelosa ojeada para ver quién quedaba y quién se había marchado. Para un chino residente en Bangkok era muy importante no destacar innecesariamente, en especial entre los perdedores. Susurró algo al oído de su hijo, que seguía mirando fijamente a su esposa, ya en la escalera, y sin dirigir la mirada a Krit se levantaron ambos y abandonaron la estancia, seguidos de los otros siete banqueros. Krit se había quedado solo en su mesa, a excepción de Pong Hsi-Kun que, de espaldas al general, observaba cómo con la salida de los banqueros se esfumaba su respetabilidad. Con un pequeño chasquido de la lengua, se levantó y siguió a los demás. Mantenía la cabeza baja, para evitar la mirada de Krit, y no se dio cuenta hasta el último momento de que alguien le cortaba el paso. Al levantar la cabeza miró directamente a los ojos de Field y durante un breve instante pareció que iba a desmayarse. Se recompuso, se echó a un lado y bajó por la escalera.

—Tan simple —se dijo Field a sí mismo, en voz alta—. ¿Por qué no puede ser así de simple? ¿Por qué no puede tratarse de la persona más evidente? –se preguntó al ver desaparecer a Pong–. ¿Por qué no?

Cuando miró de nuevo hacia la sala, comprobó que quedaban menos de cincuenta hombres, todos ellos oficiales del ejército. El general Krit vaciaba su vaso de brandy con soda sin mirar a ninguno de ellos.

Field pasó la noche en el Dusit Thani, donde su amigo de la recepción le dio una habitación sin necesidad de rellenar formulario alguno, para evitar que le localizaran. A primera hora del día siguiente se dirigió en taxi a la finca de Pong, situada en una travesía de Sukhumvit Road, relativamente cerca de su propia casa. Esperó media mañana en el asiento trasero del pequeño Toyota, hasta que apareció Pong en el compartimiento posterior de su lujoso Mercedes. Siguieron sin dificultad alguna al elegante vehículo, hasta llegar a una velocidad moderada a la estación de ferrocarril. Pong entró en su antiguo despacho, situado en un edificio que, para contrarrestar la mala suerte de las múltiples calles que tenía enfrente y la de los trenes que venían en dirección al mismo, tenía la forma de un tigre agazapado. Field se quedó nuevamente esperándole. Si bien le parecía mejor seguir que ser seguido, en algún momento tendría que decidir su próximo paso. Pong apareció poco antes de la hora del almuerzo y su coche le llevó junto a la universidad, por Lumpini Park, hasta detenerse en una travesía de Wireless Road, junto al Club de Polo. Field ordenó al taxista que le esperara y entró en una tasca situada junto a la puerta del club, donde servían arroz con pollo y ajos fritos y ensalada verde de papaya. Asaban los pollos en la calle y sobre las mesas había rollos de papel higiénico en lugar de servilletas.

Estaba comiendo su segunda porción, cuando apareció de nuevo el Mercedes, con Pong sentado en el asiento posterior en compañía de alguien. Era una mujer. Field se levantó para verla mejor. Se trataba de Amara, con el cabello peinado meticulosamente hacia arriba –como solía llevarlo durante el día– y con su risa habitual. El coche se alejó. Estaba seguro de que era Amara, pero le parecía increíble. No tenía sentido. Era imposible que ella fuera la mujer central en algo tan... Y su hija estaba en su casa. Volvió a su silla y pidió una cerveza. Después de tomar una segunda cerveza, se dirigió al fondo de la calle, donde había una cabina telefónica, y llamó a casa de Amara. Songlin parecía enojada con él. Le dijo que estaba aislada, en una casa rodeada de agua, ya que la zona seguía inundada, y perdiéndose todas las clases de la universidad. No había ocurrido nada desde la noche en que el chófer de Amara la había recogido, ni había visto a nadie. Field le preguntó sobre lo que Amara le había dicho de echar los perros contra unos intrusos, pero Songlin no sabía nada.

Un chiquillo aprovechaba el atasco de tráfico de Wireless Road para vender periódicos a los conductores. Vociferaba el nombre de Krit. Field se acercó, sorteando los vehículos atascados, compró un periódico y regresó a la tasca. Las actividades del general ocupaban casi toda la primera página. Había una foto tomada a primera hora de la mañana, en la puerta de la cárcel. Había ido personalmente a poner en libertad al doctor Meechai Wuthiwat y a pedirle disculpas por la confusión que había conducido a su detención. También había entregado a Woodward un millón de gahts al contado, como regalo personal a las víctimas del incendio de Klong Toey, para la reconstrucción de sus viviendas. A continuación había ido con Woodward al suburbio, para, en nombre de la autoridad portuaria, ordenar a los soldados que custodiaban la zona incendiada que permitieran a la gente construir sus casas en el mismo lugar donde estaban antes.

Todo ello fue presenciado por un montón de periodistas, que le siguieron a la Jefatura Suprema de las Fuerzas Armadas, donde presentó su dimisión como general en jefe de la Primera División, solicitando al mismo tiempo ser destituido como oficial del ejército. Se tardó una hora en cursar la solicitud, porque precisaba autorización real; una vez concedida, se le condujo en un pequeño coche, un viejo Fiat habitualmente utilizado con toda probabilidad para hacer recados, a despedirse de su familia. Había testimonios oculares de esta escena íntima, pero dado que no se había permitido tomar fotos, no existía confirmación de las lágrimas que la esposa del general Krit al parecer había derramado. Un fotógrafo encaramado en el muro del jardín, con un teleobjetivo, había logrado fotografiarle al salir de la casa con ropa de paisano. A su espalda se veían dos criados que mantenían las puertas abiertas. Al fondo llegaba a distinguirse un amplio vestíbulo y las siluetas de dos grandes budas. Field creyó reconocerlos. Los periodistas siguieron a Krit en procesión hasta el río, cerca del gran palacio, donde subió a bordo de una simple lancha privada para dirigirse río arriba. La policía impidió a los presentes que alquilaran embarcaciones para seguirle, hasta que desapareció de su campo de visión. En el muelle se dio un breve comunicado a la prensa, en el que se declaraba que el general se había retirado a un monasterio inaccesible por tierra, donde llevaría vida monástica, para reflexionar sobre el conjunto de su vida.

—Santo cielo —exclamó Field—. Esto se está convirtiendo en un circo.

Después de recordarse a sí mismo que era Pong quien importaba y ahora también Amara, cogió un taxi para dirigirse al cuartel general del Siam Bank en Sathorn Avenue, a menos de un kilómetro de la East-West Trading Company y de la señora Laker. A los pocos minutos empezó a llover; a su llegada, las aguas putrefactas del canal que surcaban el centro de la avenida se habían desbordado. El Siam Bank estaba instalado en un rascacielos de mármol de treinta y cinco pisos, soportado por profundos pilares subterráneos. Sin embargo, el terreno que lo rodeaba había ido bajando de nivel y el taxi se detuvo antes de llegar al edificio y descubrir que el agua era cada vez más profunda. Field ordenó al taxista que aparcara junto a la acera, hasta que cesara la lluvia. Desde donde estaba veía el Mercedes aparcado bajo la marquesina del edificio, frente a una hilera de puertas. Evidentemente, Pong había logrado llegar antes de que se desbordara el canal. Algo típico de los ricos de Bangkok era el hecho de construir sus edificios de forma que no se hundieran, sin hacer nada respecto al terreno que debían cruzar para llegar hasta ellos.

Al cabo de media hora cesó la lluvia y Field ordenó al taxista que se acercara al edificio. Les faltaban todavía cincuenta metros para llegar hasta el mismo, cuando el motor comenzó a hacer falsas explosiones. Field saltó del vehículo y avanzó lentamente por el agua, hasta que ésta le llegó a la altura de los muslos. Se detuvo unos instantes para pensar en las múltiples enfermedades que podía contraer si el agua putrefacta se introducía por alguno de los orificios del cuerpo. Había numerosos gusanos que podían atacar el hígado y, por supuesto, existía el riesgo de la hepatitis. Pero Field decidió que no importaba, de todos modos estaba ya infectado. El dolor se había convertido en algo tan permanente, que ni siquiera le molestaba, lo consideraba como un aspecto más de su vida. Vio a pocos metros algo que se movía en la superficie del agua. Al fijarse comprobó que se trataba de una rata de grandes dimensiones que se alejaba del banco nadando tranquilamente, con la boca abierta que dejaba ver unos dientes grisáceos. Field salpicó en la superficie para obligar al animal a cambiar de rumbo y siguió su camino. A los pocos metros, el asfalto bajo sus pies comenzó a subir de nivel, sujeto como una falda acampanada a los bordes del edificio.

Entró decididamente en el vestíbulo de mármol del rascacielos, dejando tras sí un reguero de agua. El ruido de los calcetines empapados dentro de sus zapatos le obligó a detenerse; pensó lo que debía hacer. Si se quedaba donde estaba, tarde o temprano saldría Amara y tendrían una confrontación. Miró a su alrededor. Los guardas de las puertas se habían fijado en él. Levantó la mirada al techo, semejante al de una catedral. El edificio era como el de cualquier banco en cualquier lugar del mundo. Se dirigió al ascensor y pulsó el botón del piso treinta y cinco, el último del edificio.

El guarda del pasillo le preguntó su nombre; él, a su vez, le dijo que deseaba ver a Pong Hsi-Kun. Aquélla no era la forma más ortodoxa de entrevistarse con el presidente del Siam Bank, pero dadas las circunstancias, a Field le pareció perfectamente adecuada. Esperó cuatro minutos escasos en una sala con moqueta de lana, antes de que le acompañara por un pasillo laminado en madera a una antesala, después a una sala de reuniones y finalmente a un despacho, de unas dimensiones considerablemente superiores a las de la planta baja de su propia casa. Pong estaba al fondo, detrás de un escritorio, con los antebrazos sobre el mismo y las manos cruzadas. Numerosos anillos de oro adornaban sus dedos. Pong le sonrió, mostrando una brillante dentadura.

Field se le acercó, dejando un reguero de agua sobre la alfombra, entre numerosos muebles de estilo seudofrancés, dorados y afiligranados a imitación de todos los Luises. Cuando llegó junto al escritorio, observó detenidamente a Pong, que vestía traje gris de seda, camisa de color crema y una gruesa corbata también de seda, como sólo podían hacerlo en Bangkok los que jamás se alejaban del aire acondicionado. En una de las paredes había enormes ventanales, desde los que se contemplaba el ancho río en el que se había convertido Sathorn Avenue. Otra era de madera, con numerosas puertas.

—Veo que Amara se ha marchado.

—Parece, señor Field, que a usted le gusta sorprender. No. No se ha marchado. No ha estado aquí —respondió, parpadeando una sola vez tras sus gafas.

—Han salido juntos del Club de Polo.

—Sí y la he dejado por el camino. ¿Habían acordado reunirse en mi despacho?

Field no sabía qué acción tomar a partir de entonces. Se dejó caer en uno de los sillones de cuero situados frente al escritorio y sintió que de sus pantalones se escurría el agua, que en el aire acondicionado era fría y pegajosa.

—Una mujer encantadora —dijo Pong—. No esperaba que me gustara. No me atraen las mujeres de la alta sociedad, las prefiero un poco más básicas.

—¿Ha sido su primer encuentro con ella?

—Efectivamente. Me ha llamado por teléfono esta mañana. Hay un joven general de brigada que merece mi admiración y a quien creo poder ayudar en su carrera ahora que mi amigo Krit se ha retirado. Y resulta que es primo hermano de su amiga Amara. Así que hemos decidido almorzar juntos.

—¿Qué gana Amara con esto?

—Es usted muy curioso, señor Field. ¿Por qué no se lo pregunta a ella?

—Lo haré, por supuesto. He venido para hablar de Somchai.

—¿Somchai?

—Somchai. Tailandés. Vientiane. Un asunto de drogas, por lo que tengo entendido. Y una pareja de canadienses asesinados.

—Ah, aquella pareja. Sí, lo recuerdo. Pero los demás, no sé de qué me habla.

—No importa, Pong, limítese a escucharme. No pienso hacer absolutamente nada. No voy a hablar con nadie ni a publicar nada. No vi nada, no sé nada. Así que quíteme a sus gorilas de encima. No se meta en mi vida, ¿de acuerdo? Yo no me meto con usted y usted no se mete conmigo. No me importa con qué trafica, ni cómo lo hace, limítese a no meterse conmigo. ¿No le parece justo?

—Yo no me meto con usted, señor Field. Ha sido usted quien ha venido a verme. Comprendo que a juzgar por la reputación del pobre Krit, e incluso la mía de antaño, podría llegar a ciertas conclusiones. No sé exactamente cuáles, pero aquello fueron juegos de la adolescencia, algo para pasar el tiempo. Fíjese en este lugar —dijo, abriendo sus rechonchos brazos y mirando a su alrededor—. No me interesan los pequeños negocios escabrosos.

—Seis toneladas de heroína anuales no creo que constituyan un pequeño negocio escabroso y no cabrían en su despacho. No he visto las cajas fuertes de la empresa, pero con los beneficios de un negocio como éste, no sería difícil llenarlas –dijo Field, aunque lo lamentó inmediatamente, ya que no era aquello lo que quería decir–. De todos modos, no me importa.

–Ni a mí, señor Field. Creo que ha venido al lugar equivocado.

–Y por eso –replicó Field con impaciencia, mirando a su alrededor como lo había hecho Pong–, con lo ocupado que está, me ha hecho pasar inmediatamente. Bien, tranquilícese, no he venido a amenazarle. Sólo quiero que se olvide de mí.

–Con mucho gusto. Que usted lo pase bien.

Pong pulsó un botón y se abrió una puerta al fondo, donde apareció una secretaria. No se levantó para despedirle. Al salir, Field se alegró de comprobar que había una mancha negra en el sillón donde había estado sentado y al caminar oyó el ruido de sus calcetines empapados.

Avanzó por el agua, cuyo nivel había ido subiendo, de modo que los taxis ya no podían circular por aquella zona de la ciudad, y cogió un autobús. Le dejó a medio camino de su casa, después de viajar de pie y con el cuello doblado para no golpear el techo con la cabeza. En Rama IV encontró un taxi y llegó a su casa poco después de haber oscurecido, entre dos palmos de agua. Le sorprendió no hallar a nadie merodeando por los alrededores. Quizá había logrado sacárselos de encima. Le echó un nuevo discurso al nieto de la cocinera sobre cuestiones de seguridad, cerró personalmente todas las puertas, comió unos huevos revueltos, echó el cerrojo de la puerta de su habitación y se metió en la cama con su pistola. Le resultó difícil conciliar el sueño, hasta que comprendió que se debía a la ausencia de Ao y, consciente de ello, se durmió.

A las tres de la madrugada fue lanzado de la cama y cayó al suelo junto con las sábanas. Permaneció inmóvil y aturdido, mientras el ruido de una explosión se reconstruía a su alrededor. Agarró la pistola, que estaba también en el suelo y abrió la puerta con cautela. Sintió inmediatamente un hedor putrefacto.

–¡Cocinera! ¡Cocinera!

Siguió llamando hasta que aparecieron la mujer y su nieto al pie de la escalera.

–¿Qué desea, señor?

–¿Cómo que qué deseo, señor? ¿No hueles nada? ¡Mierda! –exclamó, bajando apresuradamente por la escalera y encendiendo las luces.

Todo parecía perfectamente normal, aparte del mal olor. Había un retrete debajo de la escalera y al acercarse a la puerta apenas podía respirar.

–Acércate –ordenó al vigilante, que se resistía a avanzar, empujándole mientras él se echaba atrás–. ¡Vamos, abre la puerta! Por algo te pago. ¡Vamos, maldita sea!

El chico giró cautelosamente la manecilla y empujó. Una nube de gas pútrido impregnó el ambiente y comenzó a salir porquería por la apertura. En el interior se veía una asquerosa masa negruzca y fragmentos de porcelana. La fosa séptica había estallado, debido a la presión del agua de las inundaciones.

–¡Ciérrala! ¡Ciérrala! –ordenó Field, volviendo a subir la escalera–. Dile a tu nieto que lo limpie todo ahora mismo –agregó desde el rellano, antes de meterse de nuevo en su habitación, conectar el ventilador al máximo y volver a acostarse.

Por la mañana, el hedor había impregnado toda la casa, pero Field se despertó contento. Se sentía como si las lluvias estuvieran a punto de cesar, las inundaciones de ceder y Pong de desaparecer, junto con sus drogas y sus compinches. Se quitó los calzoncillos y examinó su dolencia. Esto también desaparecería. Y el sol volvería a brillar.

Estaba todavía soñando despierto, cuando la cocinera fue a su habitación para decirle que abajo le esperaba un policía acompañado de otro hombre. Lo primero que le vino a la mente fue Songlin. Se vistió apresuradamente y bajó. El otro hombre era un oficial de inmigración, con una camisa de poliéster estilo Prem y zapatos de ante. Le entregó un documento, que en realidad era una orden de expulsión en un plazo de siete días. Field lo leyó dos veces.

—Tengo un visado de seis meses —lamentóse.

—El visado de seis meses número treinta y ocho, por lo que tengo entendido, señor Field —comentó el oficial de inmigración—. Le ha sido anulado.

—¿Anulado? ¿Por qué?

—Obedezco órdenes de la Brigada de Investigación Criminal —respondió el funcionario, señalando al policía.

Field miró más detenidamente al agente. Tenía un cuerpo fláccido, difícilmente sujetado por su uniforme, ajustado en exceso sobre la barriga y el trasero. Su aspecto era el de alguien que otorga y recibe favores.

—¿Pertenece usted a la Brigada de Investigación Criminal? —preguntó Field, sin que el oficial le respondiera—. ¿Supongo un riesgo para la seguridad del país? Dígamelo, ¿qué riesgo?

—Supongo que la explicación tendría que venir de más arriba —sonrió amablemente el funcionario.

—Maldita sea —exclamó Field, leyendo nuevamente la orden de expulsión; observó a los funcionarios y luego paseó la mirada por la sala—. No quiero irme. Deseo quedarme —agregó a media voz.

—Supongo, señor Field —respondió el funcionario—, que podría volver como turista, para lo cual no necesita ningún visado, a condición de que su estancia no sea superior a dos semanas. Para ello debería llegar del extranjero.

—¿Sugiere que coja un avión cada diez días?

—Podría intentarlo —dijo en un tono que parecía bien intencionado.

—¿Y mi nombre no estaría en ninguna lista negra en el departamento de inmigración? —preguntó Field.

—No puedo decírselo, éste ya no es asunto de mi competencia. Hay una sección especial donde podrán responder a sus preguntas —contestó, bajando la mirada.

—¿De modo que mi nombre está en la lista negra?

—Ya se lo he dicho, no lo sé. Supongo que es posible

—agregó el funcionario después de un silencio, durante el cual echó una mirada al *farang*.

—En tal caso, ¿de qué me serviría intentarlo?

En lugar de responderle, el funcionario bajó la cabeza avergonzado y se dirigió a la puerta, seguido del policía. Field salió a la terraza y contempló el jardín cubierto de barro por las inundaciones diarias y el *klong* con sus aguas estancadas, al mismo nivel que la tierra.

—No me iré —dijo, volviendo la cabeza y comprobando que aquellos individuos ya habían desaparecido—. No pienso marcharme.

Llamó por teléfono a Henry Crappe; dijo a su esposa que le despertara.

—Si interrumpes mi descanso —protestó cuando se puso al aparato—, la calidad de mi redacción...

—Sólo una pregunta. ¿Dónde está Krit?

—Lo que me pides es información muy valiosa.

—Estoy apurado, Henry. ¿Adónde ha ido?

—Tengo entendido que nuestro general fue navegando contra corriente, río arriba, hasta Wat Chalerm, después de Nonthaburi —suspiró Crappe.

—Gracias —dijo Field, dispuesto a colgar.

—Escúchame, John. ¿Por casualidad no estarás interesado en comprar un poco de azúcar?

—¿Cómo?

—Un poco de azúcar. El golpe ha sido tan rápido que me sobran existencias.

—Guárdatelas para el próximo golpe, Henry.

—Claro, claro. El caso es que he invertido mucho dinero en alimentos secos, demasiado para alguien de mi posición.

—Hablaremos de ello en otro momento, Henry.

Después de colgar el auricular, Field salió a la calle en busca de un taxi. Había un pequeño Fiat aparcado junto al portalón; cuando había recorrido unos cincuenta metros en dirección a Sukhumvit Road, el coche comenzó a seguirle lentamente. Volvió la cabeza para observarlo; ahora las posibilidades eran múltiples. Podía tratarse de la policía, que le vigilaba para que no huyera; si bien, por otra parte, eso era exactamente lo que deseaban que hiciera, a condición de que cruzara la frontera. También podía tratarse de los hombres de Pong. Pensó en pedirles que le llevaran, pero cruzó la calle a la acera donde daba el sol y cogió un taxi hasta el río. El taxista puso un casete en el momento en que Field subió al vehículo. Una voz chillaba entre guitarras: «¡Born in USA! ¡Born in USA!». Se inclinó sobre el asiento del conductor y desconectó el aparato. La avenida Sathorn estaba prácticamente seca, pero el edificio del Siam Bank seguía rodeado de su propio lago. El lujoso Mercedes gris de Pong estaba aparcado bajo la marquesina, junto a otros dos de color negro, símbolo del rango de sus propietarios. Más allá se veía la propiedad de la señora Laker, que parecía una isla cuadrada, rodeada de diques y con un puente elevado que la conectaba con el mundo exterior.

Se apeó del taxi cerca de la parada del transbordador, al fondo de la avenida. El nuevo puente río abajo parecía un decorado colgado del firmamento, cuando Field se acercó al embarcadero a la espera del Chao Phya Express. A los pocos momentos llegó el pequeño Fiat y un individuo se apeó del asiento del pasajero. No era fácil saber lo que era. Podía tratarse de un policía, o de un pistolero a sueldo de mayor categoría. Tenía sin duda un bulto en la parte posterior de la cintura, bajo su camisa suelta. Fueron llegando otros pasajeros, hasta reunirse una veintena esperando a la sombra. Field era el único que estaba a pleno sol.

A los quince minutos llegó el barco procedente de la desembocadura. Tenía la línea de flotación bastante baja y estaba pintado de rojo. Aproximadamente la mitad de los sesenta asientos de proa estaban ocupados y había unos cuantos monjes de pie, a popa, junto a la sala de máquinas. Pocos segundos antes de que la proa chocara contra el muelle, el marinero hizo sonar enérgicamente su silbato. El piloto desembragó, invirtió la dirección de las hélices e hizo girar el timón. La proa viró milagrosamente, a un metro del embarcadero, y el marinero saltó al muelle, sujetando un cabo el tiempo suficiente para que subieran los pasajeros, haciendo temblar el embarcadero. Pegados entre sí, como si formaran una masa compacta, ocuparon rápidamente los asientos de proa. Field esperó mientras subían a bordo, sin perder de vista al individuo del Fiat, que también esperaba. Cuando eran ya los únicos en el embarcadero, a menos de un metro el uno del otro, el marinero dio un pitido con impaciencia, dispuesto a saltar a bordo. Field sonrió al individuo del Fiat y movió la cabeza mirando al marinero, como para indicarle que su amigo y él habían decidido en el último momento no tomar el barco. El marinero hizo sonar el silbato y en el momento en que el piloto aceleraba saltó a popa. Inesperadamente, Field saltó tras él y se agarró a un cabrestante. Al individuo del Fiat no le cogió por sorpresa e intentó seguirle, pero Field le tendió la mano, como si fuera a ayudarle, pero le dio un empujón que le hizo caer al agua.

El marinero le miró sorprendido, pero al ver que Field se echaba a reír, él soltó también una carcajada y se lo tomó como una broma. Había un asiento vacío hacia proa, detrás del timonel, que manipulaba una radio colgada de un cabo. Sintonizó una emisora donde sonaba «Made in Thailand» y subió el volumen al máximo. Field se acomodó en su asiento, y se inclinó por la borda, de modo que el agua le salpicara la camisa y las gotas pulverizadas le acariciaran el rostro.

Subieron río arriba, desplazándose de un lado a otro para sortear los transbordadores y las barcazas y cruzándose con alguna que otra lancha que aparecía inesperadamente y se perdía en la lejanía. El Express siguió su camino junto a las siete antiguas iglesias, que recordaban un viejo sueño evangélico, el Gran Palacio y el Wat Mahattat, donde se reunían los comerciantes de reliquias. Al cabo de unos momentos dejaron de verse edificios de hormigón y aparecieron las casas de madera construidas junto al río, con sus tejados de hojalata oxidada y escaleras que llegaban hasta el agua. De vez en cuando se veía a alguna mujer, sentada en la escalera, lavándose con el agua hasta los hombros. En cada parada un grupo de chiquillos subía a bordo y se arrojaban a la turbulencia de popa cuando el barco arrancaba. Durante la hora larga que duró el recorrido, Field tuvo la mente en blanco, a excepción de una idea fija: «No pienso marcharme».

La última parada era la de Nonthaburi, cerca de la cárcel que había visitado la semana anterior. Había una lancha de alquiler en el embarcadero, de aspecto sumamente frágil y con la cubierta a escasos centímetros del nivel del agua; subió a bordo. A máxima velocidad, Wat Chalerm estaba a cinco minutos río arriba, en la otra orilla. Había un chico sordomudo en el embarcadero, con un pájaro en una pequeña jaula, dispuesto a vender su libertad a quien deseara hacer una buena obra. A pocos metros había tres elegantes edificios de madera, con un muro de madera blanca estilo chino tras los mismos y más allá tres pequeños templos, dos de ellos en ruinas. Las celdas de los monjes estaban más arriba, cerca del templo, bajo los árboles. Eran simples cabañas de madera a la orilla de un *klong*, que parecía un riachuelo en la jungla. Cada casita tenía delante su propio jardín de flores y rocas, construido al gusto individual del monje que lo trabajaba. En ninguno de ellos se cultivaban alimentos, ya que no habría sido bien visto que los religiosos se ocuparan de su propia supervivencia.

Field se paseó por la arboleda, hasta ver a un hombre vestido sólo de cintura para abajo, lavando ropa en el *klong*. Al oír sus pasos, el individuo volvió la cabeza y le sonrió amablemente:

–Buenos días, señor Field.

Tardó unos instantes en reconocer al general Krit, con sus cejas y cabello rapados, descalzo en el agua. Pero había algo más; su rostro había cambiado; el fuego había desaparecido de su mirada.

–Espere ahí hasta que termine –le dijo.

Field subió a la cabaña, que consistía en un solo cuarto completamente vacío, a excepción de una esterilla y una muda doblada en un rincón. Gracias a la madera oscura, el lugar era fresco y por las ventanas sin persianas soplaba una suave brisa. Se oía el murmullo del agua.

A su regreso, y sin apresurarse, Krit se cambió de ropa. La piel de su tórax era suave y fláccida como la de un anciano. Se sentó frente a Field, observándole con una mirada lejana y desinteresada, aunque no desprovista de simpatía. Su hábito era castaño oscuro, usado habitualmente por las órdenes más rígidas.

—Muy convincente —susurró Field.

—Conoce aquello de que «son pocos los que cruzan hasta la otra orilla», estoy seguro. Los demás dan infinidad de vueltas sin alejarse de la propia.

—Cuesta sólo cinco gahts el viaje.

—Ésta es la razón por la que he elegido el hábito castaño —rió Krit—. No nos está permitido tocar un solo gaht.

—Usted puede permitírselo... No, no me haga caso. Lo siento. Mi opinión no cuenta.

—Ni la mía tampoco —dijo Krit—. Ésta es una prueba a la que me someto. Ayer, señor Field, abandoné el poder, la familia, el dinero, e incluso el brandy. Fue una jugada espectacular, ¿no le parece? Una buena exhibición. A continuación vine aquí, donde después de librarme de mi ropa y de mi cabello, bajé al *klong* a lavarlo todo. Eso fue lo que sentí, que lo estaba lavando todo. En realidad fue una sensación inesperada, se lo aseguro. De modo que ahora lo intentaré y veremos lo que ocurre. Pero la verdad es que estoy harto de todo lo demás. Ésta es, creo, la pura realidad. No aburrido, sino harto. He dejado de desearlo.

—Necesito su ayuda.

—Se la prestaría con mucho gusto, pero francamente ya no tengo ningún instrumento a mi disposición. Nada. Ni siquiera a Pong.

—¿Está al corriente del tráfico de drogas de Laos?

—Vagamente.

—¿Vagamente? ¿Eso qué significa? ¿Lo sabe o no lo sabe?

—De lejos. Recuerdo muy bien lo que solía decir en la prensa: los generales viven del tráfico de drogas. Evidentemente es cierto. Pero también lo hacen nuestros socios. Y, con franqueza, en los últimos dos años mi interés por estos asuntos ha ido menguando. Usted lo ha dicho, puedo permitírmelo. Pero éste no es el caso de los hombres de negocios. Yo estaba satisfecho con mis ahorrillos, sin embargo ellos desean que el movimiento de dinero sea permanente. Es un sueño; el movimiento perpetuo del dinero. Yo soy un simple soldado y lo único que me proponía era vivir con comodidad. En esa situación, ¿quién utiliza a quién? Eso es algo que jamás he tenido claro.

—Ayer hablé con Pong y me dijo lo mismo. Ahora está por encima de estos asuntos.

—Puede que sea cierto, pero su escalada a la cumbre del Siam Bank es muy reciente, mientras que sus negocios con Laos son muy antiguos. Además, una cosa no contradice la otra, así como la banca tampoco contradice el negocio de la heroína.

—Sea como sea, el caso es que me acosan sus pistoleros.

—Eso tampoco es una contradicción. El Siam Bank es una institución respetable y lo que usted sepa pone en riesgo su respetabilidad.

—Además, ahora me han revocado el visado.

—¿Le han hecho eso? ¿En serio? —sonrió Krit, incapaz de ocultar cierta admiración ante tan simple estrategia—. Debo confesar que a mí no se me habría ocurrido —agregó, recobrando su gravedad—. Márchese, señor Field, márchese. Puede que le estén ofreciendo una salida digna.

—No quiero marcharme. Ésta es mi casa. Por eso necesito su ayuda.

—Ya sabe cómo son aquí las venganzas. Pueden ser a corto o a largo plazo, aparentes u ocultas. Si se marcha y tiene la boca cerrada, tal vez le olviden. Si se queda, con toda seguridad algún día vendrán a por usted, sin que ni siquiera sepa de dónde salen. Incluso ahora, su expulsión puede estar en función de otra cosa. Supongamos que muere mañana. Entonces dirán que operaba en los bajos fondos de Bangkok y que habían ordenado su expulsión por falta de pruebas, pero que sus enemigos le han eliminado antes de perderle de vista.

—No quiero marcharme.

—Muy bien, puede que éste sea su karma. Tal vez esté destinado a morir. Qué duda cabe de que su muerte le pertenece. Es suya mientras esté vivo. Por consiguiente, si desea invocarla, está en su derecho. Pero en tal caso, ¿por qué no utiliza esa arma que lleva al cinto y lo hace usted mismo? Evidentemente, éste no es buen consejo budista, ni cristiano, pero me parece más indicado que esperar la llegada de una mano desconocida en cualquier lugar insospechado. Veamos, ¿quién ha organizado su expulsión? Puede haber sido Pong, o la gente de Laos, por algún canal que desconozco. Sea quien sea, puede no tratarse del mismo que intenta matarle. Puede que no le guste la perspectiva de que se vaya lejos y a salvo. El traficante, por ejemplo...

—Somchai.

—¿Es así como se llama? Ah, sí, el que no fue a la cárcel; ahora lo recuerdo. Quizá él no quiera que se vaya. He oído decir, por ejemplo, que alguien murió en el matadero hace unas noches. Se trataba de su hermano. Esto puede dar pie a otra venganza. ¿Y qué me dice de la norteamericana? ¿Cuál es su papel en este asunto? —dijo Krit, sin dejar en ningún momento de observarle y por consiguiente dándose cuenta de la sorpresa en su mirada, pero prosiguiendo como si no lo hubiera hecho—. Esto ha sido algo que siempre me ha intrigado. ¿Qué necesidad tiene de involucrarse una extranjera cuyo negocio es sumamente próspero? Con franqueza, prefiero no saberlo. —Krit hizo una pausa para escuchar las campanadas del templo, con su sonido sereno y reconfortante, que llamaban a la oración de las once—. Cuando era coronel, pasé unos meses en Estados Unidos. En Fort Benning, Georgia, para ser exacto. En la escuela de paracaidismo. A continuación trabajé con ellos durante lo de Vietnam y, francamente, cada vez los entendía menos. Ustedes, los cristianos, colocan el dogma en el centro de su religión, y por extensión en el de todo lo demás. Para ustedes, toda afirmación es verdadera o falsa; todo acto es correcto o incorrecto. Su salvación depende de la aceptación de la fe verdadera, ¿no es así? Del auténtico dogma, ¿me equivoco? En consecuencia, dejan de ser benevolentes con los que niegan su verdad. Y entonces, como es de suponer, los matan. Me parece todo muy abstracto. Sumamente abstracto, a excepción de las matanzas. Nuestra violencia es mucho más personal. No creemos que una afirmación pueda ser positivamente cierta. Todas son falsas. Por el simple hecho de afirmar algo lo convertimos en falso. Por consiguiente, si nos vemos obligados a matar, lo hacemos por pasión o por necesidad. Esa gente necesita matarle. Puede que si desaparece con la suficiente rapidez, esa necesidad deje de existir. Sin embargo, esa mujer norteamericana es muy dogmática. La conozco, a lo largo de los años he hecho negocios con ella, pero no la comprendo en absoluto. Siempre está a favor o en contra y nunca duda. La certeza absoluta es una distracción terrible para la mente humana. Inevitablemente ofusca siempre la claridad. Ahora estoy aquí, donde no existe la certeza ni las distracciones, y no puedo ayudarle, ni siquiera con su visado. En realidad, no puedo ayudarle en absoluto –concluyó, brindándole una sonrisa compasiva, ligeramente afectada, pero sincera–. Ahora debo acudir a la oración.

Field estaba tan confundido, que le siguió sumisamente por la escalera. El jardín, delante de la cabaña de Krit, estaba abandonado desde hacía algún tiempo, a excepción de un rincón donde la tierra había sido removida aquella mañana, en el que todavía se encontraba la azada apoyada contra un árbol. Cuando levantó la cabeza, Krit había desaparecido tras el muro del templo principal. Oyó que cantaban, mientras descendía hacia la orilla, donde todavía se encontraba el niño sordomudo con su pájaro. Field le dio diez gahts y cogió la jaula, acercándosela a los ojos. Era un cubo de quince centímetros de altura, con el techo y el suelo sólidos y barrotes por los cuatro costados. Uno de los costados se abría hacia arriba. Y el pájaro encarcelado era un gorrión.

—Y si te suelto... ¿regresarás? ¿Es eso lo que harás? ¿Eres uno de ésos? Muéstrame los ojos. ¿Te has acostumbrado al opio? ¿Darás una vuelta y volverás a la jaula? Quiero saberlo —dijo Field, mirando al pájaro, antes de abrirle la jaula sin alejarla de su rostro, con lo que el animal, que le observaba impasible, se retiró al rincón opuesto—. ¿No te gustan los *farangs*, eh? Vamos, dame un beso —agregó juntando los labios y produciendo un pequeño chasquido, sin que el pájaro se inmutara—. Vamos —insistió—. Bueno, da lo mismo —añadió; dio la vuelta a la jaula, y el pájaro salió y voló a las copas de los árboles, sobre su cabeza—. ¡No vuelvas! ¡Márchate! ¡Aléjate!

Intentó hallar una piedra en el suelo para arrojársela, pero sólo había hierba.

Field devolvió la jaula al sordomudo, que le había estado observando con una sonrisa mientras él intentaba besar al pájaro. El niño juntó también los labios, a imitación del *farang*, y produjo unos sonoros chasquidos, entornando los ojos supuestamente apasionado. Field soltó una carcajada y antes de subirse a su taxi acuático le dio otros diez gahts.

CAPÍTULO TRECE

Catherine Laker no estaba en su despacho. Después de media hora de charla con su ayudante tailandés, Field averiguó que no había salido todavía de su casa, en la parte posterior de la finca. Al parecer, a menudo trabajaba sin salir de su fortaleza, mandando y recibiendo mensajes escritos por medio de su sirvienta.

Field bajó la escalera de la antigua mansión colonial y echó a andar por el laberinto de tractores, maquinaria de la construcción y conducciones de gas. En algún que otro lugar se discernían todavía los restos del jardín de antaño, con su antiguo pavimento y fragmentos de vasijas esmaltadas. El muro de hormigón que rodeaba la casa de la señora Laker formaba un cuadrado exacto de diez metros de lado por cuatro de altura y estaba pintado de blanco. Los fragmentos de cristal y el cable eléctrico desnudo que coronaban el muro brillaban a la luz del sol. Field dio una vuelta al perímetro. Tenía una sola puerta de acero, con sofisticados cerrojos y sin manecilla exterior. Junto a la misma había un timbre y un interfono, y más arriba una cámara de televisión. Se sacó un papel del bolsillo, lo puso delante de la cámara como si se tratara de un mensaje y esperó, volviendo la cabeza en dirección opuesta. Transcurrieron unos treinta segundos antes de que se oyera una voz metálica por el interfono.

–¿Quién es?

–Documentos.

–No puedo verle. Vuelva la cabeza.

Field reconoció la voz de la señora Laker y miró a la cámara, procurando que su expresión fuera amigable.

–¿Qué quieres, John?

–Quiero hablar contigo, Catherine.

–Hoy no. Me siento enferma.

–Es urgente, Catherine. Tengo que hablar contigo.

–¿Sobre qué?

–El asunto de Laos.

–¿Qué ocurre con el asunto de Laos? –preguntó la señora Laker después de un largo silencio.

–Mi expulsión, Catherine. Me están echando a la puta calle. –Esperó más de un minuto sin obtener respuesta–. Maldita sea, Catherine, abre la puerta.

Seguía el silencio. Volvió la cabeza y vio que tres vigilantes tailandeses se le acercaban entre los tractores. Llevaban barras de hierro en las manos. Después de observarlos unos instantes, comprendió inmediatamente que él constituía su objeto de interés. Estaban a sólo diez metros. Field comenzó a retroceder en dirección a la calle y ellos siguieron acercándosele de prisa, pero sin acosarle. Volvió la cabeza y aceleró el paso por el barro, sin que aumentara la distancia de sus perseguidores.

Cuando llegó a la calle, la lluvia cotidiana estaba por comenzar y el único transporte que halló fue un *tuc-tuc*. Pidió al conductor que le llevara a su casa, sin molestarse en regatear el precio. Los vigilantes le observaron desde la verja de la finca como perros guardianes. A los diez minutos empezó a llover y Field soltó las cortinas de plástico a su alrededor. Eran demasiado cortas y, debido a la forma aerodinámica del artefacto, el agua que bajaba por las cortinas caía sobre el asiento y finalmente al suelo. No le importaba en absoluto. Por la radio a transistores del conductor sonaba música de rock tailandés. Field pensó en decirle que lo desconectara, pero miró a su alrededor y vio que se formaba un atolladero en el tráfico, hasta que quedaron totalmente atascados.

–¡Suba la música! –le ordenó.

Durante un cuarto de hora el tráfico permaneció inmóvil. Cuando llegó a su casa, vio que había dos coches aparcados en un callejón, cerca del portal. No había nadie en ninguno de ellos, pero eso no significaba nada. Entró en la cocina, pidió una cerveza y salió a la terraza. El canal estaba a punto de desbordarse, como todos los días. Miró hacia las copas de los árboles en busca de las ardillas blancas, pero no habría sido normal que circularan bajo la lluvia. Se preguntó dónde se refugiarían y pidió otra cerveza. No dejaba de repetirse que todo aquello era absurdo. Entró en la casa y llamó por teléfono a Henry Crappe.

—Lo tengo todo, Henry, sé todos los nombres.

—¿No puedes llamarme más tarde? Estoy escribiendo.

—Henry, esto es ligeramente más importante que la bailarina más follable de la semana.

—En primer lugar —respondió después de unos momentos de silencio, reflexionando probablemente sobre lo que acababa de decirle—, soy un auténtico artesano del lenguaje, no te quepa la menor duda. Mis columnas no se utilizan para cubrir el suelo de las jaulas de los pájaros. En segundo lugar, esta semana ha muerto otro periodista de un balazo en Chaing Mai. El número de víctimas de este año ya es superior al del año pasado y sólo estamos en el noveno mes. Por lo tanto, John, tengo interés en oír tu historia, pero no cuentes conmigo. En tercer lugar, sospecho que la auténtica razón de tu llamada es negociar la compra a bajo precio de mis alimentos almacenados. Considero que esto constituye una explotación inmoral de nuestra amistad. En cualquiera de los tres casos, ¿te importaría que habláramos más tarde?

Field colgó de mala gana el teléfono, cogió una tercera cerveza y volvió a la terraza. El agua no cubría todavía la totalidad del terreno circundante. Las dos cobras salieron nadando de debajo de la casa y subieron a las tablas del extremo de la terraza. Maniobraron lentamente, hasta colocarse en paralelo mirando al mar, como si Field no estuviera presente.

—Bienvenidas a bordo —les dijo—. ¿Os apetece un ratón o algo por el estilo?

Al mirar en la misma dirección que las serpientes, vio algo que se movía entre los árboles. Era la silueta de un hombre; o por lo menos eso le pareció. Al dejar de moverse, se hizo invisible. Se inclinó hacia adelante con la mirada fija. No, no había nada. Al cabo de un momento volvió a ver algo que se movía.

–¡Mierda! –exclamó en tailandés–. ¡Fuera, lárguese!

La cocinera le oyó y acudió a ver lo que quería. Al ver las serpientes dio un grito.

–¿Dónde está tu nieto? Dile que venga, rápido. Date prisa.

El chico apareció y Field le mandó a mirar entre los árboles, pero no vio nada. A continuación siguió tomando cerveza, hasta que de pronto tuvo la sensación de que estaba allí como una diana para el tiro al blanco. Era absurdo seguir en la terraza. Se levantó bruscamente y las cobras se arrojaron al agua. Dentro de la casa, tras los cristales y las persianas, siguió teniendo la misma sensación. No había cortinas en las ventanas. Dio una vuelta por la sala observando los sillones. No, no podía sentarse allí. Echó el cerrojo de la puerta corrediza, cogió unas cuantas cervezas de la nevera y subió a su habitación. A las ocho ordenó a la cocinera que le trajera la cena.

–Esto es absurdo –dijo en voz alta–. ¡Estúpido!

Bajó a la sala de estar y la cruzó a trompicones en la oscuridad, en busca de la fotografía de su padre en las Montañas Rocosas. Era difícil verla en la oscuridad. La llevó a la cocina, lejos de las ventanas, y encendió la luz para examinarla con detenimiento. El joven de la foto tenía un rostro agradable; agradable e inteligente. Era curioso que su padre no hubiera hecho nunca nada con su vida. Field la levantó para observar meticulosamente todos los detalles y vio algo en lo que jamás se había fijado. A su espalda, en la rama de un árbol, había un pájaro. Alrededor de una mano medio metida en un bolsillo, parecía tener la cadena de un reloj. Él debía haberlo heredado; era hijo único. Se acercó al teléfono y, lentamente, en la oscuridad, llamó a Barry Davis a su casa. Tenía invitados, a quienes oía charlar al fondo, probablemente diplomáticos.

—Me estoy muriendo —le dijo Field.

—Ven a contármelo mañana. Estoy en mi despacho a partir de las nueve.

—De acuerdo, Barry. Te mandaré mi fantasma.

—Está bien —respondió Davis, después de reflexionarlo unos instantes en silencio—. Ven ahora.

—No puedo, Barry. Creo que no puedo salir de mi casa. No, no puedo. No tenía que haber venido.

—¿No estarás borracho?

—Eso no altera la situación.

—No, por supuesto. He oído decir que has estado creando problemas.

—¿Problemas?

—Actuando con poca sensatez.

—¿Quién te lo ha dicho?

—No seas absurdo, John. Circulan rumores. Ya sabes cómo es Bangkok.

—¿En qué quedamos, Barry?

—De acuerdo —suspiró finalmente Davis después de otro silencio—. Pasaré por tu casa después de cenar. ¿Te parece bien?

—Sí, Barry, me parece bien. De todos modos, es culpa tuya.

Davis colgó.

A medianoche, Field despertó empapado de sudor al oír una discusión delante de su casa. Era el vigilante, que cortaba el paso a Davis. Field dio orden desde la ventana de que le dejara pasar y volvió a meterse bajo la sábana, aunque sólo fuera para ocultar que estaba enfermo.

—Tienes una voz muy potente para ser un moribundo —dijo Davis, mirándole fijamente, después de subir por la escalera.

—Tengo que irme a casa, Barry.

—¿A casa?

—Efectivamente, expulsado.

—Bien, coge un avión.

—No es tan simple. Siéntate —le dijo. Le contó toda la historia, al final de la cual, al comprobar que Davis seguía escuchándole interesado, agregó—: Y en el próximo episodio me muero.

—Me he enterado de que has creado algunos problemas en la casa de la señora Laker —asintió Davis—. Te han denunciado por allanamiento de morada y, puesto que la policía sabe que eres canadiense, nos lo ha comunicado a nosotros. Al parecer la amenazaste. —Miró alrededor hasta descubrir las cervezas que Field había subido, tomó una y se sentó de nuevo sobre la cama—. Dicen que si ratifica la denuncia, tendrán que detenerte.

—Lo dudo. Podría sacar a relucir algunos trapos sucios antes de que me encerraran en una celda para morir pacíficamente.

—Podríamos protestar contra tu expulsión en el Ministerio de Asuntos Exteriores.

—Podrías hacerlo. No serviría de nada, pero podrías hacerlo. Sería un gesto amistoso que mostraría contrición. Inútil, pero amistoso.

—Lo siento, John.

—La última vez que estuviste aquí dijiste lo mismo. Escúchame, si me voy, no voy a marcharme solo; seremos tres. Quiero que mi hija venga conmigo.

—¿Tienes una hija?

—Así es. Y esos amigos que he conseguido gracias a ti ya han ido a visitarla.

—¿Quién es la madre?

—Una tailandesa.

—¿Y qué edad tiene la muchacha?

—Dieciocho años. Quiero adoptarla y llevarla conmigo.

—Imposible, John, lo siento. Según la antigua ley de inmigración es tailandesa hagas lo que hagas, y según la nueva ley podrías adoptarla, pero no a su edad. ¿Quieres llevarte también a su madre?

—¡De ningún modo! Escúchame, esta chica está estudiando en la universidad de Chulalongkorn. No estamos hablando de una putita de Patpong.

—¿Pero vive con su madre?
—Efectivamente. Las mantengo a ambas.
—¿Y la chica desea marcharse?
—No lo sé —respondió Field, encogiéndose de hombros—, no se lo he preguntado. No tiene otra alternativa, ¿no crees? No es propensa al suicidio.
—Cállate y escucha. Es probable que no tenga pasaporte, por consiguiente debes preocuparte de que le extiendan uno. Entonces la traes a mi despacho con su madre, ¿comprendes? Con su madre. Y la madre debe otorgar su autorización.
—No sé cómo obligar a esa zorra a que coopere.
—Tendrás que hacerlo. De lo contrario se nos puede acusar de secuestro o algo parecido. De modo que tú me las traes al despacho y le daré un permiso ministerial. Tengo poderes discrecionales para hacerlo en casos urgentes. Con esto estará exenta de los controles de la ley de inmigración durante un año. Después lo solucionas desde casa.
—Habremos regresado antes de entonces.
—De acuerdo. ¿Quién es la otra persona?
—Una chica de diecisiete años —respondió Field, procurando no darle importancia.
—¿Otra hija?
—No, una amiga.
—¿Qué es?
—Ya te lo he dicho, una amiga.
—¿Y bien?
Field se sentía como un auténtico imbécil. Miró a Davis, que le observaba con aire profesional, y de pronto se sintió incapaz de seguir manteniendo aquel tipo de conversación.
—Es una putita, Barry. Eso es lo que es.
—Nadie le hará ningún daño, por lo menos por lo de las drogas.
—Lo sé, pero me necesita y por consiguiente me la llevo.
—No será con mi ayuda.

—No te hagas el irlandés del norte conmigo, Barry —dijo Field tan comedidamente como pudo—. Voy a llevármela.

—Escúchame atentamente: podría hacer un discurso humanista o moral sobre un viejo verde que se ha acostado con todas las putitas de la ciudad. La única diferencia entre ésta y las demás consiste en que ésta es la última. Y cuando ese viejo verde la haya llevado al otro lado del Pacífico y se canse de ella, ¿qué le ocurrirá a la chica? Todas las semanas pasa por la Embajada algún imbécil de edad avanzada con el capricho de regresar con su amante.

—No lo comprendes. No es una más.

—No me interesa, John. El hecho es que la única forma en que una chica como ella puede entrar en nuestro país, es según lo establecido en la ley de inmigración. No cuenta con ninguna familia que la avale. No tiene ningún título ni oficio, a excepción de abrirse de piernas o bailar desnuda. Tampoco cuenta con referencias personales. Además, en cuanto a ella, no tengo poderes discrecionales puesto que no existen circunstancias atenuantes. No es más que la querida de turno de John.

—¡No es cierto! —exclamó Field—. Tú no lo comprendes —agregó, envolviéndose en la sábana y levantándose en busca de sus documentos, para mostrarle que se trataba de un caso especial.

—Si tanto la quieres —chilló Davis—, cásate con ella. No puedo impedirte que regreses con tu esposa.

—¿Casarme con ella? —replicó Field deteniéndose junto a la puerta y dándose la vuelta.

—Sí, cásate con ella. Déjame pensar; acabamos de extenderte un nuevo pasaporte y, si mal no recuerdo, tienes cuarenta y cuatro años. Eso significa que sólo le llevas veintisiete años.

—Vete a la mierda, Barry.

—Cásate con ella y podrá acompañarte con un pasaporte tailandés. Entonces, como marido, tú responderás de ella. Tendremos una pequeña entrevista en la Embajada, con café, galletas y algunas preguntas discretas: ¿Sus padres, señorita? Usted perdone, señora. ¿Ha dicho arrozales? ¿Formación? ¿Lavar cadáveres? Muy interesante.

»Después lo único que le pediremos será un certificado médico para asegurarnos de que no tiene ninguna enfermedad venérea y la feliz pareja podrá estar en casa antes de que comience la caída de la hoja.

—Magnífico —dijo Field, que no se había movido de donde estaba, ajustándose la sábana—. Una idea maravillosa. Me casaré con ella.

—Supongo que ya sabes que en nuestro país el divorcio es algo más complicado que aquí —dijo Davis, a punto de atragantarse con la cerveza.

—Hablamos de matrimonio, Barry, no de divorcio.

—No puedo creerlo. ¿Tú? ¿Con una putita de diecisiete años? Puedes comprar chicas como ella con un simple contrato. No tienes por qué casarte con ellas.

—Es exactamente lo mismo —dijo Field.

—¿Cómo?

—Es lo mismo. El matrimonio también es un contrato.

—Trae a las chicas a mi despacho. Estoy impaciente por conocerlas —dijo Davis, poniéndose de pie.

El viernes por la mañana, Field salió de su casa; no encontró a nadie que le esperara en el callejón, y se dirigió a Sukhumvit Road, volviendo periódicamente la cabeza, hasta encontrar un taxi. Cuando estaba negociando el precio con el taxista para que le llevara al club de campo de Paga, un individuo pasó caminando muy cerca de él. Field se giró bruscamente. El hombre pareció sorprenderse y cambió de dirección. Cuando se volvió de nuevo para seguir hablando con el conductor, el taxi había desaparecido, probablemente al interpretar su brusco movimiento como un rechazo a su oferta. Volvió de nuevo la cabeza y comprobó que el individuo en cuestión había seguido su camino sin prestarle atención.

—Tranquilízate —se dijo a sí mismo, mientras llamaba a otro taxi—. Tranquilízate.

Llegó al club después de varias horas y se encontró al

hijo de Paga jugando a las cartas con Ao. Estaban solos en la sala y riéndose como chiquillos. Field los observó desde la puerta, intentando detectar algún indicio de algo más serio. Cualquiera podía darse cuenta de que el chico era un don nadie, una mera sombra de su madre. Ao levantó la cabeza y fue corriendo a darle un beso.

—¿Dónde has estado, John? ¿Por qué no regresaste?

—Acabo de hacerlo.

—Has tardado mucho, John. Paga y yo estábamos preocupadas.

Contempló su rostro transformado en sonrisa. No ocultaba nada. No había nada que detectar, más que el simple placer que experimentaba al verle.

—Ven aquí, Ao. Quiero hablar contigo.

Cruzaron el bosque de eucaliptos y el campo de golf hacia el dique. Más allá, los arrozales estaban tan inundados, que los muros de barro que los separaban habían quedado sumergidos. Field andaba decididamente por el barro, hasta que de pronto se dio la vuelta y comprobó que Ao hacía verdaderos esfuerzos para seguirle, con las sandalias en la mano y los dedos de los pies muy abiertos para conservar el equilibrio.

—¿Se parece a tu aldea? —preguntó Field.

—Mi pueblo es muy diferente, John. No se inunda jamás.

—¿Te gustaría volver a tu aldea?

—¿Vamos de vacaciones? —preguntó con un destello en la mirada.

—No, me refiero a si te gustaría volver a vivir en el pueblo.

—¡No! —exclamó, dando una violenta patada con su pie descalzo en el suelo—. Demasiada porquería. No hay coches, ni cuartos de baño... —dijo, mirando a su alrededor con la esperanza de hallar algo que la inspirara—. No hay ventiladores, John; ni médico. No me mandes al pueblo.

Field percibía que el sol matutino le daba de lleno en plena cabeza. Le encantaba el efecto que producía al filtrarse por el cabello, la ropa y la piel, hasta impregnarle los músculos y los huesos.

—En tal caso, ¿te gustaría casarte conmigo?

—¿Por qué quieres que me case contigo? —le preguntó, mirándole como si estuviera loco.

—Lo deseo, eso es todo —respondió, enojado por la pregunta.

—No tienes por qué casarte conmigo —replicó Ao sin molestarse en absoluto por su abrupta respuesta—. Ya tienes mi contrato.

—Quiero otro contrato mejor.

—¿Para qué, John? —asintió, ante una explicación que le parecía más significativa—. Yo estoy enferma, tú estás enfermo y el médico dice que no puedo tener hijos. ¿En qué puedo serte útil?

—Quiero tenerte a mi lado.

—No hay ningún problema, John. No voy a ninguna parte.

—Pero yo sí, Ao —replicó Field después de observarla para comprobar si bromeaba y ver que hablaba en serio—. Regreso a mi país. Y si deseas venir conmigo, tenemos que casarnos.

—¿Tu país?

—Eso es.

—He oído hablar de Canadá —comentó vagamente—. Está cerca de Estados Unidos. Algunas veces charlamos de ello en el hotel, antes de que me llevaras contigo. Algunas chicas se casaron con *farangs* y fueron con su marido. ¿Es bonito?

—Desde luego. O por lo menos lo era hace veinte años. Enormes montañas, Ao. Allí vamos. ¿Ves toda esta agua a nuestro alrededor? Pues bien, el lugar a donde vamos es todo lo contrario. Hay millares de enormes montañas; árboles por todas partes; árboles gigantescos. Todo es nuevo.

—Nuevo —repitió Ao, como si se tratara de una palabra mágica.

—Bañeras nuevas —rió Field—, coches nuevos, aire acondicionado nuevo, todo nuevo y todo limpio.

—¿Cuándo nos vamos, John?

—Tan pronto como nos hayamos casado.

—De acuerdo. ¿Vamos ahora? —dijo riéndose y echando a correr por el terraplén de barro, hacia el camino.

Field bajó resbalando, la alcanzó y se la echó al hombro.

—Ahora mismo. Te llevaré a cuestas.

Ella rió, jugueteó y le dio un apretón en la nuca. Oyeron un ruido y al levantar la cabeza vieron a Paga, que llegaba en un cochecito de golf. Ao saltó al suelo y corrió junto a ella. Field vio que su animada conversación se convertía en discusión y echó a andar hacia el club. Paga le alcanzó en su cochecito, con Ao sentada a su lado.

—No puedes hacerlo —dijo Paga—. Necesitas el permiso de sus padres.

—¡Cómo! —exclamó Field, parándose en seco—. Tenéis millones de niños en las fábricas, niñas de doce años en los prostíbulos, contratos que os permiten disponer de la vida de los niños, y yo necesito un puñetero permiso de sus padres...

—Lo sé, John. No lo olvides, yo solía organizar sexo en grupo y matrimonios para turistas alemanes. Las chicas de menos de veinte años necesitan permiso paterno. No es más que un formulismo. Pagando podría conseguirle otro documento de identidad falsificando su edad, pero se la ve demasiado joven. No te preocupes, yo iré a su pueblo y me ocuparé de las negociaciones. Así no saldrá tan caro como si lo haces tú directamente.

—Tengo que abandonar el país, Paga; el jueves por la mañana.

—De acuerdo. No hay ningún problema. Mi hijo nos llevará durante el fin de semana. Sobra tiempo. Tú quédate aquí.

Salieron por la noche para no pasar doce horas en la carretera a pleno sol. Field se quedó solo en el comedor, hasta que los mosquitos le obligaron a regresar a su cabaña. No se oía ruido alguno de las demás cabañas. Quizá los monjes conocían algún secreto que les permitía dormir silenciosamente. Puede que estuviera relacionado con el hecho de abandonar todo deseo. Permaneció inmóvil, escuchando los sonidos del exterior. Se dio cuenta de que no le producía ningún placer. Cada momento era como el de un asesino potencial que le acechara. Había visto un coche que le seguía persistentemente. Pero ¿qué era capaz de ver? ¿Qué podía saber? Y cuanto más pensaba en la rapidez con que Paga se había llevado a Ao, con más insistencia se preguntaba si algo le había pasado inadvertido. ¿Había alguien jugando con dos barajas? Por ejemplo Paga, o Davis. ¿A qué se dedicaba realmente Davis? Field reflexionó. ¿Por qué, por ejemplo, era él el único diplomático que seguía en Bangkok después de tanto tiempo?

Durmió mal. La señora Laker apareció dos veces en sus sueños, hablándole de un modo condescendiente y amenazador, con su impecable cabello rizado, y cuando despertó por la mañana vio al padre de Paga junto a la puerta de su cabaña, con la cabeza rapada al nivel del suelo donde dormía, contemplando al *farang*. Su mirada era inescrutable. Field levantó las manos para saludarle, pero el anciano dio media vuelta y se alejó.

Durante el fin de semana aparecieron pequeños grupos de jugadores de golf, que pusieron nervioso a Field hasta el punto de no poder dormir. El lunes por la tarde, cuando Paga y Ao no habían regresado todavía, dejó una nota al viejo monje, fue caminando hasta la carretera y cogió un autobús que se dirigía a la ciudad.

CAPÍTULO CATORCE

—El colonialista que se cuela. Has llegado en el momento justo, amigo mío —dijo Woodward, indicando un montón de paquetes sobre el escritorio—. Puede que aquí esté tu salvación, pero no te hagas demasiadas ilusiones. He echado un vistazo y no he visto nada muy diferente a lo que tus malditos microbios ya han devorado.

—¿De modo que vuelves a estar en la brecha, Michael?

—Unos días en la cárcel no le dejan a uno sin trabajo —sonrió indulgentemente—. Ni tampoco la fama. De regicida potencial, me he convertido en héroe. Deben de suponer que me han comprado y que ahora les haré el juego, que en adelante seré un buen chico. Sin embargo, mañana habrán recuperado el sentido común y comprenderán que sigo siendo una molestia para ellos. Me han dicho que presenciaste la actuación de mi padre. A juzgar por lo que he oído, fue digna de un gran actor.

—Sin duda alguna —asintió Field—. Una comedia magistral y mucho más difícil que una tragedia. Además, aquí no encaja la tragedia, especialmente con respecto a Krit, y no hablemos de tu padre.

—En todo caso, desde entonces el viejo no se ha movido de la cama, y tiene a sus ocho hijas, incluida mi esposa, cuidando su ego. Maravilloso antídoto contra la enfermedad y la muerte. Me refiero al ego. ¡Vamos, bájatelos! —dijo, señalando los pantalones con un palito y algodón en la mano—. A ti tampoco te vendría mal reforzar un poco tu ego —agregó después de examinar las manchas verdes de los calzoncillos e introducir el palito en el pene–. También he oído decir que te echaban del país. Puede que con lo famoso que soy en estos momentos, logre que revoquen la orden.

–Lo dudo, Michael. Lo que voy a necesitar es algo mucho más delicado: un certificado médico para Ao. Me la llevo conmigo.

–Qué idea tan peculiar, amigo mío.

–Voy a casarme con ella.

–Si vas a casarte, debo decirte que no creo poder curaros a ninguno de los dos. Es decir, no creo que el futuro os depare la providencial satisfacción carnal. No me gusta afirmarlo, dada mi fe en la habilidad curativa de la medicina, pero tu caso no progresa de manera favorable, amigo mío, ni tampoco el de ella. Independientemente de su esterilidad, que no he confirmado, pero dudo que sea necesario.

–¿Firmarás el certificado?

–Sólo si me obligas a ello.

–Te obligo. El perjurio médico no es nada comparado con el regicidio. Si no, no puedo llevarla conmigo.

–No comprendo por qué lo haces. ¿Qué piensas hacer con tu hija?

–También me la llevo.

–Me parece una receta catastrófica.

–¿Lo harás?

–¡Qué remedio!

–¿Has visto, Michael, cómo se adquieren las costumbres delictivas? –sonrió Field, aliviado.

–Haré algunas llamadas relacionadas con tu expulsión.

–De acuerdo –dijo Field, sin confiar en que surtieran efecto alguno–. Oye, ¿te fijaste en aquel chico mongólico en el incendio? ¿El que entraba y salía rescatando enseres? ¿Está bien?

–¿Tak? Claro que me fijé. Ahora es un héroe. ¿Recuerdas cuando hablabas de perderse el momento que verdaderamente cuenta? Bien, él supo aprovecharlo. Entre los suyos será un héroe toda la vida.

—Me alegro —dijo Field, sentándose tímidamente en su silla.

—¿Qué ocurre?

—A decir verdad, estoy bastante desconcertado. Tengo miedo de ir a mi casa. Tengo a esa jodida vieja encerrada en una fortaleza tocando Dios sabe qué teclas. Me refiero a esos hijos de puta que veo detrás de cada árbol y ni siquiera sé si están ahí.

—Digamos que estás enfermo —respondió compasivamente Woodward—. Te daré una habitación en el hospital sin inscribir tu nombre en el registro.

Field se dirigió muy aliviado a la habitación que le asignaron en el segundo piso y se sentó en un sillón de mimbre en la terraza, a la espera de la lluvia y del regreso de Ao. Quedó dormido en la misma posición hasta que le despertó un cosquilleo en la nariz, que le obligó a dar un salto y a cubrirse el rostro para protegerse.

—Ya lo tengo, John.

—No me asustes de ese modo —dijo al ver el rostro sonriente de la chica, empapada de pies a cabeza, sólo de correr desde el coche hasta el vestíbulo—. ¿Dónde está Paga?

—Ha dicho que te diga adiós. No le gustan los hospitales, ni estar en Bangkok. Ha obtenido un buen precio —agregó Ao, entregándole el papel con el que le había hecho cosquillas—. Ha pagado a mi padre y te lo ofrece como regalo; dos mil gahts.

La extraordinaria seguridad de la chica ahuyentó sus temores, o mejor dicho su depresión, que era peor que el miedo. De pronto sintió que todas las decisiones habían sido tomadas y que podría ocuparse de lo que fuera necesario.

A primera hora de la mañana del martes fue con Ao a la casa de Amara. Por primera vez desde el comienzo de las inundaciones el distrito entero había sido secado. Siguieron a un criado por debajo de la terraza, hacia la planta baja, donde los murales y las baldosas habían sufrido daños irreparables.

—Hola, amigo Johnny —exclamó Amara con una carcajada, saliendo de su dormitorio—. ¿Has venido a por tu tesoro?

Al ver a Ao perdió parte de su entusiasmo.

—Ha desaparecido el agua —comentó Field, señalando el jardín.

—El milagro del apretón de manos y de las bombas —respondió con otra carcajada, recuperando su buen humor—. Y sin sacarme un solo gaht del bolsillo. ¡Ni soñarlo! Después de que el general Krit acabara cenando solo, me enteré de que su amigo Pong andaba ya a la búsqueda de un nuevo asociado de la nueva generación, ¿comprendes? Y para colmo de las sorpresas, tengo un primo recién ascendido a general de brigada que es perfectamente mediocre y avaricioso. Todo el mundo dice que ha nacido para ser un líder; un hombre del futuro. Tanto es así que resulta difícil dar con él. No es fácil acercársele. O digamos que no es barato. En todo caso, es ciertamente ostentoso. Además, siempre ha dicho que no le gustan los banqueros chinos. Supongo que lo que quería decir era que no había encontrado a ninguno lo suficientemente generoso. Así que, pensando en los cimientos de mi casa y en las baldosas, le llamé para invitarle a almorzar en el Club de Polo con Pong Hsi-Kun. Astucia, Johnny, astucia. Ni los banqueros ni los militares se distinguen por su perspicacia. Estoy convencida de que parte de su cerebro está lleno de sueños de riqueza y el resto está vacío. En todo caso, al día siguiente las bombas de achique empezaron a funcionar. ¡Songlin! —llamó.

—Tengo que hablar con ella a solas, Amara.

—¡Ah! ¡Más drama! ¡Qué emocionante! En tal caso será mejor que acompañe a tu amiga a comer unas galletas. ¿Te gustan las galletas, cariño?

—¿Hay coca-cola? —sonrió Ao.

—La tomo incesantemente —respondió, poniéndole el brazo sobre los hombros para acompañarla a una sala de la planta baja, junto al *klong*, y llamando de nuevo a Songlin–. Va muy bien para la diarrea, pero crea adicción.

Songlin apareció al cabo de un momento, con su uniforme azul y blanco, y levantó las manos unidas para saludar a su padre.

–Tengo que pedirte algo –dijo Field, cogiéndole suavemente los brazos y soltándolos de nuevo.

–Amara me ha contado todos sus problemas –interrumpió Songlin con un desparpajo que su padre no le conocía–. Dice que te echan del país por ser honrado.

–Así es, más o menos. ¿Y ella ya lo sabe?

–Amara dice que todo el mundo lo sabe. Dice que eres muy testarudo.

–Quizá. En todo caso, cuando me haya ido, estaré muy lejos. Supongo que en las Rocosas, en Alberta, pero puede que la misma gente todavía intente perjudicarte. Tal vez no. ¿De qué les serviría entonces? Pero no quiero que te ocurra nada.

–Puede que lo mejor sería que fuera contigo.

–No es esto lo que me proponía. Tú deberías quedarte aquí.

–Volveré –dijo, sin hacerle caso–. ¿Cuándo nos vamos?

–Hay algo más. Esa chica... La que conociste...

–¿Ao? La conocí en tu casa el día que me echaste.

–Bien. Ella también vendrá. En realidad, para que pueda acompañarnos tengo que casarme con ella.

–¿Es ésa la única razón? –preguntó Songlin haciendo un verdadero esfuerzo, con una expresión desprovista de su autosuficiencia adolescente, que Field interpretó como síntoma de shock.

–Supongo que no –respondió pausadamente–. Creo que de todos modos es una buena idea.

–¡Qué alivio! –exclamó Songlin, haciendo un esfuerzo para disipar su confusión–. ¿Cuándo nos vamos?

–El jueves por la mañana.

–¡Dos días! Voy a necesitar un pasaporte –exclamó, echando a correr hacia la escalera.

–Entre otras cosas –dijo Field, cuando ya había desaparecido.

—Qué idea tan maravillosa —intervino Amara, que regresó con ambas muchachas—. Es una chica encantadora —agregó, mirando a Ao con auténtica satisfacción—. En cuanto a tu edad, yo no me preocuparía.

—No me preocupo —dijo Field.

—Las chicas cometen un grave error casándose con jóvenes todavía inmersos en su eros. ¡Ah, el eros! Ese instinto animal que impulsa al hombre y lo hace interesante, apasionado y considerado. Eso es lo que gusta a las chicas. Pero oculta, esconde y encubre la auténtica personalidad. Y cuando el hecho está consumado, y han transcurrido unos cuantos años, el instinto animal se disipa como una nube arrastrada por el viento. ¿Y qué queda? Yo lo sé bastante bien: poca cosa. La palabra madurez es un vocablo estúpido. Lo que significa es que el hombre ya no es capaz de cinco orgasmos diarios. ¿Por qué? Porque se ha aclarado su mente. Por consiguiente, Ao es una chica afortunada; recibirá lo mejor, sin trampa ni cartón.

—Exactamente —asintió Field.

Amara decidió que se ocuparía personalmente de organizarlo todo. Canceló todos sus compromisos y ordenó a su chófer que los llevara a la oficina de pasaportes, cerca del Palacio Real. Cuando llegaron, hizo caso omiso de los millares de personas que hacían cola en la calle, bajo una marquesina, con bolsas de comida para no perder las fuerzas. Algunas parecían haber dormido en la calle. Eran todos trabajadores emigrantes que se dirigían a Oriente Medio para construir carreteras, trabajar en los hoteles o desempeñar otras labores secundarias. Los estudiantes y las personas de clase media o alta utilizaban una ruta más personal. Amara tenía un sobrino en la oficina de pasaportes y tuvo los documentos listos para ambas chicas en menos de una hora.

—Ahora a por la boda —dijo Amara en el coche soltando una carcajada—. ¡Querido Johnny, a por la boda!

—¿Conoces a «Khun Vitórea»? —susurró Ao a Amara cuando llevaban ya un buen rato en el coche en dirección a la oficina gubernamental de Sukhumvit, donde Field estaba registrado y, por consiguiente, donde debía acudir para casarse.

—¿Cómo?

—¿Khun Vitórea?

—¿Es la propietaria de algún prostíbulo? —preguntó Field.

—Las chicas del hotel dicen que es famosa por tener hijos. Hay una estatua suya en Bangkok. Me gustaría darle algo.

—¡Ah! —exclamó Amara—. ¡La reina Victoria! Claro, claro, por supuesto.

—¿La conoces?

—Conozco su estatua.

—¿Podemos pasar antes por allí?

—No creo que necesites mucha ayuda con la fertilidad —dijo Amara, mirando a la chica con auténtica curiosidad, soltando otra carcajada y haciendo caso omiso de las protestas de Field.

—Me parece bien —interrumpió éste—. Podemos detenernos junto al portalón.

En el semáforo siguiente Ao se echó sobre Field para abrir la ventana y llamar a unos chiquillos que corrían de un lado para otro vendiendo guirnaldas. Insistió en que compraran una docena de las más duraderas y en pocos segundos el interior del vehículo quedó impregnado del olor dulce e hipnótico del jazmín. Cuando llegaron junto a la verja de la embajada, Ao empujó a Field y se apeó del coche. Un centinela de la guardia gurkha la miraba con recelo, mientras ella empujaba la cabeza entre los barrotes. La estatua estaba a medio camino de la residencia del embajador.

—Quiero entrar —dijo Ao, sin que nadie pareciera oírla, por lo que se dirigió a Amara, que la observaba desde el coche, y le preguntó—: ¿Puedo entrar?

—Entremos —dijo Songlin en tailandés, apeándose del coche—. Nunca he estado aquí. Por favor, Amara.

—¿Por qué no? ¿Por qué no? —repitió Amara, escribiendo una nota para la esposa del embajador y entregándola al centinela.

A los diez minutos se abrió el portalón y Ao echó a correr por el césped hasta el pedestal de la estatua, que era casi tan alto como ella. Había varias guirnaldas húmedas alrededor del cuello de la reina y una sobre el globo terráqueo que tenía en la mano. El cetro y el globo constituían la esencia de su reputación divina. No se necesitaba mucha imaginación para interpretarlos como símbolos sexuales, a pesar de que circulaban chistes sobre el enorme tamaño del globo de su mano izquierda, comparado con lo reducido del cetro, de aspecto fálico, que tenía en la derecha. La explicación que se daba era que tenía que ser grande, puesto que sólo tenía uno. Según otra explicación más formal, se decía que la reina Victoria tenía el poder de la fecundidad, no el del placer. El cetro era un mero instrumento utilitario, pero era del enorme globo solitario de donde procedían las semillas de los niños.

–Soy demasiado baja, John. Hazlo tú por mí –chilló Ao, volviéndose hacia Field y las otras dos mujeres que se acercaban.

Field se encogió de hombros y cogió las guirnaldas antes de encaramarse a la plataforma de piedra. Cuando escalaba la estatua para ponerle las flores alrededor del cuello, vio a alguien que le observaba desde una ventana del piso superior de la residencia.

–¿Por qué no? –se dijo mientras se subía a la rodilla de bronce de la reina para pasar las guirnaldas por encima de la corona.

Cuando bajó, comprobó que Ao miraba todavía insatisfecha.

–¿Qué ocurre? –le preguntó.

–Sólo flores –respondió–. Tendría que traerle algo más.

–A los ingleses les gustan las flores.

–No basta, John. Debo ofrecerle alguna otra cosa.

–Toma –le dijo Amara, sacándose una alianza de oro

del anular derecho y ofreciéndosela–. Dale esto. –Ao se negaba a aceptarlo–. Vamos, cógelo. Creo que también le gusta el oro. Vamos.

Ao terminó por aceptarlo y comenzó a encaramarse a la estatua.

–Ayúdame, John, ayúdame.

La empujó hasta que alcanzó la plataforma, pero al seguir subiendo resbaló y se deslizó sobre la falda de la reina como si fuera un bebé en sus brazos. Volvió a intentarlo, apoyando los pies en los hombros de Field y agarrándose a uno de los brazos de bronce de la estatua, con lo que su cabeza quedaba justo debajo de la del monumento. Después de mostrar el anillo a la reina, volvió a descender parte del recorrido, hasta la enorme mano izquierda con la que sostenía el globo terráqueo, incrustándole el anillo en la punta del dedo meñique. Field volvió a mirar hacia la residencia y vio una ventana del piso superior abarrotada de cabezas, todas ellas con el pelo rizado, semejante al de la señora Laker.

–¡Cuidado, John! ¡No te muevas! –exclamó Ao, que tenía los pies sobre sus hombros.

Miró de nuevo. Evidentemente, a aquella distancia, debía tratarse de su imaginación. En todo caso, la señora Laker no salía a almorzar, ni siquiera comía al mediodía. No obstante, siguió viendo las siluetas incluso después de que Ao descendiera de la estatua y rezara unas oraciones. Además, pensó, ¿qué importaba que la señora Laker saliera de su escondrijo, cuando le bastaba con llamar por teléfono desde su fortaleza? Podía ordenar que le mataran o que le expulsaran sin moverse de su casa.

–Creo que ya es suficiente –dijo Amara, señalando la ventana llena de cabezas semejantes, cuyas siluetas desaparecieron repentinamente.

La lluvia cotidiana comenzó a caer antes de llegar a la oficina del distrito de Sukhumvit, situada cerca de la travesía cincuenta y cuatro. Amara no quiso entrar para presenciar la ceremonia e insistió para que Songlin se quedara con ella.

La oficina de casamientos estaba en una esquina, en el primer piso de un gran edificio administrativo, donde seis ventiladores instalados en el techo provocaban el movimiento constante del sinfín de documentos amontonados sobre los escritorios. La oficina estaba a cargo de dos atractivas empleadas, que examinaron los documentos que Field les entregó y comenzaron a copiarlos en sus libros. Ao estaba sentada, observando cada uno de sus trazos, mientras Field esperaba en un rincón, apoyado en un fichero oxidado. Sobre el escritorio había un pequeño jarrón con cuatro crisantemos que le llamaron la atención; sin saber por qué, le recordaron a la señora Laker. No quería marcharse de Bangkok. Miró a Ao, emocionada como una chiquilla. No le importaba casarse con ella, pero no deseaba irse. Concluidos todos los trámites, tuvieron que firmar una declaración atestiguando que no estaban casados con anterioridad y un empleado de rango superior, después de examinar todos los documentos, les deseó *yue dee mee suke*.

Ao cogió a Field discretamente de la mano cuando bajaban por la escalera, pero éste sólo le permitió que se la estrechara un momento. De pronto se sintió extraordinariamente libre, como si hubiera hecho por los demás cuanto estaba en su mano y ahora desease estar solo. Dejó a Ao en el coche, junto con Songlin, y pidió a Amara que se ocupara de ellas hasta el miércoles por la mañana, cuando se reunirían en la embajada.

Fue a visitar a la madre de Songlin, cuyo permiso todavía necesitaba, y el encuentro fue tan desagradable como había imaginado. Le hizo toda clase de promesas: seguiría manteniéndola, una suma al contado, e incluso intentó explicarle lo que ocurría, pero aquella mujer era incapaz de perdonarle por haberla convertido en víctima de su propia ingenuidad, hacía dieciocho años. Ahora completaba su fechoría haciendo lo que siempre había sabido que algún día ocurriría: arrebatarle a su hija.

Con la promesa de que al día siguiente por la mañana iría a la Embajada, repetida varias veces para que no cupiera duda alguna, regresó a su habitación en el Bangkok Nursing Home, donde digirió penosamente la culpabilidad que la madre de Songlin le había infligido.

La reunión en la Embajada resultó tolerable, en parte gracias a que Amara había insistido en acudir a la misma y pudo dominar a la madre de Songlin. No hubo llanto ni inesperados cambios de opinión. También logró seducir a Barry Davis que, al igual que la mayoría de los protestantes, era particularmente susceptible a la belleza de una mujer de formación superior a la suya, que además era sumamente elegante.

Una vez más, Field pidió a Amara que se ocupara de las chicas durante el resto del día y de la noche. Les dijo que se reuniría con ellas al día siguiente, por la mañana, en el aeropuerto. Cuando desaparecieron en su coche, de pronto se sintió feliz de estar solo. Cruzó el abigarrado tráfico de Silom Road y echó a andar por los callejones del otro lado de la calle. Sintió hambre y, antes de seguir deambulando, compró una tarta de coco a un vendedor ambulante que las preparaba en su tenderete. Casi le sorprendió encontrarse de pronto en Sathorn, frente a la propiedad de la señora Laker. Siguió caminando hasta llegar a un pasadizo elevado por el que cruzó la avenida y se acercó cautelosamente a la finca. No vio a ninguno de los vigilantes. Caminó a toda prisa hacia el puente elevado, lo salvó corriendo y se ocultó entre los tubos de gas amontonados.

Esperó. No apareció nadie. No se oía sonido alguno. Ninguna voz. Miró a su alrededor y con mucha precaución comenzó a acercarse a la fortaleza. Los tractores le proporcionaban una cobertura casi tan buena como la anterior y acabó detrás de una apisonadora. Desde allí podía ver con toda claridad el muro que rodeaba la fortaleza y su única entrada. Estaba a unos quince metros. Observó el cristal y el cable eléctrico que coronaban el muro. No había nadie a la vista. Se agachó en el barro y esperó. Transcurrieron unos veinte minutos hasta la llegada de un joven de camisa blanca y corbata, que venía del despacho. Field le reconoció como a uno de los empleados. Llevaba consigo una carpeta y llamó a la puerta.

Casi inmediatamente se oyó la voz de la señora Laker por el interfono diciéndole que esperara. Sonrió obedientemente a la cámara. Al cabo de un minuto de silencio se abrió la puerta de acero y una corpulenta criada tailandesa apareció en el umbral. Tenía más de sesenta años. Cogió la carpeta y se quedó a charlar un momento con el joven. Probablemente aquél era el único aire fresco que respiraría en todo el día.

Field salió apresuradamente de su escondrijo. Avanzó con tanta rapidez que no se percataron de su presencia hasta el último momento. Agarró por el cuello a la sirvienta, la obligó a salir, entró en la casa y cerró la puerta tras él. El cable del timbre corría por la pared interior y lo arrancó de un tirón. Ocurrió todo en menos de diez segundos. Se oía el eco de unas voces apagadas que chillaban a su espalda.

Un pasillo de un metro de anchura, con paredes de hormigón, desprovisto de ventanas y pintado de blanco, conducía a la casa propiamente dicha. Había una sola puerta y ésta estaba abierta. Entró con cautela en un pequeño vestíbulo y cerró la puerta. Dejaron de oírse las voces. En el interior todo era norteamericano y artificial: una sinfonía de poliéster. Las paredes estaban recubiertas con madera sintética. Sobre una mesilla había dos floreros con flores de plástico. Por los globlos de las lámparas, envueltos en papel de celofán, brillaba una luz tenue de noche perpetua.

Había dos puertas en la sala, ambas abiertas. Procedente de la que tenía enfrente oyó una voz femenina e infantil. Field entró por la de la izquierda, que conducía a una cocina-comedor tan impecablemente limpia que parecía que jamás se hubiera usado para comer o cocinar. Regresó hacia la voz.

—Por supuesto, querido. Estoy totalmente de acuerdo. Lo haré esta misma tarde.

A continuación se hizo un silencio y Field se acercó

con sigilo. Por la puerta vio un retrato de grandes dimensiones de un hombre delgado con una enorme sonrisa. Tenía aspecto agradable, más allá de la horrible pintura y del marco de madera sintética que lo encuadraba. Dos focos lo iluminaban desde el techo. A su lado, sobre una mesa, se encontraba la urna de plata que contenía las cenizas del hombre que, según Catherine Laker, no era su marido.

–No se me había ocurrido. Qué idea tan maravillosa –dijo la voz.

Field se echó a un lado para ampliar su campo de visión y vio la puerta de un cuarto de baño. Había recorrido toda la casa. Esperó un momento y entró en la habitación. Catherine Laker, con un batín de nilón azul satinado y encajes de nilón blanco, estaba sentada en la cama mirando el retrato. Estaba sola. Al volver la cabeza, se reflejó por un momento cierto miedo en su mirada, pero desapareció al instante.

–¿Qué estás haciendo aquí? –le preguntó con una voz desprovista de todo infantilismo.

–Quiero hablar contigo.

–Espérame en mi despacho.

–No.

–¿Dónde está mi criada?

–Fuera. La he encerrado fuera de la casa.

–Y bien, John –dijo después de una pausa, mirándole atentamente–. ¿Qué deseas?

–¿Con quién estabas hablando?

–Con Norman.

–¿Norman?

–Norman –repitió, señalando el retrato con un dedo sumamente pulcro.

–Claro, por supuesto. ¿Cómo está? ¿Cómo le va por Brasil?

–Perú. Está muy bien; en realidad, mucho mejor desde que le libré de aquel cuerpo orgánico que no le pertenecía. Me gusta tener cerca las cenizas, como recuerdo de su libertad. Te estoy muy agradecida, John, por tu colaboración en este asunto. Norman también te lo agradece.

—Magnífico —dijo Field, mirando el retrato, que claramente no era el del cadáver verdoso del ataúd—. Dime, ¿con qué frecuencia os comunicáis?

—Todas las mañanas. Siempre charlamos un buen rato después de desayunar. Sus consejos son los que hacen que la empresa funcione. ¿Sabes que la compañía es nuestro retoño? —preguntó con un toque de sentimentalismo en la voz—. Bueno, ¿qué quieres, John? —agregó en un tono duro y levantando la cabeza.

—Quiero que me mates —respondió al tiempo que desenfundaba la pistola y la arrojaba sobre la cama.

—No te comprendo —dijo, contemplando el arma sobre la sábana rosa de poliéster.

—Mátame. Tus socios en Vientiane asesinaron a dos amigos míos. Tú y tus socios de Bangkok habéis estado intentando matarme. Ahora has conseguido que me expulsen del país. Bien, no quiero marcharme. En realidad, no me iré. Por tanto, mátame.

Extendió la mano para coger la pistola, pero en el último momento la retiró confundida.

—¿Necesitas que te aconsejen, Catherine? De acuerdo, pídele a Norman que te dé instrucciones. Es un tipo eficaz, te dirá que me mates.

Miró al retrato y de nuevo al arma.

—Nunca te he visto tan callada, Catherine. Puede que no hables con desconocidos en tu dormitorio. ¿Eres tímida? ¿Prefieres que me dé la vuelta para que puedas dispararme en la espalda?

—Deja de incordiarme, John —dijo firmemente—. No he hecho nada de lo que dices. No he tenido nada que ver con la mayoría de esas cosas. Eres un auténtico chapucero. Siempre te entrometes. Jamás miras por dónde andas. Llevas aquí veinte años y te comportas como si acabaras de aterrizar. No tengo por qué matarte, pero alguien lo hará. Ahora, lárgate. Y no olvides tu pistola.

Field se agachó y recogió el arma, fría por haber estado en contacto con la superficie de poliéster. Se dirigió al pie de la cama y observó atentamente el cuadro. Levantó la tapa de la urna. Sólo entonces se dio cuenta de que estaba temblando, tan violentamente que se le escapó la tapa de las manos y cayó sobre la alfombra. Miró al interior de la urna. Había fragmentos óseos entre las cenizas. El temblor se había esparcido ahora por todo su cuerpo y de pronto no pudo enfocar la mirada. La materia gris se llenó de color y vio de nuevo a Diana, descuartizada en el suelo, con el color de su carne viva ante sus ojos. Sintió náuseas e hizo un violento esfuerzo para dominarse.

–Haces mal en mantener las distancias, Catherine. Debes intimar con tus interlocutores –dijo mientras cogía la urna por la base y, sin soltarla, arrojó su contenido sobre la señora Laker.

Cuando el polvo acabó de posarse, tanto ella como la sábana estaban cubiertas de una fina capa blancuzca.

Chilló, mirando desesperadamente a su alrededor, y volvió a emitir un violento y prolongado gemido, al tiempo que intentaba sacudirse frenéticamente la ceniza de su pelo y de su cuerpo. Sus gritos retumbaban en el interior de los espesos muros. Se arrodilló sobre la cama, procurando amontonar el polvo. Algunos fragmentos de hueso eran reconocibles como pertenecientes a la cadera y al cráneo. Tenía uno atrapado en el cabello.

–¡Para, John! ¡Para! ¡Lárgate! ¡Fuera! –chillaba sin levantar la cabeza, mientras iba formando un montoncito de cenizas.

–Antes dime cuál es el problema –dijo él, dejando caer la urna en el suelo, sacando el seguro de la pistola y apuntando al ojo del personaje del retrato.

El sonido del disparo retumbó por toda la casa y ella comenzó a chillar de nuevo. Field metió el dedo en el agujero de la bala, dio un tirón y le arrancó parte del rostro.

–Norman no ha tenido nada que ver con este asunto. ¡Déjalo! –siguió chillando sin dejar de amontonar cenizas–. ¿No te das cuenta de que todos tendremos que marcharnos? Irremediablemente todos. Fíjate en lo que hemos hecho en este país, en lo mucho que he trabajado. Pero los vietnamitas vendrán. No te quepa la menor duda de que lo harán. Llegarán a Bangkok antes de que nos demos cuenta. Y los tailandeses no se resistirán. Sé que no lo harán. Colaborarán, al igual que lo hicieron con los japoneses. Y lo habremos perdido todo, John. Todo en manos de los comunistas. Son unos tramposos; tú lo sabes. ¿Quién sabe por qué? Hace mucho tiempo que sé que todo terminará. Norman me lo dijo. Después de la ofensiva del Tet, ¿lo recuerdas? Nosotros los derrotamos. No me gusta la guerra, pero fue una gran victoria y nuestra prensa la convirtió en una derrota. Dime, John, ¿por qué lo hicieron? ¿Qué hay de malo en ganar? Y esos comunistas, fíjate en ellos –dijo, frunciendo los labios de odio–, quieren vendernos toda su heroína. Seis toneladas anuales. Cuando me enteré, supe inmediatamente lo que debía hacer. Tenía que conseguir pruebas. Pruebas que ni siquiera nuestra prensa pudiera tergiversar.

–¿Te has metido en el negocio de las drogas para denunciar el comunismo?

–Y a esos tailandeses. Esos tailandeses que están dispuestos a vender su país a los vietnamitas. Todos ellos. Todos corruptos. Asquerosos. Asquerosos. La gente no lo comprende, John. Tanta porquería, tanta asquerosidad. Acabaremos por perderlo absolutamente todo.

Field se le acercó y se sentó en la cama, con un montoncito de cenizas entre ambos. Ella todavía tenía el pelo y las cejas llenos de polvo. Incluso sin su maquillaje era una mujer hermosa.

–Escúchame bien, Catherine –le dijo mientras le sacaba del cabello un fragmento de hueso–. No quiero marcharme, deseo quedarme aquí. ¿Estás dispuesta a anular mi orden de expulsión?

–¿No lo comprendes? ¡Nos vamos todos!

–Sólo por el momento, Catherine –le dijo tan pausada y suavemente como pudo–. Hasta que lleguen los vietnamitas. Entonces nos iremos todos. ¿Lo harás?

–No puedo. No es cosa mía. No puedo hacer nada para remediarlo.

–De acuerdo. ¡Vete a la mierda! –exclamó, incorporándose de un brinco–. Mañana por la mañana todo Bangkok conocerá tu plan genial. Si me voy, tú te irás conmigo.

–No lo comprendes.

–Tienes razón, no lo comprendo –dijo, arrojando la pistola sobre la cama–. Si no estás dispuesta a matarme, mátate tú.

Field no volvió la cabeza. Salió apresuradamente por la puerta y la cerró a su espalda. Se oían voces al otro lado del muro. Abrió la puerta de acero de par en par y se echaron atrás. El grupo, de unos treinta o cuarenta, lo formaban los empleados de la oficina, los peones y, por supuesto, la criada. De un portazo, cerró la puerta de acero a su espalda y avanzaron para intentar impedirlo, pero no lo lograron. Al parecer nadie tenía una llave. Aprovechando la confusión, Field se escabulló y echó a correr hacia la calle. Mientras se alejaba, oía las voces apagadas y se dio cuenta de que se había quedado sin pistola.

–No importa –se dijo a sí mismo–. No importa.

Encontró un taxi que le llevó hasta el embarcadero; allí cogió el Express que subía río arriba, acercando la cabeza al agua tanto como pudo para que las gotas le salpicaran el rostro. Y cuando llegó la lluvia no hizo ningún esfuerzo para protegerse mientras subían y bajaban las lonas, a pesar de lo cual el monzón alcanzaba a todos los pasajeros. El camino de regreso fue melancólico, demasiado fácil, demasiado a favor de la corriente, como si la voluntad del río y de las mareas le persiguieran cada vez con mayor rapidez, para empujarle al golfo de Siam y más allá de Oriente. Pero el Express se detuvo cerca del puente nuevo y Field cogió un taxi hasta el Grand Prix, donde tomó una cerveza, sin decir que era la última. A continuación tomó otro taxi y ordenó al taxista que condujera por donde se le antojara, sin salir de la ciudad. Pasó toda la noche en el taxi, casi todo el tiempo despierto.

De vez en cuando se le cerraban los ojos, pero volvía a abrirlos al oír el ruido de los neumáticos en alguna calle inundada o un estallido de bocinas en un cruce atascado.

Antes del amanecer fue a su casa por última vez y le dijo al taxista que le esperara. Prevalecía en él la sensación de que alguien merodeaba por los alrededores y de que los movimientos de las ramas era significativos, pero cerró la puerta y subió a su habitación. En el momento de llegar, se preguntó por qué estaba allí. No había nada en la casa que le interesara; absolutamente nada. Deambuló como un intruso, antes de volver a bajar por la escalera. Nada. En el último momento entró de nuevo en la sala de estar y pasó un buen minuto contemplando la foto de su padre. De pronto la cogió y de un golpe brusco rompió el marco contra la repisa. El cristal se quebró en mil pedazos y el marco barroco cayó en dos mitades al suelo. Se agachó y recogió cuidadosamente la fotografía. La metió en un sobre con sus documentos y se dirigió al taxi, que seguía esperándole.

Estaba ya en el aeropuerto cuando Songlin y Ao llegaron. Amara no entró; no le gustaban los aeropuertos. Sin embargo, las había llevado de compras y ambas llevaban vestidos de algodón, muy distintos al uniforme azul y blanco. Field se ocupó de recoger su tarjeta de embarque y las de las dos chicas para el vuelo de Hong Kong, donde pasarían un día; tiempo suficiente para ocuparse de su dinero, antes de coger el vuelo de Vancouver y a continuación el de Calgary.

Una pared con tres aperturas separaba los mostradores de las líneas aéreas de los del control de pasaportes. Field se puso en una cola, precedido de las dos chicas, que a su vez tenían delante a un par de japoneses. Volvió la cabeza hacia el vestíbulo principal, donde había multitud de desconcertados pasajeros. Era todavía el tumulto de Bangkok. Songlin había pasado ya por el control, con su pasaporte sellado, y el oficial estaba atendiendo a Ao, cuando volvió de nuevo la cabeza y vio a un individuo pobremente vestido, que avanzaba hacia él. Reconoció inmediatamente su estilo: insatisfecho, necesitado y ropa suelta. Caminaba de un modo peculiar, como si fuera invisible. Field no quiso prestarle atención. Ao había terminado y avanzaba charlando alegremente con Songlin. Puso su pasaporte y el certificado de hacienda sobre el mostrador. El oficial lo examinó y consultó un libro, donde sin duda halló algo relacionado con su expulsión, porque de pronto levantó la cabeza y le miró de mal talante. Entonces volvió a examinar sus documentos de un modo mucho más minucioso. Era un oficial de impecable semblante, con el pelo muy bien peinado hacia atrás y unas gafas oscuras, que debían de dificultar considerablemente su visión a la luz de la sala. Field estuvo a punto de decirle que sólo se marchaba porque le obligaban a ello y que si había algún problema con sus documentos, estaría encantado de quedarse.

Sin embargo, volvió de nuevo la cabeza y vio que aquel individuo había pasado por una de las entradas y estaba a pocos metros de distancia. Llevaba una camisa blanca y barata, que le colgaba por encima de los pantalones. Tenía la mano derecha debajo de la misma, empuñando un objeto. Field miró al oficial para pedirle ayuda, pero los ojos ocultos tras sus gafas oscuras no indicaban que estuviera dispuesto a prestársela. Volvió a darse la vuelta, dispuesto a gritar, pero el individuo estaba ya a su lado y levantó las manos sacando el objeto escondido.

–*Khun* Field –le susurró al oído–. El doctor Meechai no ha podido venir. Le manda esto –agregó, entregándole un grueso sobre.

Field temblaba de tal modo, que le costó asirlo. Abrió bruscamente el sobre y en su interior halló dos hojas. Una de ellas contenía los resultados de las pruebas con antibióticos y la otra era una nota de su amigo que decía: «Buenas noticias, amigo mío. Los expulsables ya no son expulsados. Está todo perdonado. Lo celebraremos con un almuerzo. Te espero en el Home. Un abrazo, Michael».

Volvió a leer la nota, miró al oficial que acababa de sellar su pasaporte y a continuación a Songlin y a Ao, que le esperaban. Movió la cabeza y se inclinó sobre el mostrador para escribir al pie de la misma nota: «Demasiado tarde. Ya se ha levantado el telón. Hasta pronto».

—Para el doctor. Para *khun* Meechai —le dijo al individuo, a quien de pronto reconoció como el guardaespaldas del matadero, entregándole el papel.

El hombre lo cogió, se sacó un paquete envuelto en papel de periódico de debajo del cinturón, se lo entregó a Field y le sonrió amablemente.

—Gracias —le dijo, tomando el paquete y alejándose.

Estaba nublado. Era el primer día en que el monzón había atacado por la mañana y sin duda seguiría haciéndolo hasta la tarde. Se elevaron hacia el firmamento con el primer chaparrón; Field tenía el respaldo del asiento echado hacia atrás y los ojos cerrados.

Apenas acababa de apagarse la señal de los cinturones, cuando se le acercó una azafata y le despertó.

—Usted perdone, señor. Un pasajero de la primera clase desea verle.

Field sorteó las rodillas de Songlin para alcanzar el pasillo, mientras pensaba que si alguien deseaba verle, podía tomarse la molestia de hacerlo en la clase turista. Era George Espoir, oculto tras un ejemplar del *Times* de Londres.

—¡John! —exclamó con un suspiro, como si estuviera sorprendido de verle—. Qué maravilloso. Ven, siéntate. ¿Qué te apetece? ¿Champán?

Field movió la cabeza. La cabina estaba prácticamente vacía.

—Bien, lo he conseguido. He conseguido todo lo que necesitaba, en gran parte gracias a ti y a tu extraño, si me permites la expresión, amigo. Lamento no haber podido utilizar tu historia. Era muy buena, pero ya sabes cómo son los periódicos; no les interesó otro relato sobre drogas. No me vengas con ésas, me dijeron, deben de ocurrir cosas más interesantes en ese lugar.

—Claro; no tiene importancia —respondió Field, levantándose para irse.

–Sin embargo, creo que lograré dotar este libro de un aura inusual. Algo diferente. Llegar de algún modo a la enfermedad de nuestra época. La confusión. La disolución de las barreras morales. Por cierto, ¿quieres uno? –dijo, y sacó una caja de pastelitos de fruta asiática, cuyo característico olor era apenas perceptible.

–Demasiado temprano.

–¿No te gustan?

–Por supuesto.

–Oye, te he visto cuando embarcabas y me ha parecido que llevas exceso de equipaje –exclamó aliviado.

–¿Cómo?

–Las dos chicas –aclaró con una carcajada–. ¿Te quedas en Hong Kong? Yo tengo que hacer algunas averiguaciones. ¿Supongo que no conocerás a nadie en el club de jockey? Quiero echarle un vistazo.

Field movió la cabeza.

–No importa. Es como estar en casa; hay muchos compatriotas. Vamos, prueba uno –dijo, levantando un pastelito y mordiéndolo suavemente–. Muy curioso. Por cierto, ¿no estarás libre esta noche? Para cenar, o lo que sea. Trae a la niñas. ¿Supongo que no me negarás que dos son excesivas para uno? No me importaría ligarme a cualquiera de las dos.

Field se disculpó y regresó para sentarse entre las dos chicas, considerando la posibilidad de mandar a Ao a reunirse con Espoir en el lavabo para que le transmitiera sus enfermedades. Entonces pensó en los pastelitos de fruta. Si uno bebe cerveza y come aquella fruta asiática en estado natural, el estómago se dilata y puede llegar a explotar, a no ser que antes tenga lugar una perforación. Pensó en si habría por lo menos la suficiente cantidad de fruta en los pastelitos para provocar una indigestión. Lo único que tendría que hacer sería volver a la primera clase y sugerirle que tomaran juntos una cerveza. Sin embargo, en aquel momento vio a Espoir que se les acercaba por el pasillo.

–Hola, chicas. Son bonitas, John. Vamos. No seas

egoísta. Os invito a todos a cenar. A continuación dividimos el harén y nos retiramos a lugares privados.

Songlin miró a Espoir, que estaba inclinado sobre ella, y en un inglés impecable, sin acento alguno, le dijo:

—¿Está usted hablando con mi padre o con mi madrastra?

—¿Cómo?

—En todo caso, un hombre de su edad tendría que ser más consciente del ridículo que hace. Vamos, lárguese.

—¿Hablas inglés? —le preguntó Field a su hija, cogiéndola del brazo cuando Espoir había desaparecido avergonzado.

—Por supuesto. Como todo el mundo. Lo siento, pero habría sido absurdo obedecerte.

—Desde luego —rió Field—. Tal como se han desarrollado las cosas, es mejor que sea así. No tendrás ningún problema en adaptarte.

—Pienso quedarme por un tiempo, hasta que estés instalado, y después veremos.

—Me parece bien.

El avión emergió por encima de las nubes, en un firmamento perfectamente azul. Ao, que jamás había subido a un avión, no dejaba de mirar por la ventana. De pronto empezó a dar saltos de alegría.

—¡Mirad! ¡Mirad! ¡El sol!

Se veía una enorme bola roja en el horizonte.

Field volvió a sortear las rodillas de Songlin para alcanzar el pasillo y dirigirse al lavabo, llevando consigo el sobre de documentos. En la otra mano llevaba el paquete que le había entregado el hombre del matadero. Antes de unirse a la cola que ya se había formado para acudir al lavabo, pidió cerillas a la azafata. A popa se percibían los efectos de una pequeña turbulencia y se vio obligado a abrir las piernas para mantener el equilibrio.

—No está permitido fumar en los lavabos, señor —le dijo la azafata, ligeramente preocupada.

—Por supuesto —respondió Field—. Me dedico a coleccionar cajas de fósforos.

Salió un indio del lavabo y entró Field. En la tapa del retrete había unas huellas, con el dibujo en barro de las suelas de unas botas.

–¡Mierda! –exclamó Field mientras se disponía a limpiarlas.

De pronto cambió de opinión, se quitó los pantalones, los colgó, colocó cuidadosamente los pies sobre las huellas de su predecesor y se agachó. A continuación vació el contenido del sobre en la repisa junto al lavabo y examinó los documentos uno por uno, hasta hallar el contrato de compra de Ao. Entonces encendió un fósforo y le pegó fuego al documento en cuestión, sobre el lavabo, debajo del letrero de PROHIBIDO FUMAR. Era un papel barato y amarillento, que ardió en un santiamén. Hecho esto, examinó los resultados de los últimos análisis, que el amigo de Woodward le había entregado en el control de pasaportes. Todas las pruebas eran negativas. Su microbio había devorado todos y cada uno de los antibióticos. «Lo siento», había escrito Woodward a pie de página. Field se encogió de hombros. Era de esperar.

Desenvolvió el paquete que le había entregado el hombre del matadero; estaba lleno de cortezas de cerdo. Lo dejó abierto sobre la repisa, tomó la fotografía de su padre y la examinó mientras se comía las cortezas.

Título de la edición original: *The Paradise Eater*
Traducción del inglés: Enric Tremps
Diseño de la sobrecubierta: Enrique Iborra

Círculo de Lectores, S.A.
Valencia 344, 08009 Barcelona
1 3 5 7 9 9 8 0 3 8 6 4 2

Licencia editorial para Círculo de Lectores
por cortesía de Editorial Planeta, S.A.

Depósito legal: B. 7465-1989
Fotocomposición: FOINSA, Barcelona
Impresión y encuadernación:
Printer industria gráfica, s.a.
N. II, Cuatro caminos s/n,
08620 Sant Vicenç dels Horts
Barcelona 1989
Printed in Spain

ISBN: 84-226-2768-X
N.º 29801